법과 문학 사이

개정판

법과 문학 사이

안경환

저자 안경환(安京煥)

1948년에 경남 밀양에서 태어났다. 1970년 서울대학교 법과대학을 졸업하고 1987년부터 2013년까지 같은 학교의 교수로 재직했다. '영미법', '인권법', '법과 문학' 등을 강의하면서 다양한 주제에 관해서 많은 글들을 남겼다.

그중에『안경환의 시대유감』(2012),『남자란 무엇인가』(2016)와 같은 사회비평 칼럼집과 셰익스피어 에세이 3부작(『법, 셰익스피어를 입다』[2012],『에세이, 셰익스피어를 만나다』[2018],『문화, 셰익스피어를 말하다』[2020])이 포함된다. 이에 더하여 4권의 인물 전기를 썼다(『조영래 평전』[2006],『황용주 : 그와 박정희의 시대』[2013],『윌리엄 더글라스 평전』[2016],『이병주 평전』[2022]).

현재 서울대학교 법학전문대학원과 북경이공대학 법학원(北京理工大學 法學院)의 명예교수(名譽敎授)직을 보유하고 있다.

편집, 교정_이민주(李旼柱)

개정판

법과 문학 사이

저자/안경환
발행처/까치글방
발행인/박후영
주소/서울시 용산구 서빙고로 67, 파크타워 103동 1003호
전화/02 · 735 · 8998, 736 · 7768
팩시밀리/02 · 723 · 4591
홈페이지/www.kachibooks.co.kr
전자우편/kachibooks@gmail.com
등록번호/1-528
등록일/1977. 8. 5
초판 1쇄 발행일/1995. 5. 30
개정판 1쇄 발행일/2022. 5. 12

값/뒤표지에 쓰여 있음
ISBN 978-89-7291-766-3 03800

개정판 서문

박종만 선배를 기억하며

만날 사람보다 헤어질 사람이 부쩍 많아졌다. 스스로 떠날 날도 머지않았다. 함께 시대를 나눈 사람, 굳이 말을 하지 않아도 편했던 사람들이 그립다. 미워했던 사람조차 그립고, 미움당했던 사람은 더욱더 그렇다.

29년 전의 일이다. 일간신문에 첫 회분 글이 실리기 무섭게 그의 전갈이 왔다. 연재가 끝나면 '까치밥'으로 달라고. 그가 고집을 부리면 대책이 없다. 100회분 글이 쌓인 3년 후, 부끄러움을 무릅쓰고 단행본으로 묶어냈다. 『법과 문학 사이』, 당시로는 신선한 제목 때문인지 과분한 관심과 사랑을 받았다. 이날까지도 아주 떠나지 않은 그 시절 독자도 더러 있다. 그러나 "좀더 수준 높은 글을 쓰겠다"라는 약속은 지키지 못한 것 같아서 부끄럽고 죄송스럽다.

그도 나도 아쉬움을 품고 있었다. 원고지 10매 분량의 신문 글이 제대로 된 에세이일 수가 없었으니. 20년도 훌쩍 지난 어느 날 다시 그가 불쑥 입을 열었다. 좀 풀고 늘려서 새로 책을 만들자고. 이번에도 나에게는 지켜야 할 언약이 되었다. 그러고도 한참이 흘렀다. 틈틈이 손질하고 있었지만 여느 때와는 달리 재촉하지 않는 그가 오히려 불안했다. 아픈 사람이라 내 쪽에서 약속을 환기하는 일도 저어되었다. 그리고 그는 떠났다. 자신은 의연하게 떠났지만 남은 사람의 아쉬움은 살피지 않은 야속한 뒤태였다.

　많은 사람들에게 출판인 박종만(1945-2020)은 시대의 귀감이었다고들
한다. 정직한 사업가, 양서 출판에 헌신한 지식인, 엄정하고 신실한 편집
인……. 그를 기릴 이유는 차고 넘친다. 둘이 함께 아끼던 한 작가는 '이
땅의 아버지들에게 바치는 작품'의 후기에 그의 떠남을 회억했다. 그런
사람이 한둘이 아닐 것이다. 저마다 가슴속에 라파엘을 지니고 살 터이
니. 얼치기 필자인 나에게도 그는 언제나 가슴이 따뜻한 형이었다. 어머니
께 바친 이 책 초판의 헌사가 너무 절절하다며 가외로 양장본 몇 권을 만
들어주었다. 늘 편한 사람에 더하여 어색하게 된 사람도 함께 모아서 무
언의 화해를 주선하기도 했다. 함께 걷던 관악산 개나리 언덕길도 남산
낙엽길도 그때 그 모습이 아니듯이 더불어 걷던 사람들은 뿔뿔이 흩어져
서 제 길로 나섰다. 만나면 싸우고 생각만 해도 미워하는 사이가 되기도
했다. 속절없는 세월 탓으로 돌리기에는 너무나 허망하다. 그의 작별로
인해서 아울러 엮어주던 거멀못도 이음새도 아주 빠져버린 기분이다.

　초판에 실었던 100편의 글을 한데 모으기도, 늘리기도, 버리기도 했
다. 몇 편의 새로운 글을 추가하여 전체 24편의 책으로 묶었다. 대체로
연대순으로 배열했다. 예외로 오든의 시를 머리에, 그리고 이병주의『소
설 알렉산드리아』를 꼬리에 두었다. 여전히 부끄러운 글이다. 그가 눈을
부릅뜨고 지켜보는 과정이 없어서 더욱 그렇다. 참신한 감각의 편집자
이민주 님의 제안으로 박제되어가는 필자의 문체를 재음미하는 소중한
기회를 가졌다. 이 서투른 글 모음 속에 많은 분들의 가르침이 담겨 있
다. 굳이 한 사람만을 거명한다. 고등학교 1학년 이래 곁에 있어준 신우

영에게 각별한 고마움을 전한다. 스스로는 한 글자도 찍어내지 않으면서 만나는 사람마다 수만금 무게의 지식과 지혜의 잠언을 나누어준 그였으니, 내 글도 따지고 보면 어설픈 그의 대필에 지나지 않는다. 그가 쉼 없이 쏟아내는 매언(罵言)에 가까운 직설(直說)은 무도한 세상에 대한 분노와 함께 이 세상의 약한 자에게 보내는 연민의 눈물임을 아는 사람은 안다.

　다시 한번 박종만 형을 기억한다. 굳이 말하지 않아도 서로의 가족사를 조금은 알기 때문에 마주하는 눈동자가 더욱 애잔했을 것이다. 혼돈과 궁핍, 두 단어로 요약되는 우리의 시대였으니 일흔 넘도록 버틴 삶 자체가 성공이었다. 그러나 그가 아주 떠나고 나니 새삼 가슴이 휑하다. 형 같은 아우 차병직의 주선으로 만난 따님, 박후영 사장의 모습이 든든하다. 인간은 진화하고 세상은 진보하기 마련이라는 내 농에 환한 웃음을 흘리던 동그란 아버지 얼굴 판박이이다. 눈가에 전승된 잔잔한 웃음에 세월은 그냥이 아니라 겹쳐서 흐르는 것임을 새삼 확인한다.

　종만 형, 어찌 회한이야 없으리오만 이만하면 형이나 나나 성공한 삶이 아니었겠습니까. 머지않아 뒤따라갈 테니 함께 걸을 길이나 챙겨두세요. 행여 형의 곁에 다가서지 못하면 내 명경대(明鏡臺) 앞에서 멀리 백옥루(白玉樓)에 좌정했을 형의 뒷그림자에 망배(望拜)라도 하리니.

2022년 이른 봄날
안경환 그림

초판 서문

때늦은 젖 투정

문자를 깨쳐가면서 누구나 한번쯤은 품어봄 직한 장래의 꿈은 글을 쓰는 사람이 되었으면 하는 것이다. 나에게도 그런 시절이 있었다. 어린 나이에 몇 차례의 백일장을 거치면서 장래 문인이 되겠다는 엄청난 생각을 한 적이 있었다.

그러나 그것은 잠깐 스쳐가는 사춘기 소년의 객기에 불과했다. 일찌감치 나는 문학을 할 수 없다는 결론을 내렸다. 가진 것도 별로 없었지만 그나마도 문학에 전부를 걸 수 없었기 때문이다.

그리하여 조금씩 얻고, 그보다 더 조금씩 걸고 하면서 나는 이날까지 버티었다. 여기에 모인 글들은 이렇게 어정쩡한 내 삶의 여정에서 생긴 부산물들이다.

법학도가 된 사실에 일종의 굴욕감을 느낄 때마다 나는 문학 작품에서 약간의 위안을 얻고는 했다. 문학은 숨 막히는 법의 일상 속에서 이따금씩 신선한 공기를 공급해주는 환기통이기도 했다.

그렇게 살던 어느 순간엔가 나는 중대한 발견을 했다. 이른바 위대한 문학 작품은 예외 없이 법 이야기라는 사실이다. 나의 발견은 여기에 그치지 않았다. 나는 자세히 보면 모든 문학 작품들이 법 이야기에 불과하다는 것을 깨쳤다. 법 따로 문학 따로인 것이 아니라 법이 곧 문학이라는 사실을 알게 된 것이다. 따지고 보면 법도 문학도 인간의 삶에서 발생하는 갈등을 대상으로 한다는 지극히 평범한 사실을 깨치는 데에 왜 40년씩이나 걸렸는지 모를 일이다.

이 책은 1992년 8월부터 1994년 말에 이르기까지 「동아일보」에 기고한 글들과 다른 매체에 실었던 몇 편의 글을 조금씩 손질하여 한데에 모은 것이다.

일정한 체계에 따라서 쓴 글이 아니기 때문에 주제와 내용에 있어서 통일성이 없고 대상 작품들도 우연히 필자의 눈을 스쳐갔다는 이유만으로 선정되었다. 그리고 독자도 해당 작품을 읽었으리라는 전제 아래에서 쓴 글이라서 경우에 따라서는 무성의하리만치 압축된 부분도 있으리라고 생각한다. 일간신문의 독자를 유념한 시론적 내용이 담긴 글 몇 편에는 발표한 일자를 밝혀두었다. 귀중한 지면을 준 동아일보사와 출판을 맡아준 도서출판 까치의 여러 분들께 감사를 드린다. 한동안 자료의 수집을 도와준 박애신 양과 마무리 작업을 도와준 이동민, 이우영 두 사람에게도 고마운 마음을 전한다. 여러 가지 형태로 관심을 보여준 수많은 독자들께도 언젠가는 좀더 수준 높은 글을 쓸 것을 약속드린다.

이 책을 멀리 계시는 어머님께 드린다. 첫아들을 낳던 바로 그 순간에 각자도생(各自圖生)할 운명이라는 역관의 말에 반세기의 한을 가슴에 접어두신 어머님, 당신은 낳기만 했지 세상에 바쳤다는 그 아들의 글을 민족의 자부심이었던 「동아일보」가 품었다는 사실에 들뜬 밤을 수없이 보내셨다는 어머님, 당신이 버리듯이 떠난 그 땅에서 사랑하는 아들이 대신 속죄의 삶을 산다며 애잔한 웃음을 바다 너머 흘리시던 나의 어머님,

그 어머님께 이 책을 바친다. 따지고 보면 여기에 담긴 나의 글들은 모두가, 나자마자 젖배 곯았던 미숙아의 때늦은 젖 투정이다.

1995년 5월

안경환

차례

「법은 사랑처럼」

·위스턴 오든·

실로 많은 문인들이 법에 대해서 썼다. 찬양보다 항의의 변이 많았다. 보통 사람의 언어이든 법률가의 전문용어이든 법의 어떤 측면과 성격에 초점을 맞추느냐에 따라서 법은 다양한 정의와 해석이 가능하다. 20세기 최고의 시인의 한 사람으로 불리는 영국의 계관시인 위스턴 오든 (Wystan H. Auden, 1907-1973)의 시, 「법은 사랑처럼(*Law Like Love*)」(1937)만큼 법의 다양한 개념과 속성을 압축된 언어로 조명한 작품은 드물다. 이시 한 편으로 족히 한 학기분의 '법학개론'과 '법철학' 강의 교재를 만들수 있을 정도이다.

   (1) 농부들은 말하네.

      법은 태양이라고

      우리 모두가 따라야 하는.

      어제도 오늘도 내일도.

   오든은 그 누구도 거역할 수 없는 불변의 법인 자연의 섭리로 시를 시작한다. 법은 시공을 초월한 만고불변의 진리이다. 몽테스키외(Charles Montesquieu, 1689-1755)도 자신의 명저 『법의 정신(*De l'Esprit des Lois*)』 (1748)의 도입부에서 식물은 오성도 감성도 없지만 보다 질서정연한 법칙을 따른다고 말한다.

(2) 법은 어른의 지혜
　　노쇠한 할아버지 엄하게 꾸짖으면
　　손자놈 혀 빼물고 대꾸하네,
　　법은 젊은이의 감각이라고.

법은 시대의 거울이다. 시대가 발전함에 따라서 법도 성장, 발전을 거듭한다. 법은 발전하는 시대정신의 산물이기도 하다. 선인의 지혜와 후세의 신기운(新機運)은 서로 충돌하기 마련이다. 새로운 시대의 요구를 기존의 질서가 수용하기를 거부할 때에는 법을 내세워 탄압에 나선다. 법질서가 지나치게 경직된 사회는 조만간 와해되기 마련이다.

(3) 성자 같은 표정으로 사제는 이르네.
　　속인들아 들어라.
　　법은 이 경전 속 말씀이니,
　　법은 내 설교단이요 첨탑이니.

역사는 종교와 국가의 권위가 통합된 제정일치의 시대에서 서로 분리된 정교분리의 시대로 이행해왔다. 21세기에 들어서는 일부 극단적인 이슬람 국가를 제외하고는 지구상의 나라 대부분이 정교분리 원칙을 천명하는 세속 국가가 되었다. 종교의 법은 세속의 법과 차원을 달리한다. 역사적으로 양자는 흔히 충돌했고, 그로 인해서 인류의 삶의 질과 도덕성이 높아지기도, 떨어지기도 했다. 기독교 전통이 지배한 서양에서 법학은 교회법과 세속법을 함께 다룬다. 오늘에도 대학의 법학사를 'LL. B.(Legum Baccalaureus)'로 표기하는 것은 이러한 전통에 근거한 것이다.

> (4) 으스대며 재판관은 말하네,
>
>   분명하고도 엄격한 어조로.
>
>   법이란 내 항시 말하기에
>
>   짐작건대 그대들로 알리라.
>
>   한 번 더 되풀이해서 말하자면
>
>   법은 법이다.

　재판은 추상적인 법의 원리를 구체적인 사건에 해석, 적용하는 공적 행위이다. 달리 말하면 당사자의 구체적인 행위에 법의 이름으로 공적인 보호를 제공하거나 제재를 가하는 것이다. 재판을 받는 당사자에게는 "이것이 법이다"라고 판사가 선언하는 것이 바로 법이다. 판사가 사실상 입법자라고 불릴 만큼 역할과 비중이 큰 영국과 미국의 법 체계에서는 더욱 실감이 나는 구절이다.

(5) 하지만 법 잘 지키는 학자들은 말하네.

　법이란 옳은 것도 그른 것도 아니며

　때와 장소에 따라서 처벌받는 범죄일 뿐.

　법은 일상으로 입는 옷

　법은 아침저녁으로 나누는 인사.

법학자는 세상을 객관적으로 보는 훈련을 받는다. 법학자는 구체적인 분쟁에서 한쪽 편에 서지 않는다. 쌍방에 유리, 불리한 법리를 비교, 연구하여 당사자에게 판단 자료를 제공한다. 이러한 지적 작업을 위해서 법학자는 법의 본질과 원리를 탐구한다. 법의 세계에 절대적인 선은 존재하지 않는다. 이런 관점은 근대 자유주의 정치철학의 출발점이기도 하다. 일찍이 블레즈 파스칼(Blaise Pascal, 1623-1662)은 수상록 『팡세(Pensées)』(1670)에서 "피레네 산맥 이쪽에서의 정의는 저쪽에서는 부정의이다"라고 썼다. 정치적, 이념적 대립이 극단적으로 첨예한 우리나라에서는 휴전선 북쪽에서의 정의가 남쪽에서는 부정의가 될 수도 있다. 반대의 경우도 마찬가지이다. 우리나라에서는 흔히 이데올로기의 대립을 핑계로 정당한 비판과 대안적 담론을 탄압하는 사례가 발생한다.

　즈그들에게 이로우면

　반국가단체도 민족공동체가 되고

　우리들에게 이로우면

　민족공동체도 반국가단체가 되고……

이게 법이지요.

목에 걸면 그것은

부자들에게는 목걸이가 되고

가난뱅이들에게는 밧줄이 되지요.

(김남주, 「법 좋아하네」, 1991)

⑹ 어떤 이는 말하네.

　법은 우리의 운명.

　어떤 이는 말하네.

　법은 우리의 국가.

　또 어떤 이는 이렇게 말하네.

　법은 사라졌다고,

　시들어 죽어버렸다고.

"법은 우리의 운명이다." 법을 벗어날 수 없는 질곡으로 여기는 사람은 대체로 법 앞에서 체념한다. 그러나 불의의 법에 저항하여 운명을 바꾸는 일에 나서는 의인도 있다. 인류의 역사는 당대의 법질서에 도전한 소수의 선각자들의 투쟁 덕분에 질적 발전을 이룩했다.

법이 곧 국가라는 주장은 국가지상주의 정치철학의 소산이다. 모든 국민은 국가에 봉사할 의무를 진다는 논리이다. 이 주장에 따르면 국민에게 의무를 강제하는 수단이 법이다. 이는 물론 근대 국민주권주의 정치철학에 배치되는 구시대의 잔재이다.

"법은 사라졌다. 죽어버렸다." 마르크스-레닌 공산주의 이론에 입각하면 법은 이른바 '상부구조'에 속하는 것으로, 이상적인 공산주의 사회가 도래하면 법은 저절로 "시들어 죽을(absterben)" 구시대의 유물이 된다. 그러나 이러한 이론은 법의 근본 속성에 대한 성찰이 부족한 데에서 비롯된 오류이다. 모든 혁명은 구질서의 파괴와 새로운 질서의 창조라는 두 과정을 거친다. 타파된 구질서를 지탱하던 법이 무너지면 새로운 질서를 뒷받침하는 새로운 법이 등장하기 마련이다. 법은 그 자체가 목적이 아니고 공동체의 질서를 만들고 지키는 수단이기 때문이다.

(7) 언제나 소란하고 성난 군중들은

몹시 성나고 소란스러운 목소리로 외치네.

법은 우리다.

유순한 바보는 나직하게 말하네.

법은 바로 나다.

(7)연은 계급이나 집단의 이익을 지키기 위해서 나선 군중의 정서와 행태를 그린 문구이다. 집회와 시위는 민주주의 국가에서 보장된 국민의 의사표현의 자유이지만, 국가의 근본 질서의 전복을 도모하는 폭동은 공권력의 규제를 받을 수밖에 없다.

유순한 바보는 자신의 권리 의식에 눈뜨지 않은 사람이거나, 타인에게는 관대한 반면 자기 자신에게는 엄한 도덕적 척도를 가진 사람이다. 이런 사람을 일러 흔히 (타율적 규범인) '법 없이도 살 수 있는 사람'이라고 말한다.

(8) 사랑하는 이여

만약 우리가 법이 무엇인지를

그들 이상 알지 못함을 우리 안다면

법이 존재한다는 것을

기꺼이 혹은 마지못해

모든 이들이 수긍하고

또 모두가 법을 안다는 것 이외에

우리가 할 일과 해서는 안 될 일을

그대처럼 나도 모른다면,

그리하여 법을 달리 정의하는 것이

부질없는 일이라고 생각하는 나는

그 많은 사람들이 그러하듯이

다시금 법이란 이런 것이라고 말할 수 없다면

어림잡아 말한다거나

각자의 입장에서 벗어나

태연자약하고픈 보편적 욕망을

그들처럼 우리도 억누를 수 없네.

내 비록 완곡하게

유사점을 읊조리는 것으로

그대와 나의 부질없는 꿈을

접어두려 하지만

그래도 우리 자랑스럽게 말하니,

법은 마치 사랑 같다고.

(9) 사랑처럼 어디 있는지

왜 있는지 모르는 것

사랑처럼 억지로는 되지 않고

벗어날 수도 없는 것

사랑처럼 우리는 흔히 울지만

사랑처럼 대개는 지키지 못하는 것.

(8)연의 긴 서술은 시의 결구에 해당하는 (9)연을 위한 준비서면이다.

법은 사랑이다. 무수한 종교와 예술 작품이 사랑을 강론하지만, 법과 마찬가지로 사랑의 정확한 내포와 외연을 규명해낼 수 없다. 시의 마지막 연이 모든 논의를 축약한다. 법은 사람을 부자연스럽게 만든다. 그러나 공동체에서 살아가는 사람은 법의 제약을 받지 않을 수 없다. 한 사람의 권리는 다른 사람의 의무일 수 있다. 또한 모든 권리를 뒤집어보면 의무가 수반되어 있다. 공동체는 구성원이 지켜야 할 기본적 도덕을 강제적인 규범인 법으로 합의한다. 사람들은 대체로 자신의 권리는 앞장서서 챙기는 반면 권리의 이면에 담긴 타인에 대한 의무를 소홀히 하는 경향이 있다. 타인이 불특정 다수인 경우에는 더욱더 그러하다. 이 시의 총체적 결론은 출발점으로 되돌아간다. 즉 인간의 불완전함과 공동체

탄생의 불가피성, 도덕성과 윤리 의식, 그리고 권리 의식과 의무감, 이 모든 제약 속에서 공동체 삶의 질을 제고하기 위하여 끊임없이 노력해야 하는 인간의 피할 수 없는 운명, 그것이 법이라는 것이다.

사랑처럼 우리는 흔히 울지만 Like Love We Often Weep
사랑처럼 대개는 못 지키는 것 Like Love We Seldom Keep

『일리아스』

·호메로스·

『헤르메스 찬가』

현존하는 그리스 문학 작품들 중에 가장 먼저 재판을 다룬 작품은 호메로스(Homeros, 기원전 약 800-기원전 약 750)의 『헤르메스 찬가(*Omirikos Ymnos ston Ermi*)』(기원전 약 7세기)로 보인다. 주신 제우스의 아들로 전령의 역할을 부여받은 헤르메스는 태어나자마자 태양신 아폴로의 가축을 훔치고 재빨리 요람 속으로 돌아와서 강보에 몸을 숨기나, 결국 아폴로에게 발각된다. 그러나 헤르메스는 자신의 범행을 완강하게 부인하면서 "아버지의 머리에 대고" 결백을 맹세한다. 피해자 아폴로는 재판장 제우스의 판결을 요청한다. 제우스는 어린 아들의 절도 행각에 노하기보다는 오히려 그를 가상하게 여기는 듯하다. 제우스는 헤르메스에게 벌을 내리는 대신에 쌍방이 화해하고 잃어버린 가축을 함께 찾을 것을 권고한다. 헤르메스는 장물을 은닉한 장소를 아폴로에게 가르쳐주고, 속죄의 뜻으로 거북 등 껍데기로 만든 리라의 연주법을 가르쳐준다. 만족한 아폴로도 어린 동생 헤르메스의 앞날을 축복해준다.

　헤르메스 재판은 중요한 시사점을 준다. 올림피아 신산(神山)의 최고

통치자이자 치안 책임자인 제우스는 특정 범죄인의 처벌을 통한 개별적 정의의 확립보다는 화해와 우정을 통한 공동체의 평화로운 질서의 유지에 더욱 유념했다. 정의냐, 평화냐, 선택의 기로에서 제우스는 평화를 선택한 것이다.

오늘날 서구 문화는 그 뿌리를 그리스-로마 고전에 둔다. 문자의 형태로 전승된 그리스-로마 문화유산 중에서 가장 연조가 깊은 것이 호메로스의 대서사시 『일리아스(Ilias)』(기원전 약 8세기)이다. 적어도 수 세기 이상 구전으로 내려온 민간 설화를 호메로스가 집대성했다고 한다. 헤로도토스(기원전 약 484-기원전 약 425)는 『역사(Historiae)』(기원전 약 440)에서 호메로스가 자신보다 400년 정도 앞선 시대의 인물이라고 주장했다.

기원전 13-12세기경 실제 역사라고 주장하는 트로이 전쟁을 소재로 한 『일리아스』는 서양의 단군신화 격이다. 미의 축제인 동시에 허영과 가식의 공개 시장이기도 한 현대의 미인 대회도 따지고 보면 이런 신화에 기원을 두고 있다. '파리스의 심판'에서 최고 미인의 타이틀을 거머쥔 헬레네가 결국 세상에 재앙을 불러들인 것이다.

그런가 하면 지위와 권세를 가진 한두 인간의 어리석은 욕망이 많은 사람들의 파멸을 초래할 수 있다는 교훈 또한 신화 문학 『일리아스』에서 얻을 수 있다. 전쟁과 영웅의 활약이라는 고대 서사시의 전형, 『일리아스』의 주제는 복수이다. 트로이 전쟁의 직접적인 원인은 메넬라오스의 아내이자 스파르타의 왕비 헬레네를 보쌈질한 파리스의 불법 행위이다. 파리스는 스파르타를 방문한 손님으로서 지켜야 할 법도를 어겼다. 오쟁이당한 머저리 동생 메넬라오스를 대신하여 형 아가멤논이 대리 복수에 나서면서 시작된 것이 바로 트로이 전쟁이다.

　주연 아킬레우스를 비롯하여 전쟁에 동원된 수많은 영웅들의 무용담도 따지고 보면 복수의 다양한 방법과 수단의 이야기에 불과하다. 복수욕이야말로 인간의 가장 원초적인 감정이다. 법의 역사는 복수를 이성적으로 제도화한 과정으로 정의할 수 있다. 부당하게 빼앗긴 자가 빼앗은 자로부터 잃은 것을 스스로 되찾아야 했던 직접 복수의 시대로부터, 국가라는 공적 권위의 옷을 입은 법 제도가 피해자를 대리하여 복수해주는 대리 복수의 시대로 이행했다. 미국 법학의 거목이자 '위대한 반대자(Great Dissenter)'로 명성이 높았던 연방대법원 판사, 올리버 홈스 2세(Oliver W. Holmes Jr., 1841–1935)도 자신의 역작 『보통법(*The Common Law*)』(1881)에서 법 제도의 발전 과정을 복수의 이성적 제도화의 역사로 정의했다. 법과 정의의 여신이 한 손에 칼을 쥐고 있는 것도 대리 복수를 위해서이다.

　그런데 근 3,000년 전에 그리스의 호메로스가 『일리아스』에서 주장한 바가 복수의 정당화가 아니라 오히려 복수의 자제라는 점은 주목할 만하다. 복수는 또다른 복수를 유발하며 끝없는 보복의 연결 고리로 이어진다. 어딘가 적정한 선에서 고리를 자르지 않으면 세상은 무질서와 혼돈의 도가니가 되고 말 것이다. 복수를 꿈꾸는 자는 언제나 자신이 법과 정의의 편에 서 있다고 믿는다. 복수의 연결 고리를 끊는 가장 효과적인 방법은 화해이다. 부당하게 타인에게 피해를 준 사람은 남들이 자신의 잘못을 지적하면 비록 자신의 소신과는 다르더라도 이를 수용하여 피해를 보상하는 것이 순리이다. 또한 피해자는 다소 분에 차지 않더라도 가해자의 사과를 받아들이는 것이 관용과 화해의 미덕이다. 동서양의 성현들이 입을 모아 강조한 덕목 중에서 으뜸가는 덕목이 화해를 통한 평화이다. 서양에서 내려오는 법언(法諺)이 있다. "하늘이 무너져도 정의를 세워라!" 많은 법학도들이 좌우명으로 삼는 비장한 경구이다. 물론 무엇이 정의인지가 항상 명확한 것은 아니다. 시대와 사회 그리고 개인에 따라서 정의의 관념이 다를 수 있다. 저마다의 정의를 내세워 복수에 나서다 보면 하늘이 무너져, 너 나 할 것 없이 무너진 하늘에 깔려 죽기 십상이다.

미인 대회, 재앙의 원인

제우스는 여신 테티스와 인간 펠레우스의 결혼을 주선한다(둘 사이에서 『일리아스』의 주인공 아킬레우스가 태어난다). 제우스는 모든 남녀 신들에게 청첩장을 보내나, 질투와 불화의 여신 에리스만은 하객 명단에서 뺀다. 심통이 난 에리스는 연회장에 황금 사과를 선물로 던진다. 사과에는 "최고의 미인에게"라는 문구가 새겨져 있다. 헤라, 아테나, 아프로디테, 저마다 자신감이 넘친 세 여신이 제우스에게 누가 황금 사과의 주인인지 판정을 내려달라고 요청한다. 제우스는 자신이 직접 판정을 내리는 대신에 인근에서 양을 치고 있던 목동 파리스를 심판으로 지정한다. 세 후보자는 각각 심판관에게 대가를 약속한다. 제우스의 부인인 헤라는 자신을 뽑아주면 부유한 왕국과 권력을 주겠다고 제의한다. 이어서 아테나는 지혜와 군대를, 아프로디테는 세상에서 가장 아름다운 여인인 헬레네의 사랑을 주겠노라고 약속한다. 각각 자신의 권능에 합당한 뇌물이다. 파리스는 아프로디테에게 미의 왕관을 씌워주고 탈락한 두 여신의 적이 된다. 트로이의 왕자가 된 파리스는 아프로디테의 약속대로 헬레네를 얻기 위해서 메넬라오스가 다스리는 스파르타로 간다. 그는 선의의 방문객을 가장하여 왕비 헬레네를 유혹하고 납치하여 트로이로 돌아온다.

헤로도토스의 『역사』 제1권 도입부에 이 사건에 대한 페르시아 사람들의 평가가 담겨 있다. 부녀자 납치는 당시 아시아, 그리스 지역에 항다반사(恒茶飯事)였는데 그만한 일로 그리스인들이 군대를 끌고 가서 트로이를 멸망시키는 것은 언어도단이라는 것이다. 게다가 헬레네가 끌려갈 마음이 전혀 없었다면 '납치'가 불가능했으리라는 것이 페르시아 사람들의 상황 인식이었다. 헬레네를 납치하는 중에 파리스는 에게 해에서 풍랑을 맞아 이집트 해안에 표류한다. 이집트 군주는 은혜를 베푼 사람에게 고약한 짓을 한 파렴치범은 사형에 처하는 것이 마땅하나, 외지인을 처형하지 않는 관습에 따라서 추방하는 것으로 마무리 짓는다(『일리아스』의 속편 격인 『오디세이아[Odysseia]』[기원전 약 8세기]에도 이런 내용이 암시되어 있다).

출타 중이던 메넬라오스는 뒤늦게 아내가 사라진 사실을 알고 분노한다. 그는 즉시 형 아가멤논에게 복수해줄 것을 호소하고 형은 그리스 영주들을 연합하여 트로이를 정벌하고 헬레네를 되찾자고 제안한다. 파리스의 행위는 현대적인 의미로는 일종의 주권침해에 해당한다. 또한 이들 그리스 장군들은 오래 전부터 헬레네를 연모했다. 그래서 이들은 운 좋은 사랑의 승자를 도와 '스파르타의 헬레네'를 되찾고 실추된 그리스인의 명예를 회복하고자 트로이 정벌에 나선다.

아킬레우스의 복수

『일리아스』는 전쟁이 시작된 지 9년이 경과한 시점부터 종결될 때까지의 이야기이다. 핵심 줄거리는 주인공 아킬레우스의 분노와 복수 과정이다. 작가는 서사시의 전형적인 구성에 따라서 작품의 첫머리에 시와 음악의 신, 뮤즈에게 고하는 제문을 바친다. 이어서 주인공 아킬레우스와 아가멤논 사이에 전리품의 배분을 두고 언쟁이 벌어진다. 원정군은 트로이 성의 인접 마을을 공격하여 크리세이스와 브리세이스, 두 아름다운 처녀를 포로로 잡는다. 서열에 따라서 크리세이스는 사령관 아가멤논에게, 브리세이스는 아킬레우스에게 배분된다. 그런데 크리세이스는 아폴로 신전의 제사장, 크리세스의 딸이다. 애간장이 탄 아비는 몸소 적진을 찾아 몸값을 지불할 테니 딸을 석방해달라고 아가멤논에게 간청한다. 그러나 아가멤논은 일언지하에 거절한다. 절망한 크리세스는 아폴로 신의 도움을 간구한다. 아폴로가 늙은 제사장의 기도에 응답한다. 곧이어 그리스 군막에 원인 모를 역병이 돌아 순식간에 수백 명의 목숨을 앗아간다. 전염병이 돈 지 10일, 기다리다 못한 아킬레우스가 사령관의 권한을 찬탈하여 지휘관 회의를 소집하고 아폴로가 진노한 원인을 예언자에게 물어볼 것을 제안한다. 종군 예언자 칼카스가 해설을 자원하면서 한 가지 조건을 내건다. 어떤 점괘가 나오든지 자신의 신변을 보장해달라는 것이다. 아킬레우스는 조건을 받아들인다.

해설자는 크리세스의 딸을 반환하지 않은 것이 원인이라고 풀어낸다. 자신이 재앙의 원인이라는 공개적인 지목을 받자 아가멤논은 분노한다. 그는 만약 정당하게 배분받은 자신의 전리품을 반환해야 한다면, 그 대신 아킬레우스가 받은 브리세이스를 내놓으라고 요구한다. 이는 아킬레우스에게 참을 수 없는 모욕이다. 아킬레우스는 강하게 항변을 제기한다. 정식 절차를 거쳐 개인에게 배분한 전리품은 각자의 재산에 속한다는 요지이다. 분노를 누를 길이 없는 아킬레우스가 칼을 뽑는 순간, 아테나 신이 그를 저지한다. 아킬레우스는 아가멤논에게 더할 수 없이 모욕적인 언사를 퍼부으면서 앞으로 그와 절대로 상종하지 않겠다고 선언한다. 그뿐만 아니라 자신의 군대는 일체의 전투에 참여하지 않겠다고 선언한다. 자신은 메넬라오스와 아가멤논 형제의 사적인 복수를 도와주러 왔을 뿐인데, 그런 자신을 이렇게 홀대하는 것은 정의에 어긋나는 처사라는 것이다. 아킬레우스는 자신과 자신의 병사 그 누구도 트로이에 유감이 없다면서 자신의 태업을 정당화한다. 원로 네스토가 중재에 나서나, 두 영웅은 화해를 거부한다(만약 네스토가 단순히 원로에 그치지 않고 국왕이었거나, 국왕 아가멤논이 분쟁 당사자가 아니었다면 그의 화해 권고가 효험이 있었을지도 모른다).

공개재판, 적법절차

아킬레우스의 항변이 공개회의 석상에서 제기되었다는 사실을 주목할 필요가 있다. 오늘날의 시각으로 보면 공개회의는 적법절차의 원칙이 준수된 법정 절차이다. 여기에서 공개회의는 제18장에 등장하는 아킬레우스의 방패에 새겨진 장면과 연관이 있다. 아킬레우스의 방패는 명장이 만든 명품 중의 명품이다. 이는 아들의 안위를 걱정한 테티스가 명공 헤파이스토스에게 특별히 부탁하여 만든 맞춤형 명품이다. 무쇠를 5겹 벼리어 만든 아킬레우스의 방패에는 서로 대조되는 두 장면이 각인되어 있다. 첫 번째 장면에는 결혼과 축제와 공개재판의 모습이 묘사된다. 이와 대조되는 두 번째 장면에는 전투, 매복, 포위, 습격, 죽음이 묘사된다. 두 장면은 작품의 주제를 상징한다. 정규의 법정 절차가 실패한 곳에서는 전쟁이 따르기 마련이고, 전쟁은 곧 파멸을 의미한다. 그러므로 바람직한 분쟁 해결 수단은 법을 통한 평화적인 해결이라는 것이다.

아킬레우스가 빠진 그리스 군대는 지리멸렬하다. 디오메데스와 오디세우스 등 나름의 장수들이 분투해도 날로 패색이 짙어간다. 동맹군의 내분도 심각하다. 포위된 도시를 전면 공격하여 철저하게 파괴하자는 주전파와, 적절한 배상으로 도시의 절반만 요구하자는 주화파 사이에서 치열한 논쟁이 벌어진다. 설상가상으로 왕자 헥토르가 이끄는 트로이 군은 그리스 군을 궤멸 직전까지 몰아붙인다. 당황한 네스토는 아킬레우스의 심우(心友), 파트로클로스에게 접근한다. 그는 아킬레우스와 심신을 나누는 사이이다. 아킬레우스를 설득하여 전장에 불러낼 수 있는 사람은 오직 그 하나뿐이다. 파트로클로스는 만약 설득에 실패하면 자신이 아킬레우스의 갑옷을 입고 전장에 나서기로 한다. 결국 친구의 설득에 실패한 파트로클로스는 친구의 갑옷을 입고 전장에 나선다. 그러나 "단칼에 아홉 병사를 베는" 용전에도 불구하고 그는 마지막에 적장 헥토르에게 패한다. 아킬레우스의 빛나는 갑옷은 헥토르의 전리품이 되고 그리스 군대는 가까스로 파크로클로스의 시체를 수습한다. 죽은 자는 예법에 맞는 장례를 치르지 않으면 영혼이 안식할 수 없기 때문이다. 친우의 죽음을 들은 아킬레우스는 머리칼을 쥐어뜯으며 통곡한다. 곡소리를 듣고 나타난 테티스에게 아킬레우스는 복수를 맹세한다. 그러다가는 아킬레우스의 생명도 위험하다고 어머니는 말리지만, 아들은 막무가내이다. 그래서 테티스는 하는 수 없이 명공 헤파이스토스에게 부탁하여 새 갑옷과 방패를 만들어준 것이다.

마침내 아킬레우스가 출정한다. 출정에 앞서 아킬레우스는 전군이 지켜보는 가운데 아가멤논과 화해했노라고 공개적으로 선언한다. 아가멤논도 제우스 신의 개입으로 일시적으로 이성을 잃었었다며 지난 일을 사과하고 빼앗았던 브리세이스도 아킬레우스에게 돌려준다.

아킬레우스에게는 아가멤논의 사과보다 친구의 복수가 급선무이다. 그는 즉시 병사들에게 진군을 명령하나, 오디세우스는 병사들이 너무나 지쳐 있으니 우선 먹고 휴식할 시간이 필요하다며 그를 달랜다. 아킬레우스는 병사들에게는 밥을 먹이겠지만, 자신은 복수할 때까지 금식하겠다고 선언한다. 새 갑옷의 효능을 단단히 누린 아킬레우스는 헥토르를 살해한다. 헥토르는 죽어가면서 자신의 시체를 가족에게 보내달라고 부탁한다. 그러나 아킬레우스는 냉정하게 거절한다.

파트로클로스의 장례식은 정중을 넘어 장엄하다. 전군이 행진하는 광장 한가운데에 우뚝 선 제단 위에 시신이 안치되어 있다. 여러 마리의 말과 개들 그리고 트로이 군 포로 12명을 제물로 바친다. 게다가 추모 행사로 마차 경주, 레슬링, 원반 던지기 등등 가히 올림픽 수준의 경기가 열린다. 의식은 9일이나 계속된다. 매일 아킬레우스는 갑옷을 벗긴 헥토르의 나신을 전차에 매달고 파트로클로스의 제단 주위를 질주한다.

　이후 헥토르의 시신은 전리품으로 전시된다. 그리스 병사들은 너 나할 것 없이 적장의 시신을 보려고 모여든다. 많은 병사들이 조롱을 퍼붓는다. 심지어는 시신을 창끝으로 쿡쿡 찔러보는 병사도 있다. 멀리서 이 광경을 지켜보던 헥토르의 부모, 프리아모스와 헤카베는 심장이 뜯기는 것만 같다. 트로이 시민은 깊은 비탄에 빠진다. 남편의 전사 소식에 헥토르의 아내 안드로마케는 실신한다. 이에 제우스의 주제로 신들의 총회가 열린다. 총회에서 헥토르의 시신을 수습하여 적절한 장례를 치르게 하기로 합의가 모아진다. 전령 헤르메스 신의 안내로 프리아모스 왕이 아킬레우스의 막사를 찾는다. 아버지뻘인 프리아모스는 아킬레우스에게 참척당한 부모의 슬픔을 상기시킨다. 비로소 이성을 찾은 아킬레우스는 적국의 왕을 정중하게 대접하고 화해를 받아들인다. 프리아모스의 궁정에서 헥토르의 성대한 장례가 치러지는 것으로 서사시 『일리아스』는 막을 내린다.

　최후의 화해가 이루어지기 전에 그리스 원정군과 트로이 방어군 사이에 타협의 여지가 전혀 없었던 것은 아니다. 10년간의 전쟁으로 양측 군사 모두가 극도로 지쳐 있다. 트로이 측에도 주화파 원로 안테노르가 있다. 그는 헬레네를 메넬라오스에게 돌려주자고 제안한다. 그러나 파리스가 일언지하에 거절한다. 절대로 천하일색을 내줄 수 없다는 것이다. 대신 그녀의 재산은 돌려주고 이에 더하여 적정한 액수의 위로금을 지급할 용의가 있다고 물러선다. 프리아모스 왕은 아가멤논에게 파리스의 조건과 함께 죽은 병사들의 장례를 위한 일시 휴전의 제안을 덧붙인다. 그리스 군은 파리스의 제안을 거부하지만 휴전에는 합의한다.

양보와 타협

헥토르와 아킬레우스의 결투는 대조되는 두 가치관의 대립으로 평가된다. 헥토르는 가족애에 바탕을 둔 안정된 도시 생활과 절제의 미덕이 빛나는 건전한 생활인의 삶을 상징한다. 반면 아킬레우스는 원시적인 잔인함, 반사회적 파괴, 분별없는 열정, 야생의 삶을 상징한다. 둘 사이의 대립은 인간의 문명 그 자체의 문제이다. 『일리아스』에서 아킬레우스의 파괴가 일시적으로 승리하나, 마지막에는 프리아모스를 통해서 헥토르의 가치가 부활한다. 『일리아스』는 전쟁을 주된 테마로 하나, 전쟁보다 평화를 사회적 미덕으로 제시한다. 아군 진영에서 발생하는 갈등과 반목이 화해로 수습된다. 작품의 마지막에는 적군과의 화해도 이루어진다. 평화 대신 전쟁을 고집한 파트로클로스, 헥토르 그리고 아킬레우스, 이 모든 영웅들은 죽음으로 종말을 맞는다.

자신이 믿는 바대로의 복수가 곧 정의라는 아킬레우스의 확신 앞에서 양보와 화해의 미덕은 빛을 잃는다. 아킬레우스는 강의 신, 크산토스와도 혈전을 벌인다(제21장). 생래적으로 반신반인(半神半人)인 아킬레우스는 정의를 내세우며 인간의 질서를 벗어나 일종의 신의 입장을 취한다. 그는 전지전능한 제우스 신의 역할을 부여받기를 원하고 자신이 참전하지 않는 경우에는 아군을 패퇴시킬 것을 제우스에게 간(諫)한다. 제우스는 아킬레우스의 청원을 받아들이고 그리스 군은 트로이 군에 무참하게 궤멸된다. 아킬레우스의 의지는 곧바로 제우스와 동격의 권위를 얻는다.

"언어가 그 의미를 상실할 때"라는 특이한 제목의 책으로 '법과 문학'의 방법론을 개발한 미국의 제임스 화이트(James B. White, 1938-)에 의하면, 이와 같은 아킬레우스의 태도는 '명예의 전당'의 질서를 파괴하는 행위로, 곧바로 자신의 파멸을 초래한 원인이 된다.[*] 『일리아스』는 이와 같은 아킬레우스의 무리수 때문에 비극으로 치닫는다. 반신반인인 그의 인간적인 속성은 심우, 파트로클로스를 통해서 나타난다. 호메로스는 파트로클로스의 죽음에 복수한(헥토르의 살해) 아킬레우스 자신도 비참한 죽음을 맞게 함으로써 비극성을 극대화한다(『일리아스』에는 트로이의 멸망도 아킬레우스의 죽음도 명시되지 않는다!). 작가는 인간의 사회적인 본성(화해 가능성)과 신의 절대성 사이의 대립에서 무명필부로서의 장수(長壽) 대신 짧지만 빛나는 영웅의 삶을 택한 아킬레우스가 현명하지 못했다고 판단한 것이다. 그는 인간의 본성은 위대함과 나약함이 분리 불가능할 정도로 결합되어 있고, 영웅도 양자의 속성을 공유하는 인간임을 주장한다. 전쟁과 영웅의 대서사시, 『일리아스』의 본질은 인간의 거친 욕망이 불러들일 재앙을 경고하는 평화의 메시지인 것이다.

---

[*] James White, *When Words Lose Their Meanings : Constitutions and Reconstitutions of Language, Character and Community*, University of Chicago Press, 1984, pp.24-46.

『오디세이아』

•호메로스•

아내의 노래

낯선 도시를 거닐다가 마주치는 무수한 간판들 중에서 어딘가 귀에 설지 않은 이름을 만나면 이유 없는 안도감에 잠시 발길을 멈추게 된다. 서양의 어느 고전학자는 성서를 제외하고 유럽에서 일상적으로 접하는 간판 이름을 가장 많이 산출한 고전을 들라면 분명히 호메로스의 『오디세이아』일 것이라고 했다. 신천지 유럽, 미국도 마찬가지이다. 페넬로페, 칼립소, 스킬라, 카리브디스, 이타카, 키클롭스……. 끝없이 이어진다. 모든 사람들이 즐겨 말하지만 실제로는 거의 읽지 않는 것이 고전이라는 우스개가 있지만, 『오디세이아』를 한 구절도 읽지 않은 사람에게도 그리 낯설지 않은 이름들이다.

비단 간판만이 아니다. 지명도 마찬가지이다. 미국 동부의 명문, 코넬 대학교가 자리한 시골 도시도 오디세우스의 고향을 따서 이타카로 명명했다. 산과 계곡이 아름다운 코넬 대학교 캠퍼스는 1970년대 초에 서울 대학교가 관악 캠퍼스를 조성하면서 모델로 삼았다는 이야기도 있다. 이타카는 너무나 외진 곳이라 원래는 연방형무소의 입지로 고려했다고

한다.

얼핏 보기에 『오디세이아』는 우리의 「춘향전」과 「아내의 노래」를 결합한 것처럼 보인다. 구혼자들의 끈질긴 등쌀에도 불구하고 천으로 짠 실을 되푸는 속임수를 써가며 전장에 나간 생사 불명의 남편이 귀환하기를 기다리는 열녀 이야기 정도로 『오디세이아』를 아는 사람도 많다.

"님께서 가신 길은 영광의 길이옵기에 이 몸은 돌아서서 눈물을 감추었소." 「아내의 노래」는 「가요무대」 애청자 중에서도 가장 연장자 세대가 절로 따라 부르게 되는 한(恨)의 별곡이다. 부부별리(夫婦別離)의 애환은 동서고금을 막론하고 문학의 전형적인 소재였다. 일찍이 당나라의 시인 두보(杜甫, 712-770)도 남편을 전장에 보낸 아내의 절절한 마음을 그렸다(신혼별[新婚別]). "우리의 신혼 추억일랑 잊어버리시고 군무에 전념하소서. 아녀자 그림자가 전장에 얼렁대면 병사의 사기가 위축될까 두렵습니다[勿爲新婚念 努力事戎行 婦人在軍中 兵氣恐不揚]." "이 몸도 비단 저고리 다시 펼치지 않고 화장도 지우오리니[羅襦不復施 對君洗紅粧]."

서양 소설의 원조

서사시 『오디세이아』는 『일리아스』와 함께 서양의 고전 중의 고전이다. 『일리아스』가 시의 원형이라면 『오디세이아』는 소설의 원조라고나 할까. 비단 소설에 그치지 않고 서양의 예술사 그 자체의 원류가 된 엄청난 대작이다. 문학은 물론 음악, 미술 등 모든 예술 장르에 걸쳐 『오디세이아』에 뿌리를 둔 파생 작품이 무수하다. 기원전 1세기 로마의 시인, 베르길리우스(Vergilius, 기원전 70-기원전 19)와 호라티우스(Horatius, 기원전 65-

기원전 8) 그리고 중세의 거인 단테(Dante Alighieri, 1265-1321)의 작품들이 대표적인 예이다. 단테의 『신곡(*La Divina Commedia*)』(1308-1320)에는 『오디세이아』의 속편이 담겨 있다. 베르길리우스의 안내로 지옥을 순회하던 단테는 제8원옥에서 트로이 전쟁에 참전한 그리스 연합군의 두 지략가, 오디세우스와 디오메데스를 만난다. 둘은 불꽃의 형상으로 벌을 받고 있다(「지옥」편 26-27곡).

20세기에 들어서는 영국 시인 앨프리드 테니슨(Alfred Tennyson, 1809-1892)과 미국 시인 에즈라 파운드(Ezra Pound, 1885-1972) 그리고 현대 그리스 문학의 거인, 니코스 카잔차키스(Nikos Kazantzakis, 1883-1957) 등등이 『오디세이아』에 시대정신을 불어넣어 새로운 고전을 만든 장본인들이다. 우리의 작가 이문열(1948-)도 소설 『오디세이아 서울』(1993)을 일간신문에 연재했다. 신흥 산업사회 한국의 상류층의 기호품인 독일제 몽블랑 볼펜이 소설의 화자이자 주인공이다. 주인의 주머니에서 떨어진 볼펜이 이곳저곳, 이 주머니에서 저 주머니로 떠밀려 다니면서 겉치레만 번듯한 과잉 정치 담론의 세계이자, 산업사회의 수도인 서울의 음양을 조명한다.

실로 무수한 『오디세이아』의 후예들 중에서도 가장 유명한 자손은 아마도 아일랜드의 문호, 제임스 조이스(James A. A. Joyce, 1882-1941)의 머리를 깨고 나온 『율리시스(*Ulysses*)』(1922)일 것이다. 20세기 최고의 소설로 일컬어지는 이 작품은 소위 '의식의 흐름' 기법을 도입하여 기존의 소설과는 차원이 다른 심층적 성찰을 시도했다.

『율리시스』는 두말할 필요도 없이 그리스 이름 오디세우스의 라틴식

이름이다. 작품 『율리시스』의 구성도 원작 『오디세이아』를 바탕으로 한다. 작품 속 등장인물들의 실제 행동반경은 20세기 초의 더블린에 한정되지만, 수천 년 전 지중해와 소아시아, 그리고 아프리카를 무대로 유랑, 표류했던 오디세우스의 대장정이 축지(縮地), 재생되어 있다. 작가가 자부하듯이 설령 더블린 시 전체가 잿더미로 변하더라도 이 작품을 바탕으로 한 치의 오차도 없이 도시를 재건할 수 있다고 한다. 주인공 블룸이 자살한 아버지로부터 물려받은 충견 아토스도 늙고 비루먹은 몸으로 일구월심 주인을 기다리다가 오디세우스가 돌아오는 바로 그 순간에 힘없이 꼬리를 살짝 흔들고 마지막 숨을 거두는 충견 아르고스의 후손이다.

성장 소설의 효시

그리스 서사시의 공식에 따라서 작품의 초입에 작가는 시와 음악의 여신 뮤즈에게 고한다. 오랜 시일을 타국에서 떠돌며 각종 신고(辛苦)를 겪는 한 외로운 사내의 사연을 경청할 것을 청원하는 것이다. 트로이 전쟁이 끝날 때에 승리의 환호를 나눈 전우들은 모두 안전하게 귀환한다. 그러나 이타카의 국왕 오디세우스와 그 일행만이 미귀자(未歸者) 명단에 남아 있다.

19년에 걸친 가장의 부재는 공동체의 질서에 커다란 무질서와 혼란을 초래한다. 구혼자들은 왕궁에 죽치고 앉아 연일 흥청망청 연회를 벌인다. 그들은 주인의 재산을 축내고 시녀들을 희롱하면서 입을 모아 안주인에게 요구한다. 당신 남편은 죽은 것이 분명하니 우리들 중 한 사람을 새 배필로 택하라고. 오디세우스는 단순히 한 가정의 가장에 그치지 아니한다. 그는 공동체의 수장이다. 페넬로페는 단순한 왕비가 아니다. 그녀는 왕비이기에 앞서 공동체에서 독자적인 지위를 가진다. 그녀와 결혼한다는 것은 공동체의 수장의 지위를 얻는 것이다. 아마도 오디세우스도 페넬로페의 남편이었기 때문에 국왕의 지위에 올랐을 것이다. 오디세우스의 아버지 라에테스도 손자 텔레마코스의 왕위 계승에 관여하지 못한 것을 보면 페넬로페의 지위를 능히 짐작할 수 있다. 문학도들은 대체로 대서사시 『오디세이아』의 주제를 오디세우스의 시련, 아들 텔레마코스의 성장, 그리고 오디세우스의 복수, 세 가지로 파악한다. 트로이 전쟁에서 승리한 후에도 처자가 애타게 기다리는 고국 이타카에 돌아오기까지 장장 19년간 오디세우스가 겪는 각종 고통과 시련은 구비전설을 통해서 호메로스의 시대까지 전승되며 풍성한 곁가지가 쳐졌을 것이다.

실종된 아버지를 찾아나선 아들, 텔레마코스의 여정은 서사시의 첫머리(1-4장)와 후반의 상당 부분을 차지한다. 이러한 텔레마코스의 행장은 오늘날 소위 '성장 소설(Bildungsroman)'로 통칭되는 소설 장르의 효시로 인식된다. 『오디세이아』는 미숙한 소년이 영웅인 아버지에 버금가는 헌헌장부로 성장하는 이야기이다. 텔레마코스는 그리스어로 '전쟁에서 멀리 떨어진 사람', 인도-유럽어권의 어원으로는 '생각하게 만드는 사람'이라는 뜻이라고 한다. 이는 성찰을 통해서 창업(創業)과 수성(守成)과 경장(更張)의 지혜를 터득해가는 지도자의 행로를 암시하는 이름이기도 하다.

세상에 타고난 영웅은 없다. 언제나 영웅에게는 싹수가 보이는 어린 아이를 영웅으로 길러내는 스승이 있기 마련이다. 전쟁에 나서면서 오디세우스는 오랜 친구 멘토르에게 아들 텔레마코스의 후견을 부탁한다. 이 '멘토르(Mentor)'는 일찍이 세계인의 일상 어휘가 된 '멘토(mentor)'의 어원이기도 하다. 적대적인 구혼자들에게 시달려 항시 우울한 고민에 휩싸인 어머니를 멀거니 쳐다보기만 하는 무력한 어린아이였던 텔레마코스는 어느 틈엔가 독립적인 인격체로 자라난다. 오직 동정심에 호소하여 주변의 도움을 구걸하던 그가 국왕의 당당한 아들로서 주체 선언을 한다.

　푸른 바다, 회색 파도에 손을 씻으며 텔레마코스는 아테나 여신에게 간청한다. "아버지를 찾게 해주소서!" 아테나가 멘토르로 변신하여 말한다. "네게 아버지의 용기가 있다면 성공할 것이다. 아버지를 찾아나서라. 그러면 성공할 것이다." 이 말에 용기를 얻은 텔레마코스는 아버지의 행방에 관한 단서를 찾아 홀로 여행길에 나선다. 필로스에서는 아버지의 옛 전우 네스토를, 스파르타에서는 메넬라오스와 헬레네 부부를 만난다. 여행에서 아버지가 살아 있다는 낭보를 얻고 귀국한 텔레마코스는 혼자서라도 구혼자들을 물리칠 계획을 세운다. 이후 문자 그대로 천우신조, 신의 예언과 자신의 기대대로 아버지를 만나게 되자 부자는 합심하여 적들을 물리친다. 그 과정에서 결코 아비에 뒤지지 않은 용맹과 지략을 과시한 그는 이제 왕위를 물려받아도 무리 없이 왕국을 이끌어갈 것 같은 신뢰를 준다.

여성 캐릭터의 비중

실종 또는 추방당한 영웅이 간난 끝에 귀환하여 자신에게 불의를 저지른 상대에게 복수한다는 이야기는 어느 사회에서나 흔한 민중설화이다. 『오디세이아』는 서양 문학에서 낭만소설의 전형으로 인식되기도 한다. 『오디세이아』에는 당시 그리스 사회에 영향을 미친 다양한 설화 문화의 유산이 투영되어 있다. 다분히 『아라비안 나이트(*Alf Laylah wa Laylah*)』를 연상시키는 장면도 많다.

선행의 『일리아스』와 대조되는 『오디세이아』의 한 가지 특징은 여성을 본격적으로 등장시켰다는 것이다. 『일리아스』에서 여성은 독자적인 존재감이 없다. 전장을 무대로 한 특성 때문이기도 하지만 애초에 전쟁의 원인을 제공한 헬레네도 단역 수준을 면치 못하고 헤카베나 안드로마케는 역할이 전혀 없는 것이나 마찬가지이다.

그러나 『오디세이아』는 다르다. 많은 여성들이 등장하고 등장인물 모두가 이야기의 전개에 중요한 기여를 한다. 특히 파이아키아 왕국의 왕녀 나우시카는 강렬한 인상을 남긴다. 그녀의 아버지 알키노오스는 현명한 군주이고 어머니 아레테는 자비로운 왕비이다. 이들이 통치하는 파이아키아 왕국은 가족의 사랑과 헌신이 충만한 안온한 가정에서처럼 여성적인 미덕이 빛난다. 청순한 미모의 젊은 여인, 나우시카와 장년 사내, 오디세우스 사이에서 은은하게 승화된 사랑도 후세인들의 상상을 자극했다. 찰스 디킨스(Charles J. H. Dickens, 1812-1870)가 『두 도시 이야기(*A Tale of Two Cities*)』(1859)의 여주인공으로 설정한 루시 마네트의 원조라고나 할까. 마네트는 디킨스 자신이 사랑했던 젊은 여인들의 잔상이었을지도 모른다.

빅토리아 시대의 소설가 새뮤얼 버틀러(Samuel Butler, 1835–1902)는 『오디세이아』의 진짜 저자는 나우시카라는 가설을 세웠다. 많은 사람들이 동경하는 '유토피아'란 이 지구상 어디에도 존재할 수 없는 '에레혼(Erewhon, 'nowhere'를 거꾸로 써서 만든 단어)'에 불과하다고 냉엄하게 말한 그였다. 『오디세이아』를 치밀하게 해제한 버틀러는 거수(巨獸) 폴리페모스를 속이면서 오디세우스가 자신을 '노바디(nobody)'로 부르는 지략에는 공동체의 삶에 대한 직관과 예지가 담겨 있다고 믿었을 것이다. 포세이돈 신의 아들인 폴리페모스에게 그가 '노바디'로 자신의 정체를 밝힌 것은 자연에 도전하는 인간의 선언이기도 하다. 21세기 미국의 소설가, 로버트 그레이브스(Robert von R. Graves, 1895–1985)는 『호메로스의 딸(Homer's Daughter)』(1955)에서 이 주제를 더욱 심도 있게 파고들었다.

마력으로 오디세우스를 유혹한 키르케와 칼립소에게도 마지막 순간에는 사랑하는 사내를 놓아주는 아량이 있다. 메넬라오스의 아내로 되돌아온 경국지색, 헬레네는 화려했던 과거와 결별하고 평범한 중산층 부인처럼 조신하게 지낸다. 또한 그녀는 타인이 처한 불행한 상황에 동정을 보이기도 하는 대변신을 한다. 페넬로페의 유모 유리클레이아와 충실한 시녀들도 주어진 역할을 무리 없이 해낸다. 물론 페넬로페는 정절과 헌신의 미덕으로 중세 이후에 더욱 찬양의 대상이 되었다. 그러나 그 누구보다도 아테나 여신은 이 모든 등장인물들을 압도하고도 남는다. 오늘날의 기준으로도 여신은 지성과 세련미, 독립적인 소신, 종합적인 판단력, 이 모든 현대 여성의 미덕을 두루 겸비한 이상형이다.

근대적 인간, 오디세우스

『일리아스』에 등장하는 오디세우스는 재주와 꾀가 많은 지장(智將)이다. 호메로스도 그를 일러 "기지(機智)가 많은 사람"이라고 평한다. 당초 그는 아킬레우스와 마찬가지로 트로이 전쟁에 나가고 싶어하지 않았다. 만약 전쟁에 나가면 20년 동안 귀환하지 못한다는 신탁을 들었던 것이다. 그래서 정신병을 가장하다가 들통이 났다. 천하 용장으로 명성이 높았던 아킬레우스도 마찬가지로 출전이 맘에 내키지 않았다. 그의 몸은 갓난아기 시절에 어머니 테티스가 스틱스 강물에 담근 덕분에 갑옷이나 다름없었다. 다만 오른발 뒤꿈치만 철갑 코팅이 되지 않은 상태였다. 테티스는 아들이 전장에 나가면 큰 전공(戰功)을 세우겠지만, 젊은 나이에 죽을 것이라는 신탁을 들었다. 그래서 테티스는 아들에게 여성 복장을 입혀 숨긴다. 그러나 영리한 오디세우스가 아킬레우스의 정체를 폭로하여 전장에 합류시킨다. 아킬레우스가 죽고 난 후에도 계속되던 전쟁에서 결정적인 승기를 잡은 '트로이 목마' 작전은 오디세우스의 아이디어였다(이 내용은 작품 『일리아스』와 『오디세이아』에는 담겨 있지 않다).

오디세우스는 인간 경험의 총체적 상징으로, 다면적인 '근대적 인간'이다. 그는 향수에 빠져 우울해하는가 하면 호기심 때문에 위기를 자초하기도 한다. 쉽게 여성의 유혹에 빠지면서도 결정적인 순간에는 벗어난다. 또한 언제나 새로운 세계와 지식에 대한 탐구욕이 충만하다. 복수의 과정도 치밀하다. 그 과정에서 여러 차례 위기가 닥치나, 그는 놀라울 정도로 냉정함을 유지한다. 이런 관점에서 보면 트로이가 멸망한 뒤에 그가 겪는 유랑, 정화, 성숙, 이 모두가 전쟁이라는 비인간적인 경험

후에 한층 완성된 인간으로 거듭나는 필연적 과정일 것이다. 그런 의미에서 오디세우스를 '파우스트적 영웅'의 원형으로 여길 만도 하다.

화해의 미덕

모든 문학 작품들은 시대의 거울이다. 『오디세이아』에서 호메로스 시대의 정치적, 사회적 기관의 면모를 엿볼 수 있다. 제2장에서 텔레마코스는 이타카 민회를 소집한다. 그 시대에는 왕권이 헌법이나 법률로 명확하게 정립되어 있지 않았다. 사인(私人) 간의 분쟁을 해결할 정식 사법제도도 탄생하지 않았다. 관습적으로 국왕의 권한은 주로 전쟁과 외교문제에 한정되었을 뿐, 사적인 가정 문제는 왕족도 귀족이나 일반 백성과 마찬가지로 개인적 차원에서 해결해야 했다. 오디세우스는 찬탈당한 왕권을 되찾기 위해서 이타카 시민의 조력을 구하지 않고 오직 가족과 가신들에게 의지했다. 마찬가지로 유혈 복수극이 벌어진 후에 죽은 구혼자의 가족들이 복수를 위해서 오디세우스를 추적한다(제14장).

한편 명계(冥界), 하데스에서도 망자(亡者)들의 회의가 열린다(제24장). 아킬레우스, 아가멤논, 파트로클로스, 아이아스 등등 『일리아스』의 영웅들이 제각기 지상의 상황에 대해서 의견을 피력한다. 이때 제우스의 전령, 헤르메스가 새로운 영혼들을 이끌고 나타난다. 100여 명의 '젊은이'들의 동시 출현에 아가멤논이 연유를 묻는다. 전말을 들은 아가멤논은 오디세우스의 용기와 페넬로페의 정절을 찬양한다.

지상에서 아버지 라에테스의 집에 당도한 오디세우스는 부자 상봉의 기쁨을 누린다. 동시에 참혹한 살육 소식에 이타카 민회가 소집된다. 평화와 화해를 촉구하는 시민들도 유가족의 분노를 제어할 수가 없다. 무리를 지어 몰려든 유족 군대에 오디세우스 가문의 3대가 맞선다.

마침내 신들이 개입한다. 제우스가 소집한 신들의 회의는 오디세우스의 복수가 정당했음을 인정하고 아테나에게 평화를 정착시킬 방안을 강구하라고 지시한다. 아테나 여신이 개입하자 복수자들은 당황한다. 제우스의 번개가 아테나의 권위를 뒷받침해준다. '멘토'로 변신한 아테나는 시종일관 평화적인 질서의 회복을 주도한다.

복수욕이야말로 인간의 가장 원초적인 감정이다. 법의 가장 고전적인 기능도 피해자가 가해자에게 복수하는 데에 있다. '눈에는 눈, 이에는 이', 이른바 '동해동복(同害同復)'의 원리이다. 바빌로니아의 함무라비 법전에서 유래하여 구약 시대까지 보편적으로 적용되던 원칙이다. 이 원칙을 기준으로 보면 오디세우스의 복수 행위가 과연 정당한지가 의문이다. 19년이나 소재불명인 남편을 기다리는 페넬로페에게 청혼했다는 이유로 구혼자들을 학살하는 것은 어떤 기준으로 보아도 도가 지나쳤다. 더구나 여왕을 제대로 보좌하지 못한 죄를 물어서 시녀들마저 무참하게 처형한 것은 수용하기 어렵다.

『일리아스』에서 호메로스는 대립보다 화해의 미덕을 강조했다. 그는 극단적인 대립을 미덕으로 아는 영웅, 아킬레우스를 죽임으로써 '영웅적' 대립은 공멸에 이른다는 위험을 경고했다. 『오디세이아』에서도 작가는 동일한 메시지를 전한다. 오디세우스에 의해서 죽은 자들의 가족이 복수에 나설 준비를 하자 아테나 여신이 개입하여 피에서 피로 유전되

는 복수의 연결 고리를 잘라내고 화해의 길을 연다. 100번의 승리보다
도 단 한 번의 무승부가 나은 법이다.

「노동과 나날」

·헤시오도스·

인간 문학의 선구자

고대 그리스는 다신교 사회였다. 그리스 신들의 족보를 정리한 『신통기 (神統記, *Theogonia*)』(기원전 약 730-기원전 약 700)의 저자로 알려진 기원전 8세기 시인 헤시오도스(Hesiodos, 기원전 약 740-기원전 약 670)는 경쟁과 다툼이라는 공동생활의 질서를 일찌감치 깨친 인물인 듯하다. 『신통기』 에서 헤시오도스는 판사가 갖추어야 할 중요한 덕목 중의 하나로 "유려 하고도 막힘없는 언변"을 들면서 이런 능력을 기르려면 시와 음악의 여 신 뮤즈의 도움이 필요하다고 말한다. '법과 문학', '법과 음악'의 선구자 라고 할까. 육각운(六脚韻) 형식으로 쓴 헤시오도스의 장시(長詩), 「노동 과 나날(*Erga Kai Hemerai*)」(기원전 약 700)은 물질적인 부의 축적을 위해서 경쟁하며 사는 인간 사회의 모습을 관찰한 최초의 작품이다. 호메로스 를 비롯한 헤시오도스 이전의 작가들은 주로 신화의 세계를 유랑했지 만, 헤시오도스의 이 작품은 순수한 인간의 세계를 무대로 설정했다는 점에서 인간 문학의 선구자라고 할 수 있다(헤로도토스는 『역사』에서 호메 로스와 헤시오도스가 같은 시대의 인물이라고 썼다).

인간 세상은 경쟁의 세계이다. 경쟁의 세계에서는 불화와 반목이 일기 마련이고 불화를 해결하기 위해서는 법이 나설 수밖에 없다. 그리스 최초의 인간 문학, 「노동과 나날」에도 재판 장면이 등장한다. 그런 의미에서도 이 작품은 인간 세상의 본질을 꿰뚫고 있다. 그런데 이 작품에서 헤시오도스는 비굴한 타협보다는 양보할 수 없는 정의로운 투쟁을 미덕으로 강조한다. 그의 주장은 한마디로 정의 없는 공동체 생활은 무의미하다는 것이다.

「노동과 나날」에서 헤시오도스는 낭비벽이 있는 형 페르세스와 재산 분배 소송을 벌여 패소한다. 자기 몫까지 포함하여 부모의 유산 대부분을 차지했던 형은 낭비로 인해서 파산한다. 그리고는 동생에게 과거지사를 사과하고 화해를 청한다. 그리고는 뻔뻔스럽게 돈을 빌려달라며 손을 내밀자 아우는 흔쾌히 응하는 체한다. "지체 없이 행하죠. 제우스의 정의의 이름으로 우리 사이의 분쟁을 종식시킬 절호의 기회이니." 그러나 속내는 다르다. 그는 형에게 돈을 빌려주는 대신 인생 충고를 건넨다. "거지꼴을 하고 구걸하러 내 앞에 나타나다니! 형에게 내 할 만큼 했소. 더 이상은 어림도 없소. 일을 해야죠! 어리석은 페르세스 형."

호메로스나 헤시오도스 시대의 작가들에게 정의란 대립하는 쌍방이 함께 수용할 수 있는 조건의 합의이다. 형과의 화해는 헤시오도스 자신의 소신에는 어긋나지만, 사회의 안정을 위해서는 필요한 중간 과정이다.

그러나 헤시오도스가 직시한 인간 사회는 이기심과 불신이 만연하는 악의 도가니이다. 그는 인류사를 금, 은, 동, 영웅, 철의 다섯 시대로 구분한다. 자신이 살고 있는 현세, 철의 시대는 맹세를 지키는 사람, 의로운 사람, 정직한 사람은 정당한 대우를 받지 못하고 악한과 사기꾼이 득세하는 악의 세상이다. 그러나 헤시오도스에 따르면 신은 결코 이런 악을 언제까지나 방치하지 않는다. 악한들은 자신들끼리 살육하다가 공멸하고 말 것이다.

헤시오도스의 정의관은 평화로운 공존을 도모하는 호메로스의 정의관과 대비된다. 호메로스의 정의는 우정과 신의가 일상적인 미덕으로 안착된 사회에서 빛나는 정의이다. 타협이 불가능한 절대적 정의를 표방하면서 복수의 걸음을 내친 아킬레우스로 인해서 트로이 전쟁의 평화로운 종결은 실패했고 아킬레우스 자신도 파멸을 면치 못했다. 화해를 외면한 영웅적인 행위의 대가는 파멸뿐이라는 것이 호메로스의 정의관이다.

반면 헤시오도스의 정의관은 호메로스와는 달리 보다 현실감각을 갖춘 것으로 보인다. 그의 정의관은 후일 근대사상가 토머스 홉스(Thomas Hobbes, 1588-1679)가 말한 "만인의 만인에 대한 투쟁(bellum omnium contra omnes)"이 일상인 사회에 적합한 관념이다.

헤시오도스에 의하면 좋은 사회와 나쁜 사회를 구분 짓는 기준은 그 사회를 관류하는 특성이 평화이냐 투쟁이냐가 아니라 투쟁의 성격이다. 인간사에서 투쟁은 불가피하다. 헤시오도스는 지구상에는 항상 두 가지 유형의 투쟁이 존재해왔다고 말한다. 첫 번째 유형은 일부 사람들은 찬미해 마지않으나, 나머지는 비난하는 그런 유형의 투쟁이다. 이런 유형의 투쟁은 전쟁 지향적, 비생산적, 파괴적인 투쟁으로, 악의 원천이다. 두 번째 유형은 '생산적인 투쟁' 내지는 '유익한 투쟁'이다. 이를테면 게으름뱅이까지 일하도록 자극하는 그런 투쟁이다. 만약 한 사람이 열심히 씨를 뿌리고 거두어 처자식을 호강시키는 모습을 본다면 누구나 이를 부러워할 것이다. 이웃의 부를 선망하는 자가 자신도 열심히 일할 충동을 느낀다면 이러한 투쟁은 도덕적으로 유익한 것이다. 헤시오도스에 따르면 장인은 장인끼리, 가수는 가수끼리, 심지어 거지는 거지끼리도 상대의 성공에 투쟁적인 선망을 느껴야만 한다.

이익사회의 정의관

헤시오도스의 정의관은 20세기 독일의 사회학자 페르디난트 퇴니에스(Ferdinand J. Tönnies, 1855-1936)가 말한 이익사회(Gesellschaft, 게젤샤프트)의 정의관과 유사하다. 이익사회란 공동사회(Gemeinschaft, 게마인샤프트)에 대비되는 개념이다. 퇴니에스의 주장에 의하면 역사는 필연적으로 공동사회에서 이익사회로 전환된다. 공동사회의 사람들은 전통, 관습, 종교의 강력한 지배 아래의 정서적 일체감 속에서 융합적으로 생활한다. 그렇기 때문에 공동사회는 규모가 작고 폐쇄적인 사회에서만 지속될 수 있다. 사회의 규모가 커지면 개방적인 경쟁이 불가피해지기 때문에 필연적으로 각자의 이익을 우선시하는 이익사회로 성격이 전환될 수밖에 없다. 20세기 사회집단론의 정설이 되다시피 한 퇴니에스의 이론의 본질을 기원전 8세기에 헤시오도스가 이미 간파한 듯하다.

공동체의 노력으로 이익사회의 경쟁적인 투쟁의 성격을 바꿀 수 있다는 것이 헤시오도스의 믿음이었다. 그에 의하면 공동체의 최대 과제는 개개인의 투쟁 정신을 "게으름뱅이까지 일하도록" 유도하여 건전한 사회를 건설함에 있다. 바로 이것이 정의의 과제이다.

경쟁 사회의 정의에 관한 헤시오도스의 성찰은 놀라운 수준이다. 정의 없는 평화는 무의미하다. 그가 말한 선한 투쟁 의식, 즉 경제적인 경쟁의식이 인간을 노동으로 이끈다. 그러나 경제적인 번영은 선량하고 신중하며 사려 깊은 노동자만이 성취할 수 있다. 그가 게으름뱅이 형, 페르세스에게 주는 충고는 대부분 농사, 항해, 공예 등 일상에 관한 지침이다. 모든 지침들을 관통하는 요지는 모든 일들에는 '때'가 있다는 것이다.

헤시오도스가 제시한 '적기(適期)의 원칙'이란 농사에 절기가 있듯이, 인간 생활의 매사에 적절한 때와 한계가 있다는 것이다. 그리하여 개개인의 욕망도 타인의 욕망과 조화를 이루지 않으면 불화와 분쟁의 원인이 된다. 과도한 욕망이 앞선 나머지 타인과 공동체의 정당한 욕망을 경시하는 자는 파멸하기 마련이다. 그가 주장하는 '적기의 원칙'은 '각자에게 각자의 몫을'이라는 분배적 정의의 원칙이다. 사회질서의 안정을 위해서는 필연적으로 타인의 권리에 대한 존중이 수반되어야 한다는 점에서 헤시오도스의 정의관은 호메로스의 정의관과 반드시 상반되는 것은 아닐 것이다.

한비자

헤시오도스의 주장은 중국 법가의 완성자, 한비자(韓非子, 기원전 약 280-기원전 약 233)를 연상시킨다. 춘추전국 시대에는 종래의 씨족 공동체가 해체되고 자영(自營)의 소농민 계층이 형성되었다. 농업 기술의 발전, 인구의 증가, 지역 문화권의 수립 등 여러 요인으로 수공인 계층과 상인 계층도 형성되었다. 각국의 군주들이 인재를 채용하기 위한 경쟁에 나서면서 사농공상의 사민 계층이 형성되었다. 이로써 군주들의 관심사였던 통일 국가의 건설에 이론적 바탕이 되는 다양한 학술과 사상이 만개하여 이른바 '제자백가'의 시대가 열렸다. 이들 다양한 경국 사상 중에서 후대에 강한 영향을 미친 4대 학파는 유가, 도가, 묵가 그리고 법가이다. 공자의 유가 사상이 먼저 창도되었고, 이에 대한 비판으로 도가와 묵가가 탄생했고, 이들의 이상을 인간의 본성과 공동체의 현실적 상황에 맞게 종합한 것이 법가이다. 진시황의 천하 통일에 뒷받침이 된 이념이 바로 법가이다.

'법가'라는 용어는 사마천(司馬遷, 기원전 약 145-기원전 약 86)의 『사기(史記)』(기원전 108-기원전 91)에 처음 등장한다. 전국 시대에는 각국에서 부국강병을 위한 경제 진흥과 강병 육성에 관한 여러 이론이 발흥했다. 그중에서도 법술(法術), 형명(刑名) 등의 학설과 사상이 현실 적합성을 가장 잘 입증했고 한비자에 이르러서는 법가(法家)라는 사상 체계로 통합되었다.

한비자는 역사의 전개 과정을 상고, 중고, 근세, 당대의 4단계로 구분하고 각 단계를 거쳐 역사가 '진보'하는 것으로 파악한다. 그의 시대 구분법은 역사를 상세, 중세, 하세로 구분하고 단계마다 역사가 '퇴보'하는 것으로 인식한 상앙(商鞅)의 시대 구분법과 대조된다. 역사와 문화는 끊임없이 변화, 진보, 발달하므로 시대에 따라서 법도 모습을 달리해야 한다는 것이 한비자의 생각이었다.

"항상 강한 나라도 없고, 항상 약한 나라도 없다, 법을 받듦이 강하면 강한 나라가 되고, 법을 받듦이 약하면 약한 나라가 된다." "백성은 이익이 있는 곳에 몰려들고 선비는 이름을 빛낼 곳에 목숨을 건다."* 한비자는 인간을 선천적으로 "이익을 좋아하고 손해를 싫어하는[好利惡害]" 이기적인 존재로 파악한다. 그는 사람들이 아들을 선호하는 까닭도 편안한 노후를 고려한 부모의 장기적인 이해관계 때문이라고 한다.**

그는 인류 사회의 기본 조직을 군신, 부부, 부자 관계로 파악했는데, 군신과 부부는 물론 피를 나눈 부모와 자식 사이도 이기심과 물질적 요소로 구성된다는 것을 직시했다.

그는 유가들이 군주에게 설득하며 내세우는 공리 명분을 비판한다. 그는 "학자들은 군주에게 이기심을 버리고 서로 사랑하는 방법을 제시하라고 한다. 이는 군주에게 부모 이상의 친애를 요구하는 것이다"***라고 유가를 혹평하면서 "선정을 행해야 하고[行仁政]" "군주는 백성의 부모[民之父母也]"라고 주장하는 유가의 주장은 상고 시대에나 가능한 것이라고 일축한다. 인간은 이기적이고 물질적이고 사악하기 때문에 유가의 주장처럼 예나 덕으로 사회를 다스리기는 근본적으로 불가능하고 '법'으로 다스려야 한다고 그는 주장했다. 후세의 역사는 제자백가의 이론 중에서 한비자의 생각이 가장 현실 적합성이 높다는 것을 입증했다.

---

*   "國無常强 無常弱, 奉法者强 則國强 奉法者弱 則國弱" "利之所在民歸之 名之所彰士死之"(『한비자집해[韓非子集解]』 현학편[顯學篇]).
**   "父母於子也 産男則相賀 産女則殺之 此俱出父母之懷衽 然男子受賀 女子 殺之子 慮其後便計之長利也"(『한비자집해』 육반편[六反篇]).
*** "今學者之說人主也 皆去求利之心 出相愛之道 是求人主之過 父母之親也"(『한비자집해』 육반편[六反篇]).

인간 세상에서 싸움은 불가피하고 법은 싸움을 해결하는 필요악이다.

사람은 왜 싸우나 : 법률가 차병직의 진단

근래 들어서 사법 분쟁에서도 승자와 패자가 확연하게 대조되는 소송 대신에 서로 조금씩 이기고 지는 이른바 '원-원(관점에 따라서는 루즈-루즈)'을 도모하는 '대안적 분쟁해결(alternative dispute resolution)'이 주목받는다.

세상살이가 날로 복잡해지고 싸움도 늘어난다. 사람은 왜 싸울까? 사람들의 싸움이라는 소재를 밥벌이 수단으로 삼는 법률가 차병직의 비유와 진단이 흥미롭다.

싸움은 감기다. 싸움은 감정의 감염상태에서 벗어나려는 몸부림이다. 사람은 감기에 자주 걸린다. ……감기에 걸리면 몸은 분노를 일으키듯 불편해 하고 고통스러워한다. 일정한 시간이 지나면 몸에서 열이 나는데, 그것은 부조화의 상태에서 스스로 벗어나려는 발작이다. 그리고 폭풍우가 멎듯 몸은 평정의 상태를 회복한다. 약을 먹는 것은 그 과정을 조금이라도 단축시켜 보려는 노력일 뿐이다.[*]

누구도 홀로 존재하지 않는다. 나는 나와 환경이다. 따라서 내 몸과 정신이 뿜어내는 에너지는 타인을 비롯한 모든 환경의 에너지와 부딪친다. ……나

---

[*] 차병직, "싸움에 대한 생각", 『사람은 왜 서로 싸울까?』, 낮은산, 2015, p.4.

의 에너지와 부조화를 이루는 타인의 에너지는 싸움을 도발하는 요소다. 거기에 대응하여 폭발하는 나의 에너지는 싸움을 시작하는 요소다. 두 요소 모두 욕심 아니면 분노다. 분노도 욕심에서 비롯한다. 욕심이 좌절될 때 화를 낸다. 그것은 사리사욕에서 생겨나는 질투의 감정과 유사한 충동적 분노로, 정당한 평가를 받기 어렵다. 그와 달리 공적인 욕심에서 일어나는 분노가 있다. 분노는 단순한 개인적인 화와 다르다. 공공의 선이나 정의의 실현을 위한 의욕이 공적인 욕심인데, 그것에 반하는 부당한 사태와 맞닥뜨렸을 때 분노를 일으킨다. 그때의 분노는 정당한 욕심에서 생긴 것으로 평가받을 수 있다. 그러한 욕심이나 분노의 원인은 불안 또는 두려움이다. 자신이 인식하든 못하든, 욕심과 분노의 저 밑바닥에는 내 뜻대로 되지 않는 데 대한 불안과 두려움이 도사리고 있다. 그렇다면 싸움의 도발이 있으면 싸울 수밖에 없는가? 나와 타인의 에너지의 불균형 상태는 반드시 균형의 상태로 바꿔 놓아야만 하는가? 싸우지 않고 그 상황을 해소할 수 있는 방법은 없는가? 싸워야 한다면, 싸움의 결과로 목적을 이룰 수 있는가?[*]

이 질문들은 일찍이 호메로스와 헤시오도스와 한비자가 품었던 의문이기도 하고, 그 누구도 모범 답안을 제시할 수 없는 영원한 숙제이기도 하다.

---

[*] 　차병직, 앞의 책, 2015, pp.6-7.

『오레스테이아』

· 아이스킬로스 ·

유럽의 종가, 그리스

헤로도토스의 『역사』에는 신탁에 따라서 스파르타에서 오레스테스의 무덤을 발견했다는 구절이 있다(제1부). 오레스테스는 아비의 복수를 위해서 어미를 죽인 인물이다. 그리스는 서양인의 정신적 뿌리이다. 2015년 그리스의 재정 위기는 유럽연합 전체의 고민거리가 되었다. 그리스를 상대로는 강한 제재를 취하기를 꺼리는 서유럽 국가들의 정서가 있다. 가세가 기울어진 종갓집을 박절하게 대할 수 없는 한국 전통 사회의 종중원(宗中員)들의 심경에 비유할 수 있을지도 모른다. 영국은 더욱 그러하다. 여기에는 역사적인 이유가 있다. 19세기 유럽 국가들의 중요한 과제가 그리스의 독립이었다. 그리스 독립은 오스만튀르크 세력을 타도할 첩경이기 때문이었다. 기독교 유럽인들이 내건 명분인즉 민주주의와 문명의 근원이 이슬람 야만인의 지배 아래에서 신음하는 것을 묵인하는 것은 정의의 방기라는 것이었다. 중상 제국주의의 첨병, 빅토리아 대영제국이 깃발을 쳐들었다. 새로운 십자군 원정이었다. 아테네는 곧 예루살렘이었다.

감상적인 열정이 충만한 문인들이 나섰다. 고대 그리스산 도자기의 염려(艶麗)한 자태에 넋을 앗긴 천재 시인, 존 키츠(John Keats, 1795-1821)가 영탄했다. "미는 곧 진실이다. 세상살이에서 알아야 할 것은 이것뿐이다."*

아테네의 처녀여, 돌려다오, 내 길 떠나기 전에,
네가 지닌 내 심장을.

사랑과 정열의 화신, 절름발이 귀족 시인 조지 바이런(George G. Byron, 1788-1824)은 펜과 함께 총을 들고 전장에 나섰다. 그리고 죽어서 그리스 독립전쟁의 영웅이 되었다.

남부 독일 네카어 강변의 작은 대학 도시 튀빙겐에도 그리스에 혼을 앗긴 문인의 기념관이 서 있다. 이 도시의 상징물인 탑사(塔舍)이다. 물경 36년을 갇혀 살았다는 시인 요한 휠덜린(Johann Ch. F. Hölderlin, 1770-1843)의 원통 누옥이다. 그는 정신병을 앓다가 이따금씩 제정신이 돌아오면 시를 썼다. 사라진 고대 그리스의 신들을 찾아 헤매던 그는 애타게 '히페리온'을 외친다.

『히페리온(Hyperion)』(전편 1797, 후편 1799)은 시의 기법으로 그리스 독립 전쟁을 그린 서간체 소설이다. 그리스 청년 히페리온은 조국을 생각하면 머리 위에서 관 뚜껑이 닫히는 기분이 든다는 고백으로 이야기를

---

* "Beauty is truth, truth beauty-that is all. Ye know on earth, and all ye need to know"(John Keats, *Ode to an Grecian Urn*, 1819).

시작한다. 그러나 고귀한 열정과 정의로운 명분도 전쟁이라는 야만적인 행위를 통하지 않으면 성취할 수 없다. 그는 근원적 절망감에 세상을 등지고 은자가 된다.

시인은 히페리온의 연인 디오티마를 가슴에 지니고 살면서 수시로 그녀를 불러낸다. 디오티마는 플라톤의 대화록 『향연(饗宴, Symposion)』(기원전 385–기원전 370)에 등장하는 여사제이다. 디오티마는 시인에게는 자신을 버린 연인의 환영이다. 연인에게 배신당한 충격에 베트남 전선에 지원했던 한국 청년이 있었다. 두 다리를 잃고서도 정신만은 영롱하게 죽는 날까지 떠난 여인을 연모한 그의 숨은 일생이 얽혀 떠오른다.

「히페리온의 운명의 노래」의 마지막 연이다.

> 하지만 우리에겐 쉴 곳이 주어져 있지 않네.
> 떨어지네, 사라지네.
> 괴로워하는 사람들은
> 물이 암벽에서
> 암벽으로 내동댕이쳐지듯이
> 하나의 시각에서 다음 시각으로
> 여러 해를 두고 불확실함 속으로.*

---

* Johann Hölderlin, *Hyperions Schicksalslied*, 1799(전영애, 『시인의 집』, 문학동네, 2015, pp.371–383에서 재인용).

최초로 법정을 세운 작품

그리스와 로마의 문화는 한데 묶여 구미(歐美)의 '고전(classics)'으로 통칭된다. 흔히 로마는 세계를 세 차례 지배했다고 한다. 첫 번째는 무력으로, 두 번째는 기독교로, 그리고 세 번째는 법으로. 제3의 세계 정복 수단인 로마법의 뿌리도 물론 그리스이다. 법률가의 관점에서 볼 때에 가장 중요한 그리스의 고대 작가는 아이스킬로스(Aeschylos, 기원전 약 525-기원전 약 456)이다. 흔히 '비극의 아버지'로 불리는 그는 작품 속에 '법정'을 개설한 최초의 작가이기 때문이다(그가 사망한 젤라 시에 세워진 묘비명에는 '비극 시인'이라는 구절이 새겨져 있다).

아이스킬로스의 성장기에 아테네의 참주 히피아스가 추방되고 민주 정치가 수립되었다. 그는 청년 시절에 마라톤 전투와 살라미스 해전에 직접 참전한 용사이다. 또한 작가 데뷔 15년 만에(기원전 484) 비극 경연 대회에서 우승한다. 20대에 등과한 소포클레스(Sophocles, 기원전 496-기원전 406)에 비하면 늦깎이 작가인 셈이다.*

「오레스테이아(*Oresteia*)」(기원전 458)는 아이스킬로스의 유일한 3부작이다. 우주적 질서를 상징하는 신들의 갈등과 투쟁, 가문의 저주와 복수, 국가적 위기와 왕가의 멸망, 문명 제도의 설립과 같은 거대 담론이 담겨 있다. 「아가멤논(*Agamemnon*)」, 「제주를 바치는 여신들(*Choephoroi*)」 및 「자비로운 여신들(*Eumenides*)」로 구성된 3부작의 주된 플롯은 아트레우스

---

* 아이스킬로스의 작품으로는 「페르시아인들」, 「탄원하는 여인들」, 「테바이를 공격한 일곱 장수」, 「결박된 프로메테우스」 등 7편이 전승되어온다.

집안의 대물림되는 복수의 이야기이다. 1, 2부는 3부의 재판에 이르게 된 배경 이야기이다.

물론 이 작품 이전의 문헌에도 재판이나 판관을 다룬 이야기는 파편적으로 존재한다. 그러나 최소한의 형식과 권위를 갖춘 법원이 공정한 절차에 따라서 판결을 내리는 모습은 이 작품이 처음 선보였다. 오늘날의 기준으로 보아도 작품 속 판결은 공개 법정에서의 변론, 공정한 배심에 의한 평결, 당사자 대등주의의 원칙과 절차가 제대로 갖추어진 재판이다.

아트레우스와 티에스테스 형제 사이에는 불화와 반목이 이어진다. 평소에 형 티에스테스에게 갖가지 수모를 당한 아트레우스는 치밀하게 복수를 준비한다. 그는 짐짓 화해를 가장한 연회를 열어 형에게 산해진미를 대접한다. 맛난 음식을 배불리 먹인 후에 살해한 조카들의 머리통을 보여준다. 기겁한 티에스테스가 몸은 어떻게 했느냐고 묻자 방금 형께서 게걸스럽게 잡수신 음식이 바로 당신 아들들의 살코기라고 답한다. 티에스테스의 분노는 하늘을 찔렀지만, 이미 노쇠하고 병약한 처지라서 애만 태우다가 화병으로 죽고 만다.

티에스테스의 남은 아들 아이기스토스는(아들이 아니라 손자라는 신화나 작품도 있다) 와신상담 끝에 아버지의 복수를 감행한다. 즉 삼촌 아트레우스를 죽이고 그의 두 아들, 아가멤논과 메넬라오스를 국외로 추방한 것이다. 추방당한 형제는 새로운 땅에서 권력을 잡지만, 이후 트로이 전쟁에 출정한다.

「아가멤논」

아이기스토스의 복수는 여기에 그치지 않는다. 그는 출정 중인 아가멤논의 아내, 클리템네스트라를 유혹하여 권력과 불륜에 탐닉한다. 클리템네스트라 또한 남편 아가멤논에 대한 원한을 품고 있던 터였다. 트로이로 출정하는 아가멤논의 함대가 역풍을 맞아서 좌초할 위기를 맞았다. 신관의 말인즉 아르테미스 신의 노여움 때문이었다. 여신을 진노시킬 방법은 오직 한 가지, 사령관 아가멤논의 딸, 이피게네이아를 제물로 바치는 것이었다. 잔인한 선택을 강요받은 아가멤논은 대의를 위해서 딸을 희생했다.

아테네의 원로시민 코러스의 입으로 전해진 제사 장면은 처절하다.

그녀의 기도도 아버지를 부르는 소리도 처녀의 젊음도,

전쟁에 미친 장군들은 아랑곳하지 않고

기도를 마치자 아버지는 시종들에게 명령한다.

이피게네이아가 아버지의 옷자락을 붙잡고 쓰러지자

마치 암염소인 양 제단 위에 몸을 굽힌 채로 힘껏 잡아 올리라고.

그녀의 아름다운 얼굴과 입술을 경계하여

가문에 퍼붓는 저주 소리를 막으라고.

(225-238)

남편의 공명심에 어린 딸을 앗긴 어머니, 클리템네스트라의 분노는 하늘을 찌른다.

봉화불이 서둘러 전한 길보다.

소문도 빨리 도시에 퍼지는구나. ……

여자의 창끝이 지배하는 곳에서는

진상이 밝혀지기도 전에 감사를 표하는 법.

여자의 법령은 너무 설득력 있고 빠르게 달려 널리 퍼지지.

그러나 쉽게 죽어 사라져버리는 법이지.

(476-488)

10년이나 계속된 전쟁이 끝나고 승전 영웅, 아가멤논이 귀환한다는 소식이 들려온다. 클리템네스트라는 일구월심 남편을 기다린 정절의 여인을 가장한다.

그분이 떠났을 때와 마찬가지로

정숙한 아내를 보시게 될 것이지요. ……

오랜 시간 흘렀으나 정조의 봉인을 뜯지 않았다고.

마치 '쇠 담금질'하는 법을 알지 못하듯이

다른 사내가 주는 쾌락도, 비난받을 소문도 알지 못하니

이렇게 자랑합니다.

(604-613)

그런데 남편은 전리품으로 얻은 적국의 공주 카산드라를 달고 온다는 소식이다. 더 이상 조신한 현처를 가장할 필요도 없이 '철의 여인'으

로 변한 클리템네스트라는 남편을 '욕실의 흉계'로 살해한다. 전장에서 몸에 밴 피의 냄새를 제거하는 세신(洗身) 의식이 필요하다고 설득하여 무장해제시킨 후에 무차별 난도질을 한 것이다. 정부 아이기스토스는 살인을 방조한다.

질투의 여인은 남편의 전리품 카산드라도 함께 죽인다. 이전에 아폴로 신은 자신의 구애를 거절한 카산드라에게 벌을 내렸다. 그녀의 예지력은 건드리지 않되, 그녀의 예언을 사람들이 믿지 않도록 만든 것이다. 죽음에 앞서 카산드라는 아폴로와 클리템네스트라를 함께 저주한다.

늑대의 신, 아폴로여.
여기 두 발 달린 암사자는 고귀한 수사자가 떠나 있는 동안
늑대와 동침하더니 이 불쌍한 여자를 죽이려 하네. ······
남편에게 칼날을 갈며 날 데려온 일을 살인으로 갚아주겠다,
아우성치네.

(1258-1264)

그러나 우리 죽더라도 신께서 복수해주실 거야. ······
어미를 죽일 자식으로 아비의 원수를 갚을 거야.
이 땅에서 쫓겨난 떠돌이 추방자가 가족을 위해서
파멸 위에 갓돌을 세우기 위해서 돌아올 거야.

(1281-1283)

국왕 아가멤논의 살해를 추궁하는 원로들에게 클리템네스트라는 살인의 정당성을 변론한다.

지금 나를 단죄하는 거요? 내가 부당한 추방, 시민의 증오, 공공의 저주를 일으켰다고. 하지만 그때 그대들은 왜 아무 말도 하지 않았소? 마치 양 한 마리 죽이듯이 트라키아의 바람을 달래는 주문으로 제 자식을, 내 몸을 뜯어내서 출산한 내 자식을 제물로 바쳤는데도 말이요. 부정(不淨)한 짓을 벌하려면 그때 바로 이 자를 이 땅에서 추방했어야 옳지 않았소?

(1411−1420)

성의의 여신, 내 자식을 위해서 복수하신, 파멸의 여신, 복수의 여신 앞에서 맹세하겠소. 신들의 도움으로 내가 이자를 도살한 것이오. 아이기스토스가 내 화로에 불을 지피고 변함없이 내게 충성하는 이상 어떤 두려움도 내 집 안에 발을 들여놓지 못할 것이오. ……여기 아내를 유기하고 트로이에서 크리세이스와 다른 여인들의 마음을 녹인 자가 누워 있소. 그 옆에 창으로 얻은 포로이자 예언자, 그의 침대를 나눈 첩, 신탁을 노래하는 가수이자 배 갑판 돛대를 비벼대는 계집이 자빠져 있소. 제대로 죗값을 치렀지. ……내 즐거움에 후식을 더해준 셈이지.

(1431−1447)

「제주를 바치는 여인들」

아가멤논과 클리템네스트라 부부 사이에서 태어난 아들 오레스테스는 타국에서 강요된 망명생활을 한다. 그동안 죽은 아버지에 대한 특별한 애모의 염에 시달리고 있던 누나 엘렉트라는 동생에게 끊임없이 아버지의 복수를 사주한다. 흔히 심리학에서 '오이디프스 콤플렉스'에 대응하는 개념으로 사용하는 '엘렉트라 콤플렉스'의 연원이다. 한편 남편을 죽인 후로 악몽에 시달리던 불경한 여인, 클리템네스트라는 남편의 무덤에 제주(祭酒)를 바친다. 아들 오레스테스가 죽었다는 소식을 전해 듣자 그녀는 짐짓 슬픔을 가장한다.

> 그 애는 지혜롭게 처신하여 죽음의 진창에서 발을 빼고 지냈건만.
> 가문의 희망, 복수의 여신이 벌이는
> 사악한 술잔치를 치유할 희망이었으나,
> 이제는 우리를 저버렸다고 하여라.
>
> (696-699)

유모 칼리사가 안주인의 진의를 간파한다. "하인들 앞에서는 슬픈 얼굴을 지었지만 얼굴 뒤에는 웃음을 감추었지."(737-738)

델포이 신전의 신탁에서 오레스테스는 어머니를 죽여 아버지의 원수를 갚으라는 아폴로신의 명령을 받는다. 신탁에 따라서 오레스테스는 어머니를 살해한다. 정부 아이기스토스도 함께 죽인다. 클리템네스트라는 자신을 죽이려는 오레스테스를 향해서 모정에 읍소한다. "멈춰라 아들아, 이 젖가슴을 공경하라. 허구한 세월 영양 많은 내 젖을 잇몸으로 빨면서 기대어 잠들던 네가 아니냐."(896-898)

그녀의 항변은 나름의 이유가 있다. 여자에게도 욕정이 있다. "공평하게 네 아비의 못난 욕정도 말해야지."(918) "남편과 떨어지는 것은 여자에게 고통이란다. 아들아."(920)

어머니를 죽인 오레스테스는 아폴로가 자신의 죄를 사하여줄 것을 믿는다(921). 당초 의도하지 않았던 아이기스토스의 살해는 간통자를 함께 죽이는 관습을 자신이 대리 집행한 것이다.

> 언젠가 재판이 열리면 그분이 날 위해서 나타나셔서
> 내가 이렇게 어머니를 죽이는 것이 옳았음으로 증언하실 것이다.
> 아이기스토스의 죽음은 계산에 넣지 않았는데
> 관습에 따라서 그자는 간통한 자의 벌을 받았으니까.
>
> (987-990)

「자비로운 여신들」

『오레스테이아』의 제3부 「자비로운 여신들」은 '복수의 여신 3자매' 에리니에스가 살인자 오레스테스를 추적하는 장면으로 시작한다. 에리니에스는 머리카락은 뱀인데다가 눈에서 피가 뚝뚝 떨어지는 무시무시한 형상이다. 쫓기는 오레스테스는 황급히 아폴로 신전에 뛰어들어 보호를 요청한다. 아폴로는 여신들을 긴 잠에 빠뜨리고 오레스테스를 아테네로 도피시켜 도시의 수호신 아테나의 보호에 맡긴다.

널 배반하지 않을 것이다. ……여신의 신상을 꼭 껴안고 앉아 있거라.

그곳에는 사건을 담당할 판관이 있고 복수의 여신을 달랠 말이 있으니

우리는 너를 고통에서 해방할 수단을 찾게 되리라.

어머니를 죽이라고 설득한 자, 바로 나였으니까.

(64-84)

그때 클리템네스트라의 혼령이 나타나 복수의 여신에게 호소한다.
코러스(복수의 여신)가 아폴로를 힐책한다.

제우스의 아들이여, 너는 도둑놈이구나.

젊은 신이 늙은 여신을 능멸하다니.

저 탄원자, 제 부모를 해친

불경한 인간을 감싸다니.

(149-152)

젊은 신들이 이렇게 설치다니.

정의를 넘어 절대자로 군림하다니.

왕좌에는 머리에서 발끝까지

온통 핏방울이 뚝뚝 듣고 있는구나.

대지의 배꼽이 소름끼치는 피의 오염을

제몫으로 차지한 걸 보니까.

(162-167)

어머니, 어머니 밤이시여.

저를, 죽은 자와 산 자에게 형벌로 낳으셨으니

제 말을 들어주소서.

레토의 자식 아폴로가 여기 이 도끼를

모친 살해의 정화에 쓸 제물로 낚아채고는

제 권리를 박탈했답니다.

(321-326)

오레스테스는 아테나에게 말한다. "이 거사에는 록시아스 아폴로도 공동책임이 있습니다. 제가 행동하지 않으면 막대기로 간장을 찔러 고통을 주겠노라고 예언하셨죠."(465-466)

아폴로가 아테나에게 신고한다.

내 증인으로 왔소이다. 이 사내는 관습에 따라서

내 집의 화롯가에 찾아온 탄원자이고,

내가 이 자의 살인 오염을 정화시켰소.

더하여, 나 자신이 변호인으로 나서겠소.

이 사내가 어머니를 살해한 데에는 나도 책임이 있소이다.

(576-580)

법치주의와 가부장제

재판장 아테나는 사건을 스스로 심판하는 대신 정식 법정을 열고 12명의 시민으로 구성된 배심을 소집한다. 배심원은 전원 아테네 시민(즉 남자)으로 구성된다. 투표권은 자유민 남자에게 한정되었던 당대의 법제를 감안하면 자연스러운 일이기는 하다. 그러나 법적인 쟁점이 친모 살해와 친부 살해의 무게인 만큼 여성이 투표에서 원천적으로 배제된 것은 결코 공정하지 않다.

재판장 아테나는 사건 당사자인 오레스테스와 코러스(복수의 여신)에게 고한다.

> 여러분은 각자 자신의 주장을 뒷받침할
> 증언과 증거를 수집하도록 하시오.
> 내 사심 없이 판결할,
> 가장 뛰어난 시민들을 선정하리라.
>
> (475-478)

아테네 역사상 최초의 공개 법정이 개설되는 것이다. 혈족 살인죄의 공소권을 가진 에리니에스는 검사가 되고 아폴로가 오레스테스의 변호인으로 나선다.

피고인 오레스테스와 검사 코러스 사이에서 논쟁이 벌어진다. 남편을 죽인 아내를 왜 모른 체했느냐는 오레스테스의 반문에 코러스는 부부는 혈족이 아니라고 답한다. 오레스테스는 아폴로의 변론을 청하고 아폴로는 복수가 최고 통치자인 주신 제우스의 뜻이었음을 내세운다 (625-633).

코러스가 발끈한다. 그처럼 아비를 중시하는 제우스가 자신의 아비를 결박하여 감금하고 패륜을 저지르지 않았느냐며 그들은 제우스의 권위에 도전한다(640).

아폴로는 "어머니는 자식을 낳은 게 아니라 새로 뿌려진 씨를 보관하는 자에 불과하다"(656-660)라고 반론한다. "어미 없이도 아버지가 될 수 있소. 우리 곁에 계신 올림포스 제우스의 따님이 증인이지 않소." (664-665) "그러나 아버지 없이는 누구도 자녀를 생산할 수 없는 이치요."(666) 재판장 아테나는 남녀의 대립에서 자신은 남자의 편임을 공공연하게 선언한다. 비록 자신은 여신이지만 어머니의 자궁을 빌리지 않고 아버지의 머리를 깨고 태어났기 때문에 "내게 생명을 준 어머니는 존재하지 않는다"(672)라는 해명이다. 그리하여 아테나는 이 사건의 성격을 "최초의 혈족 살인 재판"으로 규정한다.

타협의 미덕

법원이 판단해야 할 쟁점은 오레스테스가 어머니를 살해했느냐는 사실 여부가 아니다. 이 문제는 이미 피고인이 자백했기 때문에 다툼이 없다. 당사자들이 다툰 쟁점은 아버지의 원수를 갚기 위해서 어머니를 죽인 아들의 행위가 정당한가이다. 이에 덧붙여 일반 시민의 입장에서 볼 때에 어머니를 죽이는 행위와 아버지를 죽이는 행위, 둘 중에 어느 쪽이 더 큰 죄가 되는가이다.

「자비로운 여신들」에서는 등장인물들의 대사를 통해서 아테네 법 제도의 이상과 세부 원칙이 제시된다. 재판장 아테나가 재판권을 행사하면서 법원을 세우는 목적이 분쟁의 평화적 해결에 있다는 점을 천명한다. 아테나가 법정을 세운 지점은 아레오파고스 언덕이다. 이곳은 전쟁의 신 아레스를 기념하는 곳이자, 그 옛날 아마존 여군부대가 아테네의 건국 시조 테세우스를 상대로 전쟁을 할 때에 진을 쳤던 곳이기도 하다. 이 역사적인 장소에 법정을 열면서 아테나는 개원 연설을 한다. "이 법원은 영구히 존속할 것이다."(681-710) 사적인 복수와 전쟁 대신 법 제도가 갈등을 해결하는 수단이 되어야만 나라가 번영한다는 법치주의의 선언인 것이다. 이 말에는 전투적인 여성(클리템네스트라와 에리니에스)은 평화의 적이라는 주장이 은연중에 담겨 있다.

아테나 여신은 일종의 근대적 공리주의자이다. 여신은 이러한 절차적인 수단을 통해서 아테네의 안전과 번영이 보장된다고 믿는다. 그녀가 재판 관할권을 수용한 이유도 그러하다. 당초에 그녀는 자신이 이런 유형의 사건을 재판할 권한이 없다고 생각했다. 아테네의 일반 시민들도 같은 생각이었다. 오레스테스의 범죄는 아테네 시 경계 밖에서 일어났고, 그는 아테네 시나 시민에게 어떤 잘못도 저지르지 않았다는 것이다(470-475). 그러나 자신이 재판을 거부할 경우에 에리니에스가 아테네 시민에게 해코지할 것이 우려되어 관행을 무시하면서까지 이 사건에 대한 재판관할권을 행사한다(475-479).

에리니에스는 기존의 법질서를 유지해야 한다는 주장을 편다. 고래의 미풍양속이 무너지면 모든 사람들이 방종하게 행동할 것이요, 결과적으로 부모의 안전이 위태로워진다는 것이다. 즉 정의의 전당이 붕괴되면 응보의 위협이 사라지고 무정부 상태가 발생하여 "만인의 만인에 대한 투쟁 상태"가 발생한다는 경고이다.

아테나는 배심원들에게 설시를 내린다. "이제부터는 법원의 판사도 배심도 시민의 뜻과 합치하도록 노력해야 할 것이다."(482–483)

에리니에스는 '구질서' 즉 모계사회의 대변인이다. 인간 세계에 가부장제가 확립되면서 신화의 세계에서도 가부장제가 확고해진다. 제우스를 주신으로 하는 올림포스 신족의 지배 체제가 확고하게 서기 전에는 많은 여신들이 제각기 맡은 영역에서 권위를 행사했다. 에리니에스의 주장에 의하면 고래로 친모 살해는 공동체의 본질적 윤리를 위반하는 범죄로, 어떠한 정상참작의 여지도 없다고 주장한다. 그들은 아폴로를 위시한 "젊은 신들의 무책임한 행위"에 분개한다. 나아가서 아테네를 멸망시키겠다며 위협한다. 배심원의 표결이 6 대 6으로 갈라지자 재판장 아테나가 캐스팅 보트를 행사하여 오레스테스를 무죄 방면한다.

『오레스테이아』의 제3부 「자비로운 여신들」의 마지막 200여 행은 에리니에스의 분노를 무마하려는 아테나의 노력을 그린다. 아테나는 6 대 6의 표결을 어느 쪽에도 불명예가 아닌 공동 승리로 규정한다. 그리하여 아테나는 구질서의 수호자들에게 아테네 지하에 안식처를 제공하고 하계(下界)의 수호신의 지위를 부여한다. 결국 이 조건을 수용한 구질서의 수호자 '이주민' 여신들은 아테네 시민으로 새롭게 구성된 코러스의 안내를 받아 동굴로 인도되고, 모두가 함께 아테네의 번영을 기원하는 합창으로 극은 막을 내린다. '복수의 여신' 에리니에스가 성격을 전환하여 '자비로운 여신' 에우메니데스로 재탄생하는 것이다.

『신곡』

·단테 알리기에리·

인간 중심의 법치주의

단테는 중세를 대표하는 지성인이자 낭만적인 문인으로 칭송받는다. 그
는 아홉 살에 스치듯이 만난 풋사랑의 기억을 평생토록 가꾸어 인류의
문화유산으로 승화시킨 문사이다. 그런가 하면 시대의 불의에 저항한 혁
명적 사상가이기도 하다. 그의 저술은 사랑과 사상의 화학적 결합물이
다. 『신생(新生, La Vita Nuova)』(1283-1292)은 베아트리체라는 구원의 여인
에 대한 관념적 사랑을 형상화한 작품이자, 불멸의 대작 『신곡』의 입문서
이다. 평생 가슴에 지니고 살던 베아트리체는 시인에게 단순히 아름다운
여인 또는 시적 영감을 주는 요정에 그치지 않았고, 시인의 정신세계를
지배하는 선(善)의 대변자이자 그 집합체였다. 『향연(饗宴, Convivio)』(1307)
은 철학도를 위한 백과사전이다. 동향인 후배 보카치오가 쓴 전기(『단테
의 일생[Trattatello in laude di Dante]』[1357])는 성(聖)과 속(俗), 종교와 정치의
경계에 선 한 비범한 인간의 일생을 조명한다. 공민권을 박탈당하고 고
국에서 추방되어 기나긴 정치적 유랑 생활에 내몰려서도 사색이 농축된
저술로 시대를 통매한 지성인의 모습이 전기에 역력하게 드러난다.

『신곡』은 과거사의 평가와 재조명에 머무르지 않고 날카로운 현실 비판과 함께 미래에 대한 청사진을 제시한다. 그 청사진은 인간 중심의 법치주의라고 제목을 붙일 수 있다.

단테 자신은 단순히 "희극(*Commedia*)"이라고 제목을 달았지만 보카치오를 비롯한 후세인들이 "신곡"으로 개명한 이 작품은 자세히 살펴보면 현세를 겨냥한 사회 개혁서의 성격이 강하다. 그는 비록 인간이 내세에는 신의 구원을 받을지라도 현실의 제도에서 종교는 부차적인 질서라고 주장한다. 그는 정통 가톨릭 교리의 신봉자였다. 그러나 그는 교황과 황제 사이의 쟁투의 한가운데에서 양자 사이의 균형을 유지하는 것이 선이라고 믿었다. 그는 교황도 황제도 신으로부터 부여받은 고유한 권능이 있다고 믿었고, 현실의 권력 쟁투에서 황제파에 마음을 주었다. 양자 간의 균형을 위해서였다. 그가 상정한 이상적인 유럽 공동체는 대중이 아니라 구성원의 대리인들에게 선출된, 단일한 황제가 다스리는 통일된 유럽, 즉 신성 로마 제국이었다. 14세기 중세의 인물인 단테에게도 인간 중심의 근대 사상이 싹터 있었던 것이다. 19세기에 들어서 이탈리아에서 통일 국가 건설운동이 전개될 때, 정신적인 구심점으로 단테를 내세운 것도 자연스러운 일이었다.

작품 『신곡』은 전체적인 구도나 세부적인 구성이 하나의 거대하고 치밀한 법 체계를 이룬다. 「지옥」, 「연옥」, 「천국」의 3부로 나누어진 100편의 시는 분량에서도 3등분의 균형을 유지한다(「지옥」 편이 총 34곡인 것은 제1곡이 작품 전체의 서곡에 해당하기 때문이다). 이 거대한 작품은 내부를 살펴보면 각종 문헌 자료가 섬세한 솜씨로 연결되어 있어서, 기둥과 관의 배열이 정교한 현대 건축물을 연상시킨다. 『신곡』은 인간의 감정의 깊이와 높이를 완전하게 담은 조화로운 건축물이다. 「지옥」 편은 조각, 「연옥」 편은 회화, 「천국」 편은 음악에 비유되기도 한다.

1300년 봄(4월 부활주일), 단테는 1주일에 걸친 영계 여행을 떠난다. 그는 지옥에 3일, 연옥에 3일 그리고 천국에 하루를 배분한다. 3부작의 중심은 어디까지나 「지옥」 편이다. "법은 캄캄한 곳에서 빛난다"라는 말이 있다. 그만큼 법의 역할이 강조되는 것이다. 「지옥」 편 제1곡은 신곡 전체의 서곡 역할을 한다. 전편을 관통하는 주제는 이원적인 차원의 구제이다. 즉 인간 단테 자신의 구원과 하느님의 섭리로 인해서 정화된 모든 인류의 구원이다. 지옥에 등장하는 '어두운 숲'은 지성적, 윤리적 탈선을 의미한다. 여러 짐승들은 인간의 가치관을 파멸시키는 무절제, 폭력, 기만을 상징한다. 그리고 사냥개는 종교의 순수성을 바탕으로 세속의 정의를 구현하는 개혁자를 상징한다.

작품은 철저하게 단테 시절의 천문학과 신학 지식을 바탕으로 한다. 지구는 우주 한복판에 부동의 상태로 있고 그 주위로 천체가 움직인다. 9개 하늘의 최상층에는 정화천(淨化天)인 엠피레오가 있다. 지구는 2개의 반구로 나뉘고, 북반구 한복판에 예루살렘이 위치한다. 남반구 중심에 연옥의 정죄산(淨罪山)이 있으며 예루살렘의 반구 밑에 지옥이 있다. 지옥의 제1원은 '림보(Limbo)'이다. 림보는 지옥에 있으면서도 고통과 괴로움이 없다. 림보에는 두 부류의 영혼이 거주한다. 첫째 부류는 그리스도의 세례를 받지 못한 채 죽은 어린이들이고, 또다른 부류는 그리스도 이

전에 살면서 선행을 베푼 위대한 시인과 철인들이다. 로마의 시성(詩聖), 베르길리우스도 림보에 정좌하고 있다. 이들은 하느님의 구원을 갈망하지만, 그 소망은 영원히 실현될 수 없다. 시대를 잘못 만난 탓이다.

중세에 베르길리우스는 현인이자 예언자로 숭앙받았다. 그의 『아이네이스(Aeneis)』(기원전 29-기원전 19)가 단테의 「지옥」의 원형이다. 단테가 베르길리우스의 인도를 받아 여행한 지옥과 연옥의 위치도 당시 지구과학 지식에 맞추어 설정되어 있다. 즉 북반구에 한정된다(이와는 대조적으로 천국은 상상 속의 남반구에 자리잡은 것으로 설정한다). 이들이 순례 중에 맞는 일기의 변화도 현실의 기상도(氣象圖) 그대로이다. 「지옥」 편과 「연옥」 편의 대상 세계는 피안이지만, 각각에 묘사된 자연과 제도는 현실의 것이다.

「지옥」, 종합 형사법전

근대 법률가의 관점에서 보면 『신곡』은 거대한 종합 형사법전(Code)이다. 『신곡』은 다양한 범죄의 경중에 따라서 처벌과 교화를 위한 감옥의 위치와 구조를 달리한다. 지옥은 9개의 원형 감옥으로 나뉘고 옥마다 별도의 감방이 있다. 같은 원옥에서도 죄수는 그가 범한 죄에 따라서 각기 다른 옥사에 감금된다(19세기 영국의 공리주의자 제러미 벤담[Jeremy Bentham, 1748-1832]이 고안한 파놉티콘[Panopticon, 원형 감옥]의 원조일 것이다). 지옥에는 범죄의 규정과 처벌에 관한 몇 가지 원칙이 있다. 첫째, 범죄자의 행위시(行爲時)를 기준으로 판단한다. 근대적 죄형법정주의의 핵심 요소인 '형벌 불소급의 원칙'이 단테의 머릿속에 심어져 있었다. 둘째, 같은 죄를 범해도 범죄 의사의 경중에 따라서 다른 형량을 부과한다. 이 또한 현대 형법의 중요한 요소이다. 한 가지 특기할 사항은 「지옥」 편에서 여성 흉악범은 한 사람도 없다는 사실이다(중세의 모든 여성들이 베아트리체일 수는 없을 터인데도).

단테는 질문한다. 최후의 심판이 있고 나면 지옥의 영혼들은 고통이 경감될 것인가. 베르길리우스는 이에 대해서 아리스토텔레스의 이론에 따라서 설명한다. 모든 것들이 완전하면 할수록 고통과 기쁨이 함께 가중된다고. 그들의 영혼이 육체와 재결합되는 최후의 심판 이후에 완전성이 높아지면서 고통도 가중될 것이라고(제6곡).

제7곡에서는 중세 문학의 중요한 주제 중의 하나인 운명을 다룬다. 운명은 하느님의 뜻에 복종하는 지배자이고, 신의 뜻을 성실하게 받드는 자들에게 세상의 재물을 적정하게 분배한다.

제6원에는 이교도들이 불에 그슬리는 벌을 받는다. 생전에 받았던 실형을 지옥에서도 되풀이하는 것이다(제9곡, 제10곡). 시인은 이교도에게 가혹할 정도로 냉엄한 반응을 보인다. 마호메트와 그의 후계자인 사위 알리도 지옥 신세를 면치 못한다(제28곡, 제8원 아홉 번째 굴).

제7원은 폭력범 수용소이다. 자살자도 이곳에 수용되어 있다. 자살은 자신에 대한 폭력이다.

고리대금업자에 대한 처벌은 엄하다. 베르길리우스는 아리스토텔레스의 『자연학(Physica)』(기원전 약 340)과 『구약성서』의 「창세기」를 전거로 삼아 고리대는 성덕(聖德)의 모독이라고 설명한다(그리스도 이전에 출생한 그가 어떻게 『구약성서』를 접했는지 알 수 없는 일이다). 인간은 자연과 예술에서 자신을 유지하고 발전시킬 수단과 방법을 강구해야 하는데, 고리대는 이와 상반된 방법으로 돈을 번다는 것이다(제11곡).

가장 구조가 정교한 제8옥은 10개의 작은 감방으로 구성된다. 마지막 감방에는 신용 사회의 가장 큰 적인 각종 위조사범이 수감되어 있다(제29곡, 제30곡). 위조사범은 실로 끔찍할 정도로 참혹한 벌을 받는다. 단테의 고향인 피렌체는 유럽에서 가장 번창한 상업 도시였고, 위조 화폐를 비롯한 각종 지능적인 경제 범죄가 성행했다는 기록이 있다.

단테의 범죄 분류에 의하면 배신죄가 가장 무거운 범죄로(제30곡, 제31곡), 배신자는 제9원옥에 감금된다. 단테는 배신의 대상을 친족, 국가와 자신의 정파, 친구와 동료, 은인으로 세분한다(제32곡-제34곡). 동성애와 고리대도 가장 무거운 범죄에 속한다(제11곡). 사물의 자연적 본성에 위반하는 행위라는 이유이다. 동성애로 벌을 받고 있는 죄수 중에는 학자와 성직자가 많다며 수형자인 단테의 스승, 브루네토가 수치심을 감추면서 전한다(제15곡). 신성한 성직을 내다 판 교황도 지옥 신세를 면치 못한다(제9곡).

땅 한복판(지구의 중심)에는 지옥의 마왕, 루치페르가 있다. 루치페르는 3개의 얼굴에 3개의 입을 가지고 있다. 각각 증오, 무력, 무지를 상징하는 입에는 각각 유다, 브루투스, 카시우스가 물려 있다. 즉 증오는 사랑에 대치되고, 무력은 권능에, 무지는 지혜에 대치된다. 사랑과 권능과 지혜, 곧 삼위일체를 표상하는 것이다. 단테는 기회가 있을 때마다 피렌체의 부패상을 비난한다(제16곡). 또한 법의 조령모개로 국민을 혼란에 빠뜨리는 위정자들의 무원칙을 강하게 비난했다(제3곡).

「연옥」, 형평법의 무대

가톨릭은 천국과 지옥의 사이에 연옥이라는 중간 지대가 존재함을 인정함으로써 많은 사람들에게 위안을 준다. 비록 죄를 범했어도 정죄(淨罪)를 통한 구원의 여지가 남아 있다는 희망의 끈을 남겨주는 것이다. 세속법의 차원에서 살펴보면 연옥의 법리는 경직된 법의 원칙을 형평과 자비의 이념으로 수정, 보완하는 의미가 있다. 단테는 로마 시대의 자살자인 소(小) 카토(Porcius Cato Uticensis, 기원전 95-기원전 46)에게 정죄산의 위엄 있는 문지기 역할을 맡긴다(제1곡). 그는 율리우스 카이사르(Julius Caesar, 기원전 100-기원전 44)의 황제 취임에 반대하여 마지막까지 공화정을 지키려다가 카이사르에게 살해되었거나, 아니면 치욕스러운 삶을 강요당할 위험에 처하자 자살로 생을 마감했다는, 서로 상반되나 통하는 기록이 있다. 어쨌든 카토 시대의 통념으로는 그의 자살은 칭송받을 만한 용기 있는 행위로 인식되었다. 연옥에 자리를 배정받은 사람들 중에서 예수의 탄생 이전에 죽은 사람은 오직 카토뿐이다. 『신곡』보다 앞선 단테의 다른 작품인 『신생』에도 카토는 고귀한 고대인으로 묘사된다. 베르길리우스는 카토에게 후일 그가 영광스럽게 부활할 것이라는 격려를 건넨다. 정치적 자유를 추구했던 카토는 정신적 자유를 추구하여 순례에 나선 단테에게 공감을 해준다. 또한 그는 비록 신앙은 가지지 않았지만, 자살로써 스토아학파의 윤리적 의무를 수행했기 때문에 신자에 준하여 용서받을 자격이 있다.

정죄산은 세 부분으로 구분된다. 연옥 입구, 연옥 그리고 지상낙원이다. 단테의 이마에 천사가 새긴 7개의 P자는 연옥의 일곱 권역에서 정죄할 죄(peccato)를 지칭한다. 즉 오만, 질투, 분노, 태만, 인색과 낭비, 탐욕, 애욕의 죄이다. 단테는 이 모든 죄보(罪報)를 씻어내고 구원을 받는다. 연옥의 죄는 지옥에서 처벌받고 있는 죄와 유사하다. 그러나 연옥의 죄는 지옥과는 달리 죽기 전에 회개한 사람들의 죄이다(제11곡). 연옥에 갇힌 영혼들은 주기도문을 외면서 지상의 영혼을 위해서도 기도한다. 지상낙원은 지상의 완전한 행복을 상징한다. 영혼들은 엠피레오에 오르기 전에 지상의 죄를 망각하게 하는 레테 강에 몸을 씻고, 선행의 기억을 새롭게 하는 에우노에 강물을 맛보며 정화한다.

가장 철학적인 부분은 제16곡−제21곡이다. 이는 인간의 자유 의지에 관련된 논의이다. 인간의 영혼은 신에 의해서 순수한 모습으로 창조된다. 하지만 인간은 본능적으로 쾌락을 추구하기 때문에 물질적인 향락에 탐닉하고 죄의식을 느끼면서도 쾌락을 포기하지 못한다. 그래서 정의의 관점에서 인간의 세속적인 행위를 계도하고 감시할 황제와 법률이 필요하다. 그런데 법률이 있어도 이를 제대로 집행할 황제가 없다. 가장 큰 이유는 교황이 세속적 가치와 종교적 가치를 혼동하기 때문이다. 세상의 모든 부패는 백성을 다스리는 황제와 교황의 잘못에서 비롯되었다. 교황은 천상의 행복을, 황제는 지상의 행복을 이끌어야 한다. 그런데 교황이 지상의 권력마저 쥐고 흔들려고 하는 것이다.

베르길리우스는 단테에게 사랑이 반드시 선은 아니라고 말한다. 그는 자신이 생래적으로 좋아하는 것으로 기우는 본능적 사랑과 마치 불길이 높이 치솟는 것처럼 영혼이 추구하는 이성적 사랑을 구분한다(제18곡). 베르길리우스의 예고대로 「천국」편에서 베아트리체는 이성의 고귀한 기능을 자유 의지라고 부른다.

「천국」, 신학적 우주관

단테가 구원(久遠)의 여인, 베아트리체와 베르나르도 성인의 인도로 삼위일체의 희열을 맛보게 되는 「천국」편은 주로 신학적 우주관을 다룬다. 이 편은 현실적인 경험이나 지식보다는 윤리적 상상력에 더욱 의존하는 만큼 현실 적합성이 약하다.

천국은 빛과 춤과 노래와 완전한 환희와 덕이 구현된 낙토(樂土)이다. 「천국」편은 신의 이성적인 피조물인 인간에게 선사한 자유 의지(제5곡)에 관한 베아트리체의 강론이 핵심을 이룬다. 인간의 죄, 정의, 자비 등등 단테의 갖가지 질문에 베아트리체가 답한다(제7곡).

단테의 법사상의 진수인 정교분리와 법치주의의 원리가 제시된다는 점에서 「천국」편은 한층 차원이 높은 법률가의 경전이기도 하다. 로마 민법전의 편찬자인 황제 유스티아니누스 1세는 천국에 유택(幽宅)을 얻었다(제6곡). 그는 성령의 영감을 얻어 로마법을 재정비한 인물이다. 그는 단테 자신이 관여된 피렌체의 정쟁은 악의 근원이었다고 비판한다(제11곡). 단테는 황제의 입을 빌려 정교분리의 원칙을 주장한다(제6곡). 구약 시대의 솔로몬 왕도 명판결의 공적을 인정받아 천국에 입적했다(제14곡). 작품에서 단테처럼 법률가를 천국에 보내는 작가는 동서양을 막론하고 거의 없다. 그러나 이들은 단순히 법률가의 자격과 업적으로 천당에 오른 것이 아니다. 이들은 현실의 권력을 소지한 왕으로서 통치의 수단인 법 체계의 건설과 공정한 운영을 통해서 나라 전체를 번영하게 하고 신민의 행복을 보살핀 공적을 인정받은 것이다.

신이 엄연히 지배하던 14세기에 저술된 『신곡』에는 21세기 세속 법률가의 상식에 부합하는 경구가 즐비하다. 단테는 법이 제대로 작동하지 않는 사회를 안장이 비어 있는 말에 비유하고, 토마스 아퀴나스의 입을 빌려 궤변의 폭력을 휘두르는 세속 법학에 경종을 울린다(「연옥」 편 제6곡).

「천국」 편에서는 특히 단테 당대의 인물과 파당, 그리고 정치 제도에 대한 평가를 담았다. 저자는 천국에 자리를 잡은 성인들의 입을 빌려 자신이 싫어한 인물에 대해서는 가혹한 평가를 내린다. 그는 정치적 야심에 찬 교황과 부패하고 탐욕에 찬 무능한 성직자들의 비행을 고발한다. 심지어는 어떤 교황들은(단테 자신이 사원[私怨]을 품었던 보니파시오 8세를 포함하여) 지구 위에 건설된 신의 나라의 적이라고까지 매도한다. 또한 그는 교황에 맞서서 이탈리아에 황제의 질서를 부활시키려던 자신의 꿈을 무너뜨린 정치적 지도자에게도 저주를 퍼붓는다. 대표적인 인물이 프랑스 국왕 필리프 4세이다.

신곡은 법곡

『신곡』에 담긴 내용은 매우 고상하지만 저술 동기는 지극히 세속적이다. 이상적인 사회를 성취하기 위해서는 법이라는 현실적 메커니즘이 필요하다. 단테는 현재와 미래의 독자를 유념하면서 자신이 믿는 바람직한 사회의 염원을 담아 시를 썼다. 이런 관점에서 '신곡(神曲)은 법곡(法曲)'이라는 수사도 가능하다. 첫째, 단테는 자신이 저지른 죄과에 상응하는 형벌의 모습을 생생하게 보여주고 선행에 대한 보상의 축복을 찬양함으로써 중세의 고전적인 '권선징악'의 메시지를 전한다. 둘째, 이에 덧붙여 정쟁으로 혼란이 가중된 사회에 만연하는 나태, 탈선, 부패에 직접적인 경종을 울리는 계산된 메시지를 전한다.

『신곡』은 많은 후세인들에게 영감과 동기를 부여한 고전이다. 신이 죽어서 사라진 세상을 꿈꾸던 카를 마르크스(Karl Marx, 1818–1883)도 셰익스피어 극과 함께 『신곡』을 탐독했다. 『자본론(Das Kapital)』(1867) 독일어 초판 서문의 마지막 구절에서 그는 "위대한 피렌체 사람(단테)"의 말을 자신의 좌우명으로 인용한다. "제 갈 길을 가라, 남이야 뭐라든!"

『데카메론』
·조반니 보카치오·

역대 최고의 금서

역사상 가장 많은 나라들에서 가장 오랫동안 금서로 낙인찍혀 대중의 접근이 금지되었던 작품은 조반니 보카치오(Giovanni Boccaccio, 1313-1375)의 『데카메론(*Decameron*)』(1348-1353)이라고 한다. 대저 금서의 속성이 그러하듯이 금지되었기 때문에 더욱 널리 읽힌 고전이기도 하다. 『데카메론』은 당대의 제도적 윤리와 보편적 이성을 넘어선 인간의 적나라한 모습을 거리낌 없이 그렸다. 혁명이든 개혁이든 그 어떤 이름으로 사회 제도를 바꾸더라도 종국에는 법 제도의 구축으로 마무리된다. 인간 사회의 불화를 해결하는 공적 처방이 곧 법이다. 법이 시대의 발전을 수용하지 못하는 사회는 정체할 수밖에 없다. 그런 사회에서는 인위적인 개혁이 따르지 않으면 종국에는 폭력을 수반한 저항이 일어나기 마련이다. 『데카메론』에는 건설적인 사회 개혁의 제안도 담겨 있다. 이 작품은 기존 법제의 전면적 개혁을 주창하면서도 동시에 현존 법제의 형평적 운용을 통한 점진적 개선이라는 한결 온건한 대안을 제시하기도 한다. 저자 보카치오 자신도 한동안 법률 수업을 받았다. 피렌체의 무역상이었던 아버지는 이국인 여인에게서 얻은 아들에게 가업을 계승시킬 요량이었으나, 여의치 않자 아들의 소원대로 그가 문학의 길에 나설 것을 허락하면서 교회법을 수학할 조건을 달았다.

한 세대 선배인 단테와 프란체스코 페트라르카(Francesco Petrarca, 1304-1374)가 중세 이탈리아에서 시의 세계를 창건한 문황(文皇)이라면, 보카치오는 산문의 비조(鼻祖)이다. 보카치오 자신도 당초 시작(詩作) 수업을 받았지만, 양대 거목의 위용에 눌려 새로운 문학 장르의 개척에 나선다. 단테는 단순히 "희극"이라고 명명한 작품을 보카치오가 "신곡"으로 개칭(改稱)했다는 설이 유력하다. 『데카메론』에 『신곡』의 구절이 엄청나게 많이 인용되어 있는 것은 너무나 자연스러운 일이다.

『데카메론』은 기독교와 남성의 지배 체제가 공고하던 시절에 인간과 여성의 해방이라는 주제를 관철하고 있다. 책의 내용 중에서 특히 세인의 이목을 끄는 부분은 여성이 남성 주도의 성행위의 단순한 객체에 그치지 않고 주도적 행위자임을 부각하는 내용이다. 가히 21세기 페미니즘 성 담론의 원조 고전으로 불릴 만도 하다. 『데카메론』은 서문에서 이 이야기가 여성을 위한 이야기임을 천명한다.

괴로움에 빠진 사람을 보면 연민을 느끼는 것이 인지상정입니다. ……자유롭게 말할 수 있게 된 지금 제가 받았던 은혜를 작게나마 갚기 위해서 위로를 드리고 싶습니다. 아무리 사소해도 이런 위로가 남자보다 여자에게 더 필요하다는 것을 부정할 사람이 있을까요? ……남자는 사랑에 빠져도 그렇습니다. 우울한 기분은 전환할 여러 가지 방법이 있지요. 사냥에 낚시에 승마에 노름에, 그도 저도 아니면 사업에 열중하면 되지요. 그러나 여자는 섬세해서 자기 운명을 견디기 힘듭니다. 그렇기 때문에 운명에 휘둘린 여자들을 어떤 식으로든 치유하고 위로하기 위해서, 사랑에 빠진 그들이 구원을 받고 안식을 얻을 수 있도록 100편의 이야기를 들려드릴까 합니다.

1348년, 치명적인 전염병, 흑사병이 피렌체를 강타한다. 흑사병 앞에서는 인간의 지혜도 의지도 무력하다. 의사도 소용없다. 병의 원인을 몰랐기 때문에 손쓸 방도가 없다. 도시는 극도의 한탄과 실성에 빠져 신성한 것, 인간적인 것, 법과 도의가 땅에 떨어진다. 그도 그럴 것이 법을 집행하는 관리나 판사들도 여느 사람처럼 죽거나 병에 걸려 사무를 볼 수 없다. 아무리 반듯한 사람이라도 건강할 때에는 남의 본보기가 되지만, 일단 병에 걸리면 버림받는다. 의학의 신 히포크라테스와 아스클레피오스가 건강을 보장했을 그 젊은 육신, 아침에 부모 형제와 밥상을 나눈 탱탱한 근육이 저녁에는 들것에 실려 북망산으로 향하는 뼈 가죽으로 변한다. 마치 신이 도시 전체를 멸망시키려는 듯한 공포가 엄습한다.

여성의 경전

여성의 경전으로서 『데카메론』의 특성은 화자의 구성에서부터 드러난다. 10일에 걸쳐 보따리가 펼쳐지는 100가지 이야기의 화자 10명 중에 7명이 여자이다. 이 작품에서 남자는 '없으면 심심할 것 같아서' 들러리로 세운 파한용(破閑用) 말동무에 불과하다.

정신적 위기에서 심리적 여유를 찾아내는 것은 여성의 지혜이다. 병균이 득시글거리는 도심을 피하여 일곱 귀부인이 교외로 피정을 떠난다. 어느 화요일 아침, 성당에 상복을 차려입은 7명의 귀부인들이 모인다. 그날 미사에 참석한 유일한 그룹이다. 열여덟 살에서 스물여덟 살 사이의 귀족 여성들이다. "여자끼리는 절대 분열이 일지 않는다." "남자는 여자의 수족이다." 의기투합한 이들 여성 동맹의 구호이다.

마침 젊은 청년 셋이 나타난다. 엄청난 환난의 시기에 상처받은 마음을 치유할 방법은 연인을 찾는 것이다. 지구의 종말이 다가오면 사내는 여인의 가슴을 찾는 것이 타고난 본성이다. 세 청년은 일곱 부인 중 세 사람에게 눈이 꽂힌다. 나머지 넷은 상피(相避)의 윤리가 적용되는 친척이다. 여자 일곱, 남자 셋은 의기투합하여 하인들을 대동하고 도심을 벗어나 한적한 별장에 여장을 푼다.

10명이 10일 동안 하루 한 가지씩 이야기를 나눈다. 합쳐서 100가지 사연, 그래서 책 제목이 "데카메론"이다. 매일 번갈아 회합을 주도할 "여왕"을 정하고 남자에게도 공평하게 사회자가 될 기회를 준다. 여섯 번째 날에는 여자들끼리 계곡에서 물놀이를 즐긴다. "물은 순백의 육체를 감추어주었고 마치 얇은 유리가 선홍색 장미를 감춘 듯했다."(6.10) "발레 델레 돈네(La Valle Delle Donne, 여자들의 계곡)", 전라의 모습으로 장난기 듬뿍한 표정으로 천렵(川獵)을 즐기는 모습은 상상만 해도 즐겁다. 15-16세기 바티칸 도서관을 위시하여 스페인 마드리드의 프라도 미술관, 프랑스 국립박물관의 아스날 도서관, 미국 워싱턴의 스미스소니언 미술관 등 세계의 유수한 미술관에는 『데카메론』 속 장면을 그린 명화들이 소장되어 있다.

인간의 성욕은 생명의 근원이자 건강한 육신에 내린 신의 축복이다.

아무도 없는 황량한 산에서 조그만 암굴에 갇혀 어릴 적부터 아버지 외에는 아무도 접하지 못한 채 성장한 청년도 여자를 보면 이내 강렬한 욕구와 함께 호기심과 애정을 느끼는 이유를 생각해봅시다. 신께서 만드신 나의 육체는 여러분의 눈빛에서 나오는 힘과 싱그러운 말들의 울림, 그리고 가련한 한숨에서 타오르는 불꽃을 느끼도록 되어 있습니다.

(1.4)

작품 전편을 통해서 주류 사회의 인물들이 비유적으로 풍자된다. 국왕과 공주는 물론 주교와 신부, 수사, 수도원장과 수녀들도 황음(荒淫) 잔치에 탐닉한다.

성직자라면 위아래 할 것 없이 지극히 음탕한 짓을 저지른다. 그들은 양심의 가책이나 염치도 없이 여색뿐만 아니라 남색에도 빠져 지냈고, 누군가 큰일을 탄원하려고 하면 매춘부나 미소년의 힘을 빌려야 하는 실정이었다.

(1.2)

10명의 수녀들에게 혹사당한 사내의 변이 처절하다.

암탉 10마리에는 수탉 한 마리로도 충분하지만 사람은 달라요. 열 남자가

한 여자를 만족시키기 힘들거든요. 전 지금 여주인이 아홉이거든요. 정말이지 더 이상 못 하겠어요. 이제는 지푸라기 하나 들 힘도 없어요.

(3.1)

재판하는 판사의 바지를 벗긴 여자(8.5), 부부 교환 내지는 2 대 2 혼거(8.8), 여성 상위의 체위 때문에 원치 않은 임신을 했다며 불평하는 어리석은 남편(9.3) 등등 상상을 초월한 풍자와 해학이 독자의 즐거움을 더한다.

그런가 하면 이따금씩 내면의 미덕을 경시하고 외적인 사치에 탐닉하는 여성을 꾸짖으며 부덕의 중요성을 강조하거나, 시들어가는 노인의 사랑을 격려하는 구절도 있다(1.10).

나이 든 여자들의 분노 어린 자탄도 듣기에 애틋하다. '어린 것'을 밝히는 사내들의 본능적인 생리를 어떻게 응징할 수 있을까 보냐.

늙은 우리는 아무도 거들떠보지 않지. 부엌에 몰아넣고 고양이랑 수다나 떨라고 하지. ……심지어는 이런 노래까지 부르지 않나. "젊은 여자들에게는 맛있는 음식을 주고 할망구들에게는 재갈을 물려라."

(5.10)

마치 한동안 인터넷에 널리 퍼졌던 시인 문정희와 임보의 "치마와 팬티" 대구를 연상시킨다.

그 은밀한 곳에서 일어나는

흥망의 비밀이 궁금하여

남자들은 신전 주위를 맴도는 관광객이다.

(문정희, 「치마」)

참배객이 끊긴, 닫힌 신전의 문은 얼마나 적막한가?

그 깊고도 오묘한 문을 여는

신비의 열쇠를 남자들이 지녔다는 것이

얼마나 다행스런 일인가!

(임보, 「팬티―문정희의 치마를 읽다가」)

필리파 부인의 판결

작품 전체가 사랑과 애욕의 문제를 다룬다. 남녀가 대립하는 경우에 대체로 사랑에 빠져 일을 저지른 여성에게 유리한 결말이 난다. 수많은 여성 주도의 일화들 중에서 단연 압권은 필리파 부인 이야기이다(6.7). 절세미인이자 젊은 귀족 부인인 필리파는 남편에게 간통 현장을 발각당한다. 그런데 법은 성(性)을 결혼이라는 '제도' 속에 묶어두고 제도 밖에서 일어난 성행위를 벌한다. 그것도 간통한 남자는 불문에 부치고 오직 여성만 처벌한다. 돈을 받고 몸을 파는 매춘도, 오직 '주기만' 하는 간통도 사형으로 다스린다.

이렇듯 법이 불공정한 사실을 알고 있는 판사는 미모의 간통녀를 살려주고 싶은 마음이다. 그뿐만 아니라 그는 그녀가 자백하지 않으면 처벌할 수 없노라고 노골적으로 조언한다.

그러나 필리파 부인은 당당하게 간통 사실을 인정한다. 그녀의 항변은 보다 근본적인 것이다. 즉 여성을 속박하는 법은 남성이 자의적으로 제정한 악법이라는 주장이다. 게다가 이 법은 처벌 대상인 여성의 동의 없이 제정된 것이므로 원천적으로 무효라는 논거를 편다. 담대한 여인의 주장은 여기에 그치지 않는다. 아내에게 남편의 성적 욕구를 충족시킬 의무가 있다면, 자신은 결코 그 의무를 소홀히 한 적이 없다. 다시 말해서 한 번도 남편의 성적 요구를 거절한 일이 없고, 그러고도 행유여력(行有餘力)이라서 애인에게 육보시(肉布施)했을 뿐이라는 반론이다. 남편이 아내를 오직 쾌락의 도구로만 삼는다면, 아내에게도 마찬가지 권리가 있다. 남편이 아내의 정당한 욕구를 충족시키지 못하면 "개에게 던져주느니" 차라리 다른 사내와 성을 나누는 것이 개인적 차원에서뿐만 아니라 사회적 효용의 관점에서도 더욱 합당하다는 주장이다. 그런데 놀랍게도 판사는 이러한 주장을 받아들여 필리파 부인을 석방한다. '파는 사랑'만이 범죄가 될 뿐, '베푸는 사랑'은 죄가 아니라는 판결이다. 어깻죽지가 처진 남편을 곁눈질해가면서 아내는 의기양양하게 집으로 돌아간다. 작가는 친절하게도 판사의 권고를 받아 이 악법은 돈 때문에 남편을 배신한 여자에 대해서만 적용하도록 개정되었다는 후기를 덧붙인다.

600년 후 한국 땅에서도 『데카메론』의 여성 인권 정신이 속속 구현되었다. 1980년대 후반에 시골 소읍에서 한 음식점 종업원이자 유부녀인 중년 여성이 강제로 당한 키스를 방어하다가 가해자 청년의 혀를 깨물어

절단한 사건이 있었다. 세칭 '키스 혀 절단 사건'이다. 1심에서 상해죄의 유죄 판결을 받은 여인이 상급법원에 항소하여 '정당방위'였다는 무죄 판결을 얻어냈다. 이렇듯 '단지 여자라는 이유로' 고스란히 감내해야만 했던 불의를 1990년에 한 영화가 고발했다.* 한편 코미디 영화 「생과부 위자료 청구소송」(1999)은 필리파 부인의 선구적인 성 철학을 구현한 수작이다. 남편과 아내는 일신동체(一身同體)이다. 아내에게는 남편의 몸에 접근할 권리가 있다. 그러니 누적된 과로로 젊은 남편의 성적 능력을 마비시켜 아내를 '생과부'로 만든 회사는 불법 행위에 책임을 져야 한다. 이 영화는 성장일변도의 산업사회 대한민국을 향해서 쏘아올린 고발장이기도 했다.

1994년 미국의 한 법원은 남편에게 강제로 당하고 난 후에 일시적 흥분 상태에서 남편 존 보빗의 '공격 무기'를 잘라버린 아내 로렌 보빗의 행위를 '정당방위'로 인정했다. 이른바 '보빗 룰(Bobbitt Rule)'이다. 한국에서나 미국에서나 이런 법이 하루아침에 갑자기 탄생한 것이 아니다. 600년도 더 전에 『데카메론』에 씨가 뿌려져 있었다.

저자의 변론

작품 곳곳에서 작가는 스스로 화자로 등장하여 자신을 겨냥한 비판에 대하여 변론을 편다. "내가 정숙하지 못한 부인들을 두둔한다거나 탈선을 부추긴다는 비난이 적지 않습니다. ……이렇듯 쏟아지는 시기와 질

---

* 「단지 그대가 여자라는 이유만으로」(1990).

투에 심지어는 생명의 위협도 느꼈습니다."(1.4)

100편의 이야기를 마무리하는 작가의 후기는 가상의 법정에 선 피고인의 변론서이기도 하다. "지체 높은 젊은이들이여. ……지나치게 자유롭게 쓴 나의 문장에 거부감이 들지도 모르겠소. 그러나 필요하기 때문에 택한 언어요. 구멍, 말뚝, 사발, 절구공, 순대."

그는 그림보다 글에 더욱 엄격한 검열 기준을 적용하는 세태가 불만이다.

펜이 화가의 붓보다 결코 기능이 떨어지지 않습니다. 화가는 아무런 비난도 받지 아니하고 심지어는 정당한 비판조차 받지 않습니다. 성 미카엘이 칼이나 창을 휘둘러 뱀을 찢어버리는 그림을 그리거나 용을 좋아하는 성 조르조를 그리는 것은 그렇다고 칩시다. 하지만 그리스도를 남성으로, 이브를 여성으로, 그리고 인류의 구원을 위해서 십자가에서 죽고자 하신 그리스도의 두 발을 어떤 때에는 못 하나로, 어떤 때에는 못 2개로 고정하는 등등 제멋대로 그리는 짓거리는 내버려둘 수 있는 일인가요?

더욱이 나의 이야기는 그저 기분전환용으로, 젊지만 성숙하고 요설에 휘둘리지 않는 사람들 사이에서 나왔습니다. 정신이 부패하면 언어의 의미를 건전하게 이해할 수 없습니다. 고상한 언어가 부패한 정신과 어울리지 않듯이 고상하지 않은 언어가 건전한 정신을 더럽히지도 못합니다. ……어떤 책이, 어떤 말이, 어떤 문자가 성서보다 더 거룩하고 가치 있겠습니까? 그런데 성서를 악의적으로 해석하여 자신과 타인을 파멸로 몰아간 사례가 무수합니다.

보카치오는 성숙한 독자의 자유로운 판단을 기대하며, 특히 여성 독자의 동감을 구하면서 100편의 이야기를 마감한다.

나는 여러분 나름대로 말하고 믿도록 내버려두겠습니다. ……마지막으로 사랑스러운 부인들이여, 나의 글이 다소라도 유익하다는 생각이 들면 나를 기억해주시면서 그분의 은총과 함께 평화롭게 살아가시기를 빕니다.

마치 21세기 독자를 겨냥한 당부로 들린다.

『캔터베리 이야기』

· 제프리 초서 ·

영국 문학의 시조

사월은 잔인한 달. 죽은 땅에서 라일락 꽃을 피우고 기억과 욕망을 뒤섞어 잠자는 뿌리를 봄비로 흔들어 깨운다.

대표적인 봄의 찬가로 세계인의 사랑을 받는 토머스 엘리엇(Thomas S. Eliot, 1888-1965)의 장시, 「황무지(*The Waste Land*)」(1922)의 첫 구절이다. 20세기 미국 태생 영국 시인의 펜을 통해서 만인의 가슴에 새겨진 이 명구는 실은 「황무지」보다 500년도 전에 세상에 첫선을 보였다.

사월의 감미로운 소나기가 삼월의 가뭄을 뿌리까지 뚫고 들어가 꽃을 피우는 그 습기로 모든 잎맥을 적신다.[*]

제프리 초서(Geoffrey Chaucer, 1340-1400)의 『캔터베리 이야기(*The*

---

[*] 신영복, 「담론」, 돌베개, 2015, p.35.

Canterbury Tales)』(1387-1400)의 "프롤로그" 첫 구절이다. 당초의 '감미로움'이 500여 년 후에 '잔인함'으로 바뀌었을 뿐 근본은 달라지지 않았다.

> 과일 향기 달콤한 사월의 봄비, 삼월의 메마른 나무뿌리에 스며들어 수액이
> 흐르는 온 세상 줄기들을 촉촉이 적셔 꽃봉오리 터뜨릴 즈음, 서녘 바람 감
> 미로운 입김을 숲과 나무 여린 새싹에 불어넣는다.[*]

초서는 시, 로맨스, 우화 등의 모든 장르에 걸쳐 영국 문학의 시조로 불린다. 윌리엄 셰익스피어(William Shakespeare, 1564-1616)가 영어를 완성한 대문호라면, 초서는 미개어에 불과했던 영어를 문화어로 격상시킨 선구자이다. 단테, 페트라르카, 보카치오와 같은 선진 이탈리아 문호들을 영국 땅에 소개한 그는 위대한 고전 번역가이자 시인으로 숭앙받는다. 초서의 대표작인 『캔터베리 이야기』에는 다양한 고전 지식과 함께 당대 영국의 제도와 풍물을 알려주는 귀중한 사료가 담겨 있다. 그는 이 필생의 역작을 쓰기 위해서 웨스트민스터 사원에 딸린 작은 초막에서 14년 동안이나 펜을 놓지 않았지만, 작품을 매듭짓지 못한 채 60년 생애를 마감했다.

초서는 '잉글랜드'의 작가이다. 그러나 그의 작품에서는 아직 잉글랜드가 민족 국가의 정체성을 확립하기 전, 중세 말기의 혼란과 그 혼란 속에서 싹트는 근세의 모습이 엿보인다. 시와 산문의 주제와 형식은 중

---

[*] 제프리 초서, 김진만 역, 『캔터베리 이야기』, 동서문화사, 2013, p.9.

세적이나, 그 속에 담긴 사상과 감정에는 새로운 시대의 여명이 투영되어 있다.

14세기 잉글랜드에서는 기사 계급 중심의 봉건 문화 대신에 상인 계급 중심의 신흥 부르주아 문화가 서서히 부상한다. 국왕도 상인 계급의 도움 없이는 전쟁을 치를 수 없게 된다. 런던 포도주 상인의 아들 초서는 연이어 세 국왕(에드워드 3세, 리처드 2세, 헨리 4세)의 궁정에서 일하는 행운을 누린다. 1359년, 그는 에드워드 3세(Edward III, 1327–1377 재위)의 군대에 징발되어 프랑스 전장에 배속된다. 이른바 '백년전쟁(1337–1453)'에 참전한 것이다. 『캔터베리 이야기』의 "프롤로그"에 등장하는 견습 기사의 행태에서 청년 초서의 면모를 엿볼 수 있다. 열아홉 살 병사는 플랜더스 등 여러 지역 전투에 참전하나 적국의 포로가 된다. 그러나 이듬해에 두 나라가 강화조약을 맺으면서 초서는 석방된다. 국왕이 거금 16파운드를 몸값으로 지불한 것을 보면 초서는 촉망받는 궁인이었음에 틀림없다. 그런데 석방된 후부터 1367년 종신 연금 수혜자로 지정될 때까지 그의 7년간의 행적이 분명하지 않다. 유력한 가설은 초서가 궁정의 위탁으로 법률가 수련을 받았다는 것이다(4대 법학원 중에서 '이너 템플'이 가장 유력한 후보이다). "프롤로그"에서 원로 변호사(Serjeant at Law)의 해박한 법 지식과 법학원 재무관(Manciple)의 일상을 생동감 있게 묘사한 것을 보아 이는 개연성이 높은 가설이다. 1378년부터 8년간 초서는 외교관 신분으로 프랑스, 스페인, 이탈리아 등지를 여행한다. 그는 10년 가까이 런던 세관장으로 근무했고 국왕의 특사로 국내 각지를 순행한다. 특히 이탈리아 여행 후에 많은 작품들을 남긴다. 8,000행이 넘는 장시 「트로일러스와 크리세이드(*Troilus and Criseyde*)」(약 1385)도 이때 저술한 것이다. 보카치오의 작품, 「일 필로스트라토(*Il Filostrato*)」(약 1338)를 번안, 확대한 이 작품은 후일 셰익스피어가 같은 제목의 희곡을 쓰면서 원전으로 삼았을 것이다.

29인의 순례단

잉글랜드인 29명이 한곳에 모였다. 캔터베리 성지로 순례를 떠나기 위해서이다. 기사, 성직자, 법률가와 같은 제도권 인물에서부터 요리사, '바스의 여장부' 등 무명필부에 이르기까지 각계각층이 망라된다. 신분의 서열을 유념하여 기사가 맨 먼저 발언한다. 그의 이야기를 방앗간 주인이 이어받는다. 이어서 등장한 원로 변호사의 이야기를 시골 아낙네가 승계하는 등 계층 간의 조화가 이루어진다(후일 편집자가 순서를 조정했다는 설도 있다). 각자의 이야기에 모두가 공감하는 방향으로 발언이 마무리된다. 전체를 관통하는 주제는 "기사 이야기"의 화자인 경륜의 노인 에디우스의 입을 통해서 제시된다. "이 세상은 슬픔으로 가득 찬 길거리에 지나지 않는다. 우리는 모두가 이 길이든 저 길이든 떠나는 순례자이다." 순례자들은 왕복 길에 각자 두 자락씩 이야기보따리를 푼다. 모두 116가지 설화가 되나, 현재 24가지가 남아 있고, 그중에서 "요리사 이야기"와 "토파즈 경 이야기" 두 꼭지는 미완성품이다. 특히 운문 형식의 "토파즈 경 이야기"는 작가가 의도적으로 미완으로 남겼다고도 한다.

『캔터베리 이야기』는 당초에 낭송을 염두에 두고 쓴 작품이었다. 작가가 리처드 2세(Richard II, 1377–1400 재위)와 앤 왕비(Anne of Bohemia,

1366-1394) 앞에서 자작시를 낭송하는 그림 사본이 케임브리지 대학교의 코퍼스크리스티 칼리지에 남아 있다. 이렇듯 초서는 뛰어난 엔터테이너이기도 했다.

캔터베리는 헨리 2세(Henry II, 1150-1189 재위)에 의해서 살해된 성인 토머스 베켓(Thomas Becket, 1162-1170 대주교 역임)의 무덤이 있는 곳이다. 베켓은 신과 교회의 권위를 수호하다가 세속 권력이 휘두른 칼에 목숨을 잃은 인물이다. 엘리엇은 시극 「대성당의 살인(Murder in the Cathedral)」(1935)에서 대주교의 죽음을 왕권과 교권 사이의 권력 다툼이라는 정치적인 측면보다는 세속의 권위와 신의 구원이라는 종교적인 관점에서 부각했다. 베켓은 죽은 지 3년 만에 복권되어 성인으로 추서된다. 그날 이후로 베켓의 무덤은 성소가 되었다. 언제부터인가 베켓은 의술의 성인으로 사람들의 뇌리에 자리를 잡았다. 초서도 아내가 병에 걸리자 캔터베리 성지에 더욱 관심이 깊어졌다고 한다.

영국 방방곡곡에서 캔터베리 대성당을 향해, 그 옛날 그들이 병고로 시달릴 때에 치료해준 복된 순교자에게 참배하고자 길을 서두른다.

그런데 성자 베켓은 종교사 못지않게 법제사에서도 비중이 높은 인물이다. 그는 대주교에 임명되기 전에 영국 최초의 '로드 챈슬러(Lord Chancellor)'로서 영국 법제의 골간을 마련했다. 이 직책은 당초에는 국왕의 지근에서 일상을 보좌하고 옥새를 보관하는 임무를 담당했으나, 시대의 흐름에 따라서 국왕을 대리하여 재판하는 형평법원(High Court of Chancery)의 수장직으로 발전했다. 이에 더하여 대법원장, 상원의장, 각료의 지위까지 겸하는 영국 고유의 최고 직위로 직책이 확대되었다가 2005년에야 폐지되었다.

챈슬러 베켓은 런던 나들이가 힘든 벽지 주민들의 편의를 고려하여 판사가 직접 현지를 찾아가서 재판하는 순회 재판 제도를 실시했다. 그런가 하면 베켓이 프랑스 노르만족의 관습으로 알려진 배심제도를 영국 땅에 도입한 장본인이라는 설도 있다. 배심제도는 영국이 다른 나라로 수출한 민주적 사법의 상징으로 오래도록 칭송받았다. 배심제도는 소송 당사자와 동일한 계층의 일반인이 직접 재판에 참여하여 권력을 무기로 하는 관료 사법의 횡포를 견제하는 민주적 통제 장치로서의 의미가 크다.

법률가 순례자들

베켓과 같은 법률가 성인의 묘역을 참배하는 순례단에 법률가가 포함되는 것은 당연하다. 초서는 법률직에 종사하는 네 사람을 순례단에 참가시킨다. 맨 먼저 오늘날의 변호사협회 회장 내지는 칙허(勅許) 변호사(King's Counsel)에 해당하는 원로 변호사가 동행한다. 원로 변호사만이 왕립 법원의 판사가 될 수 있다. 가발을 쓰고 실크 가운을 입은 그는 시종일관 거드름을 피운다. 실제로 바쁘기도 하지만 고객 앞에서는 더욱 바쁜 체한다. 그래야만 권위가 서고 더욱 고액의 수임료를 받을 수 있기 때문이다. 실크 가운은 가발과 함께 영국 법조의 권위의 상징이다. 법률가의 신분 등급에 따라서 입는 법복의 재질과 가발의 규격도 다르다. 일반 변호사는 소형 가발을 쓰고 면직 가운을 입지만, 판사와 원로 변호사는 대형 가발을 쓰고 실크 가운을 입는다('실크 옷을 입는다[wear silk]'라는 영어 표현은 판사가 된다는 뜻이다). 작품에서 원로 변호사는 국왕의 인허장을 받아 순회 재판관 역할도 수행한다. 그의 머릿속에는 영국의 모든 법조문들과 국조(國祖) 정복왕 윌리엄(William the Conqueror, 1035-1087 재위) 시절 이래로 왕립 법원이 내린 모든 판결들이 들어 있다. 그는 법률서류를 완벽하게 작성하기 때문에, 그에게 조그마한 흠이라도 잡을 수 있는 사람은 아무도 없다.

그는 이렇게 말한다. "약속은 빚과 같다. 반드시 지켜야 한다(Pacta Sunt Servanda)." 한국 법과대학에서도 귀가 따갑도록 듣는 라틴어 격언이다. 그의 말을 빌리면 "남에게 지킬 것을 요구하는 법은 그 법을 제정한 사람부터 지켜야 한다." 원로 변호사의 입에서 나오는 이야기는 몹시 현학적이다. 그리스, 로마의 대가들의 이름과 작품 구절이 대거 인용된다. 초서 자신의 작품도 언급된다. 원로 변호사의 이야기의 핵심은 위대하고도 유일한 종교인 그리스도교의 세속적 승리이다. 그의 이야기에서 한 시리아 상인이 로마 여행 중에 황제의 딸 콘스탄스의 명성을 듣고 본국의 술탄에게 소식을 전한다. 술탄은 개종까지 하면서 사랑을 추구한다. 이렇듯 지극히 비역사적, 비현실적인 사랑 이야기도 결국 그리스도교 신앙의 우위를 확인하는 소재로 사용된다.

두 번째 법조인은 법학원의 재무관이다. 법학원이란 법조인 양성소로, 최근까지 존재했던 우리나라의 사법 연수원 격이다. 판사가 되려면 법학원을 수료해야 하고 대학을 졸업한 상류층 자제만이 법학원에 입학할 수 있다. 재무관은 전문적인 법률 지식은 변호사에 뒤지지만, 일반인이 보다 쉽게 접근할 수 있기 때문에 더욱 유용한 존재라고 초서는 말한다. 우리나라의 법무사 비슷한 존재라고 할까.

물건을 살 때, 돈을 아끼려면 그가 시키는 대로 하면 된다. 현금이든 외상이든 가격 동향을 예의주시하다 최저가에 구입한다. 이처럼 제대로 배우지 못한 사람의 지혜가 학자들의 지식을 능가하는 것은 참으로 하느님의 은총이 아니겠는가? 그는 유식한 법학 박사 30명을 섬기고 있다. ……영국의 어떤 귀족이건 그들의 토지와 살림을 관리할 능력이 있고 주인보다 한 수 위이다.

이를테면 재무관은 생활 법률의 달인이다.

세 번째로 소환관(Somnour)이 등장한다. 이 직책은 교회 법원의 서기라고 할 수 있다. 중세 유럽에서는 세속 법원과 별도로 설치된 교회 법원이 위세를 떨쳤다. 독신(瀆神) 등 교리와 교권에 도전하는 행위는 물론이고 출생, 혼인, 이혼, 간통, 유언, 상속 등 가사 문제는 대부분 교회 법원의 관할이었다. 초서의 눈에 비친 교회 법원 소환관은 항상 술독에 빠져 있고 라틴어 법률 용어를 입에 달고 다니면서 수시로 검은손을 벌린다. 소환관은 12개월 동안이나 축첩(蓄妾)질을 한 사내를 포도주 한 병에 눈감아주기도 한다. 또한 그는 창녀를 꽃뱀으로 고용하여 사내들을 유혹하게 한다. 잡힌 사내는 뇌물을 받고 풀어주고 창녀에게는 수당을 지급한다. 교회 법원의 부패는 '성직자의 특권(benefit of clergy)'이라는 법리에 의해서 사실상 면책된다. 또한 성직자는 반역 등의 국사범을 제외하고 자신의 죄를 진심으로 뉘우치고 하느님의 용서를 비는 죄수에게 사형을 면제할 수 있는 권한을 가진다. 이때 교회 법원은 죄수에게 진심으로 회개한다는 증거로 라틴어 성서 구절을 암송하거나 읽도록 했다. 특권 귀족층의 무도(無道)와 교회의 부패 사이에 끈끈한 공조 관계가 형성되는 것은 물론이다. 작품의 곳곳에서 소환관과 탁발 수사 사이에 치열한 인신공격과 논쟁이 벌어지는 것도 이러한 시대상과 무관하지 않을 것이다.

네 번째 법률가는 로마 교황청에서 파견한 사면관(Pardoner)이다. 그의 입에서 나온 첫 마디는 "돈을 사랑함이 일만 악의 뿌리가 되나니"라는 성서의 구절(「디모데전서」 제6장)이다. 그는 "나는 한마디로 탐욕을 채우기 위해서 설교한다"라고 당당하게 고백한다. "그래서 나 자신은 죄악에 빠져 있지만 남들이 죄를 피하고, 만약 죄를 지으면 깊이 회개하는 방법은 알고 있다"라면서 면죄부 판매원의 비책을 과시한다. 소환관이 죄인을 잡아들이면 사면관은 돈을 받고 풀어준다. 교황 명의로 발행한 면죄부를 판매하는 것이다. 물론 대금은 둘이서 나눈다.

부푼 턱에 어울리지 않는 염소 소리를 내는 사면관은 소환관과 죽이 맞는 패거리이다. 그가 목구멍에서 새어 나오듯이 가느다란 소리로 "사랑하는 이여, 나에게 오라!" 노래를 부르면, 소환관이 굵은 목소리로 후렴을 따라 부른다. 아무리 나팔을 크게 불어도 절반밖에 따라가지 못할 정도로 우렁찬 목소리이다.

사면관은 멋을 부리느라 두건도 쓰지 않고 자루 안에 성모 마리아의 베일로 만들었다는 베갯잇을 지녔다고 떠들어댄다. 순례자 일행에게 모두 헌금하고 성물에 입을 맞추라는 사면관의 설교에 배알이 틀린 사회자가 진한 농담을 건넨다. "차라리 당신 불알에 대고 입을 맞추겠노라."

이들 방종하고도 부패한 전문직 법률가들에 더하여 마을의 보안관과 재무관 역할을 하는 '시골 유지'도 등장한다. 이들은 작은 사건에서 치안판사 직책을 맡기도 한다. "의사 이야기"에서는 사련(邪戀)에 눈이 멀어 탈선한 재판관이 자살로 생을 마감한다. 마치 후세인에게 양대 인기 직종이 된 의사와 법률가 사이의 은근한 라이벌 관계를 암시하는 듯하다.

600년 전에 초서가 그린 영국 법률가의 모습은 오늘날 우리나라 서초동에서도 일상적으로 대면할 수 있다. 위선, 기만, 부패는 법률가의 속성이어서 그런 것인가, 아니면 단지 법률가만의 것이 아니라 모든 권력의 본질이어서 그런 것인가?

연애와 결혼 : 인간 드라마

예나 지금이나 연애와 결혼은 인간 드라마의 핵심 주제이자 줄거리이다. 14세기 말 르네상스 초입의 영국에서는 한때 성행하던 기사도로 치장한 궁정 로맨스가 희화화되고 점차 일반 백성의 일상적 삶이 주된 관심사가 된다. 『캔터베리 이야기』에 등장하는 수많은 결혼 이야기들 중에서 "바스 여장부의 이야기"가 백미이다. "이 세상에 권위 있는 책이 없어진다고 해도 결혼 생활의 고충을 말하는 데에는 경험만 있으면 충분하다고 생각해요." 바스 아낙네의 머리글처럼 결혼은 이론이 아니라 생활이다. 삶의 지혜를 얻기에는 100년의 연애도 한 달 결혼 생활보다 못하다. 결혼은 감미로운 시가 아니라 밋밋한 수필이다. 연애가 열정적인 낭만인의 사랑이라면 결혼은 건전한 생활인의 사랑이다. 어느 시인의 구절처럼 곁에 있어도 그리운 사람, 그것이 연인이라면 비록 몸은 떨어져 있어도 항상 마음속에 함께 사는 사람, 그것이 배우자이다.

바스의 아낙네는 "사랑의 기술"이 탁월하고 심주(心柱)가 굳은 여인이다. 그녀는 "교회(앞)에서" 5번 결혼했고 (소싯적에 사랑한 남자를 빼고도) 세 차례나 성지 예루살렘을 순례했으며, 스페인의 서쪽 끝, 산티아고 데 콤포스텔라의 성 야고보의 무덤도 참배했다. 성적 자유와 종교적 신심은 반드시 배치되는 것이 아니다. 동시에 두 사람을 속이지 않는다면야 모든 사랑이 진실한 사랑이다. 바스의 아낙네가 밟았던 "산티아고 가는 길"은 오늘날에도 세계인의 발길이 이어지고 있다. 제주도의 '올레 길'을 조성할 때에 본보기가 된 유서 깊은 길이다.

"남자의 기물은 생리와 생식 두 가지 목적으로 창조된 것이다. 어느 쪽이든 즐거움을 누리는 것은 신을 욕되게 하지 않는다." 나름 사물의 본성을 터득한 여인은 성서의 구절을 인용하면서 자신에게 유리한 해석을 도출한다. "남편은 그 아내에게 대한 의무를 다하고 아내도 그 남편에게 그렇게 할찌라."(「고린도전서」 제7장 3절) "아내가 자기 몸을 주장하지 못하고 오직 그 남편이 하며 남편도 이와 같이 자기 몸을 주장하지 못하고 오직 그 아내가 하나니."(「고린도전서」 제7장 4절) 그녀가 전하는 옛이야기 속에도 여성의 은밀한 욕망이 당당하게 제시된다. 그 이야기 중에는 정답을 맞히지 못하면 죽음이 예정된 기사의 이야기가 있다. "여자들이 가장 원하는 것은 무엇이냐"라는 질문에 그는 "잠자리에서 주도권을 가지는 것"이라는 정답을 제시하여 목숨을 지키고 포상도 받는다.

이렇듯 당당한 시골 아낙네는 시종일관 결혼 생활에서 여성이 남성보다 우월하다는 주장을 편다. 옥스퍼드 서생은 반론 아닌 반론에 나선다. 논리학을 공부하는 그는 아마도 예비 법률가일 것이다. 법률가가 되기 위해서 법학원에 들어가려면 대학을 먼저 나와야만 한다. 논리학은 대학의 필수 과목이다. 세상사의 모든 권위는 책과 논리에 바탕을 두어야 한다는 것이 서생의 믿음이다. 그는 자신의 논리로 이 촌부의 '경험'을 뒤집으려 고심한다. 그는 오해와 시련을 겪으면서도 정절을 지킨 옛 여인(그리젤다)의 선례를 인용한다. 그러나 그가 인용한 선례는 까마득한 '옛날 이야기'로 약효가 떨어진다. 그 자신도 인정한다. 이제 정숙한 여인을 현실에서는 찾아볼 수 없다고. "요즘 여인들은 청동을 섞은 금과 같이 겉만 번드르르하고 고통을 겪으면 구부러지기도 전에 부러지고 만다." 그는 그러니 바스의 여장부가 터득한 생활의 지혜를 찬양하자고 모두에게 제안한다. 작가 초서가 직접 등장하여 마지막 노래를 선창한다.

남자들을 두려워 마세요. 남편이 비록 철갑으로 무장하고 있어도 그대의 날카로운 달변의 화살이 그의 갑옷을 꿰뚫을 것이니. 미모가 있으면 사람들 앞에 마음껏 얼굴과 옷차림을 과시하세요. 만약 박색이면 돈을 아끼지 말고 나의 편이 될 친구들을 만드세요.

늙은 기사와 젊고 아름다운 아내의 조화롭지 못한 결혼 생활을 주축으로, 어린 시종과 부인의 성애를 묘사한 "무역상인 이야기"도 결혼 생활의 지혜를 제시한다. 서로가 참아 넘기는 일종의 완충 지대를 설정하는 것이다. "시골유지 이야기"에서는 기사 남편과 정숙한 아내가 신뢰와 자유로 평등한 관계를 유지한다. 가부장제에 바탕한 '제도적 권위'와 '경험적 현실' 사이의 균형점을 제시하는 것이다. 이렇듯 『캔터베리 이야기』에 나타난 결혼 생활은 한마디로 요약해서 당대의 경직된 제도가 아니라 생생한 현실이었다.

위선과 편견으로 가득 찬 현실의 제도와 세태를 조롱하는 모습은 모든 이야기들에 투영되어 있다. "무역상인 이야기"에서 화자는 자신이 환치기로 치부(致富)하고 고리대업을 한다는 사실을 비밀에 부치고, 돈을 빌려줄 때에는 너무나 당당하게 거드름을 피운다. "수녀원장의 이야기"에는 당대인의 인종적 편견이 고스란히 드러난다. 유대인은 고리대금업자이자 일말의 가책도 없이 뻔뻔스럽게 영아를 살해하는 사악한 인종으로 묘사된다. "두 번째 수녀 이야기"에는 사형 집행 시의 기술적인 문제가 곁다리로 걸쳐 있다. 당대의 법에 따르면 참수형을 집행하면서 네 차례 이상은 칼질을 할 수 없다. 이런 법 때문에 목이 절반 잘리고서도 4일 동안 하느님의 복음을 전도한 여인이 성녀가 된다. 성녀 체칠리아의 이야기이다.

"교구사제 이야기"에서는 법정 선서의 신앙적 의미가 석명(釋明)된다. "법 때문에 어쩔 수 없이 맹세할 때에는 「예레미야」 제4장에 나오는 대로 하느님의 율법에 따라서 맹세하라." "선서는 진실, 정의, 의로움, 세 가지 조건을 충족해야 한다. 재판관이 진실을 증언하라고 요구할 때에는 정의에 입각하여 맹세하라. 법정 선서 이외에는 일체의 다른 맹세는 하지 말지어다." 화자는 세상의 많은 범죄 가운데 '성직 매매(simony)'를 가장 가증스러운 범죄로 규정한다. 당초 성령을 통해서 베드로와 사제들에게 준 선물을 속세의 재산으로 사는 행위는 성직에 대한 최대의 모욕이 아닐 수 없기 때문이다.

"수습 기사 이야기"에는 뜻밖에도 타타르의 캄뷰스칸(칭기즈칸)이 등장한다. 그는 용맹과 지혜를 갖춘 국왕이자 약자에게 긍휼(矜恤)의 미덕을 베푸는 선인이다. 캄뷰스칸의 말발굽 아래에서 가히 공황 상태에 빠졌던 유럽 대륙의 화를 '바다 건너 불'처럼 관조하던 섬나라 영국인의 여유가 엿보이기도 하는 대목이다.

작가는 작품을 마감하면서 "철회문"을 쓰고 그리스도의 자비와 용서를 구한다. "성서에도 이렇게 쓰여 있습니다. '여기 쓰인 모든 것들은 우리를 가르치기 위한 것이다'라고." 자신은 오직 인간사의 허영과 위선, 타락과 방종에 경종을 보내기 위해서 작품을 쓴 것이라는 변명이 새삼스럽다.

속세의 허영을 다룬 저의 글을 철회하고자 합니다. ……특히 『캔터베리 이야기』 중에서 죄에 이르는 부분 말입니다. 그뿐만 아니라 제 머릿속에 가득 찼고 원고로도 남긴 각종 음사(淫辭)를 깨끗이 지우고자 합니다.

작가의 진의가 무엇이든 600년 동안 이 작품이 고스란히 살아남는 데에 이 반성문이 결정적인 도움이 되었을 것이다. 영국의 국민 영웅들의 묘지인 런던 웨스트민스터 사원에 초서의 유해가 안치되어 있다. '시인의 묘역(Poets' Corner)'의 제1호분이다. 그가 죽은 15세기 초에는 하급 관리나 시인은 이 사원에 묻히기 힘들었다. 그만큼 당대에도 초서의 지위는 각별했다. 한 세기 반 후인 1556년 라틴어 비문이 새겨진 천개(天蓋)가 그의 무덤에 씌워졌다. 비문은 여러 차례 바뀌었다는 고증이 있다. 그러나 그의 위대함을 칭송하는 문구만은 손대지 않았다.

『천로역정』

·존 버니언·

신앙 고백서이자 전도서

존 버니언(John Bunyan, 1628-1688)의 알레고리 소설 『천로역정(*The Pilgrim's Progress*)』(제1부 1678, 제2부 1684)은 그리스도교의 교리, 그중에서도 영국 칭교도 혁명(1642-1651)의 정신을 찬양한 작품이다. 아마도 영어권의 그리스도인이 성서 다음으로 가장 많이 읽는 책일 것이다. 현대 사회학의 거두, 막스 베버(Max Weber, 1864-1920)도 그렇게 단언했다. "꿈속에서 본 이 세상에서 장래에 도래할 저세상으로의 순례 길"*이라는 긴 부제가 달린 이 작품은 말세가 닥친 '멸망의 도시'를 뒤로 하고 '천상의 도시'에 이르는 순례자의 이야기이다. 거의 3세기 앞서 출간된 초서의 『캔터베리 이야기』가 순례를 핑계로 단체 소풍에 나서는 속인들의 방담을 모은 야설(野說)이라면, 버니언의 순례자 이야기는 철두철미한 전도서이자 신앙 고백서이다.

꿈 이야기를 세상에 내놓는 '작가의 변명'이 책머리에 실려 있다. 작가

---

* *The Pilgrim's Progress from This World to That Which Is to Come ; Delivered Under the Similitude of a Dream*

는 애초에는 단순한 소일거리로 창작을 시작했을 뿐 작품을 세상에 공표할 뜻이 없었으나, 막상 써놓고 보니 생각이 달라졌다. 주위의 의견도 분분했다. 아예 원고를 없애버리라고 경고하는 사람이 있는가 하면, 출판을 강력하게 권유하는 사람도 적지 않았다. 진지하고 성스러운 이야기를 우화 형식으로 푼 것도 시빗거리가 되었다. 작가는 출판을 반대하는 사람들에게 호소했다.

작품을 읽고 또 작품이 읽히기를 원하는 사람도 있으니 못마땅하더라도 그냥 지켜보시라. 어떤 사람은 살코기를 좋아하는가 하면 또 어떤 사람은 뼈를 발라 먹기를 좋아하는 법이니.

이렇게 그는 완곡하게 말문을 열었으나, 이내 적극적으로 출판의 자유를 주창했다. 그에 따르면 지식은 공공재이다. 서로 다른 의견이 모여 공공의 선이 창조되는 것이다.

내가 이런 문체와 기법으로 썼다고 해서 당신의 행복이 침해되는가? 출판해서는 안 될 이유가 어디에 있는가? 먹구름은 비를 뿌리지만 흰 구름은 비를 뿌리지 않는다. 구름이 검든 희든 은빛 물방울을 뿌린다면 대지는 곡식을 키우고 구름을 찬미할 것이다. 대지는 어느 쪽도 나무라지 않고 키우는 수확물을 소중히 간직할 것이다. ……나를 비난하는 사람은 자신의 삶을 돌이켜보고 이 글에 담긴 어두운 부분을 찾아보라. 아무리 선한 것이라도 가장 어두운 부분이 있음을 알게 될 것이다.

작가는 단순한 출판의 자유를 넘어 천국에 이르는 첩경을 가르쳐주는 안내서로서의 자부심을 노골적으로 드러낸다.

이 글은 당신 앞에 영원한 선물을 바라는 사람을 그려낸다. 그 사람이 어디에서 와서 어디로 가는지, 무엇을 하고, 하지 않았는지, 얼마나 달리고 달려서 마침내 영광의 문에 이르렀는지 보여줄 것이다. ······또한 인간이 헛되이 어리석게 죽어가는 이유를 보여줄 것이다. ······이리로 와서 나의 글과 당신의 머리와 가슴을 하나로 만들라.

"나는 멸망의 도시 앞에서도 꿈을 잃지 않았다"라는 작중 주인공의 고백이 저자의 진의를 압축한다. 이 작품은 오랜 세월에 걸친 사색의 결실이다. 미천한 땜장이 가문에서 태어난 소년은 청교도 혁명 시기에 내전(1645-1647)이 일어나자 크롬웰의 공화파 의회군에 합류한다. 내전은 의회군의 승리로 종결된다. 버니언의 자서전에 적힌 대로 "국자 하나, 접시 하나 변변한 것이 없을 정도로 찢어지게 가난한" 그의 삶은 아내가 지참금조로 가지고 온 2권의 신앙서로 인해서 영적 승화를 얻는다. 공들여 개혁 종교의 목사가 된 버니언은 공권력과 기성 종교의 박해를 받는다. 그는 영국 국교의 교리에 어긋나는 내용을 설교한 죄로 두 차례 영어(囹圄)의 고초를 겪는다. 1672년 찰스 2세(Charles II, 1660-1685 재위)의 '신앙 자유령(Royal Declaration of Indulgence)'이 공포되자 그는 일시적으로 석방되었으나, 조령모개의 법령이 이듬해에 그의 석방을 취소하자 다시 감옥 신세를 면치 못한다. 12년에 걸친 옥중 묵상의 결과로 그는 비로소 마음의 평정을 얻고 험난한 자신의 일생을 관조할 수 있게 된다.

쇠우리에 갇힌 순례자들

『천로역정』 제1부는 주인공 '크리스천'의 순례기이다. 크리스천은 '멸망의 도시'를 떠나 '좁은 문'을 지나 '왕의 대로'를 거쳐 시나이 산 위의 '천상의 도시'에 이르는 순례 길에 나선다. 최종 목적지인 천국에 들어가기 위해서는 '좁은 문'을 통과해야만 한다. "생명으로 인도하는 문은 좁고 길이 협착하여 찾는 이가 적음이니라."(「마태복음」 제7장 14절)

죄와 악으로 가득한 풍진 세상을 떠나는 크리스천의 모습은 저자 자신의 모습인 동시에, 죄를 자각한 모든 신실한 인간들의 모습이다. 등에 잔뜩 짊어진 죄 더미를 부려놓을 천국에 이르는 곤고(困苦)의 길을 인도할 길잡이라고는 오직 한 권의 성서뿐이다. 크리스천이 여행 중에 맞닥뜨리는 갖가지 사건들 또한 저자가 세속에서 겪는 길흉화복의 상징이다. '절망의 늪'이나 '허영의 도시'는 저자의 고향 베드퍼드 시의 풍광인 동시에 저자의 기억 속에 존재하는 풍경이다. 작가의 꿈길을 따라서 쓰인 『천로역정』은 작가 자신의 체험을 기초로 그린 이상적인 구도자의 길이다.

"순례자에게 요구되는 덕목은 두 가지, 용기와 타락하지 않은 삶이지요. 용기가 없으면 꿋꿋이 나가지 못하고 삶이 타락하면 이름이 더럽혀질 수밖에 없지요." '성인'의 입을 통해서(제2부) 그리스도인의 덕목이 강조된다. 순례자는 노중에 '충성'을 만나 그와 동행한다. '충성'이라는 이름의 원전은 물론 성서이다(「요한1서」 제2장 10절). '충성'뿐만 아니다. 크리스천이 천로역정에서 조우하는 수백 개의 이름들 모두가 성서와 치밀하게 연결되어 있다. 그가 만나는 새로운 이름마다 독자는 고개를 끄덕이게 된다. 크리스천이 뿌리쳐야 할 악도 무수하다. 악한들의 이름을 모으면 거대한 종합 형사법전이 된다.

한 마을에 살던 크리스천과 '충성'은 순례길에서 만난다. 먼저 길을 떠난 크리스천은 '향락의 마을'에 사는 '속세의 현인'을 만난다. 그는 험난한 길을 택한 순례자에게 지극히 속된 그러나 상식적인 질문을 던진다. 쉬운 길이 있는데도 굳이 험한 길을 고집할 필요가 있는가? 그러면서 그는 특별한 위험이 없는 편안한 길을 찾는 방법을 가르쳐준다.

'도덕'이라는 마을에 사는 '준법'이라는 점잖은 사람을 찾아라. 그가 안내해 줄 것이다. 만약 '준법'이 출타하고 없으면 아들 '공손'이 대신 도와줄 것이다. ……그 마을에 빈집이 여럿 있으니 정착하고 살면 그게 행복이 아니겠는가?

그는 "십자가 없이도 구원받을 수 있다, 굳이 '원죄'라는 막연한 짐을 벗기 위해서 안간힘을 쓸 이유가 없다"며 평범한 상식과 이성을 바탕으로 구축된 세속법의 원리를 강론한다. 경건함이란 찾아볼 수 없는 얄팍한 처세술이다.

'전도사'는 속세의 현인인 '준법'과 그의 아들 '공손'은 하느님 앞에 죄를 지은 노예의 자손들로 거짓 안내자라고 경고하면서 '좁은 문'으로 향할 것을 권유한다. "율법 책에 기록된대로 온갖 일을 항상 행하지 아니하는 자는 저주 아래 있는 자라 하였음이라.”(「갈라디아서」 제3장 10절) 하느님의 법에 어긋나는 율법은 위장된 정의에 불과하다.

크리스천 일행은 '허영' 마을에 들린다. 마을에는 1년 내내 '허영의 시장'이 열린다. 일행은 시장에서 온갖 현란한 상품의 유혹을 받으나, 일체 외면하고 오직 '진리'만을 산다. 상품과 상품을 사고파는 사람도 모두 헛되다(「전도서」 제1장 2절, 「시편」 제62장 9절). 지혜로운 자의 예언에 의하면 장차 다가올 세상의 모든 일들이 헛되다(「이사야」 제40장 17절). 이모든 것들이 구원을 위해서는 뿌리쳐야 할 유혹이다.

수많은 몽중(夢中) 에피소드들 중에서 재판 장면만큼 생생한 현장감을 주는 장면은 없다. 비록 가상의 재판이지만 버니언의 필치로 묘사된 법적 절차는 당시 영국의 정규 재판절차 그대로이다. 그렇기 때문에 이 작품은 법제사 사료로서도 가치가 충분하다.

주인공 크리스천은 '쇠우리(iron cage)'에 갇혀 있는 사람을 만난다. 그에게서 “전에는 자타가 공인하는 모범적인 신자였지만” 자신에 대해서 “경계와 주의를 게을리”하게 되면서 “이 쇠창살로 된 감방에” 갇힌 신세가 되었다는 자탄의 변을 듣는다. 크리스천과 '충성'도 '쇠우리'에 감금된다.

독실한 그리스도교 신자인 사회학자 박영신(1938-)은 “현대사회와 쇠우리”라는 제목의 글에서 베버의 명저, 『프로테스탄티즘 윤리와 자본주의 정신(Die protestantische Ethik und der Geist des Kapitalismus)』(1904-1905)을 심층 분석하여 '쇠우리'는 현대사회 자체를 상징한다고 주장한다. 이책은 베버가 1904년 미국을 방문한 후에 쓴 논문이다. 베버는 청교도인은 금욕주의 윤리에 따라서 일하고자 했으나, 현대인은 단지 일의 노예가 되었다고 규정한다. 그에 따르면 당초 청교도가 표방했던 금욕주의가 수도원을 벗어나면서 상업과 노동 중심의 사회경제적 삶으로 영역이 확대되었다. 이제 금욕주의 윤리는 역설적이게도 근대 자본주의 경제 질서 건설의 첨병이 되었다. 초기에는 상업적 부의 축적과 병행할 수 있었지만, 자본주의가 본격적으로 성장하면서 강력한 '합리화'를 추구하는 자본주의 정신으로 변용되었다. 그 결과 종교의 윤리를 대체한 새로운 '합리화'라는 시대정신이 인간을 옥죄는 족쇄, '쇠우리'에 가두었다. 기계를 통한 생산 체제는 경제 영역에 종사하는 사람들뿐만 아니라, 모든 개인들의 삶을 속박하게 된 것이다. 기계가 생산한 물건에 대한 관심은 어깨에 가볍게 걸치고 원하면 언제든지 벗어던질 수 있는 외투가 아니라 일상의 운신을 옥죄는 '쇠우리'이다. 베버는 '쇠우리'라는 단어를 쓰기에 앞서 퓨리턴의 윤리지향성을 논하기 위하여 버니언을 3회나 인용한다. 이렇듯 근대법의 상징인 합리성은 인간의 일상을 옥죄는 '쇠우리'의 법전이 된 것이다.

크리스천과 '충성' 두 순례자는 양쪽 발에 족쇄를 차고 재판을 받는다. 각종 유혹을 뿌리친 이들의 죄명은 '허영의 시장'의 평화를 교란한 죄이다. 정당한 장사를 방해한 시장의 적이고, 도시에 소동을 일으켜 분열을 초래했으며, 국왕의 법을 무시하고 사람들을 위험한 생각에 끌어들여 당파를 만들었다는 것이다. '평화 교란(breach of peace)'이라는 죄는 정적(政敵)을 탄압하기 위해서 공권력이 즐겨 휘두르던 전가(傳家)의 보도(寶

刀)이다. 이 죄는 불과 얼마 전까지 우리나라에서도 널리 악용되었고 아직도 개정의 여지가 많은 '집회 및 시위에 관한 법률(집시법)'의 뿌리이기도 하다.

피고인 '충성'의 진술은 명료하다. 자신은 평화를 사랑하는 사람이다. 지극히 평온하게 공권력의 법, 세속의 법보다 한층 더 높은 차원의 법과 질서에 대한 소신을 폈을 뿐이라는 것이다. 존 밀턴(John Milton, 1608-1674)과 존 스튜어트 밀(John S. Mill, 1806-1873)에 의해서 체계화된 이른바 '사상의 공개 시장(marketplace of ideas)' 이론의 단초를 버니언에게서도 발견할 수 있다.

세 사람의 정부 측 증인, '시샘', '미신', '배반'이 차례차례로 '충성'과 크리스천의 악행을 고발한다. 모두가 사실 왜곡이며 위증이다. 판사 또한 노골적으로 정부 편을 들어 피고인의 죄책에 대한 판단보다는 피고인이 개전(改悛)의 정(情)이 없다는 사실에 분개한다. 재판장의 이름은 '선을 증오하는 판사(Lord Hate-Good)'이다. 그가 배심에 내리는 설시(說示)는 외형상으로는 중립이지만, 사실은 유죄 평결을 내리라는 주문이나 마찬가지이다. '악의', '잔인', '방탕' '장님', '적개심', '호색한', '방탕', '조급', '교만', '증오', '허위', '혐오', 하나같이 악한들로 구성된 12인의 배심은 만장일치로 피고인 '충성'의 유죄를 확인하고 사형을 선고한다. 이들은 사건에 대해서 예단과 편견을 노골적으로 드러낸 바가 있다.

집행관은 '법의 적정한 절차에 따라서' 충성에게 태형(笞刑)과 장형(杖刑)을 집행한다. 이어서 칼로 살점을 도려내고 돌로 내려친 후에 마지막으로 장작더미 위에 올려놓고 화형에 처하는 과정이 이어진다. 이 처벌은 당시 영국에서 국사범이나 흉악범을 처형할 때에 쓰던 전형적 방식인 '교수척장분지형(絞首剔臟分肢刑, hanged-drawn-and-quartered)'보다 더욱 잔인한 방법이다. 순교자 '충성'의 몸을 천국에서 내려보낸 마차가 싣고 간다. 한편 크리스천은 요행히도 법 절차의 기술적인 흠 덕분에 마지막 집행을 면한다. '허영의 도시' 주민이던 '소망'이 순교한 '충성'의 자리를 이어받아 크리스천의 남은 길을 동행한다. '소망'은 크리스천의 믿음과 행동에 감동받아 그와 의형제를 맺는다.

두 사람은 길을 나선 뒤에 '사심' 일행을 조우한다. 조상의 이름을 딴 '감언이설' 마을 출신이다. 친척들도 '변절',' 기회주의자' 등등 이름이 다채롭다. 마을 목사는 '일구이언', 그의 아내는 '가식' 부인이다. 가족은 모두 교육 수준도 높고 처세술도 탁월하다. 이들은 절대로 시류를 거스르지 않으며, 평상시에는 신앙 생활도 무리 없이 해나간다. 이들은 자신을 시샘하는 사람들이 붙인 이름을 전혀 개의치 않는다. 언제나 시류를 잘 타서 살림도 풍족하다. 자신의 행운을 신의 축복으로 믿기 때문에 다른 사람의 시샘 정도야 코웃음으로 받아넘길 수 있다. '사심'을 뒤따라오던 '세속적 욕심', '돈벌레', '구두쇠' 등 동배(同輩)들은 자신들이 신봉하는 세속적인 가치가 결코 신앙에 어긋나지 않는다는 확신에 차 크리스천과 문답을 주고받는다. 이어서 조우한 유다의 아들, 데마 역시 아비처럼 크리스천에게 그릇된 길을 가르쳐주려고 한다.

'절망 거인'의 포로가 되어 '의심의 성'에 감금된 나머지 자살의 유혹에 빠진 크리스천을 '소망'이 자살도 살인이나 마찬가지 죄악이라며 질책하고 고난을 이겨내는 사람만이 구원받을 자격이 있다며 격려한다.

어둠의 계곡에는 거인 '교황'과 '이교도'가 살고 있다. '교황'은 청교도를 박해하는 로마 가톨릭과 교리를 상징한다. '이교도'는 죽었고, '교황'은 살아 있기는 하지만 노쇠하다. 이는 로마 가톨릭의 상징이다. 제2부에서 '이교도'는 어둠의 계곡에서 악마의 도움으로 부활하고 불구에 가깝던 상처도 치유되었다. 이는 새로운 종교 탄압의 시대가 도래했음을 암시한다. 늙은이, '최초의 인간, 아담'은 육욕과 기만의 상징이다. 그는 '충성'에게 '육욕', '눈의 욕망' 그리고 '교만한 삶' 세 딸을 줄 테니 순례 대신 환락의 삶을 즐기라고 '충성'을 유혹한다. 모세도 등장한다. 그는 엄격하고도 폭력적인 복수심에 가득 찬, 자비를 모르는 법을 상징한다. 그는 '충성'이 아담을 따라나서려고 하자, 가차 없이 '충성'을 죽일 생각까지 한다. 그러나 예수 그리스도가 죄를 사하여주기 위해서 모세를 쫓아버린다.

'좁은 문'에서부터 똑바르게 난 폭 좁은 '왕의 대로'가 시작된다. 문지기 '선의'가 안내에 나선다(제2부에서 문지기 '선의'는 그리스도의 현신으로 밝혀진다).

순례의 마지막에 크리스천은 '무지'와 '무신론자'를 만난다. '무신론자'는 세상에는 신도 천상의 도시도 존재하지 않는다고 떠벌리면서 '왕의 대로'와는 반대 방향으로 떠난다. '무지'는 굳이 신의 은총이 없어도 자신의 선행만으로 천국에 갈 수 있다고 믿는다. '무지'에게 예수 그리스도는 구세주가 아니라 단지 한 사람의 선인일 뿐이다. 크리스천과 '소망'은 두 차례나 무지를 설득하나, 그는 요지부동이다. 천국에 들어가기 위해서는 통행증이 필요하다. '좁은 문'을 통과하고 '왕의 대로'를 거쳐

야만 통행증이 발부된다. '소망'과 크리스천에 편승하려던 '무지'는 천국의 문 앞에서 쫓겨나 바로 지옥으로 떨어진다. 크리스천과 '소망'은 '무지'를 바른길로 인도하려고 애썼으나 허사였다. '무지'는 뱃사공 '헛된 희망'의 도움으로 배를 타고 '죽음의 강'을 건넌다. 참된 순례자는 맨발로 강을 건너야 한다는 법도를 어긴 것이다.

　작품 전체에서 '해설자'의 비중은 막대하다. 해설자는 순례자에게 쉼터를 제공하고 각종 그림을 통해서 진정한 그리스도교인의 생활을 가르친다. 그의 정체는 제2부에서 '성령'으로 밝혀진다. 꿈에서 깨어난 작가는 진정한 그리스도인의 자세에 대한 강론으로 제1부를 마감한다.

　내 꿈의 겉면에만 지나친 흥미를 쏟지 마세요. 은유와 비유를 비웃거나 반박하지 마세요. 그것은 철없는 아이나 바보들이 하는 짓입니다. 내 이야기의 본질을 꿰뚫어 보세요. 쓸모없는 것은 과감히 버리고 알맹이는 간직하세요. 씨가 있다고 해서 사과를 내다 버리는 사람은 없습니다. 모든 것들을 헛되이 여기고 버리신다면 나는 다시 꿈을 꿀 수밖에요.

제2부 : 후손 순례자

『천로역정』 제2부는 제1부와 6년의 시차를 두고 1684년에 출간되었다.

　가라! 내가 쓴 작은 책이여! 어디로든 가거라. 첫 번째 순례자가 머물렀던 곳이면 어디든 가서 문을 두드려라. ……어디에서 왔는지, 아이들의 이름이 무엇인지 말하라. 생김새와 이름으로 알아볼 것이다.

제2부는 단순한 속편이 아니다. 작가는 제2부에서 전편의 내용을 보강하고 교리를 더욱 정교하게 가다듬는다.

크리스천이 죽어 천상의 도시에 좌정한 후에 그의 아내 크리스티아나는 네 아들(마태, 사무엘, 요셉, 야고보)을 인솔하여 순례 길에 나선다. 그 옛날 남편의 깊은 신심을 헤아리지 못하고 동반을 거절했던 자책감이 새삼 크리스티아나의 가슴에 사무친 것이다. 하녀 '자비'가 동행을 자원한다. 제1부에서 순례단은 신체 건장한 사내 일색이었으나, 제2부에서는 여자와 어린이가 포함되었고 전체 수도 늘었다. 그만큼 순례에 더 많은 시간이 걸리고 다양한 사건들이 일어난다. 이와 비례하여 난관도 가중된다. 이는 그리스도교의 삶의 일상적인 영역이 확대된 것을 의미한다. 크리스티아나와 시녀 '자비'는 강간당할 위기에 몰리기도 한다. 그러나 순례자들은 이 모든 신고(辛苦)를 믿음의 환희로 극복한다.

제2부의 영웅은 해설자 '현명'이다. 그는 순례의 과정을 일행에게 상세하게 설명하고 측근인 '담대'를 일행을 지킬 경호원으로 지정한다. '담대'는 탁월한 무사인데다가 신앙 강론의 조수로도 빛나는 역할을 한다.

또한 가이오의 여관을 떠날 때, 심신이 허약한 '심약'이 주저하자 '담대'가 그를 격려하여 동행한다. "내가 안내하면 당신도 다른 사람들처럼 잘 해낼 겁니다." '담대'는 '잔인' 등의 거인 악마 넷을 물리치고 안전하게 최종 목적지에 인도한다.

그 옛날 남편의 발자취를 따라나선 크리스티아나 일행은 남편의 후광을 만끽한다. 옛 순례자의 가족이 온다는 소식을 듣고 대기하고 있던 해설자가 일행을 반갑게 맞는다. 해설자의 집은 제1부에 자세히 소개되었던 순례자를 위한 쉼터이다. 문지기 '선의'의 안내로 일행은 '신중'의 집에 한 달 이상 체류한다. 주인은 크리스티아나의 네 아들에게 교리문답을 통해서 그리스도교의 삶을 깨우친다. 늙은 순례자, '정직'은 아이들을 훈도한다.

마태는 세금 대신 미덕을 배양하고(「마태복음」 제10장 3절) 사무엘은 선지자처럼 신심으로 기도하는 사람이 될 것이며(「시편」 제99장 6절) 요셉은 보디발의 집에서 유혹을 물리친 선인 요셉이 되어라(「창세기」 39장). 야고보는 주님의 의로운 동생 야고보를 닮도록 하라(「갈라디아서」 제2장 9절).

'자비'에게 청년, '쾌활'이 구애자로 나선다. 그러나 '자비'가 오직 가난한 사람들을 위한 공익적 사회봉사에 헌신하겠다는 각오임을 알고서는 제풀에 물러선다. 결국 '자비'는 주인의 맏아들 마태와 결혼하게 된다. '가이오의 여관'에서도 새 가족이 탄생한다. 주인의 딸 뵈뵈가 손님의 둘째 아들 야곱과 결혼한다. 사무엘은 '은혜'와 막내 요셉은 나손의 딸 마사와 결혼한다. 출산한 아이들은 새끼 양과 함께 목자들이 보살핀다. 순례 중에 태어난 아이는 주님의 어린양이다.

제2부에서는 기독교도와 생활인으로서의 여성과 청년의 역할이 강조된다. 젊은 세대에게 신앙 교육을 주도하는 것도 여성이다. 크리스티아나의 부탁을 받은 '정직'이 신세대를 격려한다. "물론 사물의 공허함을 많이 보아온 노인이 젊은이에게 충고해줄 수 있네. 하지만 노인과 젊은

이가 함께 순례 길에 나서면, 노인의 마음이 덜 부패했더라도 자기 안에 깃든 은총을 더욱 민감하게 깨닫는 건 젊은이 쪽이야." 가이오의 입을 통해서 여성을 보호하기 위한 율법들(「신명기」 제22장 23-27절)이 강론된다. "믿은 여자에게 복이 있도다 주께서 그에게 하신 말씀이 반드시 이루리라."(「누가복음」 제1장 45절) 아기 예수의 탄생 소식을 맨 먼저 고지받은 것도 여성이고(「누가복음」 제2장 16-20절) 예수의 부활 소식을 먼저 전해준 것도 여성이다(「누가복음」 제24장 22-24절). '담대'가 1년 동안의 숙식비를 지불하려고 하자 가이오는 '착한 사마리아인'이 부담하기로 약속했다고 답한다(「누가복음」 제10장 33-35절).

크리스티아나는 '천상의 도시'로 가고 "후손들은 강을 건너지 않았다. 아내와 자식들은 함께 그곳에 머물면서 교회의 부흥을 위해서 권면하고 있다."

감옥에서의 사색

꿈속에서 본 장엄한 순례기를 그린 작가는 여행 중에 독감에 걸려 런던의 친구 집에서 죽는다. 런던 교외 번힐 필드 묘지에 있는 비교적 잘 가꾸어진 버니언의 묘지가 후세인의 참배를 받는다. 『로빈슨 크루소(Robinson Crusoe)』(1719)의 저자, 대니얼 디포(Daniel Defoe, 1660-1731)도 이웃이다. 근래 발견된 시인 윌리엄 블레이크(William Blake, 1757-1827)의 무덤도 지근에 있다. 세 사람 모두 신앙의 깊이는 제각각이었으나, 대세에 순응하기를 거부한 비정통주의자들이었다.

작가의 고향, 베드퍼드 시의 엘스토 읍 도처에는 화려하고도 끔찍한

『천로역정』의 장면들이 그려져 있다. 성서에 심취한 버니언의 모습을 새긴 동상도 서 있다. 수도 런던의 웨스트민스터 사원에 설치된 '시인의 묘역' 벽면 스테인드글라스에도 『천로역정』을 연상시키는 장면들이 그려져 있다. 침침한 눈의 후세인들에게 종교는 인간을 구원할 수도, 파멸시킬 수도 있다는 교훈을 시각적으로 보여주는 것 같다.

『천로역정』은 300년도 더 이전에 쓰인 작품답지 않게 간결한 문장, 상황과 인물의 역할에 적절하게 맞추어 인물의 이름을 작명한 언어 감각이 놀라운 수준이다. 초서 시대 이래로 발전하고 셰익스피어를 통해서 세련미가 거의 완성의 경지에 이른 영어의 간결한 아름다움이 빛난다.

청소년들에게도 친절한 버니언의 영어에서 쇠귀 신영복(1941-2016)의 간결한 한글 문체의 아취(雅趣)와 국한문을 혼용한 정수일(1934-)의 중후한 무게가 함께 느껴진다.

이 감옥, 내게는 언덕과 같다.
여기서 이 세상의 저쪽도
나는 뚜렷이 바라보며 또한 취한다.
영원한 것을, 마음껏.

버니언의 옥중 글귀에서 신영복의 『감옥으로부터의 사색』(1998)이 연상된다. "1년은 짧고 하루는 긴 생활, 열리지 않는 방형(方形)의 작은 공간 속에서 내밀한 사색과 성찰의 깊은 계곡에 침좌(沈座)한" 20년 7개월 동안 농밀하게 응축된 사색의 결정이 더없이 부드러운 말의 가닥으로 풀려 나왔다. 『강의』(2004)와 『담론』(2015)으로 옛글에 기대어 시대의 아픔을 달래주고 떠난 그는 서울의 변방 동네와 '쇠귀에 경 읽기(牛耳讀經)'라는 민중의 농에서 자신의 아호를 땄다. '처음처럼', 민초의 감로수에 평생 설레는 이름을 붙여주고, '더불어 함께', 남한 땅 곳곳에 쇠귀를 단 '어깨동무' 한글 서체를 수놓아주고 75년 꿈같은 순례 길을 걷다가 떠난 신영복. 마지막 순간 스스로 곡기를 끊고도 정겨운 사람들과의 이별 의식에 인색하지 않았던 신영복이었으니. 꿈길에 스친 작은 몽연(夢緣)도 남은 사람의 가슴에는 진한 멍으로 남아 있다.

『감옥으로부터의 사색』에는 고향 땅 남천강 백사장에서 할아버지와 함께 '죽필(竹筆)'을 손에 들고 맨발로 '보행서(步行書)'를 갈기던 소년의 아지랑이 꿈이 담겨 있다. 아버지와 함께 정수리에 받았던 한여름 얼음 골의 삽상한 정기가 용틀임한다.

없는 사람이 살기는 겨울보다 여름이 낫다고 하지만 교도소의 우리들은 없이 살기는 더합니다만 차라리 겨울을 택합니다. 왜냐하면 여름 징역의 열 가지 스무 가지 장점을 일시에 무색케 해버리는 결정적인 사실 — 여름 징역은 자기의 바로 옆사람을 증오하게 한다는 사실 때문입니다.

　모로 누워 칼잠을 자야 하는 좁은 잠자리는 옆사람을 단지 37°C의 열덩이로만 느끼게 합니다.*

*　　신영복, 『감옥으로부터의 사색』, 돌베개, 1998, p.329.

감옥은 사상과 학문의 연병장이다. 세계 학계에 충격적인 개안을 유도한 정수일의 '실크로드학'도 감옥에서 농익었다. 정수일 이전에 실크로드란 톈산 남북로뿐이었다. 그의 집념 어린 치밀한 고증 끝에 제2, 제3의 동서교역로, '바다의 실크로드'와 '초원의 실크로드'가 재현되었다. 옌볜에서 베이징으로, 카이로를 거쳐 평양으로, 다시 쿠알라룸푸르에서 서울에 당도한 그의 남다른 인생 행보는 개인적 오디세이아를 넘어 거대한 문명의 이주 길이기도 했다. 뚜벅뚜벅 '소걸음으로 천리를 걷는[牛步千里]' 정수일, 그는 한때 '무하마드 깐수'라는 이름으로 언론과 대중의 공적이 되었다. 1996년, 정부는 기상천외한 수법의 북한 '남파간첩'을 체포했고, 62세 '아랍인'은 자신의 본명과 함께 민족에 대한 죄상을 고백하고 참회의 변을 내놓았다. 체제와 국경을 넘어선 학문적인 열정이 그의 죄였다고 한다면 지나친 감상일까? 청천벽력 같은 소식에 까무러진 아내는 이내 심신을 추스르고 외로운 영혼을 품어 거둔다. 아랑의 전설을 먹고 자란 밀양 부인의 신실한 동반은 크리스천의 아내 크리스티아나의 순례 길에 비길 수 있을까. 쇠귀가 75년 동안 사뿐사뿐 걷던 길, 정수일이 89년째 뚜벅뚜벅 걷고 있는 길, 그 길은 지난한 국토 순례자의 길이다. 비록 자신들은 한반도의 잔인한 역사의 피해자로 생을 마감할지라도 후세는 갈라진 둘이 하나가 될 무지개 너머 세상의 꿈을 버리지 말라는 간절한 당부의 길이기도 하다. 2016년, 경기도 가평에 '천로역정 순례 길'이 조성되었다는 신문 기사를 보았다. 이 길이 착한 기독교도뿐만 아니라 영혼의 정화가 필요한 대한인 누구에게나 귀한 길이 되었으면 하는 바람이다.

『유토피아』

·토머스 모어·

법률가 수호성인

소신을 지키기 위해서 목숨을 버린 역사 속의 인물은 많다. 그러나 그런 인물들 중에서 법률가는 드물다. 대의를 위해서 목숨을 거는 법률가가 있다면 그는 반드시 후세의 기림을 받는다. 영국 르네상스 초입의 인물 토머스 모어(Thomas More, 1478-1535)는 법률가의 수호성인이다. 그는 단순한 법률가가 아니라 요즘 말로 '통합학문'의 대가였다. 정치학, 외교학, 법학, 철학, 문학, 신학 등 그의 이름이 영구히 각인된 학문이 무수하다. 지성사는 물론 제도사에서도 모어가 차지하는 비중은 크다. 후세인 로버트 볼트(Robert Bolt, 1924-1995)가 쓴 그의 전기(1954)와 그의 일생을 재현한 영화(1966)의 제목도 모어의 이미지에 걸맞은 "팔방미인(A Man of All Seasons)"이다.* 이 별명은 그의 박학다식함에 경탄한 외우(畏友) 데시데리위스 에라스뮈스(Desiderius Erasmus, 1466-1536)가 선사한 것이다. 셰익스피어도 모어의 일생을 소재로 희곡을 시도했으나, 미

---

* 국내에서 상영된 영화 제목은 "사계절의 사나이"였다.

완성인 채로 생을 마감하여 진한 아쉬움을 남겼다. 헨리 8세(Henry VIII, 1509-1547 재위) 궁정의 외교관이자 법률가로서 유럽 전체의 정치, 외교를 주도한 모어였다. 한스 홀바인(Hans Holbein, 1497-1543)이 그린, 챈슬러 복장을 한 모어의 초상화(1527)가 그의 대표적인 모습이다. 모어는 사망 400주년(1935)을 기념하여 가톨릭 성인으로 추서된 순교자로, 한국 가톨릭 교도들에게도 각별하다면 각별하다. 김대중 전 대통령(1924-2009)과 유신 시대 인권변호사 이돈명(1922-2011)의 영세명이 다름 아닌 토머스 모어였으니.

모어의 아버지도 런던의 명망 높은 판사였다. 모어는 명문가 자제의 전형적인 행보대로 옥스퍼드 대학교와 링컨스인 법학원에서 수학했다. 그는 평민원 의원과 런던 시의 감사관을 역임한 후에 신성 로마 제국을 상대로 한 통상 협상 대표로 네덜란드에 파견된다. 이때 당대의 철학자 에라스뮈스를 만나 의기투합하고, 함께 친구가 된 피터르 힐리스(Pieter Gillis. 1486-1533)를 그에게서 소개받는다. 한동안 협상이 지지부진하자 여가를 십분 활용한 세 사람은 진지한 토론의 향연을 벌인다. 작품 『유토피아(Utopia)』(1516)의 골간은 이 향연의 성과물이다. 『유토피아』는 1516년에 원고가 완성되었으나 영국에서는 출판하기 힘들자(라틴어로 쓰인 이 작품은 모어가 죽고 한참이나 지난 1551년에 비로소 영어로 번역되었다), 에라스뮈스의 주선으로 벨기에에서 먼저 빛을 본다(한편 에라스뮈스의 대표작, 『우신예찬[Moriae Encomium]』[1511]은 대부분을 런던의 모어 저택에서 집필한 것으로 알려져 있다. 책의 표제가 된 어리석은 신, '모리아[Moria]'는 모어의 라틴어식 표기 '모루스[Morus]'에 빗댄 지적 유희였다. "우매와 광기의 여신이 다스리는 땅이 바로 모어 당신이 사는 영국이오").

네덜란드에서 돌아온 직후에 모어는 국왕의 내각 격인 추밀원(Privy Council)에 임명되고 기사 작위도 받는다. 그는 국왕의 요청에 의해서 마르틴 루터(Martin Luther, 1483–1546)의 공격에 맞서서 가톨릭을 옹호하는 글을 단골로 집필한다. 1517년, 루터는 교황이 지배하는 로마 가톨릭 체제와 교리에 정면으로 도전하여 파문당한다. 유럽 전체에 종교 개혁 운동의 불씨를 지핀 이 결정적 사건은 오랜 세월 동안 축적된 교회에 대한 불만의 폭발이었다. 루터처럼 가톨릭과 완전히 절연한 세력이 있는가 하면 내부의 정화와 혁신을 통해서 가톨릭의 재탄생을 도모하는 세력도 있었다. 모어의『유토피아』는 후자의 입장에 서서 진정한 기독교인의 삶을 성찰하기 위한 제언이기도 했다.

1529년 모어는 헨리 8세의 챈슬러가 된다. 이는 영국 최고의 관직이다. 한편 국왕은 아라곤의 캐서린(Catherine of Aragon, 1485–1536)과 이혼하기 위해서 교황과 협상을 주고받는다. 모어는 국왕의 편에 서기를 거부하고 챈슬러 직을 사임한다. 국왕은 로마 교황청과 절연하고 국왕이 교회의 수장직을 겸하는 칙령(수장령)을 선포하여 영국 국교회(세칭 '성공회')를 탄생시킨다. 모어는 이 칙령의 효력을 부정하여 반역죄로 런던 탑에 감금되었다가 1535년에 참수된다.

영국 현실 비판서

흔히 이상향으로 통칭되는 '유토피아(utopia)'라는 단어는 모어의 창작이다. 플라톤의『국가(Politeia)』(기원전 375), 성 아우구스티누스(Aurelius

Augustinus, 354-430)의 『신국론(*De Civitate Dei*)』(426), 단테의 『제정론(*De Monarchia*)』(1312-1313) 등 선행 유토피아 작품을 바탕으로 모어가 품은 꿈은 후세인들에게도 전승된다.

디포의 『로빈슨 크루소』, 조너선 스위프트(Jonathan Swift, 1667-1745)의 『걸리버 여행기(*Gulliver's Travels*)』(1726), 톰마소 캄파넬라(Tommaso Campanella, 1568-1639)의 『태양의 나라(*Civitas Solis*)』(1602), 프랜시스 베이컨(Francis Bacon, 1561-1626)의 『뉴 아틀란티스(*New Atlantis*)』(1626) 그리고 19세기의 에드워드 벨러미(Edward Bellamy, 1850-1898)의 『되돌아보며(*Looking Backward: 2000-1887*)』(1888) 등은 연면하게 이어진 이상향 찬가들로, 모어의 작품의 개정판인 셈이다. 윌리엄 모리스(William Morris, 1834-1896)의 예에서 보듯이 모어의 『유토피아』는 19세기 급진론자들이나 20세기 초기 사회주의자들의 지침서가 된다.

유토피아 문학이 미리 부르는 밝은 미래의 영신곡이라면 반(反)유토피아 문학은 성급하게 쓰는 암담한 미래의 조사(弔辭)이다. 20세기의 올더스 헉슬리(Aldous L. Huxley, 1894-1963)의 『멋진 신세계(*Brave New World*)』(1932)나 조지 오웰(George Orwell, 1903-1950)의 『1984년』(1949) 등의 작품들은 화폭의 채색을 모어가 사용한 장밋빛 대신 잿빛으로 바꾸었다.

유토피아를 향한 모든 여정의 출발점은 현실의 세계이다. 모어의 유토피아도 그가 살던 시대의 영국과 유럽의 현상에 기초한 것이다. 이를테면 『유토피아』는 작가의 상상력에 의존한 현실 비판서 내지는 개혁 제안서이다. 작가는 작품의 마지막에서 이 점을 분명하게 밝히고 있다. 작품에는 당시 유럽을 풍미하던 르네상스 정신, 종교 개혁의 열망, 그리고 대항해 시대의 지식과 정서가 투영되어 있다. 작품에 아메리고 베스푸치(Amerigo Vespucci, 1451-1512)의 항해일지의 일부가 반영되어 있기도 하다.

『유토피아』에서 관직에 몸담고 있는 모어는 친구 피터르 힐리스로부터 많은 나라들을 여행하여 견문이 넓고 식견이 높은 라파엘 히슬로다에우스를 소개받는다(이는 그리스어로 '허튼소리를 퍼뜨리는 사람'이라는 풍자가 담긴 작명이다). 세 사람은 길고도 열띤 토론을 벌인다. 주로 두 사람이 질문하고 히슬로다에우스가 답하는 방식으로 토론이 진행된다. 제1부는 세 사람의 대화 형식을, 제2부는 히슬로다에우스의 강론 형식을 취한다. 모어가 제2부를 먼저 쓰고 나서 제1부를 보완했다는 것이 에라스뮈스의 증언이다. 어떤 주제에 대해서는 모어 자신이 결론을 내리기도 한다. 이상적인 사회는 어떤 정치 구조를 갖추어야 하는가가 토론의 핵심 주제이다. 즉 정치적 이상을 현실의 제도로 구체화하는 법 제도가 논의의 중심인 것이다.

제1부의 "대화의 장(the dialogue of counsel)"에서 히슬로다에우스는 정치, 행정, 경제, 법에 관한 분석을 제시하면서 영국 현실의 비판에 초점을 맞춘다. 특히 잔혹한 형사 법규, 부의 불평등한 분배, 그리고 생산자와 소비자 사이의 계급적 간극이 중심 주제이다. 유토피아의 모습은 "최소한의 법으로도 국민을 잘 다스리는 나라에서는 선행을 보상받으면서도 모든 것들이 균등하게 분배되고 모든 사람들이 풍요롭게 살아갑니다"라는 주인공의 말로 요약된다.

캔터베리 대주교의 집에서 열린 서장의 토론에서 히슬로다에우스는 영국 법제에 대한 신랄할 비판을 제기한다. 손님으로 참석한 한 변호사가 절도범을 대상으로 교수형 신기록을 세우는 영국 형사법제의 '효율성'을 자랑한다. 히슬로다에우스는 재산 범죄에 사형을 부과하는 것은 너무나 가혹하며, 처벌보다 범죄의 원인을 제거하는 데에 정책의 중심을 두어야 한다고 주장한다.

기댈 곳이 없어 거리를 헤매는 상이군인들이 즐비하다. 가난 때문에 도둑이 된 사람들이 태반이다. 그런데 부자의 곳간에는 곡식과 물자가 넘친다. 이런 현실이 거지와 도둑을 양산한다. 도둑을 만들고서는 도둑질을 했다는 이유로 처벌한다는 것은 자가당착이 아닐 수 없다. 돈 지갑을 훔치는 행위를 목숨을 뺏는 행위와 동일시하는 것은 상식에 어긋나는 일이다. 히슬로다에우스는 만약 도둑이 체포되면 살인과 동일한 처벌을 받게 될 것이라는 생각이 들면 살인의 유혹을 느낄 것이라고 덧붙인다. 그는 사형 대신 고대 로마나 이웃 나라 페르시아에서 시행했던 것처럼 공공사업의 중노동형에 처할 것을 권고한다. 대부분 손님들은 그의 말을 허황한 소리로 치부했으나, 대주교는 일리 있는 소리라며 경청한다.

전국의 농토가 양의 목축지로 변한 '인클로저 운동(enclosure movement)' 또한 부익부 빈익빈을 조장하는 악이다. 농토를 앗긴 농민들은 아무런 생계 수단도 없이 대도시의 하층민으로 내몰린다. 히슬로다에우스가 제시하는 개선책은 양모의 생산을 제한하고 농토를 농부에게 되돌려주어 고용을 증진하는 것이다. 노인이나 질병으로 노동력을 상실한 사람은 어떻게 할 것인가 하는 물음이 나오자 광대가 나서서 수도원과 수녀원에 수용하면 된다고 말한다. 이번에는 대주교가 농담으로 간주하지만, 좌중은 즉시 찬동한다. 히슬로다에우스의 제안은 당시 영국의 법에 대한 모어 자신의 비판적인 제안일 것이다. 또한 이를 바탕으로 유럽 전체에 유토피아를 구현하려는 이상의 표현일 것이다.

모어는 가상의 프랑스 궁정 회의(French Council) 장면을 통해서 현실 정치를 마음껏 풍자한다. 재정 고문관이 국왕의 재산을 증식하고 폭정을 유지하는 다섯 가지 묘책을 건의한다. 첫째, 화폐가치를 조절한다. 둘째, 전쟁의 위협을 내세워 특별세를 부과한다. 셋째, 사문화된 법을 적용한다. 아무도 그 법을 모르기 때문에 누구나 위반하기 십상이다. 그러나 법은 엄연한 법이다. 넷째, 특별법을 제정하여 특별 면죄부를 판매한다. 다섯째, 판사를 휘어잡아 국왕에게 유리한 판결을 내리도록 압박한다.

재정 고문관의 묘책은 한마디로 사유재산의 최소화가 관건이다. 백성이 너무 많은 재산이나 자유를 누리지 않아야 국왕이 선정을 베풀 수 있다는 주장이다. 이런 제안에 대해서 히슬로다에우스가 반론을 제기한다. 국왕의 임무는 백성의 안녕을 보살피는 데에 있다. 헐벗고 굶주린 백성을 다스리면서는 국왕이 위엄을 갖출 수 없다. 진정한 위엄은 부유하고 번창한 백성을 다스리는 데에서 생긴다.

『유토피아』에서는 가상의 세 나라가 부분적으로나마 국정의 난제를 해결하여 '미시적 유토피아'로 선정된다. 바로 절도범을 사형 대신 노역과 사회봉사로 성공적으로 대체한 폴릴레리트, 국왕의 군사적 정복욕을 해결한 아코리아, 그리고 군주의 재정적 탐욕을 다스린 마카리아이다.

거시적 유토피아

제2부는 '거시적 유포피아'의 모습을 그린다. 유토피아는 정복자 유스토프가 통치한다. 그는 식민지 건설, 원주민과의 동거, 주민 유입 정책 등을 통해서 성공적인 공동체를 건설했다. 유토피아 국은 동일한 언어, 법률, 제도, 관습을 갖춘 54개 도시로 구성된다(당시 영국의 현[縣]의 총수와 일치한다). 유스토프는 수도를 특정하고 도시마다 적정 인구수를 확정한다. 모든 도시들은 유사한 구조이다. 경륜이 풍부한 시민들로 구성된 현인회(Philarchs)가 정부 관리와 국왕을 뽑는다. 모든 시민들은 생산 노동에 종사하되 하루 6시간만 일하기 때문에 실업도 과로도 없는 효율적인 노동 관리가 이루어진다.

국민은 누구나 2년마다 도시와 농촌을 교대로 거주한다. 농사일은 어린이의 교육에 필수적이다. 유토피아는 공동 교육과 육아를 포함한 모든 정책들이 회의와 토론을 통해서 결정되는 자치 공동체이다. 영국의 오랜 전통인 지방 자치가 유토피아에서 번성한 모습이다. 중국 마오쩌둥(毛澤東, 1893-1976)이 문화혁명(1966-1976) 시절에 청년들을 농촌지역에서 강제로 노역시킨 '하방(下放)' 정책이 모어의 작품을 본뜬 것이라는 서방 세계의 조롱이 따르기도 했다.

유토피아의 경제 체제는 특이하다. 만약 규제가 없다면, 부자는 개인적인 부정을 저지르는 것은 물론 입법권까지 동원하여 가난한 사람들을 착취하기 마련이다. 그래서 유토피아에서는 모든 사회악의 근원인 사유재산과 화폐가 사라졌다. 이렇게 되면 치부(致富)하려는 욕망이 일지 않고, 돈으로 인해서 일어나는 각종 범죄와 사회 문제도 함께 사라지기 마련이다. 유토피아에서는 모든 소비재가 무료이고 식료품은 국민 전체가 소비하기에 충분하게 생산되기 때문에 잉여 물자는 외국에 수출한다. 교육은 실용적인 지식의 습득에 주력한다. 노예는 존재하나, 범죄자나 전쟁 포로에 한정된다. 노예의 신분은 세습되지 아니하고 어떤 경우에도 그리스도인을 노예로 삼는 것은 용납되지 않는다.

유토피아에서는 식물인간의 안락사를 인정하며, 혼인의 신성함과 가족의 결속을 찬미하고 혼인 중의 불륜은 예외 없이 엄벌에 처한다. 그러나 혼인을 계속할 수 없는 사유가 발생하면 현인회의 판단으로 이혼이 허용된다. 남녀가 자유 의사로 배우자를 선택하기 때문에 혼인에 앞서 상대방의 나신을 볼 수 있어야 한다는 다소 이례적이고 비현실적인(?) 주장을 편다. 성형 수술을 금지하는 법도 있다. 가면과 가식의 치례를 죄악시하는 태도이다. 마찬가지 이유로 유토피아에서는 판사가 자신의 권위를 내세우기 위해서 가발을 쓰지도 법복을 입지도 않는다. 판사가 공정한 판결을 내리기만 하면 권위는 저절로 따르기 마련이라는 논리이다. 나라에 단 하나의 종교만 허용하는 것은 영혼의 독재이기 때문에 유토피아에서는 복수의 종교를 인정한다(그러나 중심이 되는 특정한 종교가 있다).

작품의 화자는 일체의 국제 조약은 무의미하다고 주장한다. 힘 있는 자에게 약속을 지킬 것을 기대하는 것은 어리석은 짓이기 때문이다. "이른바 '국제법'이라는 것은 없다. 그것은 강자의 논리일 뿐이다"라는 후세의 법언(法諺) 아닌 법언도 일찍이 모어가 갈파한 바가 있다. 조선 말 개

화기에 서구 열강과 이웃 나라 일본에 의해서 국제법이라는 이름으로 각종 불평등 조약을 강요당했던 작은 나라의 입장에서는 더욱 공감이 가는 수사이다.

모어는 모든 법률은 간결한 문장으로 그리고 누구나 쉽게 알 수 있는 언어로 써야 하며, 피고인은 판사의 도움을 얻어 스스로 변호할 권리가 있다고 주장한다. 실로 국민을 위한 사법 개혁 운동의 귀감이 될 경구들이다. 유토피아에는 영국과 같이 전문가가 독점하는 보통법(common law)은 없고, 대신 국민의 상식에 기초하는 형평법(equity)이 존재할 뿐이다. 국민 모두가 법률 전문가가 되는 것이다. 모어가 그린 이상향의 모습 중에서 가장 흥미로운 점은 그곳에는 변호사가 한 사람도 없다는 사실이다. 모어는 후세인들의 가혹한 평가처럼 변호사는 인간의 상처를 빨아먹고 사는 백해무익한 해충에 불과하다고 믿었을지도 모른다.

제2부의 결론인즉 유토피아는 그리 먼 곳에 있는 것이 아니라, 언제 어디에서나 공동체의 구성원이 합심하여 노력만 하면 만들 수 있는 곳이라는 것이다. 즉 유토피아는 실현 불가능한 땅이 아니라 아직은 세우지 못한 꿈의 세상이라는 뜻이다.

히슬로다에우스의 이야기가 끝나자 모어는 자신의 의견을 덧붙인다. 히슬로다에우스가 제시한 유토피아의 모든 측면에 동의할 수는 없지만, 그중에서 일부는 유럽의 현실에 수용할 가치가 충분하다는 것이다. 그러나 그는 현실은 결코 녹록지 않다는 비관적인 예측을 덧붙였다(아마도 당대의 독자를 유념한 정치적 멘트였을 것이다).

20세기 후반, 냉전 논리에 이성이 마비된 엄혹한 군사 독재 대한민국에서 『전환시대의 논리』(1974) 등의 획기적인 저술로 한국 지식인의 개안을 선도한 리영희(1929-2010)는 이 작품의 가치를 높게 평가했다. 그는 현실 생활에 도움이 되는 물질의 가치가 중시되어야 한다고 생각했다. 그렇기 때문에 효용가치는 전혀 없이 번쩍거리기만 하는 '천한' 금은은 주로 요강이나 변기, 또는 죄수의 사슬과 족쇄로 사용하여 범죄자의 낙인의 징표로 삼는다는 모어의 기발한 발상에 파안대소한다. 그는 이 작품의 메시지를 이렇게 요약한다.

오로지 이웃의 행복과 기쁨을 위해서 물질적 가치를 결정하고 분배하고, 이러한 철학을 바탕으로 한 사회 정치 제도를 건설하는 이야기이다.[*]

---

* 　리영희, 임헌영, 『대화 : 한 지식인의 삶과 사상』, 한길사, 2005, p.377.

「베니스의 상인」
・윌리엄 셰익스피어・

법의 도시, 런던

엘리자베스-제임스 치하 영국은 소송 폭주의 시대였다. 한 해 평균 100만 건 이상의 소송 사건에 400만 국민이 관련되어 있었다. 법원의 종류와 수도 많았다. 각종 법원 사이의 관할권도 명확하게 분리되지 않았고 때로는 중첩되기도 했다. 소송의 형식도 다양했다. A와 B가 법정 절차를 밟아 정면으로 다투는 전형적인 소송 외에도 각종 변형 소송이 성행했다. 이를테면 채무불이행, 부동산 소유권이나 각종 관습적 권리처럼 이미 당사자끼리 합의한 내용을 공적 절차로 마무리 짓기 위해서 소송이 제기되기도 했다.

이렇듯 셰익스피어가 활동하던 시대에 영국인의 일상에서 법이 차지하는 비중은 높았다. 여러 세기에 걸쳐 왕립 법원의 누적된 판결에 의해서 형성된 보통법은 국민의 양식이자 상식이었다. 재판은 시민의 중요한 여흥이기도 했다. 시민이 배심원으로 직접 재판에 참여하는 민형사 재판은 시민들이 공동체의 정의와 윤리적인 일체감을 확인하는 중요한 의식이었다. 웨스터민스터 홀에서 재판이 열리면 소송 당사자는 물론 변호사, 시민으로 재판장이 가득 찼다.

런던은 법률가의 도시였다. 법학원에 기숙하는 예비 법률가들이 법조 타운(Law Quarter) 밤거리의 주역이었다. 대체로 상류층 자제들만이 법학원에 입학할 수 있었다. 이미 옥스퍼드나 케임브리지(아주 드물게 변방의 대학교)에서 교육을 받은 20대 청년들은 폭발하는 열정을 발산할 대상이 아쉬웠다. 그래서 돈과 시간이 넉넉한 이들은 연극을 즐겨 관람했다.

이들 청년 예비 법률가들이야말로 셰익스피어극의 중요한 관객이었다. 이들은 비극, 희극, 사극의 대사에 감동했다가도 때때로 비판하고 분개했다. 법학원은 고급 사교장이기도 했다. 법학원 학생이 반드시 이수해야 하는 필수 과목이 동창 선배와의 회합이었다(이 전통은 오늘날까지 이어지고 있다). 이들은 영국에서 가장 재기발랄하고 영민한 청년 집단이었다. 이들의 진지한 토론, 열띤 대화의 중요한 주제 중의 하나가 소네트 쓰기와 연극이었다. 소네트는 정규 교과목 중의 하나였다. 셰익스피어 시대의 극작가들 중에서 20퍼센트가 법학원 출신이었다. 존 던(John Donne, 1572–1631), 베이컨과 같은 당대의 대가들도 법학원 졸업생이었다. 기성 법률가는 물론 법학원 학생 스스로가 공연의 후견인이 되기도 했다. 적지 않은 연극 공연이 법학원 경내에서 상연되었다. 셰익스피어의 작품 중에서 최소한 7편이 법학원에서 공연된 기록이 있다.

1594년, 그레이스인 법학원에서 열린 크리스마스 기념 공연은 특기할 만한 일화를 남겼다. 「실수 연발(*The Comedy of Errors*)」(1589–1594)이 상연된 밤, 법학원 전체가 "광란의 밤(night of errors)"이 되었다는 한 연수생의 일기가 전해온다. 작가는 예비 법률가 관객을 배려하여 대본을 고쳐 재판 장면과 법적 경구를 삽입했다. 신명이 난 법학도들이 막가판을 벌였다. 이튿날 학교 당국은 징계 회의를 열어 소란의 원인을 제공한 "망나니들"의 책임을 물었다.

1602년 2월 2일, 또다른 법학원, 미들 템플(Middle Temple)에서 희극 「십이야(*The Twelfth Night*)」(1601−1602)가 공연된 기록이 있다. 이 법학원 소속인 한 법정 변호사는 판사, 변호사, 법학도로 구성된 관객들이 배꼽이 빠지도록 웃으면서 즐거운 밤을 보냈다고 일기장에 적었다.

국왕 제임스 1세(James I, 1603−1625 잉글랜드에서 재위)의 궁정에서도 셰익스피어의 작품이 빈번하게 공연되었다. 1603년, 튜더 왕조의 마지막 왕, 엘리자베스 1세(Elizabeth I, 1558−1603 재위)가 처녀로 죽자 왕위는 스코틀랜드의 국왕 제임스 6세(James VI, 1567−1603 스코틀랜드에서 재위)의 몫이 된다. 그렇게 제임스 1세가 된 그는 잉글랜드 스튜어드 왕조의 시조이다. 엘리자베스 시절 셰익스피어가 소속되었던 극단인 '로드 체임벌린스 멘(The Lord Chamberlain's Men)'은 제임스 1세의 등극으로 궁정 극단(King's Men)의 지위를 얻어 각종 특전을 누린다. 셰익스피어의 연극은 '시골뜨기 국왕'에게 세련된 잉글랜드의 법을 바탕으로 통치하는 방법을 교육하는 시청각 자료로도 활용되었을 것이다. 물론 궁정 공연에는 많은 법률가들이 동석했고, 셰익스피어는 이들을 유념하고 극본을 썼을 것이다. 그의 작품에 그처럼 많은 법, 법률가, 법적 아이디어들이 동원되는 것은 결코 놀라운 일이 아니다.

셰익스피어만 특별했던 것은 아니었다. 같은 시대에 런던에서 공연된 연극 중에서 최소한 3분의 1은 재판 장면을 담았다. 한마디로 법은 엘리자베스-제임스 시대 연극의 핵심 요소였다. 재판을 수행하는 변호사와 마찬가지로 시인과 희곡 작가도 자신의 독자와 관객을 알아야 한다. 작가가 인간사의 희로애락, 사랑과 갈등의 핵심을 파고들어야만 호응을 얻을 수 있기 때문이다. 연극은 무엇보다 현장성이 중요하다. 관객이 배우의 대사를 즉시 이해하지 못하면 연극에 공감할 수 없다. 셰익스피어의 작품에 등장하는 법률 용어는 단순한 풍자용 장식이나 지적 과시가 아니라 법률가 관객을 연극에 흡입시키기 위한 장치이기도 했다.

셰익스피어가 작품 활동에 법률가-극작가의 지적 자원을 십분 활용했다는 것은 쉽게 추정할 수 있다. 스트랫퍼드의 시골뜨기 청년이 런던에서 정착한 최초의 거주지가 법조 타운 인근이다. 그는 수시로 법학원에 들러 또래 친구도 만나고 후원자도 구하고 법률 용어와 법리와 판례를 익히면서 작품을 구상했을 것이다. 기록에 따르면 청년 셰익스피어는 법률 전문 용어를 사용한 몇 편의 소네트를 그레이스인의 법률가들 앞에서 암송했고, 1599년, 이 법학원 소속의 변호사 두 사람이 셰익스피어의 문장(紋章)을 만들어주었다. 한마디로 말해서 셰익스피어는 법률가들과 함께 살았다. 이런 사실을 감안하면 「말괄량이 길들이기(The Taiming of the Shrew)」(1590-1592)에서 작가가 트라니오의 입을 빌려 자신의 경험을 옮겼을 것이라는 주장도 무리가 없다.

오늘 오후는 우리네 애인들의 건강을 위해서 축배를 듭시다.

법정에서는 원, 피고로 맞서 맹렬히 싸우더라도

이 자리에서는 친구로 맘껏 먹고 마시고 놉시다.

(1.2.276−278)

신화가 된 명판결

초임 판사 포셔의 생애 첫 재판이다. 배당된 사건은 원로 판사에게도 어려운 사건이다. 그런데도 신출내기 판사는 만인이 경탄할 명판결을 내린다. 원고 샤일록은 절대로 질 수 없는 사건이라고 확신한다. 그는 부자 상인 안토니오에게 돈을 빌려주고 차용증서를 받았다. 빌려준 돈을 제날짜에 받지 못했다. 그래서 증서를 들고 법원에 갔다. 누구라도 그랬을 것이다.

두 사람이 합의하여 서명한 계약서의 내용이 약간 특이하다. 만약 채무자가 빌린 돈을 약조한 날짜에 값지 못하면 자신의 심장 가까이의 살 1파운드를 채권자에게 떼어준다는 내용이다. 법을 따르겠다는 서약도 했다. 거짓말도, 유혹도, 사기도 없었다. 그야말로 완전한 자유 의사로 맺은, 조건을 너무나 잘 알고 맺은 계약이다.

피고도 각오하고 있다. 절대로 이길 수 없는 사건임을 그도 너무나 잘 알고 있다. 자업자득이다. 자신이 바랄 수 있는 것이라고는 빚쟁이의 자비나 법원의 관용뿐이다. 엎드려 비노니 그저 목숨이라도 부지하게 해달라는 읍소뿐이다. 젊은 판사의 입에 한 사람의 목숨이 걸려 있다.

그런데 경천동지할 일이 벌어진다. 재판을 시작할 때에만 해도 판사는 모두가 예상한 대로 원고의 법적 주장에 동조하면서 오직 피고에게 자비를 베풀 것을 권고할 뿐이다. 판사로서의 자신의 권한은 그뿐이라는 것을 암시하면서. 그러나 원고는 요지부동이다. 심지어 원금의 3배에 해당하는 대금을 위약금으로 변상하겠다는 제의마저 일축하고 오직 계약서에 적힌 대로 '살'로 '특정 이행'할 것을 요구한다. 이때 판사의 태도가 돌변한다. 판사는 느닷없이 계약서에 적힌 내용의 기술적 흠을 트집 잡아 피고의 책임을 면제해준다. 계약의 내용이 불법이고 따라서 무효라는 것이다. 여기까지는 그래도 납득할 여지가 있는 판결이다.

그러나 판결은 이에 그치지 않는다. 태도를 표변한 판사는 이제 폭군으로 변한다. 판사는 돈을 빌려준 원고를 살인 미수로 몰아 그의 전 재산을 내놓으라고 명한다. "법이 그러니 어쩔 수 없다"라며 소극적으로 원고의 자비를 호소하던 판사가 일순간 고도의 사법 적극주의자로 표변하여 경각에 내몰린 선량한 기독교도 상인의 생명을 구하고, 위태로웠던 정의를 바로 세운다. 신참 판사의 명판결은 신화가 되어 후세인들에게 길이길이 전승된다. 영국의 대문호 셰익스피어의 작품은 '해가 지지 않는 나라' 대영제국의 위광을 업고 지구를 정복한다. 셰익스피어가 창작한 문제의 '인육 판결'은 기독교 문화권의 최고의 명판결로 후세인들의 칭송을 받는다.

법률 희곡의 대명사

「베니스의 상인(*The Merchant of Venice*)」(1596-1599)은 셰익스피어의 39편의 희곡 중에서 가장 널리 알려진 법률 희곡이다. 이 작품은 「자에는 자로(*Measure for Measure*)」(1603-1604)와 동일한 법적 주제를 다룬다. 작품에 대한 전형적인 해석은 경직되고 형식적인 법은 형평적 정의가 보완되지 않으면 불의를 초래한다는 것이다.

샤일록 재판에 대한 평가는 크게 둘로 갈린다. 일반 독자는 대체로 포셔의 창의적인 논리와 '정의'에 합당한 판결에 찬사를 보내고 다수의 법률가 평자도 포셔의 판결에 공감하거나 동의를 표한다. 이들에 의하면 포셔의 승리는 법의 자구(字句)에 대한 형평과 자비라는 법이념의 승리이자, 법형식주의에 대한 법현실주의의 승리이다. 성숙한 사회는 문자에다가 정신을 투영한다. 이른바 '법치'란 합의된 원칙에 따라서 다스리는 통치이다. 법원은 단지 같은 판결을 대량으로 복제하는 자동 기계가 아니다. 이런 입장에 서면 샤일록은 수전노, 야만인, 성격 파탄자, 증오와 탐욕의 화신이고 「베니스의 상인」은 사악한 인물의 몰락 과정과 비참한 말로를 즐기는 권선징악적인 작품이다.

그러나 소수의 법률가는 과연 샤일록이 공정한 재판을 받았는가에 초점을 맞춘다. 그들에 따르면 샤일록이야말로 정의롭지 못한 법의 희생양이다. 샤일록은 편견에 찬 박해 속에서도 꺾이지 않고 자신의 권리를 찾으려는 투사이다. 무엇보다 그가 공정한 재판을 받지 못했음을 간과할 수 없다. 구체적으로 샤일록은 외국인, 소수 인종, 소수 종교 신자이다. 이런 관점에서 보면 작품의 주인공은 당연히 샤일록이다(실제로 원래는 "베니스의 유대인[A Jew of Venice]"이라는 선택적인 부제가 달려 있었다). 포셔는 빛나는 히로인이나 재림한 다니엘이 아니라 기껏해야 교활한 변설가일 따름이다. 그녀의 결정은 편견에 찬 자의적인 판결이며 무엇보다 명백한 오판이다.

법을 통한 복수

이 작품은 복수극인가? 그렇다. 원한을 갚으려고 복수에 나선 피해자가 오히려 가해자로 지목을 받아서 낭패를 당하는, 실패로 끝난 복수극이다. 복수는 엘리자베스-제임스 시대 연극의 일반적인 주제 중의 하나였다. 주체 못할 분노에 미친 극중 인물이 결정적인 순간에 상대를 살해하는 플롯은 너무나 친숙한 도식이었다. 이 작품에서 셰익스피어는 샤일록으로 하여금 법 절차를 통한 복수라는, 비폭력적인 복수 작업을 시도한 것이다.

샤일록에게 법은 복수의 수단이다. 복수의 대상은 자신을 공공연하게 고리대금업자로 매도하고 심지어 "모가지를 따 죽일 개새끼"로 비하하는가 하면, 수염에 침을 뱉는 등 오랜 세월에 걸쳐 모욕을 준 안토니오이다. 게다가 홀아비로 살면서 금지옥엽으로 키운 외동딸 제시카마저도 이교도 청년의 꾐에 빠져 야반도주한다. 아비와 조상의 종교를 헌신짝처럼 버리고 "개종하여 예수교도의 아내"가 되기를 자청한 배은망덕한 딸년이다. 그것도 아비가 근검절약, 평생 모은 돈과 패물을 몽땅 들고서 말이다. 딸은 죽은 아내가 처녀 시절에 선물한 반지마저도 훔쳐갔다. 평생토록 쏟은 피와 땀의 결정체인 재물을 철부지 연놈이 흥청망청 유흥비에 뿌린다는 소문이다.

이 모든 것들이 베네치아 기독교인들의 텃세 때문이다. 이제 샤일록에게 남은 것은 원한밖에 없다. 그는 법 절차를 통한 복수에 나설 수밖에 없다. "그자에게 증서를 똑똑히 보라고 하시오."(3.1.44) 샤일록은 되풀이하여 복수를 다짐한다. 동료 셀러리오가 "설마하니 상인의 살점을

벨 생각이야 없겠지"(3.1.47-48) 하고 의중을 떠보자 그는 "나는 복수할 뿐이다"(3.1.49-50)라고 단호하게 내뱉는다.

"유대인의 눈"으로 시작하는 샤일록의 고발과 항변은 상식과 인간의 본성을 겨냥한 호소이다.

> 나는 유대인이오. 유대인은 눈이 없단 말이오? 유대인은 손도 없고 오장육 부도 수족도, 감정도, 분노도 아무것도 없단 말이오? 유대인은 예수교도와 같은 음식을 먹지도 않고 같은 병에 걸리지도 않고, 여름엔 덥지 않고 겨울 엔 춥지 않단 말이오? ……독을 먹어도 죽지 않소? 만약 당신들이 우리에게 해를 끼친다면 복수하지 않겠소? 만약 유대인이 예수교도를 유린했다면 어 떻게 하겠소? 복수가 아니겠소? 예수교인이 유대인을 모욕했다면 예수교도 선례에 따라서 어떻게 하겠소? 마찬가지로 복수 아니겠소? 당신네가 가르 쳐 준 그 나쁜 짓을 실행하겠소. 어김없이 하겠소. 아니 더 철저히 하겠소.
>
> (3.1.61-68)

그는 재판이 시작되기 전부터 굳게 다짐한다. "나는 증서대로 하겠 소. 그러니 군말하지 마시오. 증서에 대고 맹세까지 한 터요."(3.3.4-5)

법을 통해서 복수하는 샤일록은 근대성을 상징하는 인물이다. 법의 역사는 복수의 이성화 과정이다. 사적 복수에서 공적 복수로, 물리적인 직접 복수에서 제도를 통한 간접 복수로 복수의 형식과 절차가 변한 것 을 우리는 근대화라고 부른다.

복수극 「베니스의 상인」에서 결코 간과할 수 없는 것은 안토니오의 최후의 복수이다. 위기에서 벗어나 처지가 바뀐 안토니오는 샤일록을 파멸시키기로 작심한다. 그는 포셔의 판결에 따라서 자신의 몫이 된 샤일록의 재산의 절반으로 자신을 수탁자로 하는 신탁(信託)을 만든다. 그리고 샤일록의 딸과 사위를 수혜자로 지정한다. 그것으로도 부족하여 향후에 샤일록이 취득할 재산 일체를 신탁 재산에 납입할 것을 약속하라고 강요한다. 그뿐만이 아니다. 안토니오는 샤일록의 재산을 송두리째 뺏고도 모자라 정신적 자산마저 탈취하고자 나선다. 샤일록에게 기독교로의 개종을 요구하는 것이다. 안토니오는 샤일록에게 마지막으로 남은 자산인 정신을 탈취함으로써 상대방의 존재 자체를 말살하려는 것이다.

4개의 법 코드

삶의 가치를 공유하는 부부나 연인 사이에는 그들끼리만 공유하는 은밀한 몸과 마음의 코드가 있기 마련이다. 수많은 작은 오해들과 일상의 불편함에도 불구하고 이 코드만 견고하게 공유하면 파국은 막을 수 있다. 반면 이 코드의 인식이나 해석에 혼선이 생기면 관계에 위기가 닥친다. 내부인끼리만 공유하는 코드, 그것은 외부인의 접근을 차단하는 벽이다. 한때 세계의 관객을 열광시킨 영화의 제목대로 「다빈치 코드(The Da Vinci Code)」(2006)는 8개의 숫자 코드에 모든 비밀이 숨어 있다. 그리스 비극은 '운명'이라는 코드에 따라서 전개된다. 미리 주어진 코드 속에 결말이 예정되어 있는 것이다. 그리스 비극의 운명 코드나 「다빈치 코드」의 숫자 코드는 이 작품에 숨겨진 법 코드에 비하면 지극히 단순한 일차원적 코드에 지나지 않는다.

　법률 희곡 「베니스의 상인」에는 4개의 '법 코드'가 얽혀 있다. 이들 코드의 해체와 대체에 따라서 플롯이 전개된다. 일시적으로 나아갈 방향을 몰라서 주춤하는 배역의 행로는 결국 이들 네 코드에 따라서 차례로 움직인다. 즉 계약이라는 사적 코드, 외국인의 지위에 관한 베네치아의 법률이라는 공적 코드, 포셔의 아버지가 남긴 유언 코드, 그리고 포셔의 지상 과제인 혼인 코드이다. 전체 플롯은 극의 여주인공 포셔의 주도로 4개의 코드를 풀어내는 과정으로 볼 수 있다. 포셔는 혼인이라는 절대 코드에 충실하기 위해서 앞선 세 코드를 이용하고, 목적을 달성한 후에는 즉시 폐기한다.

　첫째, 인육 계약을 담은 증서는 계약의 직접적인 당사자 사이에서 설정된 사적 코드이다. 당사자는 모두 계약의 조건을 숙지하고 자발적으로 동의한다. 다만 샤일록의 숨은 진의는 드러나 있지 않다. 사적 계약의 이행을 위해서 개입한 포셔 법원은 계약 조항의 유연한 해석을 통해서 민사 사건을 형사 사건으로 전환한다. "잠깐 기다려!"(4.1.302) 판관 포셔의 한마디로 사적 코드가 공적 코드로 전환되는 것이다.

　둘째, 공적 코드는 다른 관점에서 보면 안토니오의 실패한 기독교 윤리 코드이기도 하다. 샤일록은 법의 권위에 대한 신념은 흔들리지만, 증서의 의미에 대한 포셔의 해석을 받아들인다. 이때 포셔는 은밀하게 숨겨둔 제2의 독침을 끄집어낸다. 바로 외국인의 지위에 관한 베네치아의 법률이다. 자유 의사로 그리고 평화롭게 체결한 민사 계약의 집행을 법원에 신청한 원고가 돌연 형사 피고로 둔갑한다. 공적 코드는 가해자의 생명과 함께 재산의 절반을 몰수할 수 있도록 허용한다. 외국인이 자국민 기독교인의 생명에 대해서 직, 간접적인 위험을 초래한 때에는 별도의 범죄를 구성한다. 이 법은 피해자에게 가해자의 재산의 절반을 가질 권리를 부여한다. 피해자가 된 기독교인 안토니오가 심문대에 선다. "안토니오, 그대는 이자에게 어떤 자비를 베풀 수 있소?"(4.1.376) 판사 포셔의 주문의 핵심은 샤일록더러 기독교로 개종하라는 것이다. 베네치아의 공적 코드는 정교분리의 전제 위에 서 있거나, 소수 종교자의 내심의 자유를 보장한다. 이러한 공적 코드를 경시하는 포셔와 안토니오의 윤리는 실패한 윤리 코드이다.

셋째, 유언 코드를 살펴보자. 포셔는 죽은 아버지의 유언이 살아 있는 딸의 의사를 구속한다며 불평한다(1.2.22−23). 사정을 잘 아는 하녀 네리사는 필요하면 아비의 유언을 무시하라고 충고한다. 그러나 영민한 포셔는 코드를 정면으로 위반하는 대신 술책을 써서 우회한다. 포셔는 독일인 구애자의 주의를 분산할 목적으로 라인 포도주 컵을 가져다두는가 하면(2.9), 이미 '내정된' 배필 후보자 바사니오에게 노골적으로 호의를 고백한다. 그래도 일말의 불안을 지울 수 없는지 그녀는 그에게 바치는 노래를 통해서 사실상 정답을 가르쳐준다(3.2). 임기응변의 기지를 동원하여 포셔는 아버지의 유언 코드를 무력화시키는 데에 성공한다.

마지막 코드인 포셔의 혼인 코드는 절대 코드이다. 그녀는 무리한 희생을 무릅쓰고서라도 바사니오와 결혼해야만 한다. 자신이 배필로 점찍은 사내와의 결혼, 그것이야말로 포셔의 지상 과제이다. 그래서 처음 두 구혼자의 불운에 대해서 포셔는 냉담할 뿐만 아니라 내심 기뻐한다. '사랑하는' 특정인에게 충실한 것이 곧 선이라는 믿음이다. 혼인 코드는 결혼의 징표인 반지와 불가분하게 결합하여 있다. 성공한 결혼을 지켜내는 것도 그녀에게는 절대적인 과제이다. 재판을 끝내고 벨몬트의 신혼 보금자리에 돌아온 포셔는 아직 안토니오가 남편 주변에 있다는 사실을 발견하고 이에 불만을 품는다. 포셔는 다분히 체면치레로 안토니오를 환영하는 체를 하나, 내심은 다르다. "환영의 뜻은 말보다 다른 방법으로 나타나야지요. 그러니 이렇게 간단하게 하지요."(5.1.141)

그녀는 안토니오가 벨몬트에 오지 않고 그냥 베네치아에 남아 있었으면 했다. 남편에서 안토니오는 단순한 친구가 아니다. 어쩌면 연인이 었는지도 모른다. 둘의 우정은 거친 사나이들 사이의 그것과는 다르다. 솔라니오가 전하는 두 사람의 일시적인 이별 장면은 연인의 별리를 연상시킨다. 바사니오에게 파선 소식을 알리는 안토니오의 편지 구절이나, 죽음을 각오하고 남기는 마지막 부탁도 예사롭지 않다. 오직 님의 행복 앞에 기꺼이 자신의 목숨을 바치는 여인의 순애보를 연상시킨다.

꿈에서라도 나의 결혼생활을 흔들 생각을 하지 말라! 포셔는 안토니오에게 추상(秋霜) 같은 메시지를 전한다. 안토니오가 남편을 위해서 몸을 담보했던 사실로 생색을 내자 포셔는 임기응변의 기회를 포착한다. "그럼 당신이 그의 보증인이 되세요. 그에게 이 결혼반지를 주고 잘 간직하라고 하세요."(5.1.252-253) 이제 잃었던 결혼반지도 되찾았다. 남편의 새로운 맹약도 다짐받았다. 무엇보다 연적의 수족을 묶어두었다. 포셔의 혼인 코드가 명료하게 해체되면서 극은 완결된다.

『픽윅 클럽 여행기』, 『위대한 유산』, 『황폐한 집』, 『두 도시 이야기』

· 찰스 디킨스 ·

빅토리아 영국의 대표 작가

19세기 후반과 20세기 독자의 사랑을 가장 많이 받았던 영국 작가는 디킨스이다. 그는 20대에 이미 광범한 독자층을 확보했고 죽을 때까지 명성이 손상되지 않았다. 사후에도 그는 셰익스피어와 더불어 영국을 상징하는 문호의 지위를 누리고 있다. 디킨스에게는 예술성과 상업성, 양자를 성공적으로 결합한 최초의 작가라는 평가가 따른다. 그는 19세기 이후 문학의 새로운 총아로 등장한 '소설'이라는 장르의 혜택을 십분 입었다. 교육의 확대로 독서 인구가 급격하게 늘어나고 저작권에 대한 법적 보호가 이루어진 것도 성공의 배경이 되었다.

디킨스의 명성은 대영제국의 권위에 절대적으로 편승했다. 디킨스는 런던의 전도사였다. '해가 지지 않는 나라' 빅토리아 대영제국의 수도 런던이 변방국에 미친 영향은 지대했다. 그의 작품은 『어려운 시절(*Hard Times*)』(1854) 하나만 제외하고 모두가 수도 런던이 무대이다. 당시 런던의 골목과 건물 그 어느 하나에도 디킨스의 펜이 스치지 않은 곳이 없다시피 했다. 디킨스로 인하여 런던은 명실공히 세계의 수도가 되었고, 디킨스의 죽음과 함께 서서히 영화의 자리에서 물러났다. 런던은 온갖 악이 성행함에도 불구하고 역동적인 에너지가 분출하는 대도시였다. 디킨스는 철두철미한 도시의 작가였다. 디킨스가 죽은 지 100여 년 후, 런던을 방문한 러시아 '페레스트로이카(perestroika)'의 전도사, 고르바초프(Mikhail Gorbachev, 1931-) 대통령은 어린 시절에 어른들의 노변정담에서 귀동냥한 '유리구슬 사탕(glass candy)'을 먹을 수 있는 도시를 찾은 감격을 토로했다.

디킨스는 1812년 2월, 잉글랜드 서해안의 군항 포츠머스에서 하급 해군 문관의 아들로 태어났다. 어린 시절에 아버지의 파산으로 가족은 극심한 고난의 날을 보냈다. 아버지는 채무자 감옥에 수용되고 가족은 런던 북쪽 교외 캠던타운의 빈민촌으로 내몰렸다. 열두 살 소년 디킨스는 학업을 중단하고 구두약 공장의 공원 등 잡일로 가족의 생계를 도와야 했다. 그는 나이가 들어가면서 법률 서기, 법원 및 의회 출입 기자로 명성을 쌓았고 마침내 작가가 되었다. 디킨스의 모든 작품들에는 어떤 형태로든 법과 법률가가 등장한다.

디킨스 시대에 범죄는 단순한 사건이 아니라 사회적 현상이었다. 사회 소설가로서 디킨스는 당대의 중요한 사회 현안을 작품으로 극화하는 데에 남다른 관심과 탁월한 역량을 보였다. 특히 그의 작품 활동 초기에 영국은 만연하는 범죄에 대한 제동 장치가 제대로 작동하지 않았다. 한 예로 소매치기는 막강한 조직력을 갖춘 범죄 산업이었다. 소매치기 행위만으로도 교수형에 처할 수 있었다(강제 노역, 교화소 등 각종 중요한 사회 기관도 개입할 수 있었다). 그러나 실생활에서는 조직 범죄는 거의 면책되었다. 언제나 무력한 개인만 피해를 당하고 약자는 짓밟히고 자유로운 정신이 감금되면, 사회에는 무력한 폐쇄공포증이 만연하게 된다. 법이 정의를 구현하지 못하면, 사회 그 자체가 감옥으로 변한다. 작가 디킨스가 대변한 것은 제도에 체포된 선량한 피해자의 목소리이다.

『픽윅 클럽 여행기』

디킨스의 활동기는 영국 형사 사법에 중요한 개혁이 이루어진 시기와 일치한다. 최초의 소설, 『픽윅 클럽 여행기(The Pickwick Papers)』(1836-1837)가 출판된 바로 그해에 빅토리아 여왕은 등극한 후 최초의 의회 연설에서 형사법전의 개정과 사형의 감소를 가장 중요한 국정 과제로 내세웠다. 그로부터 20여 년 동안 영국은 형사 사법의 거의 모든 분야에 걸쳐 획기적인 개혁을 이루었다. 형법과 형사소송법 개정, 경찰 제도 정비, 감옥과 각종 구금 시설 개선, 사형과 기타 신체형 축소 등등 실로 획기적인 변화가 이루어졌다. 디킨스의 작품 속에는 이러한 시대 변화가 투영되어 있다. 그중에서 몇몇 작품은 대중의 특별한 사랑을 받아왔다.

첫 작품, 『픽윅 클럽 여행기』에는 영국인이라면 디킨스를 제대로 읽지 않은 사람도 누구나 기억하는 유머러스한 장면이 있다. 그 유명한 '구혼 장면'이다. 유식한 홀아비 신사 픽윅 씨는 딸 하나 딸린 과수댁 바르델 부인의 하숙생이다. 어느 날 픽윅 씨는 조수 샘 웰러를 고용하는데, 샘과 숙식을 함께하면 여러모로 편리할 것 같아서 안주인의 의향을 타진한다. "혼자보다 둘이 함께 살면 비용이 많이 들겠지요?" 그를 흠모하던 과수댁은 이 말을 청혼의 뜻으로 착각하고 갑작스러운 포옹으로 답한다. 그녀는 왜 이제서야 본심을 고백하느냐고 힐책하는 듯이 "짓궂은 당시이인" 하며 끈적이는 신음소리를 낸다. 당황한 픽윅 씨는 누가 보면 어떡하느냐, 진정하라고 달래지만 갱년기 여인은 막무가내, 더욱 강렬한 포옹으로 그를 휘감을 뿐이다. 샘을 포함한 픽윅 클럽 멤버들이 이 장면을 본다.

몇 달 후 바르델 부인이 픽윅 씨를 고소한다. '혼인 약속의 위반(breach of promise)'으로 1,500파운드의 손해배상금을 지급하라는 것이다. 이 소송은 19세기 영국에 보편적인 것으로 존 파울스(John Fowles, 1926–2005)의 소설 『프랑스 중위의 여자(French Lieutenant's Woman)』(1969)*에도 등장한다. 그러나 이런 소송은 상류층에서는 기피되었고 주로 근본 없는 중하층민 여성들의 무기로 애용되었다.

재판이 열린다. 구혼 장면의 목격자가 원고 측 증인으로 소환된다. 변호사의 능숙한 심문 끝에 픽윅 씨가 "자신의 품속에 안긴 원고의 허리를 껴안은 채", "귀여운 것", "누가 보면" 등의 밀어를 건넨 것이 입증된다. 그뿐 아니라 뜨거운 '사랑의 고백'이라는 픽윅 씨의 친필 쪽지 2개가 증거로 제출되는데, 하나는 저녁 요리를 어떻게 해달라는 주문서였고 나머지 하나는 외박한다는 쪽지였다. 평범한 남의 말에서 엄청난 뜻을 만들어내는 일을 업으로 삼은 법률가들은 토마토소스를 곁들인 고기 다짐은 육체의 밀어이며, 방을 데울 필요가 없다는 말 또한 운우지정(雲雨之情)의 은어라고 주장한다.

---

* 이 작품은 1981년 영화로 만들어져 대성공을 거두었다(카렐 라이스 감독, 메릴 스트립, 제러미 아이언스 주연).

배심은 픽윅 씨를 사랑의 배신자로 규정하고 판사는 750파운드의 배상을 명한다. 자존심 센 픽윅 씨는 부당한 판결을 따르느니 차라리 채무자 감옥을 택하겠다며 불의에 항거한다. 승자인 과수댁 또한 변호사 비용을 내지 못해서 감옥 신세를 면치 못한다. 패소자가 배상금의 지불을 거절하자 변호사는 사건의 의뢰인에게 수임료를 청구하고, 수중에 150파운드의 거금이 있을 리가 없는 가난한 하숙집 안주인은 국가가 경영하는 무료 하숙집 신세를 질 수밖에 없게 된다. 이 소식을 들은 픽윅 씨는 미련스러운 바보이기는 하나 사람은 착한 '약혼녀'를 감옥에서 꺼내주고, 버림받은 그녀도 나머지 승소 금액을 포기하기로 합의한다. 감옥 문을 나서면서 픽윅 씨가 허공을 향해서 던진 한마디는 "도둑놈들!"이었다. 디킨스가 그토록 저주하던 채무벌(債務罰) 제도는 그가 세상을 떠난 해인 1870년에 완전히 폐지되었다.

작품이 그린 자유로운 여행, 우정, 목가적인 분위기는 살풍경의 런던 법조 타운이나 감옥과 대조된다. 결혼, 유머, 서서히 드러나는 따뜻한 인간성은 하인 샘 웰러의 등장과 함께 흥미를 더하여 런던 독자의 혼을 빼앗는다. 작품은 일정한 직업이 없는 지식인이 사회 전체의 균형을 잡아주던 시대의 이야기이기도 하기 때문에 도시의 팍팍한 삶에서 인간성의 피폐를 절감하는 현대인들에게 파안(破顔)의 대소(大笑)를 내뿜을 공간을 제공한다.

『위대한 유산』

『위대한 유산(Great Expectations)』(1860-1861)에서도 감옥은 중대한 역할

을 한다. 화자인 주인공 핍을 포함한 등장인물 대부분이 재물 때문에 타락한다. 이 작품에서 작가는 신분 상승을 도모하는 적빈(赤貧) 소년이라는 주제를 파고든다.

화자이자 주인공인 핍은 조실부모한 고아로, 성질머리 괴팍한 20년 연상의 누이 집에 기식한다. 누이의 학대에 설움이 북받칠 때마다 그는 마을의 외진 구석에 팽개쳐진 부모의 무덤을 찾는다. 묘비석에 새겨진 울퉁불퉁한 글자의 모양에서 한 번도 본 적 없는 부모의 인상을 나름대로 상상하는 것이 어린 소년의 한풀이다.

어느 날 핍은 우연히 묘지에 숨어 있던 탈옥수 매그위치에게 온정을 베푼다. 매그위치는 뉴사우스웨일스(오스트레일리아)로 가는 죄수 호송선에서 탈출하여 잠시 묘지에 은신했지만 이내 체포된다. 핍은 인근 마을의 부유한 여인 미스 해비셤의 시동 겸 놀이 상대가 되라는 제의를 받고 정기적으로 그녀의 저택을 방문한다. 그녀는 결혼식 날 신랑에게 버림받은 후로 햇빛을 멀리하고 곰팡이와 함께 사는 어둠의 여인이다. 그녀에게는 핍 또래의 양녀, 에스텔라가 있다. 미스 해비셤은 미모의 에스텔라로 하여금 "사내의 가슴에 상처를 주는" 훈련을 시킨다. 미스 해비셤은 디킨스가 만들어낸 수많은 인물들 중에서 가장 괴기한 요소가 강한 인물이다. 영국에서 1946년과 1989년, 수십 년 시차로 이 작품이 영상으로 만들어졌다. 흥미로운 사실은 젊은 시절에 에스텔라 역을 맡았던 진 시먼스가 노년에는 미스 해비셤 역을 맡아 한 여인의 얼굴에 아로새겨지는 세월의 궤적을 추적했다는 것이다.

핍이 열네 살이 되자 해비셤 저택의 방문은 끝나고 어진 자형(姉兄)

조 밑에서 대장장이 도제 수련을 시작한다. 그러던 어느 날 런던의 변호사 재거스가 나타난다. 신원을 비밀로 할 것을 요청한 한 독지가가 핍의 "신사 교육"을 위해서 "막대한 재산(Great Expectations)"을 신탁했다는 것이다. 핍은 이것은 분명히 미스 해비셤의 은전이며 자신과 에스텔라를 결혼시킬 의도라고 믿는다.

"막대한 재산"을 보유한 신사가 되어 교양을 갖춘 미인을 아내로 맞는다는 "거창한 꿈(Great Expectations)"*에 도취한 핍은 런던에 나가서 "신사 교육"을 받는다. 핍이 생각하는 신사란 한마디로 돈으로 살 수 있는 각종 특권은 누리되 어떠한 사회적 의무도 지지 않는 무위도식자에 불과하다. 예비 신사 핍은 가난한 옛 친구들을 멀리한다. 부엌데기가 하루아침에 기생이 되어 교만해지기도 했지만, 그보다도 비참했던 시절의 암울한 기억으로부터 해방되고 싶은 잠재의식 때문이다.

그러나 이러한 핍의 거창한 꿈은 무참히 깨지고 만다. 핍의 "신사 교육"을 위해서 거금을 희사한 장본인은 미스 해비셤이 아니라 죄수 매그위치임이 밝혀지고 그는 또다시 추적당하는 탈옥수의 신분으로 핍의 앞에 나타난다. 꿈이 깨진 핍은 엄청난 좌절과 갈등 끝에 매그위치의 탈출을 돕는다. 그러나 탈출에 실패한 매그위치는 살해당하고 방조하던 핍은 심신이 크게 상한다. 핍은 실성 상태에서 조의 구조를 받는다. 착한 조가 핍의 병구완을 하는 것은 물론 빚까지 갚아준 것이다. 악처가 죽자 조는 착한 아내와 재혼하여 아들을 낳고 어린 친구의 이름을 따서 핍이

---

* 이 작품의 우리말 제목은 "위대한 유산"으로 통용되고 있으나, 작품의 주제와 내용을 살펴보면 "(깨진) 거창한 꿈"이라는 번역이 더욱 적합할 것이다.

라는 이름을 지어준다. 이들에게서 소박한 인간의 사랑과 행복을 확인한 핍은 비로소 거창한 미몽에서 깨어난다.

핍의 심장을 찢고도 여전히 그의 관념을 지배하던 도도한 계집 에스텔라는 돈은 많고 머리가 빈 사내에게 시집가지만, 모진 학대를 당한다. 미스 해비셤은 실화(失火)로 음산한 저택과 함께 잿더미가 된다. 핍은 잿더미 속에서 에스텔라와 재회한다. 핍은 에스텔라를 학대하던 남편이 말발굽에 채어 죽었지만, 그녀는 '그럭저럭' 적당한 사내를 택해서 재혼한 것을 알게 된다. 핍은 병든 낭만인의 사랑에서 깨어나고 의식의 객관화가 이루어진 연후에 비로소 건전한 생활인의 사랑을 깨친다. 작가는 진정한 영혼의 구원은 정직, 근면의 미덕 속에 있을 뿐이라는 권선징악적인 메시지를 강하게 전한다.

디킨스가 이 작품에서 그린 법률가의 모습은 보다 근본적인 대의의 판단은 유보한 채 법의 테두리 안에서 의뢰인에게 최선의 서비스를 제공하는 직업인이다. 재거스 변호사는 자신의 하녀와 매그위치 사이에서 태어난 에스텔라를 병균과 범죄의 온상인 빈민굴 대신에 해비셤의 저택에서 살도록 주선한다. 작으나마 인간애의 발로이다. 또한 그는 어떠한 상황에서도 핍의 후원인, '프로비스 아저씨'의 정체가 매그위치임을 발설하지 않는다. 그런가 하면 핍이 매그위치의 도주와 범인의 은닉에 관련하여 도움을 요청하자 자신에게 책임이 발생하지 않는 범위 내에서 자문에 응한다. 성실하고 유능하기는 하나, 결코 진심을 털어놓지 않고 자신을 희생하지 않는 직업인, 그것이 일급 법률가의 모습이다.

『황폐한 집』

디킨스 법률 소설의 대명사로 불리는 『황폐한 집(Bleak House)』(1853)은 종합 사회비판서의 전형이기도 하다. 이 작품은 영국의 정의와 형평의 상징이라는 형평법원의 운영에 대한 사실적이고도 풍자적인 고발이다. 초판 서문에서 디킨스는 이 소설이 실제 사건을 소재로 했음을 밝혔는데, 1789년에 유언 없이 죽은 버밍엄의 한 부호의 유산을 둘러싸고 수십 년 동안 계속된 소송 사건과 유사한 것으로 추정된다. 작가는 형평법원과 법질서의 혼란을 사회 전체의 혼란의 은유로 사용한다. 비효율적인 법, 빈자에 대한 관심과 배려의 부족, 비위생적인 환경, 법적 부정의는 우연이 아닌 사회 구조 자체의 문제이다. 등장인물도 귀족 가문 데드록에서 거리의 청소부 조에 이르기까지 사회의 모든 계층을 망라한다. 작가는 전지적인 제3의 화자에 더하여 작중 인물, 에스터가 화자로 참여하는 이중 화법을 사용하여 빅토리아 시대의 축약도를 만든다. 이러한 문학적인 실험이 작가의 명성과 작품의 통합성을 높이는 데에 크게 기여했다.

런던. 마이클 마스 직후⋯⋯도저히 대책 없는 11월 날씨. 심한 폭우가 유린하고 지나간 거리는 진흙투성이⋯⋯온통 안개 천지, 강 위에도 강 아래에도⋯⋯눈알 속까지도, 목구멍 깊숙이까지도⋯⋯생경한 오후는 더없이 생경하고 짙은 안개는 더없이 짙어⋯⋯안개 한복판에 형평법원장 나리는 더없이 근엄한 자세로 앉아 계시다.

첫 단어 런던이 하나의 문장이다. 수도 런던이 상징하는 것은 빅토리아 영국이다. 두 번째 문장은 법을 지칭한다. 영국 사회가 분해의 대상이다. '법의 런던'이다. 그 법은 온갖 외형적 불결함을 안고 있다. 진흙과 법은 연관되어 있다. 진흙은 복리 이자처럼 늘어나고 소설의 주제인 금전과 법률가의 유착은 날로 견고해진다. 네 번째 문장에서 안개가 런던 서쪽의 템플 바에서 더욱 짙어지고 그 중심에 형평법원장 나리가 앉아 있다.

형평법원이 영국의 제도 자체를 상징한다는 사실은 여러 등장인물들의 입을 통해서 되풀이하여 강조된다.

정말이지 위대한 나라지요, 위대한 나라이고말고요. 형평법은 대단히 위대한 제도입니다. 위대한 제도이고말고요. 우리는 번성한 공동체예요. 잔다이스 씨, 대단히 번성한 공동체지요. 위대한 나라입니다. 잔다이스 씨, 우리나라는 정말이지 위대한 나라입니다. 위대한 제도지요. 잔다이스 씨. 이 위대한 나라가 제대로 된 제도를 구비해야지요. 그렇지요?

켄지의 말이다(제63장). 또한 그리들리는 잔다이스가 이 괴물과도 같은 제도에 의해서 부당하게 유린당했다고 말하는 것을 듣고 나서 형평법원 업무에 관여한 모든 사람들이 자신의 도덕적 책임은 외면하고 모든 것들을 그릇된 제도의 탓으로만 돌린다고 비판한다(제15장).

제목이 대변하듯이 소설의 분위기는 음산하다. 등장인물도 날씨도 사건의 전망도 음산하다. 짙은 안개는 문자 그대로 오리무중, 소송의 예측 불가능성과 음산함의 상징으로 적격이다.

여기가 바로 형평법원, 나라 구석구석의 모든 썩어 내려앉은 집채들과 황폐한 땅을 다스리는 곳, 모든 정신병원에 감금된 병자와 교회 뜰에 묻힌 망령들을 보살피는 곳, 송사에 살림을 거덜내고, 아는 사람들 모두에게 구걸하여 그나마 뒤축 닳은 구두에 바늘자리 듬성듬성 헌 옷 하나 빌려 입고 나타난 소송 당사자를 무한정 감금해 두는 곳, 돈 많은 권력자의 권리는 재빨리 찾아주는 곳, 재물과 인내와 용기와 희망을 너무나도 쉽게 앗기는 곳, 머리가 가슴을 유린하는 곳, 사정이 이럼에도 이곳을 무상출입하는 많고 많은 사람들 중에서 그 누구 하나 '어떤 피해를 입더라도 이곳에 도움을 청하느니 차라리 팔자소관으로 돌리는 편이 낫다'라고 경고해주는 신사 하나 없는 곳. …사건은 한없이 끌었다. 소송의 전모가 너무나 복잡하여 생존자들 중에서 그 누구도 정확하게 알지 못했다. 변호사들조차도 5분만 이야기해보면 서로 다른 주장을 펴게 된다. 무수한 아이들이 출생과 동시에, 그리고 무수한 젊은이들이 결혼과 동시에 사건 속으로 빨려들어 왔고, 무수한 노인들이 사망과 동시에 사건에서 빠져나갔다. ……사건이 끝나면 장난감 흔들목마를 선물 받을 것이라며 희망에 부풀던 어린 원고, 피고는 자라서 진짜 말을 타고 다른 세계로 사라졌다. ……수많은 판사들이 자리를 들락날락했고, 산더미 서류가 무의미한 죽음의 종잇조각으로 변했다. 톰 잔다이스 할아버지가 절망 끝에 챈스리 가의 커피점에서 권총 자살한 그때를 기억하는 사람은 불과 몇, 그래도 사건은 꼬리를 한없이 법원에 걸치고 있었다.

(제1장)

법률 소설, 『황폐한 집』의 결말은 그야말로 법의 음산함과 불의와 불

합리의 극치를 보여준다. 반세기나 끌어온 소송은 마침내 종결된다. 그러나 소송을 대물림한 수많은 원, 피고들, 그 누구도 승리하지 못한다. 법원의 최종 판결인즉 더 이상 시비를 가릴 필요가 없어졌다는 것이다. 왜냐하면 소송의 목적물인 재산이 모두 그동안 발생한 비용에 충당되었기 때문이라고 한다!

1990년 대 초 링컨스인 법학원 안에 있던 작은 법률 서점에 이런 상황을 기막히게 그린 풍자만화를 본 적이 있다. 만화 속에서 디킨스는 가발을 쓴 판사가 방관하는 가운데 원고에게 뿔을, 피고에게 꼬리를 잡힌 채 네 발로 버티고 있는 암소젖을 신명 나게 짜는 모습이었다.

이 작품은 디킨스 시대의 영국의 법과 사회 제도를 은유한 것이라는 것이 정설이다. 그러나 디킨스에게는 빅토리아 중기의 자본주의 전성기의 작품임에도 불구하고 자유 경쟁에 대한 찬사가 없다는 비판이 따른다. 그런가 하면 후세의 작가 오웰은 사회비평가 디킨스의 신화를 정면으로 부정한다. 오웰은 "디킨스의 표적은 '인간의 본성'으로서의 사회가 아니다. 그는 한 차례도 사기업이나 사유재산 제도 등 경제 제도의 핵심을 정면으로 비판한 적이 없다"라고 극언했다.

『두 도시 이야기』

세상을 거대한 감옥으로 보는 디킨스의 관점에 서면 『두 도시 이야기』도 물론 감옥 이야기이다. 혁명 전의 프랑스 사회는 인민의 삶이 감옥살이나 진배없었기 때문에 붕괴하고 무정부 상태로 추락한다. 정치적, 종교적 우화의 성격을 구비한 이 소설은 타락한 사회의 재건은 우정, 가족의 사랑, 영웅적인 희생만으로 비로소 가능하고, 이 모든 것들의 기초이자 원동력은 사랑이라고 주장한다.

디킨스에 의하면 프랑스 혁명은 필연적인 결과였다. 하층민에 대한 귀족층의 착취가 프랑스를 폭력 혁명으로 몰아간 것이다. 그러나 혁명의 결과로 무정부 상태가 초래되었고, 이에 대한 반동으로 경찰국가가 등장했다. 명백한 혁명의 실패였다. 이것이 디킨스의 역사관이다. 이는 '피의 혁명'을 막은 영국의 역사에 자부심을 품었던 많은 영국 지식인들의 정서를 대변한다. 작가는 토머스 칼라일(Thomas Carlyle, 1795-1881)의 『프랑스 혁명사(*The French Revolution*)』(1837)에서 작품의 큰 줄기와 세부 사항을 옮겼다. 그는 칼라일이 추천한 자료를 도서관에서 카트 2대 분이나 대출받았다고 한다. 광범한 문헌 조사를 통해서 그는 정확한 일자와 함께 혁명에 대한 사회적, 정치적 평가를 가미했다. 바스티유 감옥을 공격할 때에 사용하던 무기의 종류, 함락 당시 감옥에 있던 간수와 죄수의 숫자(각각 7명) 등등 작가는 여러 부분들에서 칼라일을 옮겼다. 사실이 이러하니 그가 작품의 서문에서 칼라일의 저술을 언급한 것은 지극히 자연스러운 일이다. 이 작품에서 디킨스는 시드니 카턴과 마담 드파르주, 두 허구의 인물을 마치 실존하는 역사적인 인물인 양 강렬하게 부각했다. 카턴을 통해서는 사랑과 헌신 그리고 구원이라는 다소 진부한 주제를 승화시킨 작가의 역량이 돋보이고, 마담 드파르주를 통해서는 사적 원한과 공적 폭력의 관계를 이처럼 극적으로 그린 필치에 탄복하게 된다.

영국 사회도 피의 혁명의 위험을 내포하고 있었고, 따라서 작품을 통해서 그 위험을 경고하는 작가의 사명감을 감지할 수 있다. 1830−1840 년대에 노동자들은 차티스트 운동을 일으켰고 실업은 심각한 사회적인 위협이었다. 그러나 다행스럽게도 1850년대 이후의 경제 성장으로 운동 이 약화되어서 영국은 일시적인 안정을 이루었다. 그러나 위험은 상존 했다. 마르크스의 『공산당 선언(*Manifest der Kommunistischen Partei*)』(1848) 의 첫 구절대로 19세기 전반, 유럽 전체가 폭력혁명의 "유령(Gespenst)"의 뒤뜰이 되었기 때문에 영국 중산층의 우려도 만만치 않았다. 개인적인 체험과 사회적인 논제로서의 빈곤은 디킨스의 초미의 관심사였다. 빈민 가에 대한 정부와 자선 기관의 역할은 미미하기 짝이 없었다. 이런 시대 적 상황에서 디킨스가 영국에서도 일지 모르는 계급 혁명의 위험을 경 고하기 위해서 프랑스 혁명을 소재로 차용한 것은 의미 있는 일이었다. 당시까지 그 어떤 역사적 사건도 프랑스 혁명만큼 사람들을 집단적인 공포로 몰아넣은 적은 없었다.

작품에는 프랑스 혁명의 폭력성이라는 정치적인 주제와 부활이라는 종교적인 주제가 결합되어 있다. 주인공 시드니 카턴의 죽음은 인류의 구원을 위해서 십자가에 못 박힌 예수 그리스도의 죽음을 상징한다. 작 가는 작품에 기독교의 구원 이론을 세속적인 차원에서 투영하여 카턴의 친지가 천상의 세계가 아니라 지상에서 사회적인 재생을 이룩하는 구원 을 받게 한다.

이 작품은 '법과 문학' 작업의 중요한 소재를 제공한다. 문학 작품에 등장하는 전형적인 법률가의 모습은 법 지식을 무기로 약자를 괴롭히는 강자의 대변인이거나, 고작해야 자신의 업무를 엄정하게 집행하는 냉정하고 성실한 직업인이다. 『위대한 유산』의 재거스가 후자의 전형적인 예이다. 대중의 눈에는 이 작품의 스트라이버와 같은 속물 변호사가 더욱 익숙할 것이다.

어떤 경우에서나 자신을 희생하는 법률가는 상상하기 힘들다. 카턴의 예술가적 천재성은 냉소적인 해학과 파괴적인 음주벽으로 나타날 뿐이다. 그는 비인간적인 법 제도에 회의를 느끼면서도 이를 개혁하고자 하는 적극적인 의지를 보이지 않는다. "그의 마음속에 숨은 빛은 숙명적인 어둠으로 뒤덮인 유유히 떠도는 구름으로 가려져 있을 뿐이었다." 카턴은 "탁월한 능력과 착한 성격의 소유자이면서도 그것들을 정당한 행동과 자기 자신의 행복을 위해서 쓰지 못하는" 인물이다. 사랑하는 여인의 행복을 위하여 자신의 생명과 그녀의 남편의 생명을 바꾼 카턴의 숭고한 희생은 법률가의 차원을 넘어선 행위이다. 그러나 목숨을 버림으로써 사랑하는 여인과 그녀의 후손의 영혼을 지배하겠다는 고도의 계산이라면 천재 법률가로서는 해봄 직한 계산인지도 모른다.

『반지와 책』

·로버트 브라우닝·

빅토리아 시대의 영국 시인 로버트 브라우닝(Robert Browing, 1812−1889)은 아내에 대한 극진한 사랑만으로도 큰 감동을 준 문인이다. 척추병으로 일생의 대부분을 침대에서 보낸 아내 엘리자베스 배럿(Elizabeth Barret, 1806−1861)과 그 사이의 남다른 금슬은 흔히 지성인 부부는 결혼 생활이 순탄하지 않기 마련이라는 속설을 일축한다. 그는 여류 시인으로 명성을 날리던 여섯 살 연상의 여인을 집념의 구애 끝에 아내로 맞는다. 그는 장인의 반대를 무릅쓰고 배럿과 결혼하여 피렌체에 도피처를 구했다. 브라우닝은 아내와 함께 나눈 15년은 물론 그녀가 떠난 뒤로 백옥루(白玉樓)에서 재상봉할 때까지 장장 30년을 그녀의 영혼의 후견인이자 충복으로 살았다.

브라우닝의 전기를 쓴 도널드 토머스(Donald Thomas, 1934−)는 그의 이러한 삶을 "한 인생 속의 다른 인생"이라고 이름을 붙였다. 배럿의 연애시 「포르투갈 사람의 소네트(*Sonnets from the Portuguese*)」(1850)는 고전과 당대 명작에 대한 깊은 이해에 바탕하여 남편에 대한 연모의 정을 그린 명작으로 불린다. 브라우닝도 시집 『남과 여(*Men and Women*)』(1855)로

이에 화답하여 「폐허의 사랑(*Love Among the Ruins*)」을 비롯한 많은 걸작 연애시를 담았다. 그는 '시적 독백'의 형식으로 인물의 성격 해부와 심리 묘사를 시도했다. 이러한 독창적 기법의 완성작이 『반지와 책(*The Ring and the Book*)』(1868-1869)이다.

『반지와 책』은 한마디로 아내의 영혼이 빚은 작품이다. '시 소설(poetic novel)'로 불리기도 하는 이 장시는 영혼의 동반자였던 아내에 대한 추억과 세속적인 살인에 관련된 인물들의 내면적인 심리 분석을 결합한 걸작이다. 케임브리지와 옥스퍼드, 영국의 양대 명문 대학교가 차례차례 브라우닝에게 명예 법학 박사 학위를 수여한 데에는 법률 문학으로서의 이 작품의 가치가 절대적으로 고려되었다고 한다.

작가는 작품을 쓴 두 가지 동기를 밝혔는데 이는 작품의 주제에도 반영되어 있다. 제1주제는 1698년 로마에서 일어난 살인 사건의 재판에서 드러난 적나라한 인간 행태의 고발이다. 제2주제는 작가 자신의 과거 성찰이다. 제1주제는 사건의 진행 과정에 대한 독자의 호기심을 자극하고, 제2주제는 작가의 내면 성찰을 극대화한다. 이렇듯 살인과 회상이라는 이중적인 주제에는 아내 사후 10년 동안의 브라우닝의 내면세계가 함께 드러난다.

제1주제인 살인 재판의 배경은 복잡하다. 중세와 근세의 윤리가 혼재하고 교회법과 세속법이 교차하는 가운데 대중의 관심을 끈 살인 사건의 이면사가 드러난다. 가해자와 피해자를 각각 옹호하는 입장에서 17세기 말의 이탈리아 법뿐만 아니라 고대 로마 시대의 법리와 법언(法諺)이 풍부하게 인용된다.

조상에게서 물려받은 특권만 누릴 뿐, 이렇다 할 직업도 의무도 없는 건달 백작, 귀도 프란체스치니는 피에트로와 비올란테 콤파르리니 부부의 딸인 열세 살짜리 소녀 폼필리아를 아내로 맞이한다. 그런데 알고 본즉 폼필리아는 장인 장모의 친딸이 아니다. 비올란테가 상속분을 늘리기 위해서 매춘부의 딸을 남편의 소생으로 속이고 입적시켰던 것이다. 천성이 포악한 귀도는 어린 아내를 학대하고, 견디다 못한 폼필리아는 자신을 동정하던 젊은 사제 카폰사키와 함께 도주한다. 둘은 체포되어 도주죄와 간통죄의 유죄 판결을 받는다. 폼필리아는 수녀원의 보호관찰에 맡겨졌다가 아이를 출산하자 아이와 함께 친정에 보내진다. 아이의 아버지가 남편 귀도인지, 아니면 연인 카폰사키인지는 분명하지 않다. 결혼 당시부터, 그리고 결혼 생활 중에도 '속은' 사실에 분노한 귀도는 4명의 '해결사'를 고용하여 장인과 장모, 그리고 아내를 살해하고 하수인들과 함께 사형 판결을 받는다. 귀도는 교황에게 탄원서를 제출했으나 허사가 되고 끝내 그는 사형대에 선다.

　작품의 이중적인 주제는 제목에 명확하게 제시되어 있다. '반지'란 작가의 아내가 생전에 끼고 있던 고대 에트루리아식 디자인의 반지를 가리킨다. 반지의 안쪽에는 그리스어로 '영원히(AEI)'라는 글자가 각인되어 있었다. 아내가 죽자 브라우닝은 평생토록 이 반지를 자신의 회중시계 줄에 달아 지니고 다녔다. '책'이란 1860년 아내와 함께 피렌체의 벼룩시장을 걷다가 한 헌책방에서 발견한 황색 표지의 서류철이었다. 이는 다름 아닌 귀도 재판의 기록을 담은 문서였다.

3개의 목소리

총 4부 12장, 16,000행의 방대한 분량은 밀턴의 『실락원(*Paradise Lost*)』 (1667)의 3배에 해당한다. 브라우닝은 재판의 진행 과정에서 주범 귀도의 심리적 변화와 관련 인물들의 태도를 정교하게 묘사한다. 화자는 범인의 행위에 대한 세인의 엇갈린 평가를 제시하면서 스스로는 의견 표명을 자제한다. 제1장은 장시 전체의 서장에 해당하는 저자의 감상으로 시작한다.

"이것이 어떤 반지인가?"(1.30-32) "단 돈 1리라에 산 책, 5분의 3은 인쇄, 나머지는 수기로 적힌 고서."(1.119) "죽은 진실을 사랑하는 자여, 그대는 거짓 세월을 넘겼는가? 살아 있는 진실을 사랑하는 자여, 내 이야기에 거짓이 있는가?"(1.697-698)

제2장부터 제4장에 걸쳐 등장하는 3개의 다른 목소리를 통해서는 살인자에 대한 로마 사회의 엇갈린 평가가 조명된다. 제2장의 "로마 절반(Half-Rome)"은 귀도의 편에 서서 피에트로와 비올란테의 시체가 보관되어 있는 산 로렌초 성당의 제단 앞으로 인도된다. 시체를 보러 몰려든 군중 때문에 오르간 연주대가 내려앉고 여자들이 졸도하는 소동이 벌어진다. 군중 속에는 일흔 살의 자상(刺傷) 감식 전문가도 있다. "로마 절반"은 귀도가 사기 결혼을 당한 것이 분명하고 콤파르니니 내외가 딸을 시켜 귀도에게 수면제를 먹이고 재물을 훔쳐서 '품위 있는 크리스천' 행세를 한 정부(情夫) 카폰사키와 함께 도주시켰다고 믿는다. 비록 폼필리아가 죄의 대가를 치르기 위해서 수녀원에 감금되었지만, 이는 간통자에게 사랑의 도피처가 제공된 것에 불과하다. "로마 절반"은 분노에 찬

물음을 던진다. "그대 자신에게 물어보라. 그대라면 이 수치, 이 고통을 감내할 수 있을 것인가를?"(2.45-46)

제3장의 "나머지 로마 절반(Other Half-Rome)"은 피해자 콤파르니니 가족 편이다. 이들은 격앙된 군중과는 대조적으로 지극히 절제된 목소리로 성 안나 병원의 풍경을 전한다. 죽어가는 어린 신부 폼필리아를 이따금씩이라도 찾는 것은 바람, 사제, 의사 그리고 변호사뿐이다. 이들이 재구성한 사건의 전말은 다르다. 비올란테는 악의 시궁창에서 폼필리아를 건져냈고 그녀를 양녀로 입적한 행위는 고귀한 인간애의 발로였다. 오히려 쉰 살 가까운 늙은이 귀도가 자신의 신분과 재력을 속이고 어린 '신품'을 신부로 삼는 대박을 친 것이다. 비올란테는 귀도의 번드르르한 언변에 현혹되어서 남편 피에트로의 반대에서 불구하고 이 비도덕적인 결혼을 관철했던 것이다.

결혼과 동시에 귀도는 신부를 자신의 본거지인 아레초로 데리고 간다. 그뿐만 아니라 장인 장모까지도 정중하게 모시겠다며 동거할 것을 강청한다. 그러나 정작 아레초에서는 연일 부부에게 박해를 가하며 처가 재산을 빼돌릴 궁리를 한다. 견디다 못한 부부는 귀도의 법적 소유물이 된 어린 딸을 '사자 먹이'로 내팽개친 채로 로마로 되돌아올 수밖에 없었다.

폼필리아가 간통했다는 주장은 허위라는 것이 "나머지 로마 절반"의 확신이다. 그녀가 썼다는 연애편지는 귀도가 위조한 것이다. 폼필리아는 글을 쓸 줄도 읽을 줄도 모른다. 그녀에게 사제는 고해를 받아주고 신의 뜻을 전달해주는 성직자일 뿐이었다. 그녀는 남편의 학대를 견디다 못해 사람을 사서 주교에게 탄원서를 냈지만, 돌아온 것은 더욱 심한 남편의 학대뿐이었다. 이런 상황에서 그녀가 믿고 의지할 사람은 오직 카폰사키뿐이었다. 또한 귀도는 크리스마스 이브에 처가에 들렀을 때에는 그 누구도 죽일 의도가 없었다고 주장하지만, 건달패를 대동한 사실만 보더라도 범행 의사가 확고했던 것이 분명하다. 산 로렌초 군중의 목소리와는 달리 "나머지 로마 절반"의 주장은 사건의 진상은 기껏해야 불분명하다는 것이다. 그들은 법원이 진실을 가려내기 어려우리라 예상하면서도 폼필리아의 무고함을 믿는다. "이야기……믿기 힘들지만 그럴 수도 있는 이야기, 그 누가 감히 진실이 어떠하다고 단언할 수 있으랴?" (3.35-36)

제4장의 "제3의 목소리(Tertium Quid)"는 상류 사회의 여론이다. "제3의 목소리"는 일견 앞선 두 주장 사이의 균형을 잡으려는 듯이 비친다. 그러나 진지하지 못한 톤은 빅토리아 시대의 상류 사회에서 만찬 후에 벌이는 노변정담을 연상시킨다. 브라우닝 자신에게도 익숙한 상류 지식 청년들의 방담이다. 스스로는 상식을 표방하나, 계급적 편견에 가득 찬 이 목소리에 따르면 피해자 콤파르니리 가문은 로마 사회의 신분 구조에서 볼 때에 기껏해야 중산층일 뿐이다. 따라서 이들의 추문과 살인 사건은 진짜 상류 사회의 기준으로는 동류의식을 유발하기보다는 단순한 파한거리 말놀음에 불과하다. 중산층 여인이 흔히 저지르는 간통과 그에 얽힌 사연과 동기 그리고 사회적 평판이 살인 그 자체보다 더욱 흥미로운 가십거리인 것이다. 이를테면 이런 유의 것이다. "지난번에 어떤 여자가 껌둥이 사환과 일을 벌이다 잡혔지. 그 여자 말인즉 맹랑해.

제 남편이 왕자같이 굴어서 홧김에 서방질했다는 거야."(4.870-879) "젊고 아름다운 아내, 제 나이 3배나 되는 서방의 질투가 저지른 살인이야." (4.980-981) "아내를 빨가벗겨 방(榜)이라도 써 붙여 길거리에 내쫓아야 해."(4.1140-1141) "악을 쓰지 않도록 제 계집 하나 다스리지 못하는 사내, 온 동네 사내 밥상에 오른 음녀."(4.1226-1229)

당사자와 관련 인물들의 입장

처음의 네 장과 마지막 제12장 사이에서는 귀도, 폼필리아, 카폰사키 등 관련 인물들의 성격과 심경이 적나라하게 묘사된다. 이들에 덧붙여 교황의 말과 두 변호사의 변론도 서정적인 시어로 정리되어 있다. 제5장은 판결에 대한 귀도의 항소이유서에 해당한다.

"고귀한 신분은 형틀을 면제받지. 그게 상식이지, 그러나 법은 달리 생각하니 나도 도리없이 따라야지."(5.12-17) "기다렸소. 그녀가 자라도록. 나는 그 나이에 더하여 30년이나 기다렸소. 첫 장가 들기까지." (5.292-293) "처음부터 약조를 어기고 영혼도 육신도 내게 주지 않고 온 세상에 외고 다녔소."(5.602-609) "나는 주인이고, 그녀는 복종할 의무가 있소. 내게 기쁨을 주고 고통을 위무할 의무 말이오."(5.706) "여덟 달 동안 내 집 지붕 아래에서 사제라는 간부(姦夫)와 통정한 사이, 현장에서 척결하지 않은 것은 내 명예 때문이지."(5.1867-1879) "돌려주오. 내 생명과 자유를. 내 명예와 민권을."(5.2005-2006) "돌려주오 내 아들을. 내 마지막 최선의 선물. 법이 준 아들."(5.2027-2029) "내 오른편에 앉히고 아비의 이야기를 들려주리라."(5.2039-2040) 이는 성서 구절에 의탁한 부정의 호소이다(「사도행전」 제2장 25, 35절).

제6장은 사제 카폰사키의 변론이다. 그는 자신은 결코 하느님 앞에서 죄를 범하지 않았다고 주장한다. "내가 속한(俗漢)의 사랑을 했다고 믿는 바보들."(6.183) 자신이 사제가 된 사연을 "피렌체가 피에솔레를 침범했다"(6.230)라는 말로 표현한다. 단테의 『신곡』에 등장하는 구절이다. 성직자는 "미와 열정이 지배하는 세계의 주인이다."(6.348) "그녀와 나는 이제 남남이 되었다. 그러나 사제는 열정을 탐구해야 한다. 그러지 않고서야 어찌 극적인 열정 상태에서 구원을 청하는 인간을 구제할 수 있으리오?"(6.2078-2080)

제7장, 폼필리아의 호소는 독자로 하여금 가난과 무지의 굴레 속에 사생아로 자라 돈에 팔려온 어린 신부의 기구한 운명을 동정하게 만든다. "누더기에 싸여 죽은 내 어머니, 가난, 고통, 치욕, 질병을 운명의 동반자로 살던 여인."(7.288-289) "사악한 쾌락에 탐닉하고 사라진 내 아비는 이름조차 모르고."(7.297-298) "내 스스로 어미된 지 2주일 만에"(7.13) "무려 22개의 칼자국을 몸에 안고 죽음으로 내몰리다니."(7.38) "결혼은 남자의 독재, 남자는 재산을 가지고 아내는 입에 풀칠이나 시키지. 나를 사고 내가 사랑하던 것들도 모두 사준다고 하지. 더 이상 바랄 게 뭐 있담."(7.406-410) "결혼으로 부자가 된다고요? 나는 결혼으로 얻은 건 없고 의무만 늘었어요. 그는 계약을 내세워 피에트로와 비올란테를 속박하고, 그들이 약속을 어겼다며 분풀이로 나를 학대했어요."(7.640-649) "남편과 아내라니, 웃기는 말이야. 그는 이혼을 선언하지만, 나는 혼인의 굴레에 묶여 옴짝달싹 못 하지. 우리는 다시 만나서는 안 돼. 이 세상

에서든 저세상에서든."(7.1710-1719) "지구상의 혼인이란 이토록 사기야. 천국에서는 결혼도 아니라 천사가 되는 거야."(7.1820-1821) 그녀는 사제와 간통한 사실을 강력하게 부인한다. "사제는 남자가 아니라 여자였어."(7.549) 서러운 사연을 스스로 기록으로 남기지 못하는 문맹 신세가 더없이 억울하다. "글을 쓸 줄 아는 사람은 얼마나 행복할까?"(7.82)

제8장, 변호사의 서술에는 12동판법 등 고대 로마법과 각종 라틴어 법언(法諺) 그리고 그리스 고전과 초서가 동원된다.

라틴과 법의 기억이 사라진 가련한 세태.

아내의 목걸이는 인종의 대가,

비올란테가 뽐내던 바로 그 진주,

피에트로가 반 값에 전당잡힌 보석.

그녀의 가슴에 자랑스럽게 드리워져. ……

결혼한 여자가 용감해서는 안 돼.

(8.1800-1810)

그의 변론 중에 잔인한 법 제도에 대한 풍자가 생생하다. "형틀에 고문을 받은 피고인. 7시간 매달면 백 중 아흔여섯은 자백하지. 나머지 넷은 순교하고. 그 누구도 10시간을 넘긴 기록은 없어."(8.343-345)

제9장의 보티니우스 법학 박사는 참고인 의견을 개진한다. 그 역시 라틴어 법언을 입에 달고 다닌다. 그는 여성에게 주어진 운명을 동정한다. "여자의 일생은 양의 운명과 미덕을 따라야 해. 모든 양떼들은 오직

순종해야 해. 그것이 약한 성의 운명이지."(9.220-222) 그는 젊은 사제의 선의의 탈선을 안타까워 한다. "사제가 서원을 어기면 사악한 것, 그가 감히 사랑을 한다고. 장차 교황이 될 재목인데."(9.496-498) 그는 진실을 추구하는 법이 진실을 가려줄 것을 믿는다. "법의 아들이여, 진실이 승리하게 하라. 진실 이외의 그 무엇이 고통을 감내할 가치가 있으리오?" (9.1566-1569)

제10장의 교황은 귀족사회의 후견인이기도 하다. "귀도는 귀족의 품위를 방기하고 교회를 능멸했도다. 영혼과 육신을 타락시켰노라. 마침내 법이 체포하자 온갖 지저분한 짓거리를 자행하고."(10.500-504) 교황은 자신의 권한인 특별사면을 거부한다.

신은 영혼을 해체하지 않고 개조하는 것.
한 번 실패했으나 재차 되풀이 않으리.
이대로 족해. 내 오늘 밤 죽을지 몰라도
내 이 자를 살려 준 채로 죽을 수 없지.
총독에게 보내 집행하도록 하시오.

(10.2131-2135)

사형수 귀도의 변

생의 마지막 순간에 선 사형수 귀도의 심리를 묘사한 제11장은 한마디로 신비의 전율 그 자체이다. 빅토르 위고(Victor-M. Hugo, 1802-1885)의 『사형수 최후의 날(Le Dernier Jour d'un Condamné)』(1829)이나 디킨스의 『두 도시 이야기』에 비견할 긴박감이 흐른다. 우리나라에서도 정치 평론가로 변신하기 전 조갑제(1945-)가 치밀한 취재를 거쳐 발표한 『사형수 오휘웅 이야기』(1985)는 사형제 폐지 논의를 촉발시킨 계기가 되었다. 사형제 폐지는 공지영(1963-)의 소설 『우리들의 행복한 시간』(2005)으로 지속적으로 대중적인 관심을 끌고 있는 주제이다.

> 내 비록 살인자이나 순수하기는 교황님 이름과 마찬가지.
> 마리아의 아기처럼 순수
>
> (11.28−31)

> 생명! 내 육신과 영혼, 늙은 육신, 시든 갈대처럼.
>
> (11.143−145)

> 황소의 피를 마시고 죽은 사내,
> 사나이로 살고 죽고 사나이의 기회를
> 정직하고 용감하게 옳은 일을 하지 못하고……
> 문을 열지 마. 그들에게 날 넘겨주지 마.
> 나는 공작이야.
> 아니 교황이야.
>
> (11.2410−2425)

마지막 제12장은 제1장의 대칭으로 장시의 결구에 해당한다. 작가 스스로 밝힌 창작 의도이다.

> 영혼을 구제하라! 내 의도가 바로 여기에.
> 원석 덩이가 둥근 반지로 세공되어
> 선량한 반지가 모든 의무를 이행한다면……
> 내 서정적 사랑, 그대 소중한 금반지의 노래는
> 우리의 영국과 그의 이탈리아를 연결해 주리니.

(12.866–870)

법학 박사 브라우닝

문학사에서 『반지와 책』은 사실 묘사와 심리 묘사 기법을 성공적으로 결합한 예로 거론된다. 이 책은 법률가의 관점에서는 법과 인간 영혼의 문제를 심층적으로 엮은 수작이다. 옥스퍼드와 케임브리지, 영국의 두 라이벌 명문 대학교가 앞다투어 브라우닝에게 명예 법학 박사 학위를 수여한 것도 결코 놀랄 일이 아니다. 법은 단순한 조문의 집적체가 아니다. 하나의 미세한 조문과 법 원칙 뒤에 숨어 있는 인간의 분노와 좌절, 허영과 야심, 자성과 타락, 이 모든 인간의 심리와 행태에 관한 표준 지침서이자 지도서가 진짜 법이다. '책' 원본은 옥스퍼드의 베일리얼 칼리지에 보관되어 있다. 브라우닝의 '반지'도 이곳에 함께 보관되어 있다. 브라우닝 사후에 유족이 기증한 것이다. 이 책에는 브라우닝이 파고든 귀도와 공범자의 살인 재판 이외에도 4건의 소송 기록이 얽혀 있다. 콤파르리니 부부가 귀도에게 지불한 폼필리아의 결혼 지참금을 반환받기 위해서 제기한 친자 부인 소송, 귀도가 어린 아내와 그 연인을 상대로 제기한 도주 및 간통 소송(procesus fugae), 폼필리아에게 제기한 이혼 소송 그리고 폼필리아가 죽고 난 후에 그녀 명의의 재산을 찾기 위해서 수도원이 제기한 소송이다.

당시 로마의 재판 절차는 철저하게 문서 위주였다. 법정의 공개 변론은 없고 모든 절차들이 서류를 바탕으로 진행되었다. 19세기 영국의 재판은 정반대로 철저하게 공개 변론 중심이다. 판결도 구두로 내리며 1심 사건은 판결문이 전혀 없는 경우도 많았다. 브라우닝은 영국 대중 독자의 눈높이에 맞추어 이탈리아 고문서를 시어로 풀어냈다. 『반지와 책』은 품격 높은 법학 박사 논문으로도 전혀 손색이 없다.

『얼간이 윌슨』

• 마크 트웨인 •

법학 박사 트웨인

1902년 6월 2일, 미국 미주리 주립 대학교는 열두 살에 학교를 뛰쳐나온 이래 학교 문전도 얼씬거리지 않았던 새뮤얼 클레멘스(Samuel L. Clemens)라는 63세 노인에게 명예 법학 박사 학위를 수여했다. 졸업식에서 학위증을 전달하는 임무를 맡은 신참 법학 박사 새뮤얼 클레멘스는 시종일관 졸업생들에게 농담 어린 충고를 건넸다. "여러 개 탐내지 말고 제대로 된 학위 하나만 가져요." 학위 수여식이 끝난 후 박사는 탁월한 유머와 풍자로 가득 찬 연설로 청중을 사로잡았다.

"조금 전에 저는 법학 박사(Doctor of Law)가 되었습니다. 많은 사람들이 당연히 의아해하시겠지요. 제까짓 것이 무슨 법을 아느냐고요. 그러면 저는 당당하게 답하겠습니다. 박사(doctor) 자격이 충분하다고요. 왜냐하면 법을 감시하고 바꾸는(doctor) 사람은 법을 지킬 필요가 없으니까요. 그들은 그저 법을 만들기나 하면 되지 않겠습니까?"

동음이의어를 적재적소에 사용한 풍자 유머이다. 세상에는 마크 트웨인(Mark Twain, 1835-1910)으로 알려진 유명 작가의 출생증명서에 적힌 이름이 바로 새뮤얼 클레멘스인만큼, 그가 문학 박사 학위를 받은 것은 결코 놀랄 일이 못 된다. 연전에 이미 영국의 옥스퍼드 대학교에서 명예 문학 박사 학위를 얻은 바가 있었기 때문에 박사 가운은 그에게 낯설지 않았다(1903년에는 예일 대학교도 명예 문학 박사 학위를 수여했다). 양(洋)의 동서를 막론하고 글을 깨치기 시작하는 소년 소녀의 책상머리를 단골로 장식하는 『톰 소여의 모험(The Adventures of Tom Sawyer)』(1876)과 『허클베리 핀의 모험(The Adventures of Huckleberry Finn)』(1884) 등의 모험 소설을 비롯하여 수많은 풍물 소설들로 미국 문학의 거목이 된 세기의 문인에게는 지극히 합당한 일이다. 그런데 왜 미주리 대학교가 그에게 문학 박사가 아닌 법학 박사 학위를 수여했는가? 이에 대해서는 약간의 설명이 필요할지 모른다.

결론적으로 말하면 트웨인은 몇 개의 법학 박사 학위를 주어도 지나치지 않을 정도로 법에 대한 이해가 깊었고, 각종 법 제도의 개혁에 기여한 바가 크다. 그의 작품 속에는 많은 법적 소재들이 동원되었고, 그의 법 지식 또한 전문가 수준에 이른다는 평가가 따른다. 사람들은 그를 음험한 유럽의 낭만주의의 늪에서 미국 문학을 건져내어 건강한 사실주의의 전통을 세운 인물, 진정한 의미의 미국 문학의 시조라고 이른다.

미국 사회의 핵심 기재인 법을 취급하는 트웨인의 기법도 매우 사실적이다. 특히 재판 장면의 묘사에서는 독자로 하여금 마치 현장에 있는 듯한 일체감을 이끌어내는 탁월한 솜씨를 보인다. 트웨인의 작품에는 20건 이상의 재판 장면이 등장한다. 그가 그린 법과 법률가의 모습도 다양하다. 그는 초기 작품에서는 재판을 주로 풍자의 대상으로 삼았으나,

후기로 갈수록 재판의 긍정적인 이미지를 부각한다. 『톰 소여의 모험』에서 그린 로빈슨 박사의 살해 혐의자 머트 포터의 재판과 마지막 작품인 『얼간이 윌슨(*Pudd'nhead Wilson*)』(1894)에서 그린 재판은 어린이 독자와 성인 독자의 차이만큼이나 질적인 차이가 크다. 2권의 자전적 소설, 『유랑(*Roughing It*)』(1872)과 『미시시피 강의 생활(*Life on the Mississippi*)』(1883) 그리고 산업혁명의 부산물인 인간성 경시 현상을 비판하는 『도금 시대(*The Gilded Age*)』(1873), 이에 더하여 프랑스의 구국 영웅 잔 다르크(Jeanne d'Arc, 1412–1431)의 재판에 관해서 연구한 작품인 『잔 다르크의 회상(*Personal Recollections of Joan of Arc*)』(1896)도 수작이다. 양심적인 인간이자 치밀한 분석력을 갖춘 직업인이자 정의의 사도로서의 법률가의 이미지를 부각한 『얼간이 윌슨』 등 트웨인의 작품은 가히 성숙한 법률 문학의 전범으로 삼아도 좋다.

판사 아버지, 말썽꾸러기 아들

트웨인이 처음 법과 인연을 맺게 된 것은 아버지, 존 클레멘스(John M. Clemens, 1798–1847) 판사를 통해서였다. 켄터키 주에서 보낸 어린 시절에 통나무 채벌 사고로 아버지를 잃은 존 클레멘스는 신고(辛苦)의 노력으로 변호사 자격을 얻었다. 이어서 남부 여러 곳을 전전한 끝에 정착한 미주리 주 플로리다 읍에서 그는 여섯 번째 아들 새뮤얼을 얻는다. 아들은 후일 작품 속에서 아버지의 모습을 (약간 변형하여) 재현했다.

선량한 시민, 40대 중늙은이 시골 판사, 한눈에도 버지니아 출신임을 알 수 있는, 다소 경직된 예절이 몸에 밴 사람. 선량, 공정, 관대의 미덕이 체화된 사람. 그의 유일한 종교는 신사가 되는 것. ……판사님은 자유사상가였다.

(『얼간이 윌슨』 제19장)

그러나 존 클레멘스는 많은 자식들을 부양하고 '버지니아 신사'의 체면을 유지하기 위한 분에 넘치는 소비로 인해서 파산을 면치 못한다. 그러나 파산 과정에서 존 클레멘스가 보여준 신사다운 태도는 어린 아들 새뮤얼에게 깊은 인상을 남겼고, 반세기 후 트웨인 자신이 동일한 운명을 맞았을 때, 채권자와 세인이 찬사를 아끼지 않을 정도로 이타적인 태도를 취한다.

파산 절차를 마친 존 클레멘스는 인근의 보다 큰 도시인 해니벌로 옮겨 새로운 생활을 모색하고 이내 치안 판사(Justice of Peace)에 선출된다. 『미시시피 강의 생활』에서 아들이 묘사한 아버지의 직책은 "모든 사람들의 생살여탈권을 쥐고 있어서, 누구라도 자신의 비위를 건드리면 즉시 목을 매달 수 있었다." 치안판사 클레멘스는 엄격한 판관이었고, 필요하면 자신의 법정에서 버릇없는 소송 당사자에게 매질까지 불사했다. 트웨인의 작품 곳곳에 아버지가 실제로 법정에서 재판하는 모습이 그려져 있다.

근엄한 판사 아버지와 방종하고 모험심 많은 개구쟁이 아들 사이의 일상이 순조로울 리가 없었다. 아들의 회고에 의하면 부자 사이가 가장 편할 때도 기껏해야 '무장중립' 상태에 불과했다고 한다. 그 말썽꾸러기가 대오각성하여 반듯한 소년으로 변신하는 계기는 아버지의 돌연한 죽음이었다. 아버지의 관 앞에 선 열한 살 소년은 방종과 반항으로 일관했던 과거를 깊이 뉘우치고 아버지처럼 성실한 인간이 되겠노라고 맹세한다. 그는 어머니에게 이 맹세를 반드시 지킬 테니 대신 절대로 학교에 다니라는 소리를 하지 말라고 요구한다.

이듬해에 형이 경영하던 인쇄소의 견습공으로 자립의 길을 내디딘 샘(새뮤얼)은 대도시 워싱턴, 뉴욕, 필라델피아를 전전하면서 식자공, 신문사 편집 보조원으로 문자 훈련과 문장 수업을 받는다. 그런가 하면 스물한 살에는 미시시피 강의 수로 안내원으로 광대한 산천을 탐방한다. 변화무쌍한 1,900킬로미터의 대하를 굽이굽이 탐사하던 샘은 자신의 이름마저 바꾼다. 마크 트웨인, 뱃사람 용어로 '두 길 깊이의 안전 수로'라는 뜻이다.

1863년, 남북전쟁이 발발하여 그는 남군에 징집되었으나, 2주일 만에 탈영한다. 이 전쟁에서 승리한 링컨의 추종자였던 형 오리온이 네바다 준주(準州)의 지사로 부임하자 그는 형의 비서로 일한다. 이후 그는 정치적인 성격의 일자리를 잇달아 맡았지만, 결국 샌프란시스코, 네바다를 무대로 하여 전국적인 언론인으로 성장한다. 그는 기자 시절에 목도한 의회의 부정부패에 식상한 나머지 모든 입법가들에 대해서 깊은 불신을 키운다. 그는 워싱턴의 국회의원들과 평생토록 교류하지만, 편견에 가까운 불신 또한 죽을 때까지 버리지 않았다. "미국에서 유일하게 생래적인 범죄인 집단은 의회뿐이다." "지난번 내 집에 침입한 강도는 감옥에 있다. 그런 짓거리를 계속하면 언젠가는 국회의원이 될 것이다. 사람이 한번 엇나가기 시작하면 끝없는 나락의 길로 치닫기 십상이다."* 트웨인은 종전 후에 급격한 산업화를 따라서 정치 윤리와 도덕이 추락하는 사회 현상을 고발하는 작품을 쓴다. 『도금 시대』라는 작품 제목은 겉치레만 번드르르할 뿐 알맹이는 빈약한 시대를 풍자하기 위해서 트웨인이 만들어낸 단어이다.

> 국회의원이 되기 위해서는 결코 해서는 안 될 수단과 방법을 쓰지 않으면 안 된다. 물론 예외가 전혀 없다고는 단정할 수는 없지만 한 가지 분명한 것은 법률가가 정치가가 되었다면 곧바로 그가 자신의 직업윤리를 손상했다고 추정할 수 있다는 사실이다.
>
> (『도금 시대』 457-458)

저작권 활동

『철부지의 해외 여행기(*The Innocents Abroad*)』(1869)를 출간하면서 트웨인은 인기 작가의 반열에 오른다. 그는 필명이 높아지자 이에 상응하는 법적 권리를 지키기 위해서 나선다. 당시에는 저작권에 관한 국제 협약이 존재하지 않았다. 미국의 저작권법도 국외에서 발생한 저작권의 침해에 대해서는 구제를 보장하지 않았기 때문에 해당 국가의 법에 따라서 별도의 조치를 강구해야만 했다. 출판물의 해적 행위가 만연하던 시기라서 트웨인은 불과 7년 동안(1873-1880) 8건의 소송을 제기하는 등 자신

---

*   Albert Paine, *Mark Twain : A Biography*, Kolthoff Press, 1912, pp.1472-1473.

의 권리를 지키기 위해서 적극적으로 나섰다. 그는 국제 저작권 협약의 제정을 위한 공개 캠페인에도 참여했다.

1880년 트웨인은 외국 저작물을 완전하게 보호할 수 있는 효과적인 법률을 제정하라는 청원서를 의회에 제출한다. "외국 정부가 우리의 저작자에 대해서 상응하는 보호를 해주는지 따져 물음으로써 자비로운 법의 위용을 훼손시키지 말자. 설령 외국 정부가 우리처럼 하지 않더라도 해야 할 일은 하는 것이 우리의 정의이다."

그는 자신이 제출한 청원서의 요지를 친구에게 설명하면서 이렇게 덧붙였다.

대통령에게 요구하겠어. 법이 제정되도록 협조해달라고. 유럽 국가들이 계속해서 우리의 지식을 도둑질한다면 우리는 자신있게 말할 수 있으리라. 미국의 의원님들도 도둑질을 하지만 외국 작가 것은 손대지 않는다고.[*]

이 청원서에는 헨리 롱펠로(Henry W. Longfellow, 1807-1882), 홈스, 랠프 에머슨(Ralph W. Emerson, 1803-1882) 등의 명망 있는 문인들이 서명했지만, 의회 상정에 필요한 정족수를 채우지는 못했다. 그러나 트웨인은 국제적인 저작권 활동가로 공인을 받아 1886년 2월, 상원 국제 저작권법 소위원회에 전문가 증인으로 초청받는다. 마침내 1891년 연방의회는 소위 "체이스 법(Chace Act)"을 통과시켜 미국 내에서도 외국인의 저

---

[*]   Mark Train, "Petition to Congress" in *The Umbridged Mark Twain Vol. 2*, Running Press, 1979, pp.1117-1118.

작물을 보호하는 국제주의 원칙을 공개적으로 천명한다.

미국 연방헌법은 학술과 예술의 증진을 도모하고 창의를 고양하기 위해서 저작자가 자신의 저작물에 대해서 독점적인 경제적 수익을 향유할 수 있도록 하는 법률을 제정할 권한을 의회에 부여한다(수정 헌법 제1조 8항). 트웨인의『철부지의 해외 여행기』가 출판될 당시에 이러한 저작권의 존속 기간은 창작한 때로부터 28년이고, 상황에 따라서 14년을 연장할 수 있었다. 다시 말하자면 저작물이 창작된 후로 42년이 경과하면 원작자가 버젓이 살아 있어도 그의 동의를 얻지 않고서도 저작물을 누구나 자유롭게 사용할 수 있었다. 트웨인은 이 기간이 부당하게 짧다고 생각했다. "전지전능하신 신께서도 하실 수 없는 일이 있나니, 저작권법에 이성과 합리를 찾아주는 일이디."

트웨인이 의회에 제출한 청원서는 유머와 역설의 성공적 결합물이다.

우리 헌법은 모든 사람들에게 법의 평등한 보호를 받을 권리를 보장합니다. 그러므로 조국의 근본 법질서를 가슴 깊이 새기고 있는 본 청원인은 겸허한 마음으로 모든 시민에게 '평등한 권리'가 보장될 수 있도록 부동산을 포함한 모든 권리의 존속 기간을 일률적으로 42년으로 한정할 것을 청원하나이다.

의회는 트웨인의 청원을 농담으로 간주하고 말았지만, 이 농담은 트웨인 나름대로의 정의관에 기초한 것이었다. 그는 이 사건 이후로도 30년 이상 지속적으로 저작권 투쟁을 전개한다. 그의 예언인즉, "법이 지적 재산권을 위스키나 여타 생활필수품과 마찬가지로 신성불가침의 권리로 인정할 날이 올 것이다."*

1906년 상하 양원합동 저작권 소위원회에 출석한 트웨인은 저작권의 존속 기간을 저작자의 생존 기간과 사후 50년으로 연장할 것을 주장하면서 이렇게 말했다.

"그렇게 되면 상식을 갖춘 저작자라면 누구나 납득할 것입니다. 자식들 밥 굶길 걱정하지 않고 눈 감을 수 있을 테니까요. 뭐, 손주 새끼들까지야 신경 쓸 필요 있겠어요? 제 발로 서라고 하지요."

1909년, 의회는 저작권의 보호기간을 창작 후 42년에서 56년으로 연장하는, 당시로서는 파격적인 법을 통과시켰다. 법안을 발의하면서 대표 발의자인 클라크 의원은 트웨인에게 내용이 동의할 만하냐고 물었고 트웨인은 대만족의 뜻을 전했다. "지금까지 미국의 저작권법 중에 유일하게 명료하고 공정하고, 그리고 정당한 법입니다."

그러나 저작권 로비스트, 마크 트웨인의 빛나는 결실인 1909년의 저작권법은 유감스럽게도 불과 몇 개월 시차로 트웨인의 생전에 통과되지 못했다. 1906년에 트웨인이 주장한 '사후 50년'의 보호기간은 오랫동안 국제적 표준이 되었다(미국은 1978년에, 우리나라는 2011년에 법을 개정하여 보호기간을 저작자의 사후 70년까지 연장했다).

현실 비판 : 배심제도와 심신상실의 항변

트웨인은 자신도 한때 법률가의 길을 염두에 두고 법서를 손에 잡았으

---

* Mark Twain, *Sketches, New and Old*, Oxford University Press, 1875, p.233.

나 단 2주일 만에 포기했다고 고백했다. 그러나 그는 일생 동안 법에 대한 지속적인 관심을 유지했으며, 특히 세인의 이목이 집중된 사건은 신문 기사를 추적하며 나름대로 최종 판결을 점치고는 했다. 그의 서재는 과거 또는 현재의 중요한 사건에 관한 기록으로 가득 차 있었다.

그는 『얼간이 윌슨』의 모두(冒頭)에서 "독자에게의 귀띔"을 건넨다. 그는 "법에 대해서 무지한 사람이 법정에서 일어나는 일을 그린다면 필연적으로 실수를 범할 수밖에 없다"라며 독자의 양해를 구한다. 물론 소설의 재미를 위한 재치이다.

미국의 법 제도 중에서 가장 빈번하게 트웨인의 독설과 풍자의 대상이 된 것은 배심제도이다. 연방헌법은 형사 사건에서 배심 재판을 규정하고(수정 헌법 제6조) 판례는 배심원을 지역사회의 평균적인 수준을 대표하는 사람으로 구성할 것을 요구한다(Duncan v. Louisiana, 391 U.S. 145[1968]). 따라서 지적 수준이나 사회적인 지위가 특별하게 높은 사람은 배심원이 될 수 없다. 물론 법률 전문가도 제외된다. 트웨인의 시대에는 대부분의 주에서 여성은 배심원이 될 수 없었다. 또한 배심 기피 제도에 의해서 변호인은 해당 사건에 관련된 신문 기사를 읽은 사람은 예단을 가질 수 있다는 이유로 배제할 수 있었다. 트웨인의 상식으로는 지식인이 신문 기사를 읽음으로써 공정한 평결을 내릴 수 없을 정도로 편견을 가지게 된다고는 생각할 수 없었다. 한 대중 연설에서 트웨인은 이렇게 말했다.

"세계에서 가장 우수한 미국의 형사 배심제도가 글을 쓸 줄도 읽을 줄도 모르는 12명을 찾지 못해서 제 기능을 발휘하지 못하는 것은 실로 통탄할 일이다."

『유랑』에서 트웨인은 배심제도의 개혁을 강력하게 역설했다.

배심제도는 지성과 정직을 악덕시하고 무지, 몽매 그리고 위증을 미덕으로 조장한다. 이런 제도를 그저 1,000년 전부터 존재해 왔다는 이유 때문에 유지할 것을 고집한다는 것은 실로 수치스러운 일이다. 나는 개혁을 원한다. 백치, 야바위꾼, 일자무식꾼이 판치는 대신 지식과 양식이 지배하는 세상이 되도록. ……그러나 이러한 소망은 이루어지지 않을 것임을 나는 잘 알고 있다. 나라를 구하려는 나의 노력은 언제나 수포로 돌아갔으니.

『도금 시대』에서는 더욱 신랄한 비판을 퍼부었다.

우리의 자랑스러운 배심제도 덕분에 뉴욕 시 재정을 수만 달러나 강탈한 악덕 공무원도 별을 3개나 단 싱싱 교도소 출신으로 구성된 배심에 의해서 무죄 방면되어 대로를 활보하고 있다.[*]

트웨인이 비판한 또다른 법 제도(이론)는 살인 사건에서의 '심신상실 (insanity)'의 항변이었다. 비록 살인을 저질렀을지라도 행위 당시에 심신상실의 상태라면, 속말로 미쳤으면 처벌하지 않는다. 구체적으로 어떤 경우가 법적으로 심신상실인가? 오랜 세월에 걸쳐 구구한 논쟁이 이어

---

[*] Mark Twain & Charles Warner, *The Gilded Age : A Tale of Today*, American Publishing Company, 1873, pp.303−304.

졌다. 트웨인의 시대에는 1843년 영국의 한 판결에서 제시한, 선과 악을 구분할 능력이 없어야 책임을 면한다는 기준(M'Naghten Rules)이 대체로 통용되고 있었다. 그러나 트웨인은 실제 재판에서는 배심원들의 인간애와 동정심이 변호사들의 경제적인 이기심의 제물이 되고 있다고 생각했다.

이제 변호사들이 들어서서 모든 교수대의 오랏줄을 끊고 감옥 문을 열어주고 있다. 도구는 심신상실의 항변이라는 어처구니없는 법리이다. ……변호사들이 명예를 걸고 구출한 생명들이 법정 밖에서 조롱의 웃음을 날리고 있다.

트웨인은 한 에세이에서 심신상실의 항변을 신종 범죄의 하나로 규정하기도 했다. 다음은 오하오이에서 일어난 살인 사건에 관한 기술이다.

사건 당일 오전 10시 반. 피고인은 심신상실의 상태에 들어가서 정확하게 11시간 반을 머물렀다. ……피고인이 12년 동안이나 죽이겠다고 협박을 계속하던 대상이 바로 그 순간 어두운 밤길에 나타나서 뒤통수에 총을 맞은 것은 실로 불행한 일이 아닐 수 없다. …친구가 부자이니까 마음 놓고 사람을 죽여라. 그게 바로 심신상실의 증거가 되니까. ……지금 이 순간 우리에게 절실하게 필요한 것은 범죄단속법이 아니라 심신상실 규제법이다.

그는 배심제도와 심신상실의 항변을 한데 묶어 비판하기도 했다. "만약 중세의 기사가 오늘 그 영웅적 살인 행위를 저질러도 뉴욕의 배심과 심신상실의 항변을 동원하면 교수대에서 내려올 수 있다."

많은 지식인들과 법학자들도 트웨인의 냉소 어린 풍자와 비판에 심정적으로 동조했다. 국민이 능동적으로 사법 제도의 운용에 참여한다는 민주적 정당성과 장점에도 불구하고 배심제도의 운영에 대한 비판은 끊임없이 제기되어 왔다. 오늘날에도 마찬가지이다. 가장 일반적인 비판은 배심원들의 평결은 엄격한 법적 증거보다는 정서적인 요소에 좌우되는 경향이 농후하다는 것이다. 각종 법 원칙, 증거의 경중, 감정 증인의 증언 등에 관해서 판사는 배심이 판단할 기준을 고지한다. 이를 전문 용어로 '배심 설시(jury instruction)'라고 한다. 그러나 트웨인에 따르면 판사의 설시 내용을 정확하게 이해할 만한 지적 수준을 갖춘 배심원은 적다. 트웨인은 배심원의 자격을 일정한 지적 능력을 보유한 사람에 한정해야 한다고 믿었다. 심신상실의 문제도 마찬가지였다. 모호한 정신병리학적 개념이 법 이론의 구성에 도입되어 혼란을 가중했고 그 결과 재판에 대한 국민의 신뢰감을 실추시켰다는 것이 그의 판단이었다.

『얼간이 윌슨』: 법률 문학의 전범

트웨인의 만년작 『얼간이 윌슨』은 법률 문학의 정상에 이른 고전이다. 1830년, 동부의 명문 법대 졸업생, 데이비드 윌슨은 새로운 삶을 찾아 미주리 주의 작은 마을, 도슨스 랜딩에 도착한다. 그는 낯선 사람을 보고 짖어대는 개를 두고 '개의 절반'이 자신의 소유라면 좋겠다고 말한다. 왜 그러느냐는 사람들의 질문에 그는 '내 소유인 절반'을 죽일 수 있기 때문이라고 대답한다. 쑥덕공론 끝에 마을 사람들은 윌슨을 얼간이로 낙인찍는다. 윌슨의 이 말은 소설의 숨은 주제이자 미국 사회의 치부인 인종 문제를 암시한다. 온전한 개라도 절반만 죽으면 전체가 죽고 말 듯이 흑백이 공존하는 나라에서 흑인을 죽이면 나라 전체가 멸망한다는 메시지일 것이다. 어쨌든 이 한마디로 윌슨의 법률 실무소는 개업도 못한 채 종지부를 찍는다. 대신 그는 측량사와 회계사로 생계를 연명한다. 그러면서도 그는 지문의 수집과 분석을 주된 취미 생활로 하여 일상을 보낸다. 그러던 중에 변호사 윌슨이 진가를 발휘하는 사건이 발생한다. 윌슨이 마을에 도착한 직후에 신생아 둘이 탄생한 것이다. 이들은 주인과 노예의 아들들이다. 둘 다 외형적으로는 완전한 백인이나, 둘 중 하나는 32분의 1이 흑인이었다. "단 한 방울 검은 피가 섞여도 흑인"이라는 비상식적인 법은 32분의 31이 백인인 아이를 흑인이자 노예로 규정한다. 트웨인의 다른 작품, 『왕자와 거지(The Prince and the Pauper)』(1881)에서와 마찬가지로 이 작품에서도 두 아이는 신분이 바뀐다. 이러한 '쌍둥이 소동'은 셰익스피어의 「실수 연발」 이래로 '프라블럼 코미디(problem comedy)'에 흔히 등장하는 수법이다. 후일 이 작품에서 분리되어 발표된 『저 유명한 쌍둥이(Those Extraordinary Twins)』(1894)에서도 트웨인은 동일한 기법을 사용하여 '한 몸뚱어리 속에 공존하는 두 사람의 도덕적 이질자'의 문제를 파고든다. 덧붙여 그는 한 인간의 성장에 결정적인 영향을 미치는 요인은 생래적 능력(nature)인가 아니면 후천적 교육(nurture)인가라는 20세기 교육학의 핵심 의제를 제기한다.

윌슨은 두 영아의 지문을 채취해둔다. 두 아이를 함께 키운 흑인 아이 톰의 어머니 록시는 주인이 톰을 "강 남쪽(down the river)"으로 팔아넘

길지도 모른다는 두려움에 아들을 죽일 생각까지 한다("강 남쪽"이란 악명 높은 미시시피 하류의 농장 노예 지역을 지칭한다. 오늘날까지 인종차별 전통이 살아 있는 '극남지역[Deep South]'이다). 그러다가 그녀는 기지를 발휘하여 주인의 아들 체임버스와 톰을 바꿔치기한다. 체임버스로 자란 톰은 진짜 체임버스를 노예로 가혹하게 부린다. 톰은 동부의 명문 대학교에 유학까지 하나, 건달이 되어 돌아온다. 톰은 낭비와 도박으로 파산 상태에 몰리자 도둑질까지 마다하지 않는다. 그 과정에서 톰은 친엄마 록시로부터 출생의 비밀을 듣게 된다.

이때 유럽 귀족 태생을 자처하는 쌍둥이 풍각쟁이가 나타나고 수려한 매너로 순식간에 마을 사람들의 마음을 휘어잡는다. 이들을 질시한 톰이 쌍둥이를 공개적으로 모욕하자 쌍둥이 중 하나가 결투를 청한다. 결투에 자신이 없는 톰은 이들이 전과자라서 신사의 의식인 결투에 응할 수 없다며 거짓 핑계를 댄다.

톰은 마을의 원로인 계부의 돈을 훔치려다가 계부를 살해하고 쌍둥이에게 죄를 뒤집어씌운다. 그러나 윌슨 변호사의 비장의 무기인 지문 감식에 의해서 진범 톰이 잡히고 그가 흑인 노예라는 사실도 밝혀진다(미국의 사법 절차에서 정식으로 지문에 증거 능력을 인정한 것은 이 소설이 출판되고 한참이나 지난 후였다). 영웅이 된 윌슨은 시장에 선출되고 마을 재판소는 톰을 "강 남쪽"으로 팔아넘기는 것으로 소설은 끝난다.

미국 사회에서 법률가가 현실 개혁의 임무를 진다는 확고한 신념에도 불구하고 트웨인은 미국의 장래에 대해서는 불안과 회의를 감추지 못했다. 이 작품의 장마다 앞머리에 기록해둔 "윌슨의 달력(Pudd'nhead Wilson's Calendar)"의 결구를 트웨인은 이렇게 마무리했다. "10월 12일. 아메리카 대륙을 발견한 것은 기막히게 좋은 일이었다. 그러나 발견하지 않았더라면 더욱 좋았을 것이다." 두고두고 곱씹을 만한 경구이다.

『악령』,『죄와 벌』,『카라마조프 가의 형제들』
·표도르 도스토옙스키·

『악령』: 위대한 망집(妄執)

표도르 도스토옙스키(Fyódor M. Dostoyévskiy, 1821–1881)를 독파하면 인간과 신을 함께 정복한다는 말이 있다. 그는 문학에서 영혼이라는 광막한 미개지를 개척한 위대한 작가로, 한마디로 한계 초월자이다. "나는 어느 곳에서든 한계를 초월했다."* 작가의 자부심 넘치는 고백이다.

　도스토옙스키 문학의 논쟁은 모두 신의 문제로 귀결된다. 신은 인간사에서 모든 대립의 근원이고 긍정인 동시에 부정이다. 인간은 신을 필요로 하지만, 신의 존재를 확인하지는 못한다. 인간은 이따금씩 신의 소리를 듣는다고 생각하며 희열에 사로잡히나, 이내 신을 부정하는 욕구 앞에서 희열은 수포가 된다.

　도스토옙스키는 인간 심리의 무의식 세계를 파고든 대가이다. 후일 심리학이 실험을 통해서 검증한 인간 내면의 갈등을 그는 선지자적인 문학으로 묘사했다. 옛 학문은 도스토옙스키의 등장으로 마지막 책장

---

* 　슈테판 츠바이크, 원당희 역, 『천재 광기 열정 1』, 세창미디어, 2009, p.234.

을 넘겼고, 그 자리에 예술이라는 이름의 새로운 심리학이 탄생했다.

"시대는 복되도다. 우리가 갈 수 있고 가야 할 길로 하늘의 별이 지도 몫을 하고, 그 별빛이 우리의 갈 길을 훤히 비추어주던 그 시대는 복되도다." 헝가리의 평론가 죄르지 루카치(György Lukács, 1885–1971)의 문제작, 『소설의 이론(*Die Theorie des Romans*)』(1916)의 첫 구절이다. 지상의 인간이 천상의 질서에 들어가기 위해서는 환각이 필요하다. 1943년 루카치는 도스토옙스키가 작품에서 제시한 새로운 세계가 러시아혁명 36년 후에도 구현되지 않고, 그럴 가망조차 없는 세상을 비관한다. "위대한 망집(妄執)"의 "황금시대"에 도달하기 위해서 인류는 온갖 희생을 바쳤다. 격동의 시대에 반항아이자 이상주의자인 루카치가 찾아 나선 것도 망집의 황홀경이었다. 도스토옙스키의 예술 세계는 그의 정치적 이상과 혼돈 속에 용해된다. 그러나 이 혼돈이야말로 "황금시대"로 불리는 유토피아적인 세계에 대한 동경이다. 도스토옙스키의 인물들은 이 "황금시대"가 그들의 시대에는 한갓 꿈에 불과함을 알고 있음에도 불구하고 그 꿈에 집착한다.

도스토옙스키의 작품에는 심연으로 뛰어드는 영혼의 실험자들이 우글거린다. 『악령(*Bésy*)』(1872)의 스타브로긴은 자살로까지 나아가는 철저한 실험을 감행한다. 이 철저성(악이든 선이든)이야말로 이미 이룩된 세계의 허위성을 파괴할 수 있는 힘이다. 『죄와 벌(*Prestupléniye i Nakazániye*)』(1866)에서 살인 행위를 통한 자기 철저화를 감행한 라스콜리니코프만이 철저한 희생정신으로 가족의 생계를 위해서 창녀가 된 소녀를 이해할 수 있는 이치도 여기에 있다.

도스토옙스키는 1871년 5월 1일, 독일 드레스덴의 미술관에서 클로드 로랭(Claude Lorrain, 1600-1682)의 작품 「아시스와 갈라데아(*Paysage côtier avec Acis et Galatée*)」(1657)를 보고 "황금시대"의 환각을 체험한다. 그는 소설 속에서 종종 그때의 체험을 회상한다. 『악령』의 스타브로긴은 꿈에서 본 이 그림을 실제로 화랑에서 만난다.

이곳에서 신화의 최초의 정경이 이루어졌고, 이곳에 지상의 낙원이 존재했던 것이다. ……태양은 아름다운 자기 아이를 바라보면서 섬이나 바다에 빛을 내리쏟고 있었다. 이것은 인류의 멋진 꿈이며 위대한 망집이다. 황금시대, 이것이야말로 이 지상에 존재한 공상 중에서 가장 황당무계한 것이지만 전 인류는 그 때문에 예언자로서 십자가 위에서 죽거나 죽임을 당했다. 모든 민족은 이것 없이 살기를 원치 않을뿐더러 이것 없이 죽는 것조차 불가능하다.

이런 환상적인 정경에서 영감을 얻은 작가는 스타브로긴의 고백과 같은 걸작을 창작했다. 이런 의미에서 이 작품은 단순한 그림이 아니라 충족된 방랑자의 마음속 "황금시대"라고 문학평론가 김윤식은 말한다.

『죄와 벌』

20세기에 이르기까지 사상 최고의 법률 소설은 『죄와 벌』이다. 나폴레옹적인 영웅주의의 악령에 사로잡혀 '살 가치가 없는' 전당포 노파를 살해한 법학도 라스콜리니코프와 '예심판사'라는 직책의 수사관 포르피리 사이에서 벌어지는 고도의 심리전은 일급 형법 교과서이자 심리학 교재이다. 양자 간의 대결은 위고의 『레미제라블(Les Misérables)』(1862)에서 탈옥수 장 발장과 형사 자베르 사이에서 벌어지는 추격전에 비유되기도 한다. 그러나 법의 이념이나 근본적인 속성에 대한 의문의 제기라는 관점에서 양자는 동일한 차원에 둘 수 없다. 『레미제라블』에서는 선량하고도 상식적인 인간 장 발장의 도주와 잠적이라는 일차원적 행위를 중심으로 이러한 '내몰린' 범죄행위가 사회적인 정의에 부합하는지 여부를 파고든다. 이와는 대조적으로 오도된 천재, 라스콜리니코프의 경우는 통상의 법적 담론을 초월하는 '새로운 언어 체계'를 제시할 가능성을 시험하기 위해서 살인을 저지른다. 표르피리와의 대결은 지극히 합법적인 상황에서 벌어지는 고도의 심리전으로 그 자체가 하나의 예술이다. 후세 법학자들이 도스토옙스키를 위대한 범죄심리학자로 칭송하는 이유도 여기에 있다. 19세기 철학의 범주를 뛰어넘어서 새로운 경지를 연 프리드리히 니체(Friedrich W. Nietzsche, 1844-1900)도 이 작품을 읽고 나서 도스토옙스키야말로 자신이 "제대로 배울 수 있는" 유일한 심리학자라고 평한 바가 있다.

격동기의 작가들이 흔히 그러하듯이 도스토옙스키의 생애도 극적인 사건의 연속이었다. 열여덟 살에 아버지가 농노에게 살해당하는 충격적인 비극을 겪는가 하면 자신도 반정부운동에 연루되어 사형 선고를 받고 처형 직전에 황제의 사면을 받았다. 이러한 특수한 체험들이 삶과 죽음이라는 근본적인 문제에 대한 밀도 높은 성찰을 가능하게 했을 것이다. 또한 생애 후반에 앓던 간질이라는 '영혼의 병'이 생의 본질에 대한 직관이라는 고차원적 체험을 제공했을 것이라는 추정도 있다.

도스토옙스키의 작품에는 범죄 사실, 특히 살인이 중요한 플롯을 이룬다. 그는 실제로 당시 러시아에서 일어난 범죄 사건의 기록에 깊은 관심을 쏟았다. 그는 법정 기록이야말로 어떤 문학 작품보다 긴장감이 가득하다고 자신의 입으로 말한 적이 있다. 예술이 손대기를 회피하거나 기껏해야 피상적으로 스치고 마는 인간의 영혼의 암실에 빛줄기를 비추어주는 것이 바로 법정 기록이다. 이런 연유로 도스토옙스키는 작품 속에 의도적으로 실제 범죄 사건이나 기발한 가상 사건을 즐겨 삽입했다. 그리하여 그의 소설은 언제나 특별한 심리적 상황에서 일어나기 마련이며 그 세계에서는 현실의 시간과 공간 그리고 법 규범은 상대적인 의미를 지닐 뿐이다. 그럼에도 불구하고 그의 작품 속에는 현실의 법 제도가 거의 완벽하게 투영되어 있다. 마치 사실적인 구상화의 단계를 극복해야만 제대로 된 추상화를 그릴 수 있듯이, 현실의 시공간 무대를 초월하는 고차원의 심리 세계를 논의하기에 앞서 현실의 상황에 대한 적확한 진단이 선행되어야 하기 때문일 것이다. 작품『죄와 벌』에는 알렉산드르 2세(Aleksándr II, 1855–1881 재위) 치하의 제정 러시아의 형사 사법 절차가 법전 그대로 반영되어 있다. 이를테면 예심판사 제도는 1864년에 러시아 형사법제 개혁의 일환으로 도입된 것인데, 이 제도의 원조는 1808년 '프랑스 형사소송법(Code d'instruction criminelle de 1808)'이다. 알베르 카뮈(Albert Camus, 1913–1960)의 작품『이방인(L'Etranger)』(1942)을 통해서 알제리에서 만나는 예심판사의 조상도 마찬가지이다.

도스토옙스키에게 아버지의 피살이 '죄와 벌'의 문제에 천착할 간접적인 동기를 주었다면, 자신이 겪은 시베리아 유형 생활은 '죄와 죄'의 문제에 매달릴 직접적인 동기가 되었다는 평가도 있다. 사형장에서 경험한 처형 일보 직전의 심리 상태는 또다른 대작, 『백치(*Idiót*)』(1867)에 재현되어 있다.

> 이제 이 세상에서 숨 쉴 수 있는 시간은 단 5분이다. 이 5분은 무한히 긴 시간, 막대한 재산이라는 생각이 들었다. 많은 것들을 할 수 있다는 생각이 들어 이 5분을 여러 가지에 쓰기로 했다. 2분은 동지들과의 결별에, 다음 2분은 신변 정리에, 그리고 마지막 1분은 이 세상을 하직하기 전에 마지막으로 주위를 둘러보는 데에 쓰기로 했다.
>
> (『백치』 제1부 제5장)

신성한 '영혼의 병'이라는 별명을 얻은 간질의 발작에서 느끼는 심묘경(心妙境)도 『백치』의 므이킨, 『카라마조프 가의 형제들(*Brat'ya Karamazovy*)』(1879)의 스메르쟈코프, 그리고 『악령』의 키릴로프의 언동에 재현되어 있다. 발작 직전의 육체적, 심리적 한계 상황에서 범상치 않은 직관력과 예언적 통찰력이 생긴다는 해석도 납득이 간다. 이 또한 "황금시대"의 황홀경이다. 따지고 보면 '영혼의 병'이란 범인의 눈으로는 정체를 파악하기 힘든 심묘경을 편리하게 정의해버린 것일지도 모른다.

법률 소설가로서의 도스토옙스키의 특징은 작품의 구성과 기법에도 나타난다. 한 예로 범죄와 수사의 절박감은 작품에 설정된 시간에 반영되어 있다. 『죄와 벌』의 플롯은 불과 9일로 완성되며 『백치』의 제1부의 내용은 단 하루에 일어난 사건이다. 물론 이는 독자에게 긴박감을 강요하는 범죄 소설이나 탐정 소설의 전형적인 기법일 수도 있다. 그러나 이러한 설정은 인간의 본성에 대한 직관적 성찰은 순간적인 한계 상황에서 깊어진다는 작가의 믿음 때문일지도 모른다.

김수환 추기경과 『죄와 벌』

1970-1980년대 군사 독재 시절에 김수환 추기경(1922-2009)은 러시아 문학에 대해서 이렇게 말했다. "제정 말기 러시아에는 차르가 통치하는 압제 기구로서의 정부가 있었다. 레프 톨스토이로 상징되는 또 하나의 정신적 정부가 있었다." 그 시절 대한민국에서는 김수환 추기경 스스로가 하나의 대안 정부였다. 1987년 1월 14일, 대학생 박종철이 남영동 경찰 대공분실에서 수사관의 고문에 목숨을 잃었다. 1월 26일 명동성당에서 열린 인권회복 미사에서 추기경은 이렇게 강론한다.

> 지금 하나님께서는 우리에게 묻고 계십니다. 네 아들, 네 제자, 네 젊은이, 네 국민의 한 사람인 박종철은 지금 어디에 있느냐? 현 정권은 '탕'하고 책상을 치자 '퍽'하고 쓰러졌으니 나는 모릅니다. ……그것은 고문 경찰 두 사람이 한 일이니 '우리는 모르는 일입니다'라고 하면서 잡아떼고 있습니다. 바로 카인의 대답입니다.* ……오늘 이 성전에서 우선 박종철 군의 죽음에 책임이 있는 이 정권에 대해 하고 싶은 한마디 말은 '하느님이 두렵지도 않으냐' 하는 것입니다. …도스토옙스키의 작품 『죄와 벌』을 보면 살인죄를 범한 로디온 라

---

* 「창세기」의 구절이다. "야훼께서 카인에게 물으셨다. '네 아우 아벨이 어디 있느냐? 카인은 '제가 아우를 지키는 사람입니까?' 하고 잡아떼며 모른다고 대답하였다."

스콜리니코프에게 그를 사랑하는 창녀 소냐는 '일어나서 곧장 네거리로 가서 네가 더럽힌 땅에 엎드려 입 맞추고, 그리고 사방 온 세상을 향해 절을 하면서, 나는 살인죄를 범했노라고 소리쳐야 해! 그러면 신은 너를 살려 주실거야.' ……그래서 '우리 같이 가자. 그리고 함께 고통의 십자가를 짊어지자'라고 했습니다. ……그 말에 따라 참회함으로써 로디옹은 새사람이 되었고 소냐는 이 참회와 고행의 길에 줄곧 함께 있어 주었습니다. 오늘날 우리에게 이런 참회가 필요합니다. 박군을 고문치사케 한 수사관은 물론이요. 그 밖의 경우에도 고문을 한 모든 수사관, 그들의 일을 잘 알면서도 승인 내지 묵인한 상급자들, 공권력을 행사하는 모든 이와 위정자들, 그리고 이런 사실이 우리나라 안에 있다는 것을 알면서도 지금까지 남의 일처럼 무관심했던 우리 모두가 로디옹과 같이 큰 네거리에 가서 사방 온 세상을 향하여, 곧 모든 것을 아시고 공의로우면서도 자비로우신 하나님께 '우리는 살인죄를 범했습니다. 우리는 살인죄를 범했습니다'라고 소리치며 진심으로 참회의 눈물을 흘려야 합니다. 오늘 우리 가슴에 이런 참회와 속죄의 눈물이 흐를 때, 그리고 하느님의 용서가 있을 때 우리와 우리 사회는 비로소 구원될 수 있습니다. 우리는 참으로 새사람으로 태어나고, 우리 사회와 나라도 새로 태어날 수 있을 것입니다.*

『카라마조프 가의 형제들』

도스토옙스키의 최후의 작품, 『카라마조프 가의 형제들』은 전체의 5분

---

* 김정남, 『이 사람을 보라 : 어둠의 시대를 밝힌 사람들』, 두레, 2012, pp.7-42.

의 1을 살인 혐의자 드미트리의 심문과 재판에 할애한다. 분량 면에서는 『죄와 벌』의 라스콜리니코프 사건을 능가한다. 이 소설은 기술적으로 결합된 별개의 두 부분으로 쪼갤 수 있다. 첫째 부분은 미모의 그루셍카를 두고 아버지 표도르와 장남 드미트리 사이에 벌어지는 애정의 갈등이 빚어낸 살인 사건을 파고드는 일종의 추리 소설이다. 피살자 표도르의 사생아이자 하인인 스메르쟈코프가 저지르는 살인 행위와, 진범이 아니면서 유죄 판결을 받는 드미트리의 체포와 재판이 주된 줄거리이다.

둘째 부분에서는 종교철학의 문제를 다룬다. 이 부분의 주인공은 표도르의 차남 이반, 삼남 알료사, 그리고 알료사의 사부(師父)인 조시마 장로, 이 세 사람이다. 여기에 더하여 소년 일류샤와 이반의 관념이 창조한 대심문관이 조역으로 등장한다. 전자가 사실적인 부분인 반면 후자는 철학적인 부분이다. 물론 양자는 상호보완적이다. 전자는 후자의 철학적인 논의에 핵심을 제공하고 그런 점에서 전자 없이는 후자의 성공적인 전개가 불가능하다.

이반의 무신론에서 파생한 '일체의 행위가 합법이다'라는 망상이 스메르차코프의 뒤틀린 지성을 사주하여 살인을 일으킨다. 드미트리는 소년 일류샤에게 가한 모욕의 대가로 비록 오류의 판결을 통해서이지만 처벌받는다. 이 모든 것들이 신의 계획에 따른 것이며 드미트리의 속죄의 전제 조건이 된다. 소설의 종교철학적인 주제는 만약 신이 존재한다면 어찌하여 선량한 인간, 특히 순진무구한 어린아이가 받는 고통을 외면하느냐는 질문을 중심으로 펼쳐진다. 이 물음에 답할 수 없는 이반은 무신론자가 되고 결국에는 정신병에 걸린다. 무고한 어린이가 받는 고통은 소년 일류샤의 이야기로 극화된다. 종교와 신에 대한 무수한 도전적인 질문은 살아 있는 성자로 숭앙받던 조시마 장로가 죽기 무섭게 시체가 썩는 장면에서 극화된다. 이 사건을 전기로 알료사의 신앙은 초자연적인 힘에 의한 것이 아니라 자유 의사에 기반한 이성적인 선택으로 성격이 전환된다.

법적 절차는 주로 사실적인 부분에서 진행되지만 시종일관 사실적인 성격을 띠는 것은 아니다. 드미트리는 법적으로는 아버지의 죽음에 대한 책임이 없지만 도덕적인 책임마저 면제되는 것은 아니다. 이반은 더 말할 나위가 없다. 드미트리는 아버지의 죽음을 원했고 실제로 아버지를 죽일 수 있는 상황에 있었다. 그뿐만 아니라 그는 여러 차례 살해 의사를 공개적으로 천명한 바가 있다. 이반은 의도하지는 않았지만 은연중에 스메르차코프를 사주하여 아버지를 죽이게 한다.

선악의 판단 기준을 제시할 신이 존재하지 않는다면 인간의 욕망을 드러내는 어떤 행동도 법적으로 허용된다는 드미트리의 주장에는 철학적인 주제가 결합되어 있다. 법이 존재한다는 사실 자체가 범죄를 단죄하는 동시에 이를 예방하는 효과가 있다. 따라서 법이 존재하면 신은 불필요하다는 주장은 납득할 수 있다. "신은 죽었다!"라고 선언한 니체도 법이 죽었다고는 말할 수 없다. 신이 없기 때문에 법이 선악을 판단하지 못한다는 현실의 논리는 성립될 수 없다. 드미트리의 재판은 일체의 오류를 범할 수 없는, 전지전능한 신 대신 결점투성이인 인간이 만들고 운용하는 법이 판결을 내리는 한 오류의 위험이 있다. 죄를 범하지 않은 사람이 유죄 판결을 받는가 하면 진범은 스스로 자살을 선택함으로써 법 제도의 처벌을 면한다. 드미트리가 유죄 판결을 받는 바로 그날 스메르쟈코프는 자살한다. 신의 존재도 영생도 믿지 않는 그에게는 자살이야말로 아무것도 잃지 않고 비참한 현실을 탈피할 수 있는 최선의 수단이다. 또한 그의 자살은 드미트리의 운명을 결박하는 수단이 되기도 한다. 진범인 자신이 죽음으로써, 나중에라도 진실이 밝혀져 드미트리의 무고함이 입증될 기회가 봉쇄되었기 때문이다. 여기에서 독자는 세속적 정의의 불완전함을 절감하게 된다.

합리적이기는 하나 결과적으로 무익한 법 제도와 한 점의 의혹도 용납하지 않는 추상(秋霜) 같은 영적 정의가 대조된다. 숭고한 영적 정의는 알료샤나 조시마 장로와 같은 성직자는 물론 드미트리에게서도 찾아볼 수 있다. 잔혹, 열정, 비탄, 눈물로 점철된 소설의 전 과정을 통해서 법 제도와 절차는 인간성과 합리성의 보루로 남아 있다. 그러나 탁월한 법률가인 드미트리의 변호사 페트코비치도 드미트리를 완전히 이해하지 못한다. 배심원들도 피고인에게 노골적으로 적대적이며 편견에 차 있다. 그럼에도 불구하고 그가 체포된 호텔에서 진행된 예비심문이나 본안 재판의 과정은 오늘날의 사법 선진국의 기준에 뒤지지 않는다. 피고인의 절차적 권리의 보장도 현재 우리나라의 수준에 버금간다. 드미트리가 유죄 판결을 받은 것은 배심의 예단보다는 축적된 증거가 절대적으로 불리했기 때문이다. 완벽하게 그를 함정에 몰아넣은 스메르차코프는 이미 자살한 몸이다. 재판 절차는 공정했고 그에게 선고된 징역 20년형도 야간 주거침입과 존속살해라는 죄명과 범죄의 정황을 감안하면 결코 중형이 아니다.

이 소설에도 법 제도에 대한 비판이 담겨 있다. 그러나 그 비판은 소설이 쓰인 1880년대 러시아의 법 제도에 대한 비판이 아니라 세속적 정의 시스템으로서의 법 제도 자체에 대한 것이다. 법 제도는 인간 사회의 진실을 파악하는 일에 실패한다. 검사의 논고와 변호사의 변론에 묘사되는 드미트리의 성격도 그의 본성이 아니다. 이러한 본질에서의 이탈은 소설의 종교적인 메시지와 연결된다. 도스토옙스키에게는 신의 자비와 인간의 고통을 함께 설명할 수 있는 원리가 신의 권위도 인간의 이성적 논리도 아니다. 살아 있는 성자, 조시마 장로의 죽음에서도 기대하던 기적은 일어나지 않았다. 과연 신은 존재하는 것일까? 직접 눈으로 존재를 확인할 수 없다면 찾아 나서야 하는 것이 아닐까? 신의 권위 대신 인간 이성의 우월성을 추구하는 법이 이성에 기초함에도 불구하고(또는 이성에 기초하기 때문에) 인간의 본질을 이해하지 못한다는 것이 『카라마조프 가의 형제들』의 메시지일지도 모른다. 그렇다면 대안은 무엇인가? 작가도 그 어떤 독자도 선뜻 대답할 수 없다. 끊임없이 대안을 모색할 책무를 거듭 확인할 뿐이다.

『소송』, 『유형지에서』, 『성』

·프란츠 카프카·

인간 소외의 작가

프란츠 카프카(Franz Kafka, 1883-1924)는 20세기를 대표하는 작가 중의 한 사람이다. 특히 우리나라에서는 절대적인 인기를 누린 독일 작가였다. 이웃 나라 일본에서도 카프카의 명성은 오래 지속된다. 인기 작가 무라카미 하루키(村上春樹, 1949-)의 장편소설 『해변의 카프카(海辺のカフカ)』(2002)와 단편 「사랑하는 잠자(恋するザムザ)」(2013)는 카프카에 대한 오마주이다. 19세기 프라하의 청년이 시공을 건너 21세기 도쿄에 벌레로 환생한 격이다. 짧은 생애, 짙은 우수가 담긴 표정, 난해하고 축약된 작품들은 흔히 그에게 붙는 '소외의 작가'라는 칭호와 함께 묘한 마력을 지닌다. 일반 독자에게뿐만 아니라 전문 문학도에게도 카프카의 인기는 절대적이었다. 한때 카프카를 일러 '독문학 박사 제조기'라는 말이 나돌기도 했다. 많은 독문학도들이 카프카의 외투 자락에 매달려 석박사 모자를 썼다. 1989년, 소비에트 연방이 해체되고 여행 규제가 풀리기 무섭게 많은 문학 애호가들이 카프카의 흔적을 더듬어 프라하로 달려갔다.

카프카는 법학 전공자였다. 오스트리아-헝가리 제국 치하의 체코슬

로바키아의 수도, 프라하에서 태어난 유대인 청년, 카프카가 지배자의 관료를 양성하는 왕립 법과대학을 다닌 것은 신분 상승의 꿈에 부푼 아버지의 강요 때문이었다. 자식을 지배계급에 진입시키는 것은 동서고금을 통틀어 모든 부모들의 공통된 욕망이다. 제국대학과 고등문관시험의 신화에 기대어 살던 일제 식민지의 부모에게나 사법고시를 자식 인생의 청사진으로 강요하는 해방 후 대한민국의 부모에게나 법과대학은 공통된 '권력을 향한 의지'의 표현이다. 법과대학 대신 로스쿨(법학 대학원), 사법시험 대신 변호사 시험으로 법률가 선발 제도가 바뀐 오늘에도 본질은 마찬가지이다.

권력에의 의지가 박약한 카프카 자신은 "인간에 대한 무관심을 체험할 수 있는 작업을 찾기 위해서" 법학을 택했다는 무서운 고백을 한다. 그리하여 졸업 시험을 앞두고서는 신경을 곤두세우고 "무의미한 법 지식을 습득하는 데에" 시간을 죽였다고 한다.

영국의 계관시인, 테드 휴스(Ted Hughes, 1930~1998)는 자신의 전매특허인 동물에의 비유를 카프카에게 적용했다.

그는 올빼미,
깨진 날개 밑 겨드랑이에
'인간'이라고 문신한 올빼미
'번쩍이는 벽에 놀라 여기에 떨어졌다.'
마룻바닥을 가로질러

씰룩이며 움직이는 커다란 그림자를 만드는

깨진 날개

그는 절망의 깃털에 싸인 인간.

카프카의 작품 속에는 자신이 혐오했던 만큼 법과 법학의 그림자가 짙게 깔려 있다. 『심판(Das Urteil)』(1913), 『유형지에서(In der Strafkolonie)』(1919), 『소송(Der Prozess)』(사후 출판 1925), 『성(Das Schloss)』(사후 출판 1926)과 같은 (그의 기준으로는) 대형 작품은 물론이고, 「법 앞에서(Vor dem Gesetz)」(1915), 「새 변호사(Der neue Advokat)」(1920), 「법률 문제에 대하여(Zur Frage der Gesetze)」(1920) 등의 소품에 이르기까지 그의 작품에는 진한 법 냄새가 물씬거린다.

『소송』

카프카의 크고 작은 법률 소설 중에서 대표작은 『소송』이다. 난해하기 짝이 없는 이 작품은 원칙이 없고, 예측이 불가능한 법 제도에 대한 풍자이자, 법을 앞세운 강자의 지배에 맞서서 양심에 근거하여 제기하는 항변으로 읽을 수 있다.

작품의 지리적 무대는 상업 도시이다. 은행이 번화가 한가운데에 자리 잡은 이 도시에는 중상주의 가치관이 지배한다. 상업 사회에서는 위조, 도량형 사기 등 경제적 가치를 훼손하는 범죄를 무겁게 벌한다. 이 도시에는 '법의 지배'가 정착된 것으로 알려져 있다. 주인공인 요셉 K는 은행의 중견 간부이다. 그는 자신의 서른 번째 생일날 영문도 모른 채 수사기관에 체포된다. 법치국가의 국민으로서 모든 법은 적정하게 집행된다고 믿는 K는 자신의 무고함을 입증하고자 안간힘을 쓴다. 자신의 체포자나 담당 판사와 '잘 통한다'는 변호사, 가장 '용하다'는 정평이 있는 사건 브로커인 화가…… 이 모든 사람들과 접촉하면서 K가 확인한 것이라고는 그 누구와도 대화가 통하지 않는다는 사실뿐이다.

법치국가 시민으로서의 상식에 더하여 업무(보험회사)로 익힌 상당한 법 지식을 보유하여 거래선으로부터 '변호사' 소리를 듣는 K이다. 그는 이 사건은 진짜 변호사를 댈 만큼 중요한 일이 아니라고 생각한다. 그러나 사건의 추이가 심상치 않다는 주위 사람들의 권고와 친척의 강제적인 주선으로 그는 경력 있는 변호사를 선임한다. 그러나 변호사는 K의 사건에 성의 있는 관심을 기울이지 않을뿐더러 사건의 진행 상황조차도 정확하게 파악하지 못한다. 참다못한 K는 빌다시피 하여 변호사를 해임하고 스스로 '본인소송'에 나선다. 그러나 거대한 사회 조직, 법 제도, 그리고 세인의 무관심과 냉담 앞에서 K는 표류한다. K는 1년에 걸친 가상의 법 절차 끝에 누군가가 중상한 사실만 짐작할 뿐, 죄명조차 모른 채 서른한 번째 생일 전날 밤 처형된다. 그는 어떤 공공 기관이, 무슨 근거로 자신에게 형을 선고했는지도 모른 채 "개처럼" 죽는다.

성당에서 만난 한 신부가 K에게 들려주는 "문지기의 삽화"는 소설의 주제를 대변한다. 「법 앞에서」라는 별도의 작품으로도 알려진 이 삽화는 "법학 입문서에 쓰여 있는 착각"을 환기한다. 시골 사람이 법정 문을 지키는 문지기에게 들여보내 달라고 애원한다. 문지기는 "지금은 안 돼!"

라며 거절한다. 그러면 다음 기회에 들여보내줄 수 있느냐는 물음에 "그럴 수도 있지만 지금은 안 돼"라고 대답한다. 문틈으로 법정 안 동정을 살피는 시골 사람에게 문지기는 경고한다. "그렇게 들어가고 싶으면 내 명령을 어기고 들어가 봐. 층층이 또다른 문지기들이 버티고 있을 테니. 나는 제일 말단 문지기에 지나지 않아. 방마다 문지기가 서 있는데 안으로 갈수록 더욱 힘센 문지기라는 것을 명심해."

순박한 시골 사람은 평생을 기다린다. 마침내 그는 눈이 침침해져 어둠과 자신의 시력을 구분하지 못하게 된다. 그때 암흑 사이로 한 줄기 빛이 새어 나온다. 죽음을 앞둔 사내의 뇌리에 평생 동안 쌓인 하나의 질문이 입 밖으로 터져 나온다. "누구나 법을 갈망하는데 어째서 지난 여러 해 동안 나 말고는 이 문을 두드리는 사람이 하나도 없었지요?" 문지기는 불쌍한 시골 사람이 죽어가는 모습을 확인하고 그의 희미한 청력에 미치도록 큰 소리를 내지른다. "이 문으로는 당신 이외에는 아무도 들여보낼 수 없었어. 왜냐하면 이 문은 오직 당신만을 위한 것이기 때문이야. 이제 나도 가야겠어. 그리고 문도 닫겠어."

인간이 함께 살기 위해서 만든 제도인 법이 결코 인간답게 함께 사는 데에 기여하지 못한다는 것이 카프카의 생각이었을 것이다.

『유형지에서』

카프카가 서른 즈음에 쓴 작품, 『유형지에서』는 군사 문화가 지배하는 폐쇄된 사회에서 맹목적으로 구질서를 사수하려는 법의 모습을 그린다. 이 작품은 법은 곧바로 비인간화의 상징이라고 믿는 문학도의 전형적인 법관(法觀)을 가장 '법적'인 방법으로 그린다.

　죽은 구사령관을 숭배하는 청년 장교는 망자(亡子)가 발명한 놀라운 사형 집행기('장치' 또는 '기계')의 엄정하고도 완벽한 효능을 신봉한다. 여기에서 사형 집행기는 구체제 아래에 세워진 법 제도를 상징한다. 법이라는 국가조직을 거대한 기계에 비유하는 것은 카프카 이전에도 통용되던 수법이다. 홉스는 『리바이어던(Leviathan)』(1651)에서 국가조직을 생물체에 비유했다. 산업혁명 이후에 기계 문명이 융성하면서 탄생한 '법(국가조직)=기계'라는 등식은 정치학자들이 즐겨 쓰는 비유법이 되었다.

　이 소설에서 '법적 요소'가 가장 강한 부분은 기계를 주인공으로 삼은 것이다. 작품 속에 등장하는 인물들은 모두 조역에 불과하다. 가장 중요한 인물인 '장교'까지도 기계의 성능과 작동을 원활하게 유지하기 위해서 고용된 보조역에 불과하다. 기계의 위용은 외형에서도 드러난다. 골짜기에 설치된 거대한 기계는 바라보는 모든 사람들의 시각을 압도한다. 소설의 처음 3분의 1에 걸쳐 작가는 주인공의 모습(기계의 세부 구조)과 움직임(시운전을 포함한 작동)을 상세하게 묘사한다. '침대', '제도기', '써레'의 세 부분으로 구성된 거대한 기계는 성능이 완벽하다는 장교의 확신에도 불구하고 자주 고장을 일으키고 끝내 지킴이 장교의 목숨마저 앗아간다.

　주인공 기계는 결코 현실적으로 작동할 수 없는 법 체계를 상징한다. 장교는 스스로가 전통적인 사법행정 체계로 명명한 제도를 신봉하면서도 그 제도를 운용하는 방법이 시대에 뒤져 있음을 인정한다. 그럼에도 불구하고 그는 광적으로 구질서에 매달리면서 이를 지키려다가 부패한 제도의 희생양이 된다.

소설 『유형지에서』는 구성 면에서도 법률가적 특성인 기계적 정교함을 보인다. 장교가 구질서에 대한 확신에 차 있는 동안에는 그는 문제의 사형 집행기를 "장치(Apparat)"라고 부른다. 그것도 무려 27회나 반복해서 장치를 찬양한다. 그러나 장교의 확신이 흔들리면서 "장치"라는 단어는 "기계(Maschine)"라는 말로 대체된다. 이번에도 정확하게 27회 "기계"를 반복하여 언급한다.

외부 방문객의 눈에는 처음부터 유형지의 법 제도가 비인간적이고 정의롭지 못한 것이 확연하게 드러나지만, 광신자인 장교의 눈은 멀어 있다. 그는 자신이 수호하려는 구제도에 대한 진정한 위협은 외부로부터 오는 것이 아니라 내부에서 움트고 있었다는 사실을 모른다. 유형지의 사법 제도는 "예로부터" 주어진 것이다. 낡은 지갑에 적혀 있는 해묵은 판결들은 새로운 사건에 적용될 금과옥조이다. 재판관인 장교 자신이 수행하는 일은 지극히 기계적인 것, 이를테면 분주하게 기계의 아래위를 오르내리면서 나사를 조이는 정비공의 역할에 불과하다. 이런 법 제도는 붕괴하기 마련이다. 즉 새로운 시대정신을 구현하지 못하는 법 제도는 타도되기도 전에 스스로 붕괴하고 만다.

기계에 의해서 처형되는 사병이 범한 죄는 명령 불복종이다. 죽은 구사령관이 제정한 최고의 법은 "상관을 존경하라"라는 복무수칙이다. 군사문화가 지배하는 유형지에서 지상의 미덕은 "예로부터" 전승되어온 그리고 "위로부터" 하달되는 명령을 기계적으로 복종하는 것이며 명령 불복종이야말로 최대의 죄악이 된다.

『성』

카프카는 『성』을 집필하다가 완성하지 못하고 죽는다. 법의 관점에서는 미완성 소설이라는 사실도 상징적인 의미를 가진다. 법은 본질적으로 속지적(屬地的)인 성격을 띤다. 법률 소설에서는 작품의 무대가 된 사회의 성격이 작품의 특성을 결정짓는 중요한 요소가 된다. 『소송』과 『유형지에서』의 무대가 각각 상업 도시와 군사 지역인 것과는 달리 『성』의 무대는 농경 사회이다.

군사 지역에서는 상관의 명령에 불복종하거나 의무를 해태(懈怠)하는 것이 가장 큰 죄악이다. 하급자의 항명은 지휘 통솔자의 명예에 대한 침해이기 때문이다. 상업 도시에서는 위조, 도량형의 변조 등 신용을 침해하는 행위가 가장 큰 죄악이다. 『소송』에서 주인공 K는 신용이 생명인 은행원의 신분으로 상업 사회의 법 제도와 운영에 대한 맹목적인 신뢰의 희생자가 된다. 한편 작품 『성』의 무대인 농경 사회에서는 경계의 침범이 중한 죄이다. 몽테스키외는 명저 『법의 정신』에서 농경 사회에서 가장 중요한 범죄는 식량의 공급처인 토지를 침범하는 행위임을 강조했다. 법철학자 루돌프 폰 예링(Rudolf von Jhering, 1818-1892)은 몽테스키외를 인용하여 장교에게는 명예가, 상인에게는 신용이 생명이듯이 농부에게는 땅이 생명이라고 했다. 따라서 남의 땅을 빼앗거나 가치를 훼손하는 행위는 중대한 범죄이다. 땅 소유권의 가시적인 징표를 인식 불능하게 하는 행위도 마찬가지로 중죄가 된다.* 예링은 카프카의 법학도 시

---

* 우리나라 형법 제370조가 '경계침범죄'라는 죄명으로 "계표를 손괴, 이동, 제거하거나 기타의 방법으로 토지의 경계를 인식불능케 하는 행위"를 범죄로 처벌한다. 이는 본질적으

절에 독일 전체에서 가장 영향력 있는 법학자였다.

이 조항을 적용한 우리나라 법원의 한 판례는 경계표가 "비록 실제의 경계선에 부합되지 않는 경우에도 이해관계인의 명시적, 묵시적 합의에 의해 정해진 것이라면" 정식의 경계표로서의 효력이 있다고 했다. 여기에서 무언가 강한 사회적 메시지를 읽을 수 있다. 비록 그 경계선이 진실을 반영하지 않거나 보통 사람의 상식에 어긋나는, 실로 터무니없는 것일지라도 이해관계인이 합의하면 곧바로 법이 된다는 것이다.

경계침범죄는 형법전 속에만 존재하는 것이 아니다. 우리 사회 도처에 규정되어 있다. 조그마한 이익이 걸린 곳에는 모두 기득권의 성이 축조되어 있고 경계표가 설정되어 있다. 대학에도 기득권자인 교수들이 세운 경계가 즐비하다. 무슨 대학, 무슨 학과라는 이름의 성 말이다. 그 성에서는 저마다 문장(紋章)이 새겨진 기치를 내걸고 있다. 무수히 많은, 크고 작은 성들 안에는 '전공'이라는 수많은 작은 방들이 구축되어 있다. 이 작은 방들은 학문의 전문성과 독자성이라는 내구재로 축조한 철옹벽으로 분리되어 있어 통방(通房)이 쉽지 않다. 견고한 방음벽은 이웃의 소리를 차단한다. 성내 사람이 아니면 원천적으로 통교(通交)가 불가능하며, 같은 성내 사람끼리라도 타성바지 사이에서는 의사소통이 불가능하다. 자유로운 토론과 아이디어의 교환이 이루어지는 '사상의 공개시장'이 항시 개설되어 있어야만 하는 학문의 세계조차도 이렇듯 폐쇄

로 민사적 성격의 행위를 형사 범죄로 처벌하는 것으로, 흥미로운 농경 사회의 유물이다. 이 조항의 유래는 독일 형법이다. 그러나 독일에서는 민법상의 소유권과는 무관한 공적 증명의 공익적 보호를 염두에 둔 것이나, 우리나라의 경우는 부동산 소유권의 이용 가치를 보호하기 위한 조항이라고 한다.

된 성이다.

　이러한 배타적 폐쇄성은 세계 어디에서나 공통된 현상이라지만, 유독 우리나라에서 극심하다. 어떤 이들은 이러한 현상을 조선시대 사대부의 '정자 문화'에 비유하면서 자랑하기도 했다. 무슨 성씨, 무슨 파의 종친들만이 함께 자리할 수 있는 곳, 그곳에서 벌어지는 토론에서 합의를 볼 수 있는 것은 조상의 위대함뿐이요, 혹시 논쟁의 소지를 열어둔다면 제사상의 음식 놓은 순서 정도이다. 그럼에도 불구하고 당자들은 하나의 작은 우주를 창조하고 다스린다는 확신 속에 살고 있다. 따지고 보면 그 확신의 본질은 불안이다. 이따금씩 숭모하는 상국(上國)의 고전을 팔아 나누는 경세지책과 고담준론이 정자 밖 세계에서 어떤 설득력을 지닐지 불안하기 짝이 없다. 그 불안 때문에 족보를 만들고, 신분과 제도를 만든 것이다. 족보가 없는 사람은 사람도 아니며, 계통을 밟아 입신하지 않은 사람은 동류가 아니다. 이것이 이른바 정자 문화의 본질이라면, 그것은 미덕이 아니라 더할 수 없는 악덕이다.

　주인공 K는 성을 넘보는 측량 기사로 등장한다. 그는 공식적인 체재 허가도, 확정된 고용계약도 없이 눈길을 걸어 성에 나타난 이방인이다. 나그네의 직업을 측량 기사로 설정한 것은 농경 사회에서의 분쟁 해결사라는 측량 기사의 특별한 역할에 착안한 것이라고 볼 수 있다. 그러나 그는 측량 기사의 자격으로 성에 고용된 것이 아니다. 자신은 그렇게 주장하나, 공인받지 못한다. 면장의 말대로 성에 딸린 작은 영토는 말뚝으로 경계선을 표시하고 있으며 등기 제도도 완벽하다. 소유권의 변동은 거의 일어나지 않고 경계에 관한 사소한 분쟁은 당사자와 지역사회의 중재로 원만하게 해결된다. 그러므로 외부의 측량사가 개입할 필요가 없는 것이다.

성은 외부로부터 차단된 사회이다. 지극히 폐쇄적인 이 성의 관료 조직은 내부적으로 지극히 부패했다. 관료들은 무능하고 엽색 행각과 뇌물 수수가 만연하다. 장시일에 걸쳐 외부로부터 폐쇄된 사회에서 공통적으로 발견되는 현상이다. 통치자인 성과 피치자인 마을 사이에는 오직 불편한 지배—복종 관계가 존재할 뿐이다. 폐쇄된 사회에서 독점적인 기득권을 향유하고 있는 집단은 자신들의 지위를 위협할 우려가 있는 외부인을 극도로 경계한다. 성 밖에 있는 마을 사람들도 K에게 끊임없이 그가 어떠한 지위와 권리도 확보하지 못한 '타향 사람'임을 상기시킨다. K는 성에 접근하기 위해서 온갖 수단을 강구한다. 마구간 하녀에서 신분 상승을 성취한 술집 종업원 프리다가 성의 실력자 클람의 정부임을 알고서 K는 그에게 접근하기 위한 수단으로 그녀를 유혹하고 약혼까지 한다. 그러나 그녀의 효용 가치가 그다지 높지 않다는 사실을 알아차리자 미련 없이 버린다. 이렇듯 별별 수단을 동원하며 안간힘을 써봐도 K는 결코 성 안에 접근하지 못한다.

『소송』의 주인공 요셉 K와 마찬가지로 『성』의 주인공 K도 제도를 통한 분쟁의 해결을 위해서 온갖 수단을 (때로는 여자를 유혹하는 등 비윤리적 수단까지 마다하지 않고) 동원하나, 끝내 뜻을 이루지 못한 채 소설이 끝난다. 그의 앞에는 성에 들어갈 수 있는 모든 문들과 길들이 봉쇄되어 있기 때문이다. 카프카가 최후의 대작을 미완성인 채로 남겨둔 것은 우연한 일이 아니었을지 모른다. 그가 추구하던 인간 개개인의 권리침해

의 구제라는 법의 소임 그 자체가 미완성으로 남아 있기 때문이라는 생
각이 들기도 한다.

『소리와 분노』

·윌리엄 포크너·

미시시피 옥스퍼드의 작가 : 포크너와 그리샴

1950년 12월 10일, 스웨덴의 수도 스톡홀름의 시청에서 울려 퍼진 한 미국인의 진중한 목소리가 세계인의 가슴을 두드렸다. 약간 거친 미국 남부 악센트의 영어가 오히려 호소력을 더해주었다. "인간은 단지 감내하지만은 않을 것입니다. 반드시 승리할 것입니다.* ……인간만이 열정과 희생과 인내의 정신으로 무장한 영혼의 소유자이기 때문입니다. 시인과 소설가의 임무는 바로 이 주제에 대해 쓰는 것입니다. 문학인이란 과거 영광을 이룬 인간의 열정을 고양하고 용기와 희망과 자부심과 공감력과 약자에 대한 동정과 희생정신을 배양함으로써 인간이 감내하고 승리하도록 도와주는 특권을 행사하는 것입니다." 시대를 건너 전승되고 있는 윌리엄 포크너(William Faulkner, 1897-1962)의 명언이다.

거의 2세기 전인 1837년, 신천지를 찾아 서쪽으로 이동하던 한 무리의

---

*   "Man will not merely endure ; he will prevail."

개척자들은 인디언의 소유였던 미시시피의 평원에 작은 마을을 건설하면서 이 소읍의 이름을 두고 고심했다. 그들은 언젠가 마을에 대학교가 들어서기를 바라는 마음을 담아 마을의 이름을 세계 대학의 상징인 옥스퍼드로 명명했다. 이후 이들의 염원대로 마을에는 대학교가 세워졌다. 그러나 오늘 현지에서 확인할 수 있는 마을과 원조 옥스퍼드와의 연관성이라고는 중심가인 법원 로터리의 시립 관광 안내소 앞에 세워진 영국식 빨간 우체통 정도이다. 미시시피 주립 대학교의 옥스퍼드 캠퍼스(애칭 '오울 미스[Ole Miss]')는 이 주 최초의 주립 대학교이다. 주민들은 원조 옥스퍼드 대학교에서처럼 세계적인 인물이 탄생하기를 학수고대했고, 20세기 중반에 들어서 꿈을 이루었다.

자신의 연설대로 포크너는 승리한 옥스퍼드인이었다. 필자가 현지를 찾았던 1996년, 세인트 피터스 교회 공동묘지에는 포크너 가족의 묘역이 조성되어 있었다. 생몰연대도 없이 '포크너'라고만 새긴 작가의 묘비명이 더욱 많은 사연들을 전한다. 첫사랑이었던 아내와 함께 살던 보금자리, 로완 오크(Rowan Oak)는 그 이름을 딴 스코틀랜드의 전설의 나무처럼 안전과 평화의 성지로 자리 잡았다.

포크너의 무덤과 저택은 물론 맥도날드 식당에 이르기까지 옥스퍼드읍 전체가 포크너 기념관이다. 망자의 기념관에서는 그의 신화에 버금가는 한 후세인의 일화가 함께 춤추고 있다. 바로 오울 미스 법대 졸업생이자 대중 소설가, 존 그리샴(John Grisham Jr., 1955-)의 학창 시절 삽화들이다. 그리샴은 포크너에 이어서 옥스퍼드가 배출한 또 하나의 세계적 문사이다. 그는 결코 포크너처럼 노벨 문학상을 꿈꿀 수는 없지만,

대중적인 지명도에서는 선배 동향인을 압도한다. 그가 당대 제1의 법률 추리 소설의 대가로 군림한 것이다. 우리나라도 그리샴의 중요한 시장 이다. 10여 년 전 미국 법률가 대회에서 스치듯이 만난 그는 한국 팬들 의 사랑에 감사한다고 했다. 내가 '옥스퍼드의 작가'로 이야기를 이었더 니 그는 포크너에 비유되는 것은 당황스러운 영광이라며 멋쩍어했다.

작가로 전업하기 전에 그는 정치에 투신하여 주 하원의원으로 활동 했다. 그는 자신을 포함하여 무학의 부모 사이에서 태어난 5형제 모두 아버지의 생업인 건설 노무자 경험이 있다고 한다. 어린 시절 그의 꿈은 야구 선수였다. 그러나 타자를 겨냥한 빈볼(bean ball)의 위험에 경악하여 꿈을 접는다(이 사실은 『하얀 집[*A Painted House*]』[2001]*과 『캘리코 조[*Calico Joe*]』[2012]의 서문에도 나와 있다). 그래서인지 그는 야구의 9개 포지션 중 에서 절대적인 주역인 투수를 극도로 싫어한다. 어린이, 대학, 아마추어 야구의 후원자로 명성이 높은 그는 프로야구는 철저하게 외면한다.

그리샴은 세 대학교를 전전하다가 턱걸이로 미시시피 주립 대학교를 졸업하고 로스쿨에 진학한다. 그는 실무 법률가의 길에 나서면서 '정교 함에 끌려서' 세법에 집중하다가 세법이 부자의 재테크 도구에 불과한 사실을 깨치고는 서민의 민사 사건으로 관심을 돌린다. 소시민의 일상 에 투신한 것이 후일 작가로 입신하는 데에 중요한 자산이 되었다는 자 평이다. 그는 옥스퍼드 교외에서 살던 집을 대학에 기증했고 로스쿨 도 서관은 그의 이름을 땄다. 그는 공공연한 사형 폐지론자로, 처벌 위주의

---

*   영화(*A Painted House*, 2003)는 작가가 한동안 실제로 살던 집에서 촬영했다.

법제와 흑인에게 가혹한 미국 법의 비판자로도 명성을 쌓았다.

두 번째 소설, 『법률 사무소(*The Firm*)』(1991)*가 대성공을 거두면서 그는 법률 실무를 접고 전업 작가의 길에 나섰다. 그러고는 승승장구하여 장장 30년을 법률 추리 소설의 황제로 군림하고 있다. 그리샴은 미국 역사상 가장 성공한 법률가 문사이다. 제임스 로웰(James R. Lowell, 1819–1891), 헨리 제임스(Henry James, 1843–1916), 아서 트레인(Arthur C. Train, 1875–1945) 등 장구한 세월 동안 이어진 하버드 로스쿨 출신의 문사들을 제치고 우뚝 선 존재가 되었다. 당대의 경쟁자, 하버드 졸업생 스콧 터로(Scott F. Turow, 1949–)를 쉽게 제압한 것은 엘리트보다 대중이 세상을 주도하는 새로운 시대에는 지극히 당연한 일이다.

포크너가 세상으로부터 유리된 인간의 절대적인 고뇌를 문학의 소재로 탐구했다면, 그의 반세기 후배인 그리샴은 세상 속에서 부대끼며 사는 인간들의 적나라한 모습을 법이라는 이름으로 고발하고 대안을 내세웠다. 개빈 스티븐스로 대표되는 포크너의 변호사들이 산업혁명 초입에 그래도 순진했던 사람들의 갈등으로 자신의 밥그릇을 채웠다면, 그리샴의 법률가들은 난숙을 넘어 사양길에 접어든 자본주의의 음습한 치부를 건드린다. 콤슨, 벤포, 사르토리 등 포크너의 주인공 법률가들이 올드 미시시피의 건설자이자 구시대의 주인공이었던 백인 남자들이었다면, 그리샴의 영웅들은 『의뢰인(*The Client*)』(1993), 『펠리컨 브리프(*The Pelican Brief*)』(1992), 『레인메이커(*The Rainmaker*)』(1995) 등의 소설에서 보

---

* 이 소설의 한글 번역본은 "그래서 그들은 바다로 갔다"라는 제목을 썼고, 영화는 "야망의 함정"이라는 제목을 달았다.

듯이 포크너 시대에는 주변부 내지는 종속적인 인간에 불과했던 여성과 흑인 그리고 아동이다.

남부 문학의 대가, 포크너

포크너처럼 난해하면서도 널리 읽힌 작품을 쓴 작가도 드물다. 그의 작품들은 한자리에서 내쳐 읽을 수는 없지만, 그렇다고 해서 한 자 한 자 밑줄을 그으면서 머리를 쥐어짜는 암호 해독을 강요하지는 않는다. 포크너 작품의 무대는 미국 남부 지역이다. 그는 이 지역을 무대로 인디언 시대로부터 남북전쟁을 거쳐 현대에 이르기까지 역사의 부침과 명문가의 영고성쇠를 조명한다. 작품은 인디언의 땅을 '개척'이라는 이름으로 탈취한 초기 명문 세도가가 남북전쟁과 산업혁명을 계기로 몰락하면서 새로운 신흥 졸부가 주도권을 잡는 줄거리로 전개된다.

포크너의 향읍(鄕邑) 옥스퍼드는 작품 속에서 가상의 마을 요크나파토파 카운티*의 제퍼슨 시로 명명된다. 『사토리스(*Sartoris*)』(1929)를 필두로 하여 『소리와 분노(*The Sound and the Fury*)』(1929)와 『압살롬, 압살롬!(*Absalom, Absalom!*)』(1936)에서 절정을 이룬 '요크나파토파 연작 소설(Yoknapatawpha Series)'은 콤슨 가, 벤포 가, 사토리스 가로 상징되는 구지배계급의 몰락 과정을 그리고 있다. 한편 『마을(*The Hamlet*)』(1940), 『향읍(*The Town*)』(1957) 그리고 『저택(*The Mansion*)』(1959) 등의 이른바 "스놉스 3부작(*Snopes Triology*)"에서는 소송 사기 등 온갖 악행을 저지르는 "쓰레

---

* 백인이 정착하기 전 인디언이 명명한 인근 강의 이름이다.

기 백인"들이 산업 자본주의의 무대 전면에 등장하는 과정을 그린다.

포크너 가는 5대에 걸친 법률가 집안이다. 조부와 증조부, 숙부와 종형제 모두가 법률가였고 작가 자신도 법률가 사위를 얻었다. 증조부 윌리엄 포크너(William C. Falkner, 1825–1889) 대령은 지방 철도 건설 자금의 조달을 주도한 변호사로, 후일 철도 회사를 상대로 소송을 제기하기도 했다. 또한 대령은 틈틈이 글을 썼고, 소설『멤피스의 백장미(*The White Rose of Memphis*)』(1881)는 35쇄나 찍은 스테디–베스트셀러였다. 이렇듯 포크너 자신의 롤모델인 증조부의 모습은 여러 작품들 속에 그려져 있다.

네 살 위인 심우(心友) 필립 스톤(Philip A. Stone, 1893–1967)은 포크너에게 평생의 멘토였다. 고교 중퇴생인 포크너에게서 글쓰기 재능을 확인한 그는 포크너가 작가의 길에 나서도록 격려하고, 친구가 된 후에도 그의 정서적, 법률적 후견인으로 살았다. 예일 로스쿨 출신의 개업 변호사였던 스톤은 작중 인물인 개빈 스티븐스의 실제 모델로 알려져 있다.

스티븐스는『무덤의 침입자(*Intruder in the Dust*)』(1948),「희생타(*Knight's Gambit*)』(1949),『수녀를 위한 만가(*Requiem for a Nun*)』(1951),『향읍』등의 작품에 등장한다. 하버드 대학교와 독일 하이델베르크 대학교에서 수학한 그는 교양과 지성 그리고 전문지식을 두루 갖춘 이상적인 직업인이다. 스티븐스 변호사는 작가가 상정하는 이상적인 법률가의 전형인 동시에 법률가가 사회에서 담당할 수 있는 역할의 한계를 제시했다는 점에서 주목할 필요가 있다. 포크너가 추구하던 공동체의 선은 개인적 자유와 사회적 평등의 조화였다. 포크너는 스티븐스를 이러한 이상을 법의 이름으로 실현할 첨병으로 상정했다. 개인의 자유와 인간의 존엄을 해치는 일체의 사회적, 법적 제도를 비판한 그였기 때문에 강력한 중앙 정부가 대공황을 극복하기 위해서 힘으로 밀어붙인 뉴딜정책에 대해서도 그는 냉소를 아끼지 않았다. 그는 「키다리들(*The Tall Men*)」(1941), 「신의 간판(*Shingles For the Lord*)」(1943)과 같은 단편에서도 경륜이 무르익은 등장인물들의 입을 빌려 강력한 재원을 무기로 휘두르는 중앙 정부의 횡포를 비판했다.

진보주의자 포크너

1950년대 초반 미국에서 여론이 첨예하게 대립되었던 인종 분리 교육정책(segregation)에 대해서 포크너는 소신에 찬 목소리를 높였다. 미시시피 주는 분리 교육의 전통이 강고한 곳이었다. 1954년 연방대법원이 "분리 자체가 불평등한 제도"라며 위헌을 선언하기 이전에는 교육 시설이 평등한 이상 인종 분리는 차별이 아니라는 것이 남부의 전통이자 헌법의 원칙(separate but equal)이었다. 포크너는 이러한 원칙과 전통에 반대하여 인간의 평등은 단순히 '자비의 평등'이 아니라 '권리의 평등'에 있다고 외침으로써 자신의 작품과 삶의 터전이었던 고향에서 쫓겨날 위기를 맞기도 했다. 작품 속의 송사에서 포크너는 대체로 원고보다는 피고에게 노골적인 동정을 보낸다. 검사나 원고 측 변호사보다는 피고 측 변호사가 인품과 교양 그리고 인간에 대한 경건한 품성과 자세를 갖추었다. 공격무기로 사용되는 법을 인간성의 이름으로 방어하는 것이 문학의 본령일 것이다.

변호사 스티븐스에게 포크너가 준 신뢰는 인간적인 성숙도에 비례하여 깊어진다. 작가와 작중 인물은 적어도 30년 이상 고락을 함께한다. 작가의 경륜이 익어가면서 작중 인물도 성숙해진다. 초년에는 비상한 재주가, 장년 이후에는 완숙한 지혜가 빛난다. 초기의 작품에서는 현란한 언변과 정교한 법리가 직업적인 무기였으나, 후반으로 갈수록 과묵의 미덕을 유지하다가 결정적인 순간에 반론을 펴는 기지를 발휘한다. 초기 작품에서 포크너는 주로 형사법 분야에 관심을 집중했다. 그러나 점차 사회적인 성격이 짙은 인종 문제에서부터 지극히 사적인 문제에 불과한 대학 입시 상담에 이르기까지 포크너의 법률가들은 미국의 일상에서 잠시도 뺄 수 없는 필수 불가결한 존재가 되었다. 현실에서 작가는 입법과 행정의 개혁을 겨냥한 시민운동에 관심을 보이기도 했다(그러나 작품의 시대에는 아직 시민운동이 태동하지 않았다). 포크너의 작품에 나타난 법은 한마디로 '살아 있는 법', '생동하는 법'이다.

한 포크너 전문가의 말을 빌리면, 포크너가 쓴 법과 법률가의 이야기는 희극도 비극도 아닌 희비극이다. 법이 인간의 가장 위대한 성취를 대변하지는 못하더라도, 적어도 인간의 가장 위대한 희망의 일부는 대변해줄 수는 있기 때문이다.

단편 「내일(*Tomorrow*)」(1940)에서 로스쿨을 갓 졸업한 변호사 스티븐스가 맡은 첫 사건은 살인 사건이다. 그는 원로 변호사인 조부를 졸라서 사건을 단독으로 처리하도록 허락을 얻는다. 신참 변호사는 성실한 변호인의 역할뿐만 아니라 탐정 역할까지도 성공적으로 수행하여 차갑도록 잔인한 법 제도의 희생양이 된 무력한 사람의 인간적인 품위를 회복시켜준다. 1998년, 옥스퍼드 대학교 출판사는 "시행착오(*Trial and*

Error)"*라는 묘한 제목의 법률 문학 선집을 펴냈다. 출판사는 보통법과 배심제도의 근간인 영어권 국가의 작품 29편을 고르면서 포크너의 「내일」을 포함시켰다.

포크너의 단편 「앞마당의 노새(*Mule in the Yard*)」(1934)에서는 산업사회의 첨병인 철도 기업을 상대로 한 소송 사기의 단면을 보여준다. 순진무구했던 농촌 사람들의 전원 일기가 산업사회의 법정 일기로 변하는 과정이다. 작가 자신의 표현을 빌리자면 "모든 기업들의 남부 지점은 그 지역 사람들의 탐욕의 잿밥이 되는 것을 지극히 당연하게 여기던 시절의 이야기이다."

스놉스는 자기 소유의 노새를 의도적으로 철로 주변에 풀어놓고 기차에 치여 죽게 만든다. 그러고는 철도 회사를 상대로 손해배상을 청구하는 전문적인 소송 사기꾼이다. 매니 헤이트 부인은 남편 론조가 스놉스의 종업원으로 일하다가 죽자 생명보험금으로 철도 관사를 사들여 입주한다. 그녀는 업주 스놉스를 상대로 남편의 체불임금 140달러를 청구하나, 스놉스는 "의무의 이행이 완료되지 않았다"는 이유로 지급을 거절한다. 이때 스놉스의 노새 한 마리가 잿더미 속의 불씨를 건드려 화재를 일으킨다. 헤이트 부인은 노새를 총으로 쏴 죽이고 배상금으로 10달러를 물어준다. 노새 값 150달러에서 남편의 체불임금을 제한 액수이다. 그러고는 화가 난 스놉스에게 소송할 테면 해보라고 큰소리를 친다.

---

* Fred Shapiro & Jane Garry ed., *Trial and Error : An Oxford Anthology of Legal Stories*, Oxford University Press, 1998. 이 책은 한국을 사랑하고 인권 개선에 앞장섰던 천재 법률가이자 뛰어난 인문학자였던 제임스 웨스트(James West, 1955~1998)가 죽기 불과 한 달 전에 부인 전경자와 공동으로 필자에게 선물한 책이기도 하다.

스놉스는 자신의 소송 사기 전력이 탄로날까봐 더 이상의 조치를 취하지 못한다. 자업자득이다.

로런스 프리드먼(Lawrence M. Friedman, 1930–)이 쓴 『미국법의 역사(*A History of American Law*)』(1973)에 따르면, 철도의 등장이 미국 불법 행위법(torts)에 혁명적 변화를 강요한 것이다. 기차 화통에서 튄 불씨에 농작물과 집은 잿더미가 된다. 민사 불법 행위는 피고의 고의 또는 과실을 입증해야 한다. 만약 철도 회사가 응분의 주의를 기울였다면 책임을 지지 아니한다. 그 결과 대기업은 면책되고 약자인 농민은 생계가 위태롭게 된다. 그래서 무과실책임의 원리가 등장한 것이다.

변호사는 남의 인생을 꼬는 재미로 산다. 『압살롬, 압살롬!』에 그려진 서트펜 대령 가(家)의 몰락 과정은 버림받은 여인의 복수 과정이다. 사건은 오직 경제적 이익에 혈안이 된 뉴올리언스 변호사의 부추김으로 시작된다. 미국 법 사상 가장 위대한 판사이자 법철학자로 추앙받는 홈스의 말을 빌리자면 "변호사는 잿더미 속을 뒤져 불씨를 찾아내는 천재이다." 이 정도 표현은 약과이다. 잿더미에서 건져낸 불씨를 다른 사람의 눈 속에 불어넣는 악마들도 많다.

『소리와 분노』: 「맥베스」의 승계작

셰익스피어의 맥베스는 아내가 미쳐 죽었다는 소식을 듣고 울부짖는다.

> 내일, 또 내일, 그리고 또 내일이,
> 매일 이렇게 꾸물꾸물

기록되는 마지막 순간까지 기어갈 것이며

우리의 모든 지난날은

바보가 흙으로 되돌아갈 길을 밝혔다.

꺼지는구나. 꺼지는구나. 희미한 촛불이!

인생은 한갓 그림자놀이, 한동안 무대에서 우쭐대고 안달하다가

흔적 없이 사라진 가련한 광대,

소리와 분노에 가득 찬,

아무런 의미 없는 바보 이야기.[*]

맥베스가 허공을 향해서 내뱉은 "소리와 분노(Sound and Fury)"는 포크너의 작품 제목으로 승계되어 후세인의 서가에서 진한 공명을 울린다. 『소리와 분노』는 미국 모더니즘 소설의 금자탑으로 불리기도 한다. 1890년대에 대두한 모더니즘은 1920년대에 들어 절정기를 구가했다. 제1차 세계대전을 기점으로 서구 문명의 도덕적인 기반과 영속성에 대한 믿음이 흔들리자 많은 작가들이 새로운 예술적 실험을 감행했다. 유럽에서는 조이스의 『율리시스』, 엘리엇의 『황무지』, 버지니아 울프(Virginia Woolf, 1882-1941)의 『제이콥의 방(Jacob's Room)』(1922)과 같은 작품에서 '의식의 흐름' 기법이 도입되었다. 포크너가 앞장서서 미국에 수입한 모더니즘 기법 중의 하나가 '시간의 파괴'이다. 과거에서 현재와 미래를 찾는다. 현재의 서술에 과거를 불러들이지만, 그것은 자신들이 경험하는

---

[*]   셰익스피어, 「맥베스(*Macbeth*)」(1623) 5.5.22-27(안경환, 『문화, 셰익스피어를 말하다』, 지식의 날개, 2020, pp.45-74에서 재인용).

현재가 반영된 기억이다. '4악장의 심포니'로 구성된『소리와 분노』는 의식의 흐름, 분열된 자아, 다수의 서술 관점, 상충하는 관념들을 통한 시간의 재구성을 시도한다. "내일", "내일"을 반복하는 맥베스의 외침과 함께 내일 대신 과거를 추적하는 것이다. 아마도 평면적이고 과거 지향적인 인간의 경직된 사고와 고정관념을 깨기 위한 시도일 것이다.

맏이 퀜틴, 외동딸 캐디, 아버지의 이름과 어머니의 편애를 받은 둘째 아들 제이슨 그리고 막내인 천치 벤지, 네 자녀의 관점이 제각기 질서없이 제시된다. 딸 캐디의 입장은 타인의 입을 통해서만 전달된다. 제4부의 흑인 가정부 딜지의 관점은 저자 자신의 관점이기도 하다. 세 살 지능의 서른세 살 벤지의 대사에 복선이 깔려 있다. "누나에게서는 더 이상 나무 냄새가 나지 않는다." 더럽혀진 소녀의 속옷이 상징하는 것은 한 여성의 순결의 상실을 넘어서 자연의 오염이자 시대의 오염이다.

'그림자'는 작품의 핵심어이다. 제2부 퀜틴 섹션에서만 적어도 40여 회 되풀이되면서 소설 전체에 짙은 그림자를 드리운다. 현대인은 위대한 업적을 남긴 과거의 위인과는 달리, 그림자 같은 존재일 뿐이다. 현대인은 태생적으로 불완전한 인간으로, 자신에게 닥친 삶을 감당할 능력이 없다. 이들은 살아남기 위해서 돈이라는 물신을 섬기거나 자살하는 수밖에 없다. 퀜틴은 전자를, 제이슨은 후자를 택한다. 이도 저도 아니면 세상의 그림자만 보는 바보가 되는 길이다. "분노로 가득 찬, 아무런 의미 없는 바보 이야기"라는 구절의 의미가 여기에 있다. 이 작품에 정식 법률가는 등장하지 않는다. 보안관과 치안판사가 그 역할을 대신한다.

총 19편의 장편소설과 125편의 단편과 희곡의 저자인 포크너는 영화 시나리오도 많이 썼다. 그는 문자에서 영상으로, 독자의 시대에서 관객의 시대로 세상이 변하고 있다는 사실을 누구보다도 먼저 깨친 당대의 선각자였다. 포크너 자신의 작품도 비교적 활발하게 영화와 텔레비전 드라마로 제작되었다. 탐정 소설『무덤의 침입자』의 한 컷을 옥스퍼드 법원 광장에서 찍을 때(1949), 마을 주민들은 대거 엑스트라로 동참하여 열광적인 지원을 보냈다. 『소리와 분노』도 영화로 만들어졌다(1959, 마틴 리트 감독, 율 브린너 주연). 그러나 영화의 줄거리는 원작과는 판이해서 정당한 각색의 범위를 넘었다는 불평이 따른다. 포크너 찬미자인 제임스 프랭코 감독은 2013년『내가 죽어 누워 있을 때(*As I Lay Dying*)』(1930)를 영화로 만들어 칸느 영화제에 출품했다.

우리나라에도 일찌감치 포크너 열풍이 불었다. 해방 전후 시기에 '어학의 천재'로 불리던 박희영(1920-1974) 교수가 1960년대 말에 포크너와 문학 논쟁을 벌인 이야기가 신화처럼 전승된다. 일제 말기에 일본군 통역병으로 미군 파일럿을 처형하는 현장을 목도한 그였다. 그는 종전 후에는 도쿄 전범 재판의 증인으로 소환되어 또 다른 죽음의 증인이 되었다. 그는 6-25 전쟁 전후하여 좌, 우익 동포의 테러에 아버지와 형을 잃었다. 그가 기댈 곳은 하느님밖에 없었다. 동년배 작가 이병주(1921-1992)가 그의 무덤에 바치는 헌사로 단편 소설을 썼다(『중랑교』[1975]). 망각의 세월에 묻혀버린 그들은 아직도 관 속에서 「맥베스」와 『소리와 분노』를 읊조릴 것이다. "인생은 한갓 그림자놀이."

『동물농장』

·조지 오웰·

우화 소설

한국의 청소년들에게 독서 과제로 가장 많이 부과되는 작품이 『동물농장(*Animal Farm*)』(1945)이라는 기사를 읽은 적이 있다. 실로 뜻밖이었다. 과연 러시아 혁명사를 몰라도 작품을 제대로 이해할 수 있을까? 게다가 한 세기 전의 러시아 역사에 어떤 학생이 관심을 가질까? 더더구나 그 땅에서 공산주의가 망해버린 이 시점에 말이다. 과제를 내는 선생은 학생들에게 무엇을 기대할까? 갖가지 의문이 든다. 그러나 다시 생각해보면 이유를 짐작할 듯도 하다. 왜 이 땅에서 노골적인 독재가 물러간 후에도 이문열(1948-)의 『우리들의 일그러진 영웅』(1990)이 여전히 즐겨 읽히는가를 생각해보면 답을 절로 깨칠 것이다. 두 작품 모두 공동체와 권력의 속성 그리고 인간의 본성을 꿰뚫은 수작이기 때문이다.

1945년 출판 당시에 작가 스스로 붙인 제목에는 "동물농장"에 더하여 "우화(*A Fairy Story*)"라는 부제가 달려 있었다. 그러나 아동용으로는 시장성이 불투명하다는 출판사의 판단으로 부제가 빠졌다고 한다. 게다가 당시의 통념으로는 이 작품은 전형적인 동화 내지는 우화의 기준에도 맞지 않았다. 작품에는 마술, 예쁜 공주, 씩씩한 왕자, 해피 엔딩, 그 어느 것도 없다. 굳이 우화적인 요소를 찾자면 수말 복서의 비참한 죽음과 암말 몰리의 무모한 허영 정도일 것이다. 또한 아동용 우화라면 동물과 인간 사이의 끈끈한 유대 관계가 긍정적인 요소로 작용하는 것이 상식인데, 이 작품에서는 등장인물 거의 모두가 불행한 파멸로 삶을 마감한다. 모든 면에서 어린이용으로 적합하지 않은 작품이다. 한마디로 이 소설은 세상의 어두운 면을 알 만한 나이가 되어서야 비로소 읽을 책이다. 『동물농장』은 볼테르(Voltaire, 1694-1778)의 『깡디드(Candide)』(1759)처럼 특정 장르로 분류하기 힘든 복합 문학이다. 정치 소설, 인간의 어리석음을 풍자하는 우화, 유토피아를 꿈꾸는 몽상가들에 대한 냉소, 정치적 무지에 대한 경고, 이 모든 것들을 아우르는 작품이다.

작가가 작품을 구상하던 1943년 당시 러시아 사회주의는 영국에서 정통 정치사상의 지위를 누리고 있었다. 진보주의자는 물론 보수주의자들도 친(親) 러시아 성향을 띠었다. 흥미롭게도 작가 스스로가 '사회주의'를 손상할 의도가 없었고 다만 민주주의 서방세계에 주의를 환기할 의도라고 변명했다고 한다. 사상의 자유, 언론 출판의 자유가 확립되었다고 자부하는 영국에서도 책을 선뜻 내줄 출판사를 구할 수 없었다는 사실은 후세인은 물론 작가 자신에게도 충격이었다. 작가의 서문이 초판본에 실리지 못한 당시의 분위기를 짐작할 수 있다.

『동물농장』은 1945년 8월 17일에 최초로 영국에서 출판되었고 1년 뒤에 미국에서 출간되었다. 이 작품은 그때까지 오웰이 펴낸 9권의 저술의 합을 능가하는 대성공을 거두었다. 전쟁 직후의 극도로 궁핍한 종이 사정을 감안하면 요즘 말로 엄청난 블록버스터였다. 영국에서 이 책이 출판된 것은 일본의 히로시마와 나가사키에 연이어 원자탄이 떨어진 직후의 일이다. 오웰이 작품을 집필하던 1943년 11월부터 1944년 2월은 원자탄 개발을 위한 미국의 맨해튼 프로젝트가 절정에 달한 시기이기도 하다.

『동물농장』은 '전후 세계'의 시작을 알리는 신호탄이다. "펜은 칼보다 강하다." 에드워드 리턴(Edward B. Lytton, 1803–1873)의 경구*가 단지 허사가 아님을 입증이나 하듯이 지난 70년 동안『동물농장』은 전쟁의 승리나 원자탄보다 더 깊이 사람들의 머리와 가슴에 뿌리박은 인류의 문화유산으로 살아 있다.

제2차 세계대전 직후는 오웰의 친구이자 「호라이즌(Horizon)」 지의 편집인이었던 시릴 코널리(Cyril V. Connolly, 1903–1974)의 표현대로 "서구의 정원이 문을 닫는 시기"로, 문예사조가 크게 변하고 있었다. 한동안 위세를 떨친 모더니즘은 이미 쇠퇴기에 접어들고 있었다. 운동의 주도자들이 전쟁에서 죽기도 했거니와 그들 중의 상당수가 전쟁 중에 내린 정치적 선택 때문에 운신의 폭이 줄어들었기 때문이었다. 이를테면 파운드는 피사의 미군 감옥에서 반역죄의 재판을 기다리고 있었다. 전쟁 중에 조국을 배신하여 무솔리니의 선전에 앞장선 혐의였다.

좌파 작가들도 분열과 혼란을 거듭했다. 오든의 급격한 방향 전환에서 보듯이 문학인들은 마르크스를 '실패한 신'으로 규정했다. 오웰은 종

---

*   "Pen is mightier than sword." 1839년 상연된 리턴의 연극 「리슐리유(*Richelieu : Or, the Conspiracy*)」에서 주인공인 리슐리유 추기경의 입에서 나온 대사이다(2막 3장).

합 에세이 『고래 배 속에서(*Inside the Whale*)』(1940)에서 오든의 시 「스페인 (*Spain*)」(1937)의 구절, "필요한 살인을 의식적으로 수용하는 자세"*를 비 판한다. 이 시에서 오든은 1937년 내전 중인 스페인의 모습을 "어제의 위대한 미덕이 오늘의 재앙으로" 그린 것이다.** 오웰은 고래 배 속의 요 나처럼 고래 아가리가 자신을 삼키도록 방치했고, 배 속에 감금되어서 도 저항을 포기한 채 암담한 상황을 수용하는 문학인의 무력한 태도를 강하게 질책한다.

장폴 사르트르(Jean-Paul A. Sartre, 1905–1980)가 『문학이란 무엇인 가?(*Qu'est-ce que la littérature?*)』(1947)에서 말했듯이 앞선 두 세대의 문학 인들은 오염되었고, 진실과 현실에 호소하는 새로운 작품에 목마른 독 자들의 기대를 채워주지 못했다. 이런 시대적 배경에서 『동물농장』이 탄 생했던 것이다. 그래서 이 작품은 영국 최초의 '전후 소설'로 불리기도 한다. 단지 출간일자 때문만은 아니다. 정면으로 사회적 메시지를 전하 는 영국 소설이 출현한 것이기 때문이다. 전후의 새로운 도덕적 발견과 정치적 자각을 모색하는 시대정신에 바탕을 두고 억압적인 과거사의 영 욕을 파헤치는 소설을 기다렸던 대중은 『동물농장』의 출현을 열광적으 로 환영했다.

오웰 스스로 이 작품을 일러 "정치와 예술을 결합하여 쓴 최초의 소 설"이라고 서문에서 밝혔다. 그는 자신의 조국, 영국을 "악한 구성원이

---

*   "The Conscious acceptance of guilt in the necessary murder."(24연, 2행)
**   "Yesterday great beautiful things ; But to-day disaster." 오웰과 다른 문인들의 비판을 받고 후일 오든은 자신의 시집에서 이 시를 삭제한다.

지배하는 가족"*에 비유했다. 만약 의로운 후손이 나라를 승계한다면 효과적으로 다스릴 수 있을까? 이는 영국에만 해당하는 물음은 아니다. 세계의 모든 나라들과 모든 후세인들에게 『동물농장』이 남겨준 영원히 풀리지 않을 숙제이다.

반유토피아 소설

『동물농장』은 '반(反)유토피아 소설'이다. 유토피아 문학이란 에덴동산으로 상징되는 전설적인 황금기에 대한 향수인 동시에 미래에 대한 꿈의 제시이다. 19세기에 들어서 유토피아는 문학과 사회적 실험의 중요한 주제가 되었다. 기독교적 인본주의를 거쳐 산업사회의 낙관주의가 절정에 달한 시기에 많은 사람들은 완벽한 존재로서의 인간과 유토피아의 현실적인 가능성을 믿었다. 세계가 하나의 통일된 나라로서 평화롭게 살 수 있을 것이라고 기대했던 것이다. 영국의 경우 버틀러의 『에레혼』과 모리스의 『미지에서 온 소식(News from Nowhere)』(1890)이 단행본으로 출간되었고 테니슨의 시 「록슬리 홀(Locksley Hall)」(1842)은 유토피아를 인간이 "세상과 연합하여"** "세상의 비전"***을 관조하는 곳으로 그렸다.

미국 문학에서는 벨러미의 『되돌아보며』, 허먼 멜빌(Herman Melville, 1819–1891)의 『타이피(Typee)』(1846)와 『오무(Omoo)』(1847) 등이 오염되지 않은 세상에 대한 동경을 담았다. 미국에서 유토피아는 서부 개척 시대

---

*   "family with the wrong members in control"
**   "in a federation of the world"
*** "vision of the world"

의 '변경(frontier)' 개념과도 연결되어 있다. 서부는 각종 죄악과 피의 투쟁으로 얼룩진 유럽과 그 연장인 동부의 역사에서 탈출하여 자유와 평화로운 공존의 이상이 실현되는 시적(詩的) 사회를 의미했다. '미국 문학의 아버지'로 불리는 트웨인의 『허클베리 핀의 모험』이 미국 유토피아 문학의 대표작이다. 문명사회를 등진 핀과 도주한 노예, 짐이 뗏목 위에 건설한 평화로운 공동체는 지상의 유토피아이다. 그 꿈이 무너지자 작품의 말미에 헉은 새로운 유토피아, 변경을 찾아 서부로 떠난다.

그러나 20세기의 역사는 정반대의 길을 걸었다. 역사는 혁명과 내전, 전쟁과 냉전으로 일관했고 전체주의 체제의 등장은 인간의 존엄과 가치에 결정적인 손상을 입혔다. 이러한 시대적 배경에서 탄생한 반(反)유토피아 문학은 인간의 탐욕과 기계화가 불러들일 암울한 미래의 재앙을 경고하고 나섰다. 20세기의 3대 반(反)유토피아 작품으로 헉슬리의 『멋진 신세계』, 오웰의 『1984년』에 더하여 러시아 작가, 예브게니 자먀틴(Yevgeny Zamyatin, 1884-1937)의 『우리들(My)』(1924)을 들기도 한다.[*]

라이어널 트릴링(Lionel M. Trilling, 1905-1975)은 오웰이야말로 천재가 아닌 것이 다행인 사람, 자신의 심성과 사상에 충실하려다가 상처를 입었고 그러면서도 끝내 진실되고 성실했던 작가라고 평했다.[**] 이병주도 "오웰은 진실 이외의 어떤 일에도 관심이 없었다"라고 평했다. 권력과

---

[*] 오웰은 자먀틴의 소설에서 받은 감명을 에세이("Review of We", 1946)로 남겼다.

[**] Lionel Trilling, "George Orwell and the Politics of Truth : Portrait of the Intellectual as a Man of Virtue", *Commentary ; New York*, Vol. 13, Jan 1, 1952, p.218.

탐욕이 불치의 인간 본성임을 간파한 그는 아무리 위대한 이상에 충만한 혁명이라도, 인간의 생래적인 악성을 제어하는 사회 제도가 구축되지 않으면 불의의 결과로 마무리될 수밖에 없다는 것을 진실의 이름으로 경고하는 것이다. "모든 혁명은 실패로 마감한다. 오직 실패하는 양상이 다를 뿐이다." 그는 "대중이 선한 의도로 성취한 혁명은 엘리트 독재 계급의 출현과 이들의 권력 유지 수단으로 전락하는 악을 생산한다"라고 경고했다. 자신이 사는 시대에 분노하고 세상에 항의하는 것이 작가의 임무이다. 김현(1942-1990)의 에세이, "소설은 왜 읽는가?"(1987)가 연상된다. 그는 "이 세계는 과연 살 만한 세계인가, 우리는 그런 질문을 던지기 위해서 소설을 읽는다"라고 했다. 독자가 기대하는 소설이 그럴진대, 작품을 쓰는 작가야 오죽하랴. 1942년에 출간된 『20세기 작가 사전(Twentieth Century Authors)』(1942)에서 자신의 항목을 직접 집필한 오웰은 원고의 말미에 "전쟁으로 절망하여 현재는 절필하고 있음. 그러나 3부로 구성된 장편을 계획 중"이라고 썼다. 그때 구상한 작품이 『1984년』이다.

우리 모두 과거의 한때에 동물농장이나 장원 농장 인근에 살았거나, 앞으로 그럴 위험 속에 살고 있다. 순수하고도 절실하게 필요했던 혁명이 배반의 독재로 전락하는 것은 단지 정치의 영역에 한정된 것이 아니라 현대의 공동체 전반에 걸쳐 만연한, 엄연히 살아 있는 신화이다. 어떤 권력에나 반드시 수반되는 것이 폭력과 선전이라는 오웰의 주장은 보편적인 설득력을 가진다. 호메이니, 카다피, 사담 후세인, 조지 부시, 김정일……. 우리는 무수한 폭력과 선동의 통치자들을 목도했다. 그러나 정치권력만이 동물농장의 노예주는 아니다. 정치 혁명보다 더 21세기 인류의 삶을 지배하는 숨은 혁명은 대기업의 지배 아래 계속되는 부르주아 물질 혁명이다. 우리네 삶의 실체가 이러할진대 절대 권력의 독재가 사라졌다고 믿는 이 시대에도 여전히 우리는 자본주의 동물농장에 살고 있는 것이다.

평등한 사람, 더 평등한 사람

이 작품에서 학대받던 동물들은 인간의 농장을 반란으로 무너뜨리고 "동물공화국"을 세운다. 동물들은 "모든 동물들은 평등하다"라는 '혁명' 슬로건을 내걸지만, 나폴레옹을 필두로 한 돼지 계급의 독재가 강화되면서 "그러나 어떤 동물은 다른 동물들보다 더 평등하다"라는 단서가 덧붙는다.

러시아 귀화인인 박노자는 근대 자본주의 국가인 한국을 '주식회사 대한민국'으로 명명한다.

> 자본주의적 근대는 신분의 해방과 동시에 경제적 예속을 안겨 준다. ……도시화된 대한민국의 국민은 ㈜대한민국의 '주주' 계층에 속하지 않는 이상 호구지책이 거의 없다. 3년 내에 휴, 폐업될 확률이 절반에 가까운 자영업 창업이라는 모험을 해 보거나, 입에 풀칠이라도 하기 위해 자본에 몸을 파는 월급쟁이, 즉 피고용자가 되는 것이다. 후자는 전통사회에서 '머슴'이 되는 셈이다. 하지만 이 길도 대한민국에서는 대다수에게 안정적인 삶을 보장해주

지 않는다. 근대인은 경제적으로 자본에 예속되어 있는 '무산자'이지만 자본은 이들의 삶을 보장할 의무는 없다. 그래도 최소한의 식량을 보장받았던 과거의 노비에 비해 임금 노예의 주인인 자본은 더욱 책임감이 없다.[*]

우리나라만 그런 것이 아니다. 전 세계적인 현상을 묘사하는 '축출 자본주의'라는 용어가 등장했다. 중산층에서 밀려난 빈곤층과 그마저에서도 밀려난 극빈층, 주택 담보 대출로 집을 잃고 쫓겨난 파산자, 급격하게 늘어난 개도국의 난민과 선진국의 수감자, 실업과 빈곤을 당연하게 받아들이는 신체 건강한 청년들, 땅과 물의 파괴로 갈 곳을 잃은 인간과 자연 생태계 등등. 이러한 소거, 추방은 날로 증가하는 세계적 현상이다. 저소득 노동자와 실업자는 복지 정책에서 소외되고, 가난한 국가들은 영토를 매각해야 한다. 내전으로 살림터를 잃은 난민들은 목숨을 걸고 국경을 넘고, 생태계 파괴로 동물들도 터전에서 쫓겨나고 있다. 미국의 도시사회학자 사스키아 사센(Saskia Sassen, 1947-)은 평범한 사람들은 삶에서 내쫓기지만, 동시에 거시 경제는 성장하는 것이 세계화된 금융 자본주의의 핵심적인 현상이라고 진단한다.

이러한 시대에 미국의 한 언론인이 쓴 소설 『자본주의 동물농장 (Snowball's Chance)』(2002)이 주목을 받는다. 원조 『동물농장』을 오마주 내지는 패러디한 작품이다. 이는 2001년 9월 11일 전 세계인에게 엄청난 충격을 안긴 뉴욕 세계 무역 센터 폭파 사건을 계기로 다국적 기업이 주

---

[*]   박노자, 『주식회사 대한민국』, 한겨레출판사, 2016, p.11.

도하는 금융 자본주의의 폐해를 고발하는 작품이다. 러시아 전체주의를 겨냥했던 오웰의 『동물농장』은 소련이 사라진 후에도 여전히 유효하다. 왜냐하면 우리는 여전히 '자본'이라는 다른 유형의 동물농장 속에 살고 있기 때문이다. '자본주의 동물농장'의 헌법관에 따르면 "모든 동물들은 평등하게 태어났다. 무엇이 되느냐는 자기 자신에 달려 있다."* 그러나 현실은 금수저를 쥐고 태어난 1퍼센트의 '보다 더 평등한' 동물들만이 소망하는 바를 이룰 수 있다.

『이것이 모든 것을 바꾼다(*This Changes Everything*)』. 2014년, 미국의 반(反)세계화 운동가인 작가 나오미 클라인(Naomi A. Klein, 1970-)은 '기후 변화' 문제를 자본주의의 핵심 의제로 상정했다. 그동안 부의 불평등 문제에 천착해온 클라인은 2007년의 저술 『자본주의는 어떻게 재난을 먹고 괴물이 되는가(*The Shock Doctrine*)』(2007)에 등장하는 '재난 자본주의'의 연장선에서 기후 문제를 바라본다. 재난은 당사자에게는 고통이지만, 역설적으로 시장에는 기회가 된다. 문제는 기후 변화를 부정하는 인식을 퍼트리는 정치 집단과 그 집단을 후원하는 자본가들이 녹색경제로의 이행을 막고 있다는 것이다. 클라인의 확신에 찬 진단이다. "자본주의가 바뀌지 않는 한 기후 문제는 절대로 해결되지 않는다. 글로벌 금융자본주의는 99퍼센트의 사람들을 노예로 만든다." 2020년 이래 전 세계를 강타하고 있는 코로나 팬데믹에서 가장 우려할 후유증은 심화될 빈부격차 현상이 될 것이다.

---

*   "All animals are born equal-what they become is their own affair."

오웰의 나라, 미얀마

오웰은 미얀마(당시의 버마)와 인연이 깊다. 그는 버마 지식인들에게 '위대한 예언자'로 추앙받는다. 그가 버마를 염두에 두고 3권의 소설을 썼다는 것이 버마 지식인들의 믿음이다. 제목이 명시하는 『버마 시절(Burmese Days)』(1934)에 더해서 세계인의 고전이 된 『동물농장』과 『1984년』도 버마 이야기라는 것이다. 『버마 시절』은 영국 식민지 시절의 버마 상황을 그린 일종의 연대기이다. 이 작품은 청년 시절 식민지 경찰로 근무한 작가의 체험에 바탕한 것이다. 주인공인 영국 관리가 자살하는 것은 제국주의의 몰락을 상징하는 것으로 읽힌다. 사후에 밝혀진 바에 따르면, 오웰은 그 시절 현지인의 풍습에 따라서 손마디마다 문신을 새겼다고 한다. 아직도 버마의 시골 사람들은 문신을 즐긴다. 문신이 총탄을 막아주고 뱀을 퇴치하는 부적이라고 믿기 때문이다. 1947년 영국의 지배에서 벗어난 독립국 버마는 복수정당제의 의회 민주주의를 표방했고, 1950년대에는 아시아에서 가장 전도양양한 신생 국가로 비쳤다. 비옥한 땅, 식견 높은 정치 지도자, 풍부한 문화인, 민주주의와 법치주의의 정착 등 모든 면에서 버마는 아시아의 모범국이었다. 그러나 1962년 쿠데타로 집권한 네윈 군사 정부는 '버마식 사회주의'를 지향했다. 그 결과 버마는 아시아에서 가장 가난한 나라로 전락했다. 바로 『동물농장』의 이야기이다. 버마의 군부가 곧 돼지들이다. 『1984년』은 개인의 자유와 사생활이 처참하게 유린되는 전체주의 사회를 그렸다. 이는 엄혹한 경찰국가, 무자비한 군사 독재에 시달리는 미얀마인의 일상이다. 미얀마에서 '조지 오웰 독서 클럽'이 불온 단체로 낙인 찍히고, 그의 작품의 유통이 금지된 이유를 짐작할 수 있다. 오웰은 폐결핵으로 죽는 순간까지 펜을 놓지 않았다. 그가 마지막 병상에서 구상한 작품의 제목은 「흡연실 이야기(*A Smoking Room Story*)」(1950)이다. 그는 불과 3,000-4,000단어 분량의 단편 소설을 구상한 것이다. 작가는 고귀한 이상에 불탄 영국 청년이 식민지 버마의 습한 정글 생활 끝에 어떻게 개안하여 변모하는지를 쓸 생각이었다. 그러나 소설의 윤곽과 몇 개의 문장만 남긴 채 세상을 떠났다. 어쩌면 그는 작품에 담배와 폐암의 상관관계에 대한 예언적인 내용을 담았을지도 모를 일이다. 식민지 경영(담배)은 국제적 평화 공동체(인체)를 파괴하는 암적인 제도라는 메시지를 담지 않았을까.

「바틀비」, 「베니토 세레노」, 「수병, 빌리 버드」

·허먼 멜빌·

법률 리포트 『백경』

많은 독자들이 『백경(*Moby Dick*)』(1851)의 작가 정도로만 알고 있는 허먼 멜빌은 미국 문학의 거성인 동시에 법률 문학의 대가였다. 『백경』을 제대로 읽은 독자는 우선 책머리에 제시된 "문헌부"에 압도된다. 『구약성서』를 위시한 서양 고전들에 나타난 고래에 관한 언급이 여기에 망라되어 있다. "하나님이 큰 물고기와 물에서 번성하여 움직이는 모든 생물을 그 종류대로, 날개 있는 모든 새를 그 종류대로 창조하시니 하나님의 보시기에 좋았더라."(「창세기」 제1장 21절) "요나가 물고기 뱃속에서 그 하나님 여호와께 기도하여"(「요나」 제2장 1절) "햄릿, 참으로 고래 같구나."(「햄릿」 3.2.17)

고래 사냥에 관련된 역사적 사실도 상세하게 기록되어 있다.

가능하면 북양을 통해서 인도로 가는 뱃길을 열려고 했던 네덜란드와 영국 사람들의 항해는 목적은 달성하지 못했지만, 뜻밖에도 고래 떼들의 서식지를 세상에 밝혔다.

아마도 입법부가 제정한 최초의 포경법은 1695년에 네덜란드 의회가 제정한 법률일 것이다. 다른 나라에서는 성문화된 포경법은 없지만, 미국의 어부들은 스스로 입법자가 되었다. 그들은 간단명료함에 있어서 유스티아누스 법전이나 중국의 '남의 일에 간섭하는 것'을 금지하는 협회의 정관보다도 우수하다. 분명히 그 법규는 앤 여왕의 동전이나 작살 칼날에 새겨 목걸이로 삼을 수 있을 만큼 간결한 것이다.

작품에 동원된 법률 문헌도 상당하다.

국왕의 통상 세입의 열 번째 항목은 해적과 강도 행위로부터 해양을 방어하기 위해서 고래, 철갑상어 등 '국왕의 어류(royal fish)'를 지정한다. 이들은 해안에 떠밀려오건 해상에서 포획하건 불문하고 국왕의 재산이 된다.

본문 제89장과 제90장은 그 자체가 일급 법률 리포트이다. 제89장에는 '잡은 고래(fast-fish)'와 '추적 중인 고래(loose fish)'에 관한 영국의 판결과 학설이 총동원되어 있다.

제1조, 잡은 고래는 맨 먼저 찌른 자에게 귀속된다. 제2조, 추적 중인 고래는 누구라도 맨 먼저 잡는 자에게 귀속된다. 그러나 이 훌륭한 법전도 찬탄할 만큼 간결한 연유로 인해서 발생하는 간극을 보충하는 방대한 주석을 필요로 한다. 첫째, '잡은 고래'의 의미는 무엇인가? 살아 있든 죽어 있든 간에

고래가 사람이 탄 선박이나 보트, 돛대, 노, 22센티미터 밧줄, 전선, 거미줄 등 종류를 불문하고 혼자 또는 그 이상의 선원에 의해서 통제되는 특정 물체에 붙들어 매어져 있을 때에는 기술적으로 잡은 고래인 것이다. 마찬가지로 그 물고기의 '표지' 또는 기타 공인된 소유권의 표식이 부착되어 있을 때에는……어부들 용어로 '잡은 고래'이다.

"머리냐, 꼬리냐(Heads or Tails)"라는 제목의 제90장에서는 다소 유머러스한 전래의 법리들이 옮겨져 있다.

고래는 왕이 그 머리를, 왕비가 그 꼬리를 가지기에 매우 적절한 구조를 가지고 있다.

누구나 그 나라의 해안에서 고래를 잡은 경우에 국왕이 명예 작살잡이의 지위에서 머리를 차지하고, 왕비에게는 공손하게 꼬리를 가져다 바쳐야 한다는 뜻이다. 이 분할법은 고래는 사과와 마찬가지로 중간에 남는 부분이 없다는 의미이다. ……영국의 철도가 항상 왕가의 편의를 위해서 특별열차를 만드는 의례를 존중한 것이다.

만약 멜빌이 『백경』을 쓰지 않았더라면 중, 단편으로 세계 문학의 중심에 섰을 것이라고들 한다. 멜빌의 많은 중, 단편들 중에서 흔히들 '법률 3부작'으로 부르는 「바틀비(*Bartleby the Scrivener*)」(1853), 「베니토 세레노(*Benito Cereno*)」(1855), 「수병, 빌리 버드(*Billy Budd, Sailor*)」(1891)는 흔들리지 않는 명성을 누린다.

멜빌은 자신의 최초의 작품, 『타이피』를 매사추세츠 주 대법원장 르무엘 쇼(Lemuel Shaw, 1781-1861)에게 헌정한다. 일반 독자들에게는 다소 생소한 쇼라는 인물은 단순히 판사가 아니었다. 그는 연방대법원의 조지프 스토리 대법관(Joseph Story, 1779-1845), 뉴욕 주 형평법원장 제임스 켄트(James Kent, 1763-1847) 등과 함께 당대 최고의 지성인 법률가였다. 매사추세츠 주는 미국 동부의 정치, 행정, 사법의 중심이었고, 메사추세츠 주의 대법원 판결은 인접한 주는 물론 미국 전역에 막대한 영향을 미쳤다. 쇼는 30년(1830-1860) 동안 이곳 메사추세츠 법원에 재직했다. 그는 멜빌의 아버지의 절친한 친구이자 한때 친구의 여동생의 연인이었다. 쇼는 금맥을 찾아 캘리포니아로 떠난 친구가 빈털터리로 죽자 그가 남긴 열세 살짜리 아들의 후견인이 되었고, 마침내 자신의 딸 엘리자베스와 친구의 아들을 혼인시켰다. 멜빌은 첫 작품을 결혼 예물로 장인에게 바친 것이다.

멜빌이 『백경』을 쓰기 위해서 공공 도서관을 출입하면서 치밀한 문헌 조사를 한 사실은 널리 알려져 있다. 그는 정평 있는 독서가였다. 멜빌의 독서 습관은 쇼의 절대적인 영향 아래에 형성되었다. 쇼는 공적으로 가부장적인 판사였듯이 멜빌에게도 온정적인 가부장이었다. 쇼는 사위의 경제적 위기마다 힘껏 도왔으며, 그의 여행 비용을 대고, 애로우헤드 저택의 구입 자금을 지원했다. 1861년에 장인이 죽으면서 남긴 약간의 유산은 멜빌의 생계에 큰 도움이 되었다. 1884년, 쇼의 재산을 대부분 상속한 장자 쇼 2세가 죽으면서 여동생 엘리자베스에게 상당한 유산을 남겼고 그 덕에 멜빌은 세관원직을 사임하고 창작에 전념할 수 있었다. 1885년, 멜빌이 「빌리 버드」를 구상할 때, 쇼의 다른 아들들은 곧 설립될 아버지의 기념관에 일체의 소장 자료를 기증했고 멜빌이 이 자료들에 접근했다는 정황이 확인된다.

「바틀비」

법률 3부작 중에서 「바틀비」가 가장 먼저 발표되었다. 이는 멜빌의 모든 작품들 중에서 가장 난해한 작품으로, 오늘날에도 활발한 비평의 대상이 되고 있다. 근래 들어와서 문학의 영역 밖에서도 「바틀비」는 인간의 소외와 사회적 책임을 토론하는 소재로 널리 활용된다.

이야기는 일인칭 법률가 화자의 절대적인 지배 아래에서 전개된다. 그의 입을 통해서 "실로 기이한 필경사"인 바틀비가 출현했다가 사라지는 이야기가 전해진다. 화자는 사회적으로 성공한 직업인이다. 그는 자신의 직업적인 성취와 평판에 상응하는 생활 양식에 더하여, 누구도 비판할 수 없는 수준의 인간애를 가졌다고 스스로 자부한다. 그러나 안정된 삶을 영위하면서 능숙한 처세술을 터득한 그도 타인의 내면적인 고통에는 무력하다. 피고용자에게는 합리적인 사용자인 그도 사무실을 찾는 고객과 동료 법률가들의 압력을 견디지 못하고 "기이한 필경사"를 끝내 축출한다.

외형적으로는 시종일관 화자의 시간적, 공간적 지배가 유지된다. 그러나 플롯이 진행될수록 독자는 화자가 지닌 정보가 지극히 제한되고 화자가 상황에 대한 통제력을 상실하는 것을 깨닫는다. 화자에게 성공과 행복의 척도는 물질이다.

나로 말할 것 같으면 젊어서부터 평탄하게 사는 것이 제일이라는 확고한 신
조로 살아온 사람이다. 그래서 흔히들 열정적이고 역동적이고 때때로 논란
에 휘말리기 십상이라는 평판이 있는 직종에 몸담고 있으면서도 그런 일로
일상의 평화가 깨진 적은 전혀 없었다. ……대신에 부자들의 채권이나 저당
권 또는 등기권리증이나 다루면서 안온한 은신처에 마련된 유유자적한 평화
를 즐기며 산다. 나를 아는 사람들은 모두 나를 더없이 안심할 수 있는 사람
으로 여긴다.

화자에게는 안정적으로 물질적인 부를 축적, 유지하기 위한 일상적
인 질서, 인내와 신중함이 좌우명이자 생활수칙이다. 그러나 부가 늘어
날수록 화자의 일상은 불안정해진다.

작품의 주인공, 바틀비의 정체와 성격을 두고 최소한 그가 일하는 법률
사무소의 열쇠 수(4개)만큼이나 다양한 해석이 시도되어왔고, 속속 새
로운 열쇠가 복제되고 있다. 어떤 평자는 소설이 발표된 직후에 바틀비
의 실제 모델을 찾았다. 그리하여 이 작품은 헨리 소로(Henry D. Thoreau,
1817–1862)의 패러디로 인식되기도 했다. 소로의 「시민불복종(*Civil
Disobedience*)」(1849)과 숲속 이야기 『월든(*Walden*)』(1854)에 잘 나타난 대로,
이 작품이 인간 사회를 외면하고 은거 생활을 고집하면서 국가가 부과
한 세금조차 거부한 극도의 개인주의적, 비타협적 태도를 비판한 작품

이라고 본 것이다. 이런 입장에서는 바틀비가 마지막에 눈을 부릅뜨고 죽는 것도 그가 집요하게 추구하던 '소극적 저항(passive resistance)'을 완성하는 행위로 볼 수 있다.

　이 작품을 작가 자신의 처절한 운명을 다룬 우화로 보아 필경사를 작가의 분신으로 규정하는 평자도 있다. 작품의 핵심 장치인 "수취인 불명의 편지(dead letter)"가 현실적 효용을 상실하듯이 독자 없는 작품도 무의미하다. 그렇기 때문에 절대적 자아를 추구하는 작가는 세상이 요구하는 글을 포기할 수밖에 없는 비애를 호소한 작품이라는 해석도 가능하다. 그런가 하면 어떤 평자는 법률가와 바틀비의 관계를 아버지와 아들의 관계로 보는 심리학적 해석을 시도하기도 한다.

　작품의 부제는 "월스트리트 이야기(*A Story of Wall Street*)"이다. 월스트리트는 미국 금융 자본주의의 심장부인 뉴욕의 중심가이다. 금융과 법률이라는 자본주의의 두 핵심 기제가 결합하여 인간성을 유린하는 사회이다. 또한 월스트리트는 그 이름이 상징하듯이 '벽'으로 차단된 사회를 의미한다. 즉 인간 사이의 소통을 가로막는 각종 벽과 담이 쌓여 있는 숨통 막히는 사회이다. 바틀비의 책상이 놓인 창문 쪽에서는 높은 벽만 보인다. 일을 하다가 말고 그는 종종 "면벽 공상(dead-wall revery)"에 잠기고는 한다. 자신을 바깥세상으로부터 완전히 차단한 벽을 항해 묵묵히 저항하는 행위이기도 하다. 그의 책상 앞에 우뚝 서 있는 담, 그가 죽은 교도소의 두터운 담은 바로 인간 사회 자체를 상징한다. 주인공이 필경사라는 것, 그리고 그가 변호사의 고용인이라는 점에 특별히 주목할 필요가 있다. 잘 알려진 바와 같이 고대에 필사는 주로 교육받은 노예들이 담당했다. 필사는 지루할 뿐만 아니라 굴욕적인 작업이기도 했다.[*] 중세의 필경사는 수도원에 소속된 하급 성직자였다.

나는 새로 개정된 주 헌법에 의해서 형평법원 사법관직이 느닷없이 폐지된 것은 시기상조였다고 믿는다. 나는 그 자리에서 종신 수입을 기대했는데, 단지 몇 년 치 봉급을 받았을 뿐이다.

화자의 입을 통해서 언급된 형평법원의 폐쇄에는 중요한 상징적 의미가 있다. 아리스토텔레스에 의하면 형평은 실정법을 초월하는 정의의 개념이다. 형평법원은 멜빌 시대 최고의 영국 작가, 디킨스의 작품들에 잘 그려져 있듯이 문자 그대로 '형평'의 이념과 정신을 감안한 구체적 정의를 실현하기 위해서 설립된 법원이다.[**] 그러나 1846년 뉴욕 주가 헌법 개정을 통해서 형평법원을 폐지하여 주 대법원에 편입하자 다른 주들도 선례를 따랐다. 이제 형평법원은 역사적 유물이 되었다.

형평법은 이를테면 온정적인 가부장제의 이상을 구현한다. 1863년에 출간된 이 작품은 화자를 폐지된 형평법원의 '사법관(Master)'으로 설정함으로써 낡은 가부장제의 상징으로 삼는다. 또한 월스트리트가 형평법의 몰락을 주도한 세력으로 그려지는 것은 의미심장하다.

멜빌의 생애 동안 미국 사회의 권력의 판도에 중대한 변화가 생긴다.

---

[*] 스티븐 그린블랫, 이혜원 역, 『1417년, 근대의 탄생(The Swerve)』, 까치글방, 2013, pp.62-65.

[**] 특히 『황폐한 집』에서 디킨스는 형평법원의 무원칙적이고 부조리한 운영에 대한 사실적이고도 풍자적인 고발을 담았다.

이제 사회적 권력의 주도권이 법률가에게로 이전된다. 멜빌의 개인적인 경험도 이를 뒷받침한다. 화자의 법률 실무는 대중의 시선이 주목되는 배심 재판을 피하고 오직 판사 한 사람을 상대로 한다. 이 법원이 폐지된 것은 화자에게는 유감이지만, 시민의 사법적 참여를 갈구하는 대중의 입장에서 볼 때에는 너무나 당연한 새로운 시대의 요구이기도 하다.

화자인 법률가와 화자가 보는 대상인 바틀비 사이에는 사물을 인식하는 방법과 습성에 중대한 차이가 있다. 법은 인간의 모든 행동들을 '추정(assumption)'의 원리로 설명한다. 추정은 반증(反證)이 있을 때까지 한시적으로 유효한 잠정적 사실이다. 즉 상황의 변화에 따라서 언제나 번복될 수 있는 한시적 진리인 셈이다. 그러나 행위자 자신은 단순한 추정이 아니라 확고한 신념에 차 있다. 법률가의 생활철학인 추정의 원리는 바틀비의 '우선선택권(preference)'의 원칙과 대비된다. 바틀비는 '하는 (또는 하지 않는)' 편을 '택(prefer)'한다. 이 차이는 작품에서 중요한 의미를 가진다. 화자의 입장에서 볼 때에 바틀비는 전후좌우로 상황을 면밀하게 고려한 끝에 내린 법률가의 추정을 가차 없이 무력화한다. 변호사는 합리적인 절차를 거쳐 바틀비가 제거될 것으로 추정하나, 바틀비에게는 추정의 원리가 전혀 통하지 않는다. 자유 의사에 기한 선택(그것이 작위이든 부작위이든)은 불확실한 결과를 감수하는 능동적인 행위이다. 바틀비에게 있어서 '택한다'는 것은 자신이 선택하는 행위의 의미를 지각하고, 그 행위가 초래할 결과를 책임지는 일이다. 한순간도 주저하지 않고 '하지 않는 편을 택하는(prefer not to)' 바틀비의 행위에 따를 결과는 하나밖에 없다. 그는 모든 삶의 행위들이 무의미함을 알고 신념에 찬 죽음을 택한다. 그에게 죽음은 유일하고도 불가피한 최종 선택인 것이다.

「베니토 세레노」

1855년에 발표된 중편, 「베니토 세레노」는 작가의 생전에는 특별한 주목을 받지 못했다. 그러나 1928년, 평론가 에드워드 오브라이언(Edward J. H. O'Brien, 1890–1941)이 "미국 문학사에서 가장 뛰어난 작품"이라고 극찬한 후로 많은 평론가들이 다양한 각도에서 비평을 내놓았다. 실존 인물, 아마사 델러노(Amasa Delano, 1763–1823)의 기록, 『항해일지(*A Narrative of Voyages*)』(1817)가 작품의 원재(原材)인 만큼 원재를 창작에 활용하는 기법을 두고 논쟁이 벌어진 것도 당연한 일이다.

작품의 주제는 의심할 바가 없이 인종 문제이다. 반란이 일어난 배의 이름이 신대륙의 인종 문제의 원초적인 원인을 제공한 인물, '크리스토퍼 콜론(콜럼버스)'이라는 것도 상징적이다. 델러노 선장, 돈 베니토 세레노, 흑인 바보, 세 사람 중 누구의 관점에 서느냐에 따라서 선상 노예 반란의 의미와 성격이 달라진다. 델러노는 순진한 낙관주의자 미국인의 전형이다. 그는 선의, 낙관, 활력으로 가득 찬 신세계 아메리카를 상징한다. 그는 흑인에 대한 고정관념의 소유자로 흑인이 백인을 지배하는 상황을 상상조차 하지 못한다. 그에게 흑인 노예는 '뉴펀들랜드 개'처럼 순하고 튼튼한 애완동물일 뿐이다. 흑인 노예가 어린아이와 함께 노는 모습은 천상에서 여러 동물들이 자유분방하게 노니는 한 폭의 아름다운 그림이다. 그는 작은 체구의 흑인 바보가 돈 베니토를 그림자처럼 따라다니는 것을 보면서 이상적인 주종 관계라고 찬탄한다. 그는 부하를 효율적으로 통솔하는 능력을 보이지만, 정작 자신에게 닥친 위기는 감지하지 못한다. 그에게는 흑인이라는 열등한 인종에게 자비를 베푸는 것이 백인 최대의 미덕이다. 이런 순진무구함 때문에 그는 자신이 직면한 객관적인 위험을 인식하지 못하고, 심지어는 잠재적 약탈자에게 결정적인 정보까지 제공한다. 그러나 역설적으로 이런 어리석음 덕분에 그는 목숨을 부지할 수 있었다.

돈 베니토는 봉건제를 주축으로 하는 구시대, 구대륙을 상징한다. 그는 반란의 괴수, 바보를 법정에서 대면하기를 거부한다. 심지어는 피고인의 신원을 확인하는 것조차 거부한다. 자신이 바보의 강요에 의해서 노예 생활을 했기 때문에 바보가 왜 그런 행동을 했는지, 할 수밖에 없었는지 이해할 수 있었을지도 모른다. 그는 반란이 병성되고 고국에 돌아갈 수 있음에도 완강하게 귀국을 거절하고 외딴 수도원에 은거하다가 스물아홉의 나이로 요절한다. 눈앞에서 벌어진 흑인 노예들의 잔혹한 행위에 충격을 받아 삶의 의욕을 잃고 너무나도 나약하게 자신의 목숨을 포기한 것이다. 그가 죽기 얼마 전에 무엇이 그렇게나 당신을 괴롭히느냐는 델러노의 물음에 그는 '흑인'이라고 간신히 대답한다.

바보는 흑인에 대한 기존의 고정관념을 무력하게 만든다. 그는 거대한 체구에 반비례하여 지능이 낮고, 타고난 나태함에다 사악함까지 더하여, 우수한 인종인 백인에게 종속된 삶을 사는 것이 흑인의 숙명이자 인간 세계의 자연스러운 질서라는 백인 우월주의의 통념을 정면으로 파괴한다. 이런 관점에서 작품의 주인공은 흑인 바보이며, 작가는 바보를 '톰 아저씨(Uncle Tom)'의 대안으로 제시했다는 다소 과격한 주장도 등장했다. 바보를 통해서 작가는 새로운 시대의 흑인 지도자상을 제시했다는 주장이다. 이는 이 작품이 출간되기 바로 직전 해에 출간되어 폭발적인 인기를 얻었던 스토 부인(Harriet E. B. Stowe, 1811–1896)의 『톰 아저씨의 오두막(*Uncle Tom's Cabin*)』(1852)에 제시된 이상적인 흑인상을 정면으로 거부한 것이라는 해석이다. 톰 아저씨처럼 착하고 순종하는 무식한 흑인 대신 반항하는 지적인 청년 지도자 흑인을 내세웠다는 것이다. 1969년 베니스 영화제에서 금상을 수상한 프랑스 영화 「베니토 세레노」(세르주 루에 감독, 루이 게하 주연)는 바보의 관점을 부각시킨 공로를 인정받은 것으로 보인다.

멜빌은 노예 문제에 관한 쇼 판사의 판결문을 포함하여 많은 법률 문서들을 읽었다. 열렬한 연방주의자였던 쇼에 의하면 연방 정부는 가족이고, 남북전쟁은 가족 간의 분쟁이다. 가족은 어떤 일이 일어나도 결코 해체될 수 없는 신성한 운명 공동체이다. 일방적으로 '탈퇴(secession)'를 선언하고 연방을 뛰쳐나간 '남부주연합(Confederate States)'이나 마찬가지로 노예제의 전면적인 폐지를 주장하는 북부 급진주의자도 그에게는 '연방 가족(federal family)'의 해체를 획책하는 적이자 악이었다. 1849년의 한 판결에서 쇼 판사는 보스턴의 공립 학교에서 인종 간의 분리 교육을 지지하는 '분리하되 평등하게(separate but equal)'라는 원칙을 선언했다. 이 법리는 1896년 연방대법원의 '플레시 판결(Plessy v. Ferguson)'에 반영되어 1954년 '브라운 판결(Brown v. Board of Education)'에 의해서 번복될 때까지 미국의 평등권 법리의 근간이 되었다.

사건의 전말은 작품의 마지막에 첨부된 '진술확약서(deposition)'라는 문서를 통해서 '법적 사실'로 확정된다. 그러나 그 법적 사실이 진실을 담보한다는 보장이 없다. 진술확약서는 법적 증언 능력이 있는 사람들의 진술로만 구성되어 있다. 흑인의 목소리는 전혀 반영되지 않았다. 흑인은 자신이 관련된 사건에서 증언할 법적 능력이 없다. 또한 작가가 지적하듯이 이 문서는 스페인어에서 영어로 번역된 것이다. 그것도 전문을 번역한 것이 아니라 '편집'한 초역본(抄譯本)이다. "번역자는 반역자(traduttore traditore)"라는 라틴어에서 유래한 해묵은 격언이 있다. 제아무리 두 언어에 모두 통달한 번역자의 힘을 빌려도 두 언어 사이를 오가는 여행에는 필연적인 오류와 왜곡이 따르기 마련이다. 더더구나 편집이 동원된 초역으로 마감한 법적 시류가 어찌 총체적인 진실을 담보할 수 있겠는가?

이 소설은 델러노의 『항해일지』에 더하여 연방대법원이 판결을 내린 실제 사건이 투영되어 있다. 바로 1841년의 '아미스타드 판결(U. S. v. The Amistad)'이다. 아프리카에서 납치된 흑인들이 포르투갈 국적의 노예선에 실려 스페인령 쿠바의 아바나까지 운송된다. 긴 항해 중에 절반 이상이 죽어 고기밥 신세가 된다. 목숨을 부지한 44명의 '인간 화물'은 웃돈을 얹어준 서인도 농장주에게 팔려 아미스타드 호에 선적된다. 이들 아프리카산 '인간 화물'들은 '우정'이라는 위선의 선명(船名)에 도끼를 던지며 반란을 일으킨다. 이들은 항해에 필요한 두 사람만 남기고 스페인 선원을 모두 살해하고는 태양을 가리키며 해가 뜨는 "동쪽으로!" 가자고 명령한다. 이들은 자유를 향한 동진(東進) 항해를 계속하던 중 식수를 구하러 뉴욕 주 롱아일랜드 근처 섬에 들렀다가 미국 해군에 나포된다. "태양을 따라서" 동쪽으로 향하는 해로가 결과적으로 죽음에 이르는 뱃길이 된 것이다. 이들은 아프리카 흑인들의 지위와 법적 처리에 관한 코네티컷 주 뉴헤이번 소재 연방지방법원의 재판이 있은 후에 (1839) 항소법원을 거쳐(1840) 연방대법원의 최종판결(1841)로 자유의 몸이 된다. 그 지난한 과정을 1997년, 스티븐 스필버그 감독이 2시간 반짜리 영상으로 압축하여 대성공을 거두었다.

대법원 재판에서 전직 대통령, 존 퀸시 애덤스(John Q. Adams, 1767-1848)가 아프리카인들의 변론에 나섰다. 전직 대통령이 변호인으로 나선 사실은 이 사건의 무게를 가늠하게 한다. 마치 국정 연설을 연상시키는, 무려 8시간에 걸친 구두변론을 담은 총 80페이지에 달하는 장문의 변론서는 그 자체가 하나의 위대한 자유의 문서로서 손색이 없다. 그의 변론은 미국 건국과 헌법의 기초를 마련한 '건국의 아버지들(Founding Fathers)'의 이상에 호소하는 데에 초점을 맞추었다. 판결문을 쓴 스토리의 말을 빌리자면 이는 "강렬한 수사와 신랄한 풍자"의 극치였다. 대법원은 아미스타드의 흑인들은 어느 나라 법을 기준으로 보아도 자유인이었고, 불법적으로 납치되었기 때문에 노예의 신분과 재산을 전제로하는 법리가 적용될 수 없다는 요지의 판결을 내렸다. "스페인 법에 의해서도 이들은 자유인이었다. 불법적으로 체포, 납치, 수송된 자유민이다. 이들이 박탈당한 자유를 되찾기 위해서 행한 잔혹한 방법은 유감스런 일이나, 불가피한 자구 행위였다." 이들의 선상 반란이 '자연권'의 행사이자 정당방위라는 변호사의 주장을 전적으로 수용한 것은 아니지만, 형사 책임은 불문에 부치기로 한 것이다. 그로부터 10여 년 후에 출간된 소설보다도 인권 의식이 앞선 선구적인 판결이었을까?

「수병, 빌리 버드」

멜빌이 죽고 33년 후인 1924년, 유작 「수병, 빌리 버드」가 출판된다. 자칫 영원히 묻혀버릴 뻔한 작품이다. 1891년 9월, 아내 엘리자베스는 남편의 초라한 장례를 치른 후에 유품을 정리한다. 각종 시집과 철학 서적으로 가득 찬 책장에는 고인이 생전에 수집한 판화와 복사판 그림들이 들어 있었다. 그녀는 남편이 장인에게서 물려받은 육중한 프랑스제 책상 위에 수북이 쌓인 원고를 모아 작은 여행 가방 속에 넣어두었다. 그 가방은 20년 동안 누구의 손길도 닿지 않은 채 고스란히 보존되었다. 가방에는 연필로 쓴 난필 원고 뭉치 340매가 들어 있었다. 원고에는 "1888년 11월 16일 금요일 시작, 1891년 4월 19일 책을 끝냄(End of Book)"이라는 메모가 적혀 있었다. 뉴욕 세관을 퇴직한 후부터 죽기 직전까지 멜벨은 이 작품에 매달렸던 것이다. 이 중편은 작가 멜빌이 세상에 남긴 '마지막 유언(last will and testament)'이 되었다. 작가가 이 작품을 헌정한 잭 체이스는 작가가 수병으로 전함 '미합중국 호'에 승선했을 때에 만난 상급자였다. 그는 체이스를 오디세우스처럼 현명하고 넬슨처럼 용맹하며 인자하고 박식한 인물로 『화이트 재킷(White Jacket)』(1850)에 묘사한 바가 있다. 그래서 「수병, 빌리 버드」를 작가의 '정신적 자서전'으로 평가하며, 『백경』을 비롯한 여러 작품들에서 멜빌이 심도 있게 다루었던 '신과의 다툼'을 완결하는 작품이라는 평이 따른다. 그런가 하면 단순한 선과 악의 대립을 그린 알레고리라는 주장, 천진난만한 소년 예수 그리스도의 육체적 파멸과 정신적 부활을 그렸다는 주장, 아담의 부활과 악마에 의한 재파멸을 그렸다는 주장, 권위적인 아버지를 극복해야 하는 아들의 성장 과제를 제시했다는 주장, 순진무구한 인간이 악으로 가득 찬 풍진세상에서 감내해야 할 불의를 고발한 작품이라는 주장, 시대정신에 갇힌 무고한 인간의 원형적 비극을 그린 작품이라는 주장, 자의적인 법에 유린되는 정의를 다룬 작품이라는 주장, 또는 세속의 법에 유린된 인간 본연의 비애를 그린 작품이라는 주장 등등 비평과 분석은 실로 다양하게 이어진다. 이렇듯 백가쟁명의 해석을 종합하면 이 작품은 사회적 권위와 개인적 자유, 구체적 정의와 추상적 선 사이의 대립과 충돌을 심도 있게 다룬 수작으로 평가할 수 있다. 특히 전쟁과 규율이라는 관점에서 이 작품은 다른 어느 작품보다도 심오한 법철학적 토론 거리를 제공한다.

타락 이전의 아담에 비유되는 빌리 버드, 악의 구현체(具現體)이면서도 선을 인지할 능력을 구비한 클래가트, 그리고 고귀한 이상과 비정한 현실을 조화시키는 능력을 구비한 "별같이 빛나는" 비어 함장, 세 인물 중에서 누구를 주인공으로 보느냐에 따라서 작품의 해석이 달라진다. 빌리를 주인공으로 보아 이 작품을 작가의 자전적 비극으로 보는가 하면, 클래가트에 초점을 맞추어서 사악한 세태에 대한 작가의 냉소적인 태도에 주목하기도 한다. 비어 함장을 주인공으로 보면 사회 제도와 질서를 유지하기 위해서 선한 인간을 희생시켜야 하는 심판자의 고뇌를 깊이 다룬 작품이 된다.

법률가 독자에게는 의심할 바가 없이 비어가 주인공이다. 작가의 장인, 쇼 판사가 비어의 모델이었다는 주장도 있다.[*] 친자식처럼 사랑하는 아름다운 청년, 빌리를 전시 군의 질서의 유지라는 보다 큰 대의를 위해서 처형해야 하는 지휘관이 느끼는 연민과 자책의 감정은 같은 상황에 처한 모든 재판관들이 공유할 것이다.

쇼 판사는 인간이 만든 법은 보다 상위에 있는 선험적인 '고차의 법(higher law)'을 이유로 거부할 수 없다는 생각이었다. 국가는 배와 같은 것이다. 스토리, 웹스터와 같은 북부 휘그당 법률가들에게 연방헌법은 신성한 문서였다. 쇼에게 연방의 법은 신성불가침이었다. 비어 함장의 작중 연설의 뿌리가 어디인지 가늠할 수 있다.

> 우리는 반란법에 의거하여 재판을 하고 있소. 자식이 아비를 빼닮을 수밖에 없는 이치와 마찬가지로 반란법은 그 정신적 모체인 전쟁을 빼닮았소. ……
> 전쟁은 정면만을, 다시 말하자면 외형만을 주목하오. 그리고 반란법도 전쟁의 자식으로서 아비를 본받아 외형만 바라보오. 버드에게 범죄 의사가 있었느냐 없었느냐는 전혀 문제가 되지 않소.
>
> (제21장)

전쟁 중 군 질서의 유지와 공정성이 의심스러운 약식 군사 재판이라는 관점에서 이 작품은 후세 작가의 창작에도 영감을 주었다. 1951년,

---

[*] Richard Weisberg, *Failure of the Words : The Protagonist As Lawyer in Modern Fiction*, Yale University Press, 1984, pp.131-170.

허먼 워크(Herman Wouk, 1915-2019)는 제2차 세계대전을 시대적인 배경으로 하는 소설, 『케인 호의 반란(*The Caine Mutiny*)』(1951)을 발표했고, 이어서 은막(銀幕)의 영웅, 험프리 보가트의 예기(藝妓)가 빛나는 동명의 영화(1954, 에드워드 드미트릭 감독)로 제작되어 오늘에 이르기까지 전쟁 영화의 고전으로 남아 있다.

"미 해군 역사상 선상 반란은 한 건도 없었다"라는 자막이 영화의 오프닝 장면에 나온다. 영화가 제작된 시기가 제2차 세계대전이 종결된 지 얼마 되지 않은 때인 것을 감안하면 군의 사기를 보호하려는 의도를 충분히 짐작할 수 있다. 그러나 실제 역사는 다르다. 적어도 2건의 항명, 반란이 발생한 역사적 기록이 있다. 1942년의 '소머스 호 사건'과 1849년 '유잉 호 사건'이다. 샌프란시스코 만의 에르바 부에나 섬에 유잉 호 반란사건의 주범들의 무덤이 있다.

'소머스 호 사건'은 당시 정가에서 초미의 관심사였다. 소머스 호는 해군 중간 간부의 훈련선이었다. 배에 승선했던 장교 한 사람과 수병 셋이 반란 혐의로 약식재판 끝에 교수형에 처해졌다. 주범으로 사형당한 청년 장교 필립 스펜서(Philip Spencer, 1823-1842)는 현직 전쟁장관 존 스펜서(John C. Spencer, 1788-1855)의 아들이었다. 유능한 법률가이자 후일 알렉시스 토크빌(Alexis Tocqueville, 1805-1859)의 명저, 『미국의 민주주의(*Democracy in America*)』(1835)의 편집자이기도 한 스펜서 장관은 소머스 호의 함장 맥켄지를 살인 혐의로 법정에 세운다. 맥켄지도 당대의 식자층에 속했다. 서둘러 약식재판을 할 만큼 위급한 상황도 아니었고, 불과 4일만 항해하면 뉴욕 항에 정박할 수 있는 거리였는데도, 맥켄지가

군인들을 정식재판도 없이 처형한 것에 대한 불만과 의혹의 여론이 팽배해 있기도 했다. 군사 법정은 맥켄지에게 무죄 판결을 내렸지만, 대중은 승복하지 않았다. 멜빌의 외사촌(Lt. Guert Gansevoort, 1812–1868)이 이 배에 초급장교로 승선하고 있었고, 이 부당한 재판을 전해 들은 멜빌은 『화이트 재킷』에서 이 사건을 거론했고 최후의 작품 「수병, 빌리 버드」에서 되풀이하여 언급했다(제21장).

대학가에서도 필립 스펜서는 전설적인 영웅이 되었다. 그는 엄청난 지적 탐구에 몰두하던 대학생으로, 모험의 길을 찾아 해군에 입대했고, 그의 지적인 상상력과 다소 치기 어린 영웅심을 수용하지 못한 군대의 희생양이 된 것으로 전해진다. 실제로 스펜서는 동료들을 부추겨 배를 빼앗아 낭만적 해적질을 할 것을 음모했다는 증언이 있었다. 어쨌든 이따금씩 스펜서의 원혼이 대학 주변을 배회한다는 괴담도 있으며, 심지어는 그를 시조로 받드는 동아리도 있었다. 필자가 학생 생활을 한 1980년 초까지도 미국의 중서부 일부 대학에 문제의 동아리의 후예가 남아 있었다.

아들을 잃은 스펜서 장관도 이 사건으로 인해서 정치적 경력에 큰 타격을 받았다. 그는 1844년, 연방대법원 판사 후보에 지명되었으나, 상원의 인준에 실패했다. 또한 이 사건은 미국 해군사관학교가 탄생하는 계기가 되었다. 선상 반란에 놀란 연방정부는 정규 교육을 통해서 해군 간부를 양성할 필요를 절감하고 1845년 해군사관학교를 창설했다.

『드라큘라』

·브램 스토커·

타도해야 할 구체제

날카로운 송곳니에 그림자가 없고 거울에 모습이 비치지 않는 투명 인간, 술 담배를 입에 대지 않는 거인, 음식 대신 인간의 혈액으로만 사는 흡혈귀, 드라큘라 이야기는 으스름한 달빛, 늑대가 우는 밤, 십자가와 마늘의 효능과 함께 세계인의 상식이 된 컬트 신화이다. 자유자재로 변신하는 초능력에다가 동물을 다스리는 수성(獸性)을 갖춘 괴인의 이야기는 어느 나라에서나 보편적인 호소력을 가진다. 우리나라에서도 괴인 이야기는 새하얀 소복(素服)과 갈라진 무덤, '은행나무 침대'의 전설 그리고 달걀귀신, 여고 괴담만큼이나 인간의 마음속에 잠재하는 초능력과 수성(獸性)에 대한 동경을 교묘하게 자극한다.

이성과 과학의 시대에도 아랑곳않고 세계인의 음험한 상상력을 자극하는 흡혈귀 이야기의 원조, 지구상의 모든 괴기 소설들과 영화들의 경전으로 인식되는 소설 『드라큘라(Dracula)』(1897)는 아일랜드 태생의 영국 작가 브램 스토커(Bram Stoker, 1847-1912)의 창작물이다. 이야기의 탄생지는 트란실바니아라는 유럽 내륙이 아니라 섬나라 영국이다. 더블린 시의 극장 감독 출신인 그는 『풀잎(*Leaves of Grass*)』(1855)의 저자, 미국 시인 월트 휘트먼(Walt Whitman, 1819-1892)을 숭배했고 오스카 와일드(Oscar F. Wilde, 1854-1900)와는 막역한 교우였다. 그만큼 다분히 그는 주류 사회에 대한 반항아 기질을 가졌었다.

스토커의 원작을 자세히 읽은 독자라면 이 소설이 단순한 괴기 소설이 아니라 구질서의 몰락과 신질서의 대체라는 심각한 메시지를 담은 사회 소설임을 감지할 수 있다. 양민의 고혈(膏血)을 빨아 연명하는 드라큘라 백작은 병든 귀족 사회를 상징한다. 드라큘라는 수백 년 동안 '미사자(未死者, undead)' 상태로 연명했다. 그는 백성의 고혈 없이는 연명할 수 없다. "금잔 속에 담긴 향취 나는 술은 천 사람의 피요, 옥쟁반에 쌓인 진미 안주는 만백성의 살점일저[金樽美酒千人血 玉盤佳肴 萬姓膏]"라는 춘향전의 고발과도 맥이 닿아 있는 것이다.

드라큘라는 "전쟁의 시대는 끝났어. 우리 가문의 시대도 끝났어"라는 말로 자신이 인간 사회의 갈등을 전쟁으로 해결하던 구시대의 화신임을 고백한다. "나의 조국은 피 냄새로 진동해. 한 뼘도 피로 물들지 않은 땅이 없어. 침입자의 피, 애국자의 피." 싱싱한 피를 구할 수 없는 식량난에 드라큘라는 이주할 계획을 세운다. "나는 그늘과 그림자를 좋아해. 더 이상 젊지 않고, 나의 심장은 오랜 세월에 걸쳐 죽은 사람들 생각으로 슬픔에 차 있어 즐거운 일에는 익숙지 않아." 그가 "런던으로 이주하여 사람들과 함께 삶과 죽음을 나눌 계획"이라는 말은 법치와 근대의 길을 걷고 있는 영국 땅에서 봉건 귀족 사회의 전통을 고수하겠다는 의지이다. 어디를 가나 자신의 성에서 가져온 흙만 있으면 연명할 수 있는 드라큘라의 모습에서 구체제가 잔존할 수 있는 사회적, 문화적 토양, 즉 봉건 체제가 읽힌다.

정신병원의 렌필드는 드라큘라와 영적으로 교신한다. 세상을 비관한 나머지 균형 감각을 잃은 지식인인 그는 세상을 구원할 "그분이 온다"고 외친다. 드라큘라는 염력으로 염세적인 지식인의 정신을 조종하는 능력을 보유한 덕분에 렌필드에게 수시로 최면을 건다. 드라큘라 퇴치법을 고안해낸 반 헬싱도 미나에게 최면을 걸어 드라큘라의 비밀을 일부 풀어낸다.

드라큘라의 출현에 런던 시민의 일상이 마비된다. 해결의 실마리는 반 헬싱의 강의 장면에서 제시된다. 매독과 문화의 공존을 강의하는 반 헬싱 박사는 지식과 지혜를 함께 갖춘 인물이다. 의사, 신학자, 역사학자, 과학자, 철학자인 동시에 법학자인 헬싱의 모습은 법학이 통합 학문임을 암시한다. 법은 과학, 의학, 철학 등 모든 지식 체계를 사회적 제도의 구축으로 연결 짓는 합리적 이성의 산물인 까닭이다.

헬싱이 의학과 범죄학의 지식을 이용해서 본국으로 도주하는 드라큘라를 추적하여 심장에 십자가로 말뚝을 박아 죽이는 장면은 괴물의 공포로부터 인류를 해방시키는 법률가의 시대적 사명을 상징한다. 헬싱은 그가 평생을 추적한 드라큘라가 인류의 원수임을 밝힌다. 또한 그는 루시는 단순히 드라큘라의 피해자가 아니라 그의 애첩이라고 그녀의 약혼자에게 경고한다. 헬싱 자신의 시대적 소명은 오직 병든 봉건 귀족 사회를 무너뜨리는 것이다. 그가 드라큘라에게 사원(私怨)을 품을 이유는 없다. 루시가 드라큘라의 첩이라고 공언하는 것도 봉건적 질서에 기생하는 집단에 대한 비판일 뿐이다.

온갖 지혜와 용기를 짜내어 지상에서 드라큘라를 영원히 제거하는 6명의 남녀는 중산층의 도덕과 윤리를 대변한다. 영국의 법사학자 헨리 메인(Henry J. S. Maine, 1822-1888)의 표현대로 사회의 발전은 "신분에서 계약으로(from status to contract)"라는 말로 요약할 수 있다. 자신의 의지와 능력과는 무관하게 주어진 신분에 따라서 살아야 하는 구시대에서 누구나 자신의 노력과 능력에 맞추어 사회적 목표를 설정할 수 있는 새로운 시대로 이행한 것이다. 신분 사회에서는 귀족이 사회를 주도하나, 계약 사회에서는 자신의 노력으로 성공한 각성된 중산층 직업인이 사회를 주도한다.

흡혈귀 퇴치 작전에 6인이 모두 회동한다. 미나와 조너선, 그리고 루시의 약혼자가 된 아서를 포함하여 당초 루시에게 청혼했던 두 청년, 의사 존 시워드와 미국 청년 퀸시 모리스이다. 반 헬싱이 이들을 총지휘한다. 사회적 사명감과 정보를 지닌 개명된 지식인은 대중을 무지의 혼돈에서 구할 책임이 있다. 이들의 직업을 의사, 변호사 또는 교사로 설정한 것은 우연한 일이 아니다. 자수성가한 전문 직업인이 부와 사회적 지위가 세습되는 도덕적으로 병든 사회를 몰락시키는 데에 앞장서는 것이다. 루시의 구혼자인 세 청년도 이 범주에 속한다. 유일한 예외인 귀족의 아들 아서는 개명한 인물이다. 또한 미국 청년 사업가는 낭만과 신사도를 겸비한 인물로, 기꺼이 드라큘라 퇴치 작전에 소요되는 비용을 감당한다. 그리고 직접 현장에 나서서 의연하게 죽는다. 신생 대국인 미국에 대한 유럽인의 기대가 투영된 인물 설정일 것이다.

드라큘라를 제거하는 일에 근대의 상징인 법률가들이 결정적인 역할을 하는 것은 지극히 당연한 귀결이다. 당대의 과오를 성찰하고 해부하는 것은 법률가에게 주어진 시대적 사명이기 때문이다. 원작에서처럼 법률가들이 괴물 퇴치에 앞장서야 한다. 흡혈귀가 전설 속에 봉인된 시대에도 아랑곳않고 몰이성과 부정의의 상징인 괴물이 버젓이 살아남아 양민의 숨통을 조인다. 법의 시대, 이성의 시대에 사회 개혁의 열쇠를 쥐고 있는 법률가들이 드라큘라의 이빨에 물려 미사자 흡혈귀로 연명하면서 무고한 양민의 목덜미를 탐하면, 세상은 종말을 향해서 줄달음치게 된다는 단호한 메시지, 이 엄중한 메시지야말로 사회 소설『드라큘라』의 진수일 것이다. 아직도 드라큘라 시리즈가 변함없이 인기몰이를 하고 있는 이유는 지구상에서 오래 전에 타도되었어야 할 귀족 사회, 신분 사회가 엄연히 위세를 부리고 있기 때문인지도 모른다.

기록의 중요성

드라큘라 퇴치 작업에 결정적으로 기여한 자료는 하커의 여행 일지이다. 첫 세 장에서 하커는 매우 침착하고 이성적인 필치로 자신이 보고 느낀 바를 기록한다. 하커의 기록에 더하여 미나와 루시의 편지, 일기, 병상 일지, 닥터 시워드의 일지, 반 헬싱과 시워드의 교신 전보, 파선한 선박의 항해일지 등의 기록이 사건의 해결을 위한 추론에 결정적인 단서가 된다.

무릇 근대 법률가가 그래야만 하듯이 주인공 하커는 지극히 이성적인 인물로, 종교적 편향성이 없다. 그러나 그도 십자가의 효능에는 감사한다. 하커는 문명의 서방세계를 뒤로 하고 외진 "동쪽" 트란실바니아, 문자 그대로 "숲 너머 땅"으로 떠난다. 이 야만의 땅에는 각종 미신이 횡행한다. 사람들의 언어도 관습도 낯설다. 그가 도착한 날은 성 게오르기우스(St Georgius) 축일 저녁, "온갖 귀신들이 난무하는 날"이다. 그는 묵주를 선물 받고 불안 중에 안도한다.

드라큘라의 독아(毒牙)에 물려 피를 빼앗긴 미사자들은 밤이면 관 밖으로 걸어 나와 먹이를 찾는다. 미사자는 신선한 혈액을 공급받기만 하면 영원히 죽지 않는다. 이들은 장정 20명의 힘을 가진 괴력의 소유자가 되고, 폭풍, 운무, 천둥을 불러일으킬 신통력을 가진다. 그런가 하면 이들은 쥐, 박쥐, 파리, 늑대, 개와 같은 혐오스러운 동물들을 지휘한다. 그뿐만 아니라 자유자재로 변신하여 신체를 확대 또는 축소할 수 있고 필요하면 언제든지 잠적하여 '은둔의 존재'가 된다. 그러나 미사자는 결코 완전무결한 초능력자는 아니다. 이들은 주인의 초청 없이는 남의 집에 들지 못한다. 또한 일몰 후에만 활동할 수 있고 햇빛이 드는 순간 무력해진다. 수시로 관으로 돌아가서 소진한 기력을 재충전해야만 활동을 재개할 수 있다. 또한 마늘을 싫어하고 야생 장미 앞에서는 힘을 상실하며, 십자가와 성수 앞에서는 무력해진다.

　드라큘라에게 물린 '예쁜 여자(Bloofer Lady)'는 어린아이의 목을 노리는 흡혈귀가 된다. 루시는 죽은 지 4일 만에 관에서 나와 미사자로 밤거리를 활보한다. 그녀는 죽어서도 어린아이의 피를 먹고 젊음과 미모를 유지한다. 이는 기독교 부활 교리에서의 일탈이다.

미사자들은 목을 자르고 입을 마늘로 봉하고 심장을 도려내고 나무 막대를 박아야만 완전히 죽일 수 있다. 그렇게 함으로써 죄악으로 가득 찬 육체로부터 영혼을 분리하는 정화 의식을 치르는 것이다. 사랑하는 사람들이 미나의 관 뚜껑을 열고 잔인한 의식을 끝내자 그녀의 얼굴에 순진무구한 아름다움이 되돌아온다.

"용감한 신사" 퀸시의 죽음으로 미나가 드라큘라에게서 받았던 상처가 치유된다. 그의 이름은 7년 후에 미나와 하커 사이에 태어난 아들의 이름으로 승계된다.

미나의 기록을 통해서 죽고 나서 평온을 찾은 드라큘라의 민낯이 드러난다. 악귀가 물러간 드라큘라의 본시 모습은 평화롭기 짝이 없다. 지는 해를 바라보는 얼굴에는 "증오가 승리로 승화된 표정이 역력했다." 사건의 발단에서 종결까지 총 6개월이 소요되었다. 작품의 마지막 노트가 여운을 남긴다. "모든 서류들의 원본이 상실되고 타이프로 친 사본만 남아 있다. 이 끔찍한 사실의 증거로 충분하지 않다." 소설가 이병주의 말대로 역사로 기록될 부분과 신화와 전설로 남을 부분이 따로 있을 것이다. "태양에 바래지면 역사가 되고, 월광에 물들면 신화가 된다."

영화 「드라큘라」

영상이 문자를 대체했다. 독자의 시대가 뒤로 물러서고 관객의 시대가 앞에 나선 지 오래이다. 이른바 '공포물'은 더욱더 그렇다. 문학 작품은 영상화되지 않으면 대중 속으로 파고들 수 없다. 작품 『드라큘라』는 공포 영화의 중요한 정전(正典)의 하나이다. 노골적으로 『드라큘라』의 자손임을 선언한 20세기 영화도 12편이 넘는다. 수많은 드라큘라 영화들 중에서 프랜시스 코폴라 감독의 작품 「드라큘라」(1992)는 도식적인 공포 영화의 틀을 벗어났다. 이 영화는 원작에 비교적 충실하면서도 '괴물' 드라큘라의 인간적 측면을 부각한 수작이다.

루마니아의 백작 드라큘라는 신혼의 아내를 두고 출정한다. 황혼, 장중한 음악, 창대(槍臺) 끝에 거꾸로 걸린 즐비한 시체 군(群) 사이로 말을 타고 질주하는 기사의 모습이 숨 가쁘다. 아내는 잘못 전해온 남편의 전사 소식을 듣고 성벽 아래의 강물 속으로 몸을 던진다. 자살한 사람의 시체는 교회의 의식에 따라서 매장하지 못한다는 성직자들의 결정을 남편은 수용하지 못한다. 오직 신만이 생명을 주고 뺏을 권능이 있으므로 자살은 신의 권능을 침해한 방자한 죄악이다. 자살자는 신을 섬기는 교회의 의식에 따라서 장례를 치를 수 없다는 것이 중세 교회법의 철칙이었다. 그러나 신과 교회를 위해서 목숨을 걸고 싸운 대가가 바로 이것이란 말인가? 그것이 신의 뜻이라면 어둠의 힘으로 신에게 복수하겠다. 아내를 잃은 젊은 백작은 칼로 십자가를 찔러 흐르는 피를 마신다.

카메라는 450년 중세의 다리를 건너뛰고 1897년 런던의 한 정신병원에 입원 중인 환자 렌필드를 두고 두 변호사가 벌이는 설전 장면을 보여준다. 촉망받던 청년 볍률가(원작에는 59세의 중노인)였던 렌필드는 트란실바니아의 드라큘라 백작에게 갔다 와서는 갑자기 정신 이상 증세를 보인다. 이어서 가난한 젊은 변호사 조녀선 하커에게 드라큘라 백작이 영국 땅에서 사들인 부동산의 소유권 취득 절차를 마무리하라는 임무가 주어진다. 약혼자 미나를 남겨둔 채 하커는 드라큘라의 거주지인

트란실바니아로 향한다. 자신에 앞서 이 일에 관여했던 렌필드가 왜 정신 이상 증세를 보이는지 묻는 하커의 질문에 고용주는 순전히 사적인 이유라며 얼버무린다. 기차와 마차를 번갈아 타는 길고도 위험한 여정 끝에 음험한 늑대 울음소리가 교차하는, 지도에도 나와 있지 않은 외진 곳에 도착한 하커는 가면을 쓰고 마중 나온 검은 손의 성주 드라큘라의 안내를 받는다. 그러고는 성에 감금된다.

하커를 감금한 드라큘라는 목관 속에 흙으로 가장한 50명의 종복들과 함께 영국 땅에 잠입한다. 영국에서는 때아닌 폭풍이 오고 동물원에 사육하던 늑대가 실종되는 등 각종 이변이 일고, 정신병원에 감금된 렌필드는 "생명의 신이 다가오고 있다"라고 외친다. 드라큘라 일행이 위장한 화물의 수령인 빌링턴 또한 법률가이다. 그는 구질서에 기생하는 법률가를 상징한다. 마땅히 구질서와 함께 몰락했어야 할 그는 시대의 파고를 교묘하게 타고 넘는 법률가의 장기로 생명을 연장한다.

폭풍우가 몰아치는 칠흑 같은 밤, 알 수 없는 마력에 이끌려 드라큘라에게로 향하는 미나의 친구 루시는 방탕한 열정의 소유자이다. 귀족 사회의 허영과 사치와 방탕이 몸에 밴 루시가 드라큘라의 희생물이 되는 것은 충분히 예측 가능한 일이다. 루시의 마음속에는 신분 사회에서 귀족이 누릴 수 있는 방탕의 매력에 대한 동경이 싹트고 있었다. 『아라비안 나이트』의 농염한 이야기를 즐겨 읽으면서도 짐짓 구역질 난다고 말하는 위선 속에 구악(舊惡)이 자리를 펴는 것이다.

드라큘라는 애틋한 과거의 환몽을 떨치지 못한다. 하커의 약혼녀 미나가 환몽의 대상이다. "아득한 옛날 그녀가 죽었다. 죽은 그녀가 부럽다. 나는 삶이 고통스럽다." 죽은 아내를 닮은 미나의 사진을 훔쳐본 드라큘라는 독백한다. 새로 탄생한 활동사진(영화)이 사람들의 호기심을 부추기는 런던의 웨스트엔드 거리에서 전통 연극의 상징인 「햄릿」 공연이 열린다. 미나 앞에 나타난 드라큘라는 자신을 '샤카이 왕자'로 소개한다. "당신을 만나러 시간의 강을 건너왔다"라며 병든 시인의 진한 고백을 토해내는 드라큘라, "당신의 목소리, 꿈속에서 위안을 주는 그 목소리, 아! 당신의 공주님은 어디로 가셨나요?"라고 화답하는 미나(영화에서 드라큘라 백작의 아내와 미나는 같은 배우가 역을 맡는다).

"그녀는 강물. 슬픔이 가득 찬 강물." 오필리아의 시신을 건진 '공주의 강'에서 함께 건진 보석을 미나에게 건네는 드라큘라. 「햄릿」의 절묘한 차용이다. "나는 생명도 영혼도 없는 존재요." "나도 당신처럼 되고싶어요." 드라큘라의 피를 받아 마시고 함께 춤추는 미나. "살아 있을때, 드라큘라는 위대한 인물이었소. 이제는 죽어야 할 때요." "죽음보다 강한 사랑이 우리를 구원할 거예요." 미나의 매달림이 애처롭다. 난관을 극복하고 하커와 결혼한 후에도 꿈속 샤카이 왕자를 갈구하는 미나에게 질긴 구악의 굴레가 드리워져 있다. 일단 악의 체제에 몸을 들인 사람은 악이 주는 마력에 도취되어 중독에서 벗어나기가 어려운 법이다.

뮤지컬 「드라큘라」

뮤지컬은 21세기 공연 예술의 총아이다. 뮤지컬은 뉴욕 브로드웨이를 메카로 하여 세계로 확산된 신종 공연 예술 장르이다. 브로드웨이는 할리우드와 더불어 세계를 지배한 미국 대중문화의 성지이다. 뮤지컬은 노래, 춤, 연기, 삼박자의 완벽한 결합이 이루어져야만 성공할 수 있다. 무엇보다 현장성이 중요하다. 2막짜리 뮤지컬 「드라큘라」는 드라큘라 백작과 미나의 사랑에 초점을 맞춰서 원작의 호러 성격은 극히 엷은 멜로드라마에 가깝다. 2001년 캘리포니아 남부 샌디에이고 인근의 작은 마을 라호이아에서 초연된 이 작품은 2004년 브로드웨이에 진출하여 대성공을 거둔다. 2011년 일본 공연에서는 사상 최초로 여성 배우 와오 요카가 드라큘라 역을 맡아서 세인의 주목을 끌었다. 서울에서도 2010년과 2021년, 두 차례에 걸쳐 절찬리에 공연했다. 2021년 서울 공연에서는 아이돌 출신 배우(동방신기의 시아준수)의 실력이 돋보였다고 한다. 서울은 뮤지컬의 큰 시장이다. 세계 어느 도시보다도 서울에 「드라큘라」의 팬이 많다고 한다. 사람들 마음속에 쌓인 적개심을 풀어낼 대상이 마땅치 않아서일지도 모른다.

이 작품이 탄생하기 한 세기도 전에 신세계 미국 땅에도 트란실바니아가 세워졌다. 바로 현재의 웨스트버지니아 주 숲 지역이다(짧게 존재했던[1775-1776] 영국 식민지의 옛 이름이 '트란실바니아 식민지[Transylvania Colony]'였다). 이런 역사적인 사실을 기려 1780년 설립된 켄터키 주 최초의 사립 대학교가 바로 트란실바니아 대학교이다. 이곳은 전 세계의 드라큘라 애호가들이 심심찮게 들르는 곳이다. 루마니아의 왈라키아 지역의 브란 성은 '드라큘라 성(Dracula's Castle)'이라는 별칭을 국가로부터 공인받아 굴지의 관광 자원이 되었다. 이래저래 사람들은 마음속에서 악마의 존재를 떨치지 못한다. 그 악마의 탄생지도 서식지도 다른 곳이 아니라 사람들의 마음속인데 말이다.

「200세 인간」 | 『제5도살장』

• 아이작 아시모프 | 커트 보니것 •

AI의 시대

영국의 천재 물리학자 스티븐 호킹(Stephen W. Hawking, 1942-2018)은 작
고하기 직전에 인공지능(AI)의 통제를 위해서 세계 공동 정부를 구성할
필요가 있다고 역설했다. 그는 인공지능의 부작용에 관해서 지속적으로
문제를 제기했었다. 호킹은 「타임스(The Times)」와의 인터뷰에서 "인공지
능이 급성장하여 인간의 힘으로 통제 불가능한 시점이 빠르게 다가오고
있다"라면서 "통제 가능한 지금의 AI 기술을 통해서 발생할 수 있는 잠
재적인 위협을 규정하고 세부적인 지침을 만들어야 한다"라고 주장했
다. 그는 "가능하다면 전 세계적으로 인공지능 기술의 용도와 규제에 대
한 표준화가 이뤄져야 하고 신설된 세계 정부 기관이 법규를 제정하는
것이 최선의 방법"이라고 강조했다.

2017년 유럽 의회는 인공지능을 인간으로 인정하는 '로봇 시민법
(Civil Law Rules on Robotics)'을 제정하면서 '착한 인공지능의 3대 행동 수
칙'을 천명했다. 첫째, 인공지능은 인간에게 위해를 가해서는 안 된다.
둘째, 인공지능은 인간에게 복종해야 한다. 셋째, 인공지능은 스스로를

보호해야 한다. 인공지능을 개발하는 기술자는 이러한 3대 수칙을 준수하여 기계를 제작해야 한다. 유럽 의회가 천명한 이 3대 원칙은 75년 전에 이미 아이작 아시모프(Isaac Asimov, 1920-1992)의 소설 「런어라운드(Runaround)」(1942)에서 제시된 바가 있다.

2016년 마이크로소프트는 챗봇 인공지능인 '테이(Tay)'를 선보이고 트위터에서 인간과 소통을 시도했다. 그러나 16시간 만에 실험을 중단했다. 테이가 막말과 인종차별적인 발언을 쏟아냈기 때문이다. 테이는 유대인 홀로코스트는 조작된 것이며, 히틀러는 잘못이 없고, 페미니스트는 지옥에서 불태워야 한다는 등등 폭언을 쏟아냈다. 테이는 18세에서 24세 사이의 젊은이들과 대화하도록 설계되었다. 그리고 트위터상의 대화를 통해서 스스로 지식을 증진할 수 있는 알고리즘이 장착되어 있었다. 이러한 작동 원리를 알게 된 일부 극단주의자들이 테이에게 욕설과 인종차별적인 발언을 가르쳤고, 편견이 없는 테이는 이를 열심히 배웠던 것이다. 인공지능을 이용한 전쟁 로봇 개발에도 신중을 기해야 한다. 전쟁 로봇은 "인간에게 위해를 가해서는 된다"라는 첫 번째 원칙에 어긋나기 때문이다.

아시모프, 「200세 인간」

전통적으로 주류 문학은 과학을 경시했다. 과학의 선도국, 미국에서도 이른바 '사이언스 픽션(SF, Science Fiction)'들은 대학 도서관이나 대형 서점보다는 쇼핑센터나 슈퍼마켓의 회전 진열대에 꽂혀 대중용 오락거리로 제공되었다. 우리나라는 사정이 더욱 나쁘다. 과학 소설의 '과학' 앞에 굳이 '공상'이라는 접두어를 붙여 '공상 과학 소설'로 명명했다.

미국 과학 소설의 대가, 아시모프는 시대의 변화에 민감한 반응을 보였다. 그는 셰익스피어조차도 과학의 눈으로 분석했다.[*] 러시아 태생으로 유소년 시절에 미국으로 건너온 아시모프는 18세 청소년 시절에 이미 과학적 상상력의 문학적 체계화를 시도했고, "파운데이션 3부작(*The Foundation Trilogy*)"(1942-1950)으로 결정적인 명성을 굳혔다. 자신의 고백에 의하면, 그는 제2차 세계대전의 포화에 인류의 유산이 처참하게 파괴되는 모습을 보면서 고대 갈라티아(Galatia) 왕국의 역사에서 미래 대성군제국(大星群帝國, Galatic Empire)의 출현을 예견하는 발상의 전환으로 진기한 역작을 탄생시켰다.

미래학자이자 소설가인 아시모프가 개척한 또다른 장르는 '로봇 소설'이다. 과학의 발전으로 로봇이 일상화된 시대에 기계와 인간 사이에 벌어지는 갈등과 조화가 주제이다. 100여 편에 달하는 아시모프의 로봇 소설 중에서는 미래 사회의 법을 다룬 문제작도 많다. 그중에서 압권은 단편 「200세 인간(*Bicentennial Man*)」(1976)이다. 이 소설에서 작가는 인간과 기계 사이의 평등과 그 한계라는 흥미로운 주제를 다룬다.

작품의 무대가 된 미래 시대에는 이미 나라 사이의 국경이 무너지고 세계는 단일 법역(法域)이 되었다. 세계의회는 3개 조문으로 구성된 "로봇 활동 규제법"을 제정한다. 내용인즉 로봇은 첫째, 작위(作爲) 또는 부

---

[*] Isaac Asimov, *Guide to Shakespeare*, Doubleday, 1970. 그는 셰익스피어의 작품을 고대 그리스, 고대 로마, 이탈리아, 영국의 4부로 나누어 역사적, 신화적, 전설적인 배경을 파고 들었다.

작위(不作爲)로 인간을 해쳐서는 안 되고, 둘째, 인간의 명령에 절대복종해야 하며, 셋째, 로봇 자신에 고유한 기능을 보존해야 한다는 요지이다. 또한 조문의 순서대로 세 조문 사이의 우선순위가 결정되어 있다.

양전자 뇌 덕택에 약간의 창의력과 사고력을 보유하고 수명이 무한한 로봇이 탄생했다. 지방의회 활동에 투신한 로봇의 주인 제럴드 마틴과 그의 가족은 인도주의 정신에 충만한 사람들이다. 특히 마음이 천사인 '작은 아씨'는 로봇을 분별하는 고유 번호 대신에 앤드루라는 사람 이름을 로봇에게 지어준다. 집사와 가사 도우미 노릇을 겸하던 가정용 로봇 앤드루는 여느 로봇과는 달리 양전자의 특이한 기능에 힘입어 본래 설계되었던 기능을 뛰어넘어 목각 공예 솜씨를 개발한다. 이렇듯 로봇답지 않은 로봇은 똑같은 규격 작품을 제작하지 않는 예술가적 재능을 보여 주인을 경탄시킨다. 앤드루는 마틴 가족의 경제에 크게 기여하고, 주인은 감사의 뜻으로 수입의 절반을 앤드루의 몫으로 저축한다. 마틴 가족의 법률고문인 파인골드의 협조로 앤드루도 자신의 이름으로 어엿한 예금주가 된다. 그러나 자신의 통장에 저축한 돈을 오직 주인님을 위해서만 사용하던 앤드루는 어느 순간부터 다른 가치관에 개안한다. 끊임없는 성찰의 결과로 자의식이 개발된 것이다. 그 결과 그는 일신의 자유를 갈구하게 된다. 마침내 그는 '자유의 대가는 무한'이라는 신념 아래에서 전 재산을 걸고 자유의 획득을 위한 법적 투쟁에 나선다.

그러나 인간 사회의 통념은 자유를 향유할 수 있는 법적 주체를 오직 인간에 한정한다. 게다가 로봇에게 제한적으로나마 인격과 자유를 인정한 법적 선례는 전혀 없다. 그만큼 앤드루의 주장은 기존 법 체계의 근본적인 개혁을 요구하는 혁명적인 발상이다. 그러나 앤드루는 집요하다. "존경하는 재판장님, 저는 자유란 갈망하는 자만이 성취할 수 있다고 믿습니다. 저는 자유를 갈망합니다."

작은 아씨의 적극적인 협조로 마침내 앤드루는 '자유 로봇'의 법적 지위를 획득한다. 그러나 그는 개인적인 성취에 만족하지 않고 모든 로봇들의 해방을 위해서 나선다. 구체적으로 로봇의 일상을 옥죄는 인간의 법인 "로봇 활동 규제법"을 개정하기 위해서 치밀한 준비 작업을 한다.

이는 결코 쉬운 일이 아니다. 그는 문헌 조사를 위해서 홀로 도서관을 찾았다가 맞닥뜨린 불량배들에 의해서 '해체당할(로봇의 죽음)' 위험에 처하기도 한다. 악법 중의 악법인 "로봇 활동 규제법" 제2조에 따르면 인간은 누구나 로봇을 해체할 권리가 있는 것이다. 앤드루는 생명의 보장이 없는 자유란 언어의 유희에 불과한 것임을 절감한다.

어느덧 앤드루는 백 살이 되었다. 이미 할머니가 된 작은 아씨 대신 아들 조지와 손자 폴이 앤드루의 투쟁을 후원한다. 조지는 파인골드의 가업을 계승한 그의 딸과 동업하여 '파인골드 앤드 마틴 로펌'의 파트너가 되어 있다. 인간이 로봇을 두려워하기 때문에 법원과 의회가 로봇의 편에 서지 않는다고 판단한 앤드루는 마지막 승부수는 여론을 조성하는 길뿐이라고 생각한다. "로봇은 동물이 아니다. 로봇은 인간과 공존할 친구이다. 모든 법이 인간을 보호하는 것인데 로봇을 보호하는 법률이 하나쯤 생긴다고 해서 대수랴, 로봇에게도 권리를!"

드디어 여론의 위세에 밀려 로봇에게 위해를 초래하는 인간의 명령을 금지하는 "로봇 안전 보호법"이 제정된다. 이제나저제나 하며 평생을 기다려온 작은 아씨도 안도의 숨을 내쉬며 생을 마감한다. 그녀의 유언과 최후의 미소는 앤드루를 위한 축복이었다.

앤드루에게 죽음이란 생소한 개념이라서, 사별을 슬퍼하는 감정 또한 낯설기만 하다. 그러나 그의 지능은 일취월장으로 개발된다. 어느 틈엔가 로봇 앤드루는 목각 공예 대신에 로봇의 역사에 관련된 저술 활동에 몰입한다. "로봇의 손으로 쓴 로봇의 역사! 눈물 없이는 읽을 수 없는 육필 수기!" 일약 베스트셀러 작가로 떠올라 '살아 있는 전설'이 된 앤드루에게 새로운 욕망이 솟구친다. 이제 그는 유행이 지난 로봇의 몸체 대신 최신형의 인간의 몸을 원한다. 인간의 외양을 한 안드로이드로 교체되기를 원하는 것이다. 로봇 회사의 사장은 공공 정책상 안드로이드의 몸체는 만들지도 팔지도 않겠다며 거절한다. 변호사 폴은 이러한 제작 거절 행위는 앤드루의 정당한 법적 권리에 대한 침해이므로 사장을 고소하겠다고 협박하여 승낙을 얻어낸다.

인간과 구별할 수 없는 몸체에다가 인간의 의복을 착용한 앤드루, 이제 그는 로봇 역사학자이자 로봇 생물학자로 전업한다. 그는 잔꾀를 부릴 줄 모르는 '로봇다운 성실함'으로 스스로 인공장기를 개발하여 '숨 쉬는 로봇'으로 탈바꿈한다. 이제 앤드루는 인공장기 분야의 전문가로서 어엿한 과학자의 반열에 오른 것이다.

앤드루가 발명한 인공장기 덕분에 인간의 평균 수명이 늘어났고 사람들은 매년 그의 빛나는 업적을 기리는 만찬을 베푼다. '제조' 150주년을 기념하는 만찬이 열린다. 앤드루를 위한 건배, "'150세 로봇'을 위하여!" 그러나 앤드루는 '로봇'이라는 딱지가 마냥 불만이다. 자유를 위한 그의 투쟁의 최종적인 목표는 법을 개정해서 '인간'이 되는 것이다. 지금도 그는 인간의 행태대로 사는 '사실상의 인간'이지만 정식으로 '법적 인간'의 지위를 얻고 싶은 것이다. 단지 로봇이라는 이유로 천대받는 억울함 때문이다. 대법원의 면천(免賤) 판결을 통해서 누적된 한을 풀겠다는 앤드루는 동아시아 태생의 과학기술위원회 여성 의장을 찾아가서 읍소하나, '마틴'이라는 인간의 성을 얻는 작은 성과를 얻었을 뿐 근본적인 문제는 풀지 못한다.

그는 엄청난 시간과 비용을 들여 대법원에 제소하여 마지막 승부를 걸어보지만, 전통적 가치관에 충실한 늙은 판사들은 요지부동이다. 아무리 로봇과 인간이 차이가 없다지만, 로봇의 본질은 기계 덩어리에 불과하다는 논지이다. 로봇과 인간의 평등을 쟁취하려는 필생의 꿈을 이루지 못한 앤드루는 죽음으로 인간의 법에 저항한다.

즉 그가 로봇 외과 의사에게 명령하여 기계의 작동을 중지시킨 것이다. 분명한 "로봇 활동 규제법" 제3조의 위반이다. 여섯 세대, 200년이라는 긴 세월 동안 인간 세계에서 부대낀 로봇이 자살로 생을 마감한다. 슬픈 소식을 전해 들은 세계 대통령은 앤드루가 '200세 인간'임을 정식으로 선포한다. 기계와 인간이 평등한 시대, 그런 세상이 이미 우리 앞에 도래했다. 언젠가는 인간이 기계와 평등해지기 위해서 투쟁할 날이 올지도 모른다.

보니것, 「해리슨 버거론」

미국 작가 커트 보니것(Kurt Vonnegut Jr., 1922–2007) 또한 과학 소설의 명

인이었다. 그는 흔히 냉소와 블랙 유머의 작가로 불린다. 『자동 피아노 (*Player Piano*)』(1952), 『타이탄 성(星)의 사이렌(*The Siren of Titan*)』(1959), 『실 뜨기 놀이(*Cat's Cradle*)』(1963) 등으로 그는 일찌감치 대중의 주목을 받았다. 그의 인기는 '테크노피아' 시대의 대두와 궤를 함께한다. 그는 컴퓨터-디지털 시대의 도래를 유념했기 때문에 많은 작품들에서 로봇과 컴퓨터가 주인공이다.

그런데 흥미로운 사실은 보니것이 매달린 주제는 테크노피아 사회의 번창이 아니라 멸망이라는 점이다. 한마디로 그는 기술 문명의 발전이 오히려 인류 전체의 공멸을 불러들인다는 경고를 전하는 데에 주력한다. 기술이 지배하는 사회는 환경오염, 파괴적인 전쟁, 시장의 탐욕이 횡행하고, 종국적으로는 인류의 멸망이 불가피하다. 이런 사회에서는 개인의 자아와 인격은 도외시되고 사람 간의 차이는 무의미해진다. 기술 사회에서의 법의 평등이라는 주제를 다룬 보니것의 소품, 「해리슨 버거론(*Harrison Bergeron*)」(1961)도 이런 메시지를 담았다.

서기 2081년, 마침내 지구상의 모든 인간들이 평등해진다. "세계 정부 헌법"의 수정 제211조, 제212조, 제213조는 이러한 만민 평등의 원칙을 천명한다. 이는 기계 문명의 성과로 세계가 하나의 나라로 통합된 것을 암시한다. 현존하는 세계의 헌법 중에서 가장 오래된 미국 헌법도 1789년에 제정된 이래 2세기 동안 27개의 수정 조문을 추가했다. 이 사실을 감안하면, 이렇게 많은 조문들이 필요한 것은 21세기 말 세계의 통합 과정이 매우 복잡했다는 사실을 암시한다. 만인이 기계적으로 평등한 세상이기 때문에 그 누구도 다른 사람보다 앞설 수 없다. 외모도 능력도 모두가 동등해야만 한다. 국가는 엄격한 감시 체제를 도입하여 전 국민의 기계적 평등을 구현한다. 이를테면 두뇌의 회전 속도가 빠른 사람의 귀에는 이어폰을 달아서 20초마다 소음과 경고 메시지를 보낸다. 달리기 선수의 다리에는 족쇄를 채우고 미인 발레리나의 얼굴에는 도깨비 가면을 씌운다.

주인공 해리슨은 열네 살 소년이다. 그는 천재의 두뇌에다 철각(鐵脚)의 소유자이다. 국가는 신장 7척, 체중 136킬로그램의 거인 해리슨을 감옥에 수감한다. 다른 사람들보다 너무나 능력이 탁월한 그를 방치하면 평등한 세상의 실현에 큰 걸림돌이 되기 때문이다. 그러나 초인 해리슨은 결박을 풀고 탈옥한다. 비상이 걸린 중앙 텔레비전 방송국은 정규 방송을 중단하고 연신 탈옥수의 위험한 모습을 비춘다. 잘생긴 얼굴을 감추기 위해서 루돌프 사슴코로 위장하고 눈썹은 면도질한 모습이다. 하얗고 가지런한 치열은 철끈으로 얼기설기 엮여 있다.

바로 이때 생방송 중인 방송국 스튜디오에 해리슨이 나타나서 "나는 황제다"라고 소리치며 공개 구혼을 한다. 가면을 벗어던진 발레리나가 그의 구혼에 응한다. 두 사람이 진한 키스를 나누는 순간에 평등국 감시총감이 나타나 둘을 사살한다. 텔레비전으로 이 장면을 보고 경악한 해리슨의 부모는 이내 무슨 일이 일어났는지 잊어버린다. 중앙통제국의 감시 전파에 의해서 기억과 사고의 기능이 마비된 것이다. 획일적인 사고와 가치관를 강요하는 기계의 학정에 개성과 인격이 말살된 사회, 보니것이 경고한 바로 그 사회가 우리의 코앞에 다가와 있다.

『제5도살장』

과학 소설 작가로 치부되어서 변방에 머물던 보니것이 주류 문학계의 주목을 받은 최초의 작품이 『제5도살장(*Slaughterhouse-Five*)』(1969)이다. "소년 십자군 : 죽음의 댄스"*라는 대안적인 제목이 달린 이 작품은 베트남 전쟁 반대 메시지를 담은 소설로 읽힌다. 보니것은 「뉴욕 타임스(*The New York Times*)」 베스트셀러가 된 이 작품을 계기로 일약 '문제적 작가'로 떠오른다. 작품의 줄거리는 주인공 빌리 필그림의 전쟁 체험이 중심축이다. 이에 더하여 전쟁을 전후한 빌리의 일상생활과 트랄파마도르 행성에서의 가상 체험이 얽혀 있다.

"이 모든 일들은 실제로 일어났다. 대체로는."** 첫 문장은 익명의 일인칭 화자의 입에서 나온다. 익명의 화자는 신빙성이 약하다. 화자는 자신이 작품의 저자라고 주장하기도 하나, 이 또한 신빙성이 약하다.

빌리는 "열린 시간 속에(come unstruck in time)" 묶여 있다. 과거와 현재, 그리고 미래의 3시를 동시에 사는 것이다. 지구와 행성에서의 시간이 동시에 진행된다. 빌리 자신은 시간을 통제할 수 없다.

소설의 첫 장과 마지막 장에 작가 자신이 등장한다. 화자들의 관점이 복잡해진다. 전지적인 해설자가 등장하는가 하면, 작가 자신이 직접 배역으로 등장하여 서사를 이끌기도 한다. 그럼에도 불구하고 주인공은 작가 자신이다. 제1장에서 작가는 자전적인 사실을 설명하면서 이 소설을 쓰게 된 배경을 소개한다.

---

*   *The Children's Crusade : A Duty-Dance with Death*
**   "All this happened, more or less."

작가 자신의 전쟁 경험이 핵심 플롯이다. 작가는 실제로 드레스덴의 포로수용소에 갇혀 있었다. 그는 1945년 2월 13일부터 15일까지 연합국의 공습 때에 도살장의 육류 창고에 피신한 덕분에 목숨을 건졌다. 이 도살장은 독일 통일 이후에 복구되어 문학 애호가들이 선호하는 관광 명소가 되어 있다.

드레스덴은 당시에 국제법으로 보호받는 비무장 도시였다. 드레스덴에는 군수 산업도 없고 이렇다 할 규모의 병력도 집결되어 있지 않았다. 그러나 미군은 도시 전체를 무차별적으로 폭격했다. 독일의 무조건 항복을 강요하기 위해서였다.

전쟁 경험을 제외한 빌리 필그림의 나머지 행적은 허구이다. 전쟁과 과학 소설에 탐닉하는 것을 제외하고는 빌리의 일상은 무미건조하다. 이웃에게 빌리는 "이상하게 생긴 아이"로 "괴상한 짓거리를 하는 청년" 이었다. 그는 전쟁에 나갔다가 신경증 환자가 되어 비상식적인 짓거리를 계속한다. 제대 후에는 장가를 들어 두 아이의 아버지가 되고 검안사로 직업을 가져 경제적으로는 안정된 편이다.

그러나 행성에서의 그는 여배우와 함께 납치되어 동물원에 전시된 외계인 신세이다. 동물원 사무실 게시판에는 증권 시세와 물가가 적혀 있다. 주식 뉴스도 있고 종교 소식도 섞여 있다. 미합중국 대통령이 전국에 기도 주간을 선포한다. 전주에 주식시장에서 올리브유 선물(先物)이 막대한 손해를 본 것이다. 기도는 효험이 있다(2003년 부시의 이라크 침공을 연상시키는 대목이다. 미국에 전쟁은 일종의 종교 행사이기도 하다).

빌리에게 인생이 무의미해진 이유는 전쟁을 겪었기 때문이다. "유럽

사상 최대의 학살을 보았다." "드레스덴 폭격이다. 가축우리를 둘러싸고 벼랑을 이루고 있던 건물들이 무너졌다. 목재는 타버리고 석재는 무너져 서로 부딪치며 굴러떨어지다 밑에서 맞물리며 낮고 우아한 곡선을 그리고 있었다." "달 표면 같았다."

빌리의 과거와 현재 상황(베트남 전쟁)이 교차된다. 전쟁 국가 미국의 미래, 시간 여행, 트라팔마도르 행성, 작가 트라우트의 존재 등등 베트남 전쟁과 드레스덴 폭격이 연결된다.

"다 그렇고 그런 거지. 뭐."* 저자가 주인공의 입을 통해서 죽음을 언급하거나 묘사할 때, 후렴처럼 등장하는 체관(諦觀)의 변이다. 이 변은 작품 전체를 통틀어서 106차례나 등장한다. "메멘토 모리(memento mori, 죽음을 기억하라)" 그래서 우주를 다시 만들어내야 한다. 이때 과학 소설이 큰 도움이 된다. 인간의 삶에 관한 이야기는 『카라마조프 가의 형제들』 속에 다 들어 있지 않은가. 도스토옙스키를 인류의 소설가로 숭앙할 만도 하다.

빌리가 병실에서 만난 하버드 대학교의 역사 교수 럼퍼드는 예일 대학교 교수 출신의 연방대법원판사 윌리엄 더글라스(William O. Douglas, 1898-1980)의 패러디라는 설이 강력하다. 나이는 일흔이나 몸과 정신은 나이의 절반인 청년이다. 그는 다섯 번째 부인과 신혼여행 중에 스키를 타다가 다리가 부러졌다. 부인의 나이는 스물셋. 그는 드레스덴 폭격이 정당했다고 강변한다. 대법원 사상 최고의 진보주의자로 불리던 더글라

---

*   "So it goes."

스는 현직에서 이혼한 최초로 대법관으로 사회적 물의를 일으켰고, 그 결과 대중은 그의 확고한 친민권, 반전사상을 비현실적인 허세와 풍자로 받아들이기도 했다.

무명의 과학 소설가, 킬고어 트라우트(그는 앞선 여러 작품에서도 등장한다)의 입을 통해서 미래 사회에서의 과학과 문학의 통합론이 제기된다. 첫 장편소설『자동 피아노』도 미래 사회를 상정한 작품이다. 이 작품과 헉슬리의『멋진 신세계』를 비교 연구하는 사람들도 많다. 작가 자신도 헉슬리의 영향을 받았다고 고백했고,『1984년』의 작가 오웰에 대한 존경의 염을 표했다. 그는 미래 사회에서 과학은 문학의 핵심 요소라고 믿었다. 보니것의 작품은 몇 가지 주제로 압축된다. 바로 인간의 자유 의지, 예정된 운명, 부조리한 세상, 사람의 존재 이유이다. 그러나 그는 미래에는 이 모든 것들이 과학이라는 질서 속에 포섭될 것이라는 신념을 가지고 있었다.

또한 작가는 자신의 작품에는 악한이 없다는 자부심을 가졌다. 마찬가지로 영웅도 없다. 이 세상에는 진정한 선인도 악인도 없다. 조금씩 섞여 있을 뿐이다. 작품『신의 축복이 있기를, 로즈워터 씨(*God Bless You, Mr. Rosewater*)』(1965)의 주요 인물인 엘리엇 로즈워터의 말처럼 "모두 사랑한다. 씨팔놈들아!"* 이 작품의 주인공은 돈, 구체적으로 로즈워터 재단의 기금이다. 돈이 등장인물들의 일거수일투족을 조종한다. 인물들은 돈의 지시와 지배를 받을 뿐 타인의 행위에 대해서는 무지하고 무관심

---

* "I love you, sons of bitches."

하다. 예외가 있다면 단 한 사람, 변호사 노먼 무샤리뿐이다. 그는 돈의 효용을 알고 믿기 때문이다.

인디애나 주의 로즈워터 상원 의원은 세금을 피할 목적으로 재단을 설립한다. 설립 이후 21년 동안 재단의 임직원들은 모두 로즈워터 가문의 직계 후손이다. 이들은 원금은 손대지 않고 투자 수익을 통해서 재단을 운영한다. 재단의 초대 이사장은 상원의원의 아들 46세의 엘리엇이다. 그는 정신 질환자로 의심받는다. 소설은 엘리엇의 황당한 재단 운영을 '정상화'하려는 무샤리 변호사의 활동을 조명한다. 그런데 사람들이 지목한 엘리엇의 '광기'란 무력한 사람을 돕는 것이다. 그는 자신은 극도로 검소한 생활을 하면서 이웃에게 관심과 사랑을 베푼다. 가난한 그들에게 필요한 돈은 많지 않다. 그들이 필요로 하는 것은 돈보다 따뜻한 관심이다. 아버지와 가족들, 그리고 변호사는 엘리엇을 미치광이로 낙인 찍지만, 주민들은 그를 성자로 여긴다. 무샤리는 엘리엇을 법적 심신상실자로 선언하여 재산을 자신의 의뢰인인 엘리엇의 사촌들에게로 이전하려 한다. 물론 자신의 수임료가 주된 목적이다. 따지고 보면 법률가란 자본의 방패인 동시에 그 자신은 돈의 노예일 뿐이다. 법률가는 이 주머니에서 저 주머니로 돈을 옮겨준 대가로 받는 구전 몇 푼에 삶의 의미를 찾아야 하는 가련한 지식 노동자에 불과하지 않은가?

『빌러비드』

·토니 모리슨·

일곱 글자의 비명

1993년 노벨 문학상은 미국의 흑인 여성작가 토니 모리슨(Toni Morrison, 1931-2019)에게 수여되었다. 작가 자신의 말대로 "생각할 수 없는 것을 생각하는(thinking unthinkable)" 작업을 성취한 데에 대해서 인류의 이름으로 보상을 내린 것이다.

『신약성서』의 「로마서」 9장 25절. 사도 바울이 지중해 연안에 교회들을 세우면서 그리스도의 말씀을 전한다. "내가 내 백성 아닌 자를 내 백성이라, 사랑치 아니한 자를 사랑한 자라 부르리라." 하느님은 필히 이 역사(役事)를 정의롭게 완성하실 것이요, 신은 진실로 믿는 사람들에게 구원의 축복을 내릴 것이다. 근엄한 바울의 강론 속에 희망의 약속이 담겨 있다. 모리슨의 『빌러비드』라는 작품의 제명(題名)은 사랑, 축복, 용서의 미덕을 아우르기 때문에 더없이 적절한 선택이다. 백인 남성 가부장제의 속박을 벗어나고 사랑하는 공동체의 대속(代贖)을 통해서 비로소 구원이 가능하다는 작품의 메시지를 전하기에 이보다 더 적절한 비명(碑銘)이 있을까.

제 손으로 자식을 죽인 어미는 장례를 치를 돈이 없다. 그래서 그녀는 석공에게 10분간의 섹스를 제공하고 일곱 글자의 비명을 새긴다. "빌러비드(BELOVED)". 작품 전체에서 7이라는 숫자는 중요한 의미를 가진다. 세스가 유령과 동거하는 블루스톤 스트리트 124번지. 세 숫자를 더하면 7이 된다. "한이 서린 곳이다. 갓난아이의 독기가 집안 가득하다." 7이라는 숫자는 하느님이 세상을 창조한 역사(役事) 기간이다. 여호수아가 여리고를 함락시키는 데에 소요된 날짜이고 칠죄종(七罪宗), 칠성사(七聖事) 등등 7은 기독교 교리에서 신성한 숫자이다. 가너 농장 '스위트홈'에 도착한 세스가 핼리와 부부가 되어 네 아이를 출산한다. 하나가 둘이 되고 둘이 넷을 만들어 1+2+4=7의 도식을 충족시킨다.

흑인 도주 노예

13세 흑인 노예 소녀 세스는 켄터키 주의 가너 농장, '스위트 홈'에 팔려온다. 주인 부부는 흑인 노예도 인격체로 대우하려는 개명된 백인이다. 18세가 된 세스는 같은 노예 핼리 석스를 남편으로 선택하여 세 아이를 출산한다. 주인이 죽자 그의 홀아비 매제(妹弟)가 두 조카를 데리고 관리자로 온다. 그는 흑인의 '동물적인' 특성을 연구하는 전직 교사이다. 그의 박해를 견디다 못한 스위트 홈 노예들은 도주를 모의하나, 세스가 임신하여 차질이 생긴다. 두 백인 망나니 청년은 만삭의 세스를 짓눌러 영아에게 줄 유일한 양식인 젖을 강탈한다. 세스의 세 아이는 지하 조직의 도움으로 탈주에 성공하나, 성인들은 체포된다. 식소는 불에 태워지고 폴 디는 팔려나가고 핼리는 행방이 묘연하다. 뒤처진 세스에게는 가혹한 매질이 가해진다. 피투성이 몸을 이끌고 도주한 세스는 백인 처녀 에이미 덴버의 간호 아래에서 네 번째 아이를 출산하고 은인의 이름을 아기에게 붙인다. 그녀는 흑인 뱃사공의 도움으로 강을 건너 자유주(Free State) 오하이오에 먼저 정착한 시어머니, 베이비 석스와 아이들과 합류한다. 아들 핼리가 5년간 주 7일의 중노동으로 번 돈으로 어머니의 자유를 샀던 것이다. 그녀는 "교회 없는 목사", "성녀"로 불리며 흑인 공동체의 어머니 역할을 한다(미시시피 강과 오하이오 강을 경계로 한 노예주와 자유주의 대조되는 모습은 트웨인의 『허클베리 핀의 모험』에 잘 그려져 있다).

그러나 가족 재결합의 평화는 단 28일 만에 깨진다. 수색 보안관을 앞세운 전직 선생이 나타난 것이다. 연방법인 '도주노예법(Fugitive Slave Act, 1850)'은 노예 주인에게 자유주의 정부에 대고 도주한 노예의 송환을 요청할 권리를 보장한다. 일가족 모두 노예 상태로 되돌아갈 운명이다. 그러자 세스는 큰아이의 목을 톱으로 따고, 나머지 세 아이도 두개골을 박살내겠다며 악을 쓴다. 선생은 '재산'을 포기하고 떠난다. 세스는 재판에서 영아 살해죄로 사형 선고를 받으나, 백인 단체의 개입으로 집행을 면하고 출소한다. 흑인 공동체는 자식을 죽인 그녀를 외면한다.

하늘 같은 존재였던 시어머니가 죽는다. "세상에 운명이란 건 없다. 백인이 있을 뿐이다. 그놈들은 그칠 때를 모른다." 그녀의 유언이다. 자라기가 무섭게 두 아들은 가출한다. 이웃의 외면 속에서 세스와 덴버, 모녀가 칩거하는 124번지 집에 죽은 딸의 유령이 찾아든다. 덴버는 즉시 유령의 정체를 알아차리고 원한에 찬 언니의 유령으로부터 엄마를 보호할 책임감을 느낀다.

스위트 홈에서 헤어진 폴 디가 18년 만에 찾아온다. 그 옛날에는 "집 안에 걸어 들어오면 여자를 울릴 수 있는" 청년이었다. 마음속에 점 찍어 둔 세스가 친구 핼리와 결혼하던 날 밤 그는 암송아지를 상대로 폐쇄된 욕망을 분출했다. 그는 팔려가서는 사슬에 묶여 꿇어앉은 채로 감시자의 성기를 빨아야 했다. 그 비굴한 일상에서도 그에게 세스는 환몽 속에 그리던 여인이었다. 그녀는 이제 "미처 바지도 벗기 전에 끝낸" 현실의 여인이 되었다. 폴 디는 세스를 보호하고 사랑의 잠정적인 경쟁자를 제거하기 위해서 아기 유령을 쫓아낸다.

새로운 가족생활이 시작된다. 폴 디는 항상 상의 주머니에 주석 담배 케이스를 지니고 다닌다. 담배 케이스는 강한 남성적 이미지를 지닌다. 그러나 죄수 캠프에서 갇혀 있던 상자가 무덤이나 마찬가지였듯이, 담배 케이스는 폴 디의 감정을 감금하는 무덤이다.

녹슨 담배 상자 뚜껑처럼 굳게 닫긴 폴 디의 마음을 덴버가 두드린다. 유령 빌러비드가 폴 디를 유혹한다. "내 몸속에 들어와서 내 이름을 불러줘." 그렇게 해주면 떠나겠다는 약속을 어기고 유령은 폴 디의 정신을 지배하다가 그를 몰아낸다. 이웃의 외면 속에서 세스, 빌러비드, 덴버 세 모녀의 애증의 갈등이 교차하는 일상이 이어진다. 처음과는 달리 덴버는 오히려 어머니로부터 유령을 보호할 책임감을 느낀다. 세스는 과거의 악몽과 환각 속에서 제2의 살인을 저지를 위기에 처한다. 그녀에게 도움을 주러 온 백인 퀘이커 교도를 18년 전의 노예 감독으로 착각하고 얼음 꼬챙이로 찌르기 직전에 그녀는 이웃과 덴버의 도움으로 제2의 살인을 면한다. 마침내 유령은 사라지고 폴 디가 귀환한다. 세스의 자존심도 회복된다. 유령의 출현과 동시에 사라졌던 개가 돌아온다. 세스는 회복하고 덴버도 성장한다.

포스트 모던 소설 : 기억과 재기억

20세기 말, 문학비평계에서는 포스트 모던이라는 유령이 출현했다. 해체주의라는 깃발을 치켜들며 기존의 '거대 서사'에 전쟁을 선포했다.[*] 모리슨은 역사, 진실, 지식, 자신, 모성애, 가족, 이 모든 것들을 '해체'한다. 작가는 '존경과 경멸'을 범벅하여 기존의 언어를 파괴한다. 금기로 숨겨진 비밀을 드러내기 위한 수단이다. 작가는 키, 코드, 음향을 종합하여 새로운 언어를 창조해낸다. 소리에 소리를 얹어 깊은 물소리를 만들고 밤나무 우는 소리에 바람 소리를 섞어 떠도는 영혼의 파장을 주조한다.

세스의 인생 이야기는 "과거를 두드리는" 서사이다. 그녀의 머릿속은 온통 과거뿐이다. 오직 과거로 가득 차 있으면서도 또다른 과거 이야기에 혈안이 되어 있다. 장래 계획을 세우는 것은 불가능하고 상상조차 할 여력이 없다. 그녀는 스위트 홈 탈출 계획이 어긋난 후로는 그 어떠한 계획도 세울 엄두를 내지 못했다. 그녀에게 미래는 없다. 있다면 과거를 잡아두는 모든 것들을 기억에서 지우는 일뿐이다.

아픈 과거는 폴 디의 출현과 더불어서 서서히 그리고 단편적으로 회상된다. 트라우마를 겪은 모든 피해자들과 마찬가지로 세스와 폴 디도

---

[*]   Maria Aristodemou, "Language, Ethics, And The Imagination in Toni Morrison's Beloved" in *Law & Literature : Journey From Her to Eternity*, Oxford University Press, 2000, pp.204-229(Ch. 9).

끔찍한 과거의 사건 그 자체보다도 아무리 애를 써도 결코 잊어버릴 수 없다는 사실 때문에 더욱 고통받는다.

작가는 잊고 싶은 욕망과 기억해야 한다는 사명감 사이를 왕복하는 인물들의 갈등을 작품에 투영한다. 세스의 시어머니 베이비 석스는 며느리에게 잊어버리라고 강권한다. "내려놓아, 세스. 칼이든 방패든 모두……전쟁은 이제 그만 생각해. 번잡스러운 것은 모두 잊도록 해." 그러나 과거는 순순히 물러나지 않는다. 억압받은 모든 존재들은 억압한 사람의 일부가 된다.

먼저 죽은 아이의 유령이 나타난다. 원한에 사무친 유령은 거울을 깨고 음울한 소리를 내지른다. 폴 디가 아기 유령을 쫓아내자, 이번에는 유령이 성장한 여인, 빌러비드로 현신하여 돌아온다. 유령이든 현실의 여인이든, 빌러비드는 과거는 결코 죽어 없어지지 않는다는 것을 상기시킨다. 기억하는 것도 망각하는 것도 결코 완결될 수 없다.

"모든 죽은 것들이 되살아서 괴롭힌다." 세스의 고통이다. 그나마 폴 디의 존재가 위안을 준다. 과거의 기억을 공유하기 때문이다. 둘은 함께 이야기하고, 이야기를 가다듬고, 다시 이야기하면서 치유의 과정을 공유한다. 둘 다 기억을 되돌리지 않기를 소망한다. 폴 디는 모든 기억들을 "붉은 심장이 있던 자신의 가슴 속에 묻힌" 담배 상자 속에 가두어 간직하고 싶다. 그러나 그는 세스와 이야기를 주고받는 가운데 자신도 모르게 조금씩 상처가 아물어가는 것을 느낀다. 주인공들의 '재기억'의 과정을 따라가며 독자는 스위트 홈(결코 스위트도 홈도 아니었다)에서의 악몽의 세월을 환기한다. 그뿐만 아니라 당사자들의 기억의 심연에 침전물로 내려앉아 있던 윗대의 이야기도 새어나온다. 세스의 어머니는 백인 주인에게 강간당하여 태어난 아이들을 모두 내다 버렸다. 그뿐만 아니라 그녀는 자신의 어머니조차 목을 졸라서 살해했다.

배제된 흑인 여성의 목소리

이 작품은 실제 사건에서 집필 동기를 얻었다. 소설 속에 인용된 마거릿 가너(Margaret Garner, ?-1858)의 재판 기록은 당대에도 노예제의 잔인성을 부각하는 데에 활용되었다. 소설 속의 세스의 변호사도 마찬가지로 영아 살해 사건을 노예제 자체의 문제로 확대했다. 1851년, 도주 노예 마거릿 가너는 체포되자 딸을 죽이고 자신도 자살을 기도한다. 이 사건은 당시 노예 폐지 운동가들에게는 딜레마를 안겨주었다. 폐지론자들은 가너를 살인죄로 처벌해야 한다고 주장했다. 여성 노예도 의사능력과 행위능력을 갖춘 엄연한 법적 주체임을 공식적으로 인정받고 싶었던 것이다. 그러나 자유주의 법정은 노예와 그 자식을 주인의 재물로 규정한다. 따라서 노예가 제 자식을 죽인 것은 '재물 손괴'일 뿐 살인이 될 수 없다. 재판에서 그녀에게 적용된 죄명은 살인죄가 아니라 도주죄였다. 가너는 일시적으로 감금된 후에 주인에게 반환되었다.

1850년 '도주노예법'에 따르면, 노예는 자기 사건에서 스스로 변호하거나 증언할 능력이 없었다. 목소리를 낼 수 없었던 세스는 자신의 재판을 보도한 신문 기사를 무시한다. "일흔다섯 글자가 찍혀 있다는 사실밖에

알 수 없었다." 또다른 도주 노예, 스탬프 페이드는 자신이 목도한 잔인한 린치 행위가 법률 문서에 기록되면서 "-하고, -한 바(whereas)……"와 같이 한없는 접속사로 이어지는 난해한 문장으로 변하자 해독을 포기한다. 그는 아내가 백인 주인의 성 노리개가 된 사실을 알고는 본명 조슈아를 버리고 개명한다.

흑인의 이야기는 공적인 역사에서 원천적으로 배제되었다. 모리슨은 가너 사건을 시발점으로 하여 새로운 역사를 쓰기로 결심한다. 이전까지 백인 정복자들의 행적은 물론 흑인의 해방사도 모두 남성 중심이었다. 외적 투쟁은 물론 '내적 갈등'의 서사도 모두 남성들의 이야기였다. 기록되지 않은 역사, 가르치지 않는 역사를 기록하여 정당한 장례 의식을 치르지 못한 흑인 여성들의 예술적 장례식을 거행해야만 한다고 그녀는 생각했다.

모리슨은 기록이 남아 있지 않은 '내적 갈등'을 상상으로 보충하고, 잊힌 사람들의 서사를 기술하기 위해서 새로운 언어 체계를 만들어낸다. 꿈, 미신, 초자연적인 존재, 신화 등등 '마술적 리얼리즘' 기법은 이미 문학의 상식이 되었다. 세스를 포함한 작품의 등장인물들에게 유령의 존재는 별도의 설명이 필요 없다. 세스에게는 유령의 출현은 갑자기 바뀌는 날씨가 마찬가지로 일상적인 현상이다. 폴 디도 124번지 현관문을 들어서서 계단을 밟는 순간 유령의 존재를 느낀다. 베이비 석스도 이사를 가자는 자손들의 제안을 일축하며 내뱉는다. "무슨 호들갑 방정이야? ……이 나라의 집치고 서까래 아래 죽은 검둥이의 설움이 서려 있지 않은 집이 어디 한군데라도 있어?"

세스에게 과거와의 타협이 중요하듯이, 작가는 과거사에 대한 집단 기억을 강조한다. 작가에 따르면 제대로 기억되지 않는 선조와 이웃의 과거를 재생하여 현재와 미래의 다리로 삼아야 한다. 작가는 대양을 건너다가 죽은, 이름조차 없이 잊힌 6,000만 선조들에게 작품을 헌정한다. 만약 빌러비드가 이러한 무명의 죽음을 상징하는 존재라면, 작품 속에 아프리카의 전통과 문화에 대한 탐구가 반영되었어야 할 것이다. 그러니 노예 가너나 그녀의 딸 이야기로는 이들 무명 선조들의 사연을 형상화할 수는 없는 일이다.

대안적 진실을 찾아서

대안적 진실을 알고 싶은 독자는 텍스트의 공동 저자가 되어야만 한다. 전형적인 리얼리즘 소설의 텍스트는 도입부, 전개부, 결론부(서론, 본론, 결론)의 형식을 취하면서 전지적 시점을 유지하는 해설자가 모든 진실을 책임진다. 이 작품은 이러한 도식을 무시한다. 시종일관 시간순이 아닌 회고, 기억, 악몽으로 점철된다. 조이스, 포크너, 울프를 읽지 않은 독자에게는 매우 힘든 '의식의 흐름' 기법이다.

세스의 사연은 덴버, 폴 디, 그리고 이웃의 이야기에 의해서 보충되기도 하고 반박되기도 한다. 빌러비드의 이야기와는 타협점이 거의 없다. 독자는 인물들의 상충하는 관점, 경험, 주관에 현혹되어 진실을 파악하기가 힘들다. 이러한 기법은 흑인 사회의 구술 문화 전통을 반영하기에 적합하다. 구술 문화에서는 독자와 저자가 명확하게 분리되지 않는다. 전원이 함께 동시에 참여하는 마당극인 셈이다.

세스의 시어머니, 베이비 석스는 육십 평생 여섯 사내에게서 여덟 아이를 생산하면서 "자신의 인생을 씹어먹고, 생선 뼈처럼 자신을 내뱉은 인간들에 의해서" 아이들을 잃었다. 넷은 빼앗기고 넷은 달아났다. 그녀에게 이름이 무엇이냐고 묻자 그녀는 "나는 존재가 없다"라고 대답한다. 존재 자체가 없는 사람의 집에는 외로운 슬픔이 살고 있을 뿐이다. 죽은 아이들이 어디에 묻혀 있는지, 만약 살아 있다면 생김새가 어떤지도 모른다. 그래도 그녀는 자기 자신보다는 아이들에 대해서 더 많이 안다. 그녀는 정작 자신이 누구인지 정체를 파고들 생각조차 하지 못한다.

"최상의 예술 작품은 정치적인 작품이다. 작가의 역량은 작품을 명쾌한 정치적 의제로 만듦과 동시에 아름답게 만드는 데에 있다."* 작가 모리슨의 신념이다. "시민으로서의 자유는 분리와 간섭의 배제가 아니라 참여를 통해서 달성될 뿐이다." 한나 아렌트의 명제이다.

흑인 사회는 처음에는 세스를 비판했다. 너무나 도도하고 자신만만하고, 자신이 저지른 행위가 죄악임을 인정하지 않는 그녀가 가증스러웠기 때문이다. 세스는 아이는 자신의 고유한 재산이라며 백인의 노예법제에 정면으로 맞섰을 뿐만 아니라, 그런 제도에 순응하는 흑인 공동체도 수용할 수 없었다. 세스의 과도한 모정은 자신의 현실적인 능력을 인식하지 못한 탓이다. 이는 폴 디의 말대로 노예 전력자로서는 위험하기 짝이 없는 행태이다. 가난과 자기 부정에 익숙한 흑인 공동체의 관점에서는 베이비 석스의 과도한 베품도 오히려 '분별없는' 자만으로 인식

---

*   Toni Morrison, "Rootness : The Ancestor as Foundation" in Mari Evans ed., *Black Women Writers : 1950-1980*, Doubleday, 1984, pp.344-345.

되기 십상이었다. 결과적으로 세스는 백인의 법 제도뿐만 아니라 흑인 공동체로부터도 추방된다. 흑인 이웃은 세스의 집을 방문하지 않고 마찬가지로 세스 가족도 다른 집을 찾지 않는다. 덴버의 말대로 "누구도 말을 걸지도 집을 찾아오지도 않는다." 세스에게는 타인의 도움을 청한다는 사실 자체가 자존심 상하는 일이다.

모성과 흑인 공동체

이 작품에서 흑인 공동체는 그리스 비극의 코러스 역할을 한다. 흑인 공동체는 처음에는 세스를 비판했으나, 점차 그녀를 이해하고 도움을 건넨다. 노예제는 악이다. 그런데도 가까스로 자유를 찾은 세스를 잡으러 오는 악의 무리에 대해서 흑인 공동체는 저항하지 않는다. 목전에 닥친 위해를 귀띔해주지도 않는다. 흑인 공동체도 책임의 일부를 져야 한다. 빌러비드가 다시 돌아온 것은 자신을 목 잘라 죽였던 어미에게뿐만 아니라 그 행위를 막지 못했던 흑인 이웃들의 질투와 비열함을 환기하기 위해서이기도 하다.

단란한 '가정'은 어디에서도 존재하지 않고 감히 꿈꿀 수도 없다. 자유를 획득하는 데에 공동체의 역할은 미미하다. 자신을 해방시키는 것과, 그 해방된 자아의 소유권을 행사하는 것은 별개의 문제이다. 노예제가 폐지되었다고 문제가 해결되는 것은 아니다. 베이비 석스는 노예제 아래에서 여덟 아이를 잃었다. 그녀는 이 작품의 등장인물 중에서 가장 먼저 자유를 얻은 흑인이다. 그녀는 그 자유가 무섭다. 마지막 남은 아들은 어미에게 자유를 선사하기 위해서 5년간 주 7일의 중노동을 감내했다. 그렇게 얻은 자유는 자신에게 전혀 의미가 없었다. 폴 디의 말대로 자유란 "원하는 누구나 사랑할 수 있는 장소를 얻는 것이다." 욕망을 누리기 위해서 누구의 허가도 필요 없는 그런 장소를 얻는 것이다. 베이비 석스는 짧은 '은총'을 누렸지만, 며느리 세스가 자식을 죽이자 이웃들은 그녀와 그녀의 가족을 함께 배척한다. 한때 공동체의 정신적 지도자였던 노인이 '살든 죽든' 이웃들은 개의치 않는다.

법적인 자유를 얻은 세스도 결코 자유로운 존재가 아니다. 자신의 욕망, 두 딸의 요구, 도저히 말할 수 없는 과거, 이 모든 것들을 안고 살아야 한다. 세스의 아들들은 뛰어다닐 수 있을 만큼 자라자마자 자식을 죽인 어머니를 떠난다. "살인자 여자보다는 살인자 남자 밑에서 사는 게 좋은 모양이지." 누이동생 덴버의 해석이다.

사랑하는 자식을 죽이는 어머니의 이야기는 에우리피데스(Euripides, 기원전 약 480-기원전 약 406)의 『메데이아(Medea)』(기원전 431) 이래로 서양 문학의 중요한 소재이다. 다른 사내 때문에 자식을 죽이는 메데이아와는 달리 세스는 과도한 사랑과 책임 의식 때문에 자식을 죽인다. 살인자 어머니는 모성을 방기하고 공동체의 기본 질서를 위협하는 야만적인 '타자'로 제시된다. 그런가 하면 그녀는 정반대로 억압적인 질서에 맞서서 자신의 가장 소중한 자산을 희생하는 위대한 순교자, 가장 본질적인 어머니의 원형으로 제시되기도 한다.

세스가 빌러비드에게 말한다. "너는 내 등에서 잠자고 있고, 덴버는 내 뱃속에서 잠들고 있어. 내 몸이 둘로 쪼개지는 듯한 기분이었어." 덴버가 태어난 후로는 이 경계는 자신과 타자로 구분된다. 모성은 일체성과 완결성으로 상징되기 때문이다. "나는 빌러비드고 그녀(어머니)는 나의 것이다. ……나는 그녀와 떼놓을 수 없다. ……그녀의 웃음은 바로 나의 웃음이다."

세스와 빌러비드 사이의 관계는 흡혈귀와 피해자의 관계를 연상시킨다. 빌러비드가 살이 찌고 몸이 커질수록 세스는 수척해진다. 어미와 자식의 관계가 본시 그런 것인지도 모른다. 폴 디는 세스가 지나치게 아이에게 집착한다고 비판하지만, 세스는 들은 체도 하지 않는다. 백인의 법과 노예주의 온정, 그리고 흑인 공동체의 충고를 외면했듯이 그녀의 모정은 한계와 절제를 모른다. 자식의 영혼만이라도 자유롭게 만들고 싶어 육신을 죽였다는 죄책감이 그녀를 더욱 그렇게 만들었는지도 모른다.

작가의 고향

작가는 오하이오 주에서 자랐다. 오하이오 주는 이 작품 속에서 노예제가 폐지된 희망의 땅, 자유의 땅이다. 클리블랜드 서쪽 소읍 로레인은 인구 75,000의 다인종 사회였다. 체코인, 아일랜드인, 독일인, 그리스인, 이탈리아인, 세르비아인 등등 '2급 유럽인' 이민자들과 멕시코인이 도심의 빈민가를 점거하고 흑인은 교외에 집단적으로 거주했다. 그러는 중에도 그녀는 흑인에 대한 심한 차별을 느끼지 않았다고 한다. 소설에서 덴버가 장차 진학할 꿈을 꾸는 오벌린 대학교는 1835년에 이미 흑인을 입학시키고 남녀공학을 표방했다.

모리슨 자신은 명문 코넬 대학교의 석사 과정에서 울프와 포크너를 집중 탐구했다고 한다. 이 작품은 역사 소설, 고딕 공포 문학, 성장 소설

등 다양한 장르로 분류된다. 이 작품은 미국 흑인 노예제의 이면에 숨겨진 끔찍한 죄상을 고발한다. 그러나 해방된 흑인도 당초의 기대와는 달리 농장 시대보다 사회적 지위가 별반 높아지지 않았다는 주장이다. 1992년의 한 강연에서 작가는 이렇게 고백한다. "나의 약점은 흑인임을 악마시하는 대신 낭만화하는 데에 있다. 마찬가지로 백인의 행태를 구체화(reify)하는 대신 비방하는(vilify) 데에 있다."*

오프라 윈프리, 실패한 영화

이 작품은 1998년 같은 제목의 영화로 제작되었다(조너선 드미 감독). 미국 최고의 대담 전문 여성 앵커 오프라 윈프리가 제작자로 나섰고 주역 세스 역을 맡았다. 윈프리는 이 작품이 퓰리처상을 받기 전에 이미 시나리오 판권을 매입해두었던 것이다. 그러나 10년 후에 선보인 영화는 흥행에 실패했다. 그 충격에 윈프리는 자신의 일생에서 드물게 실의에 빠졌노라고 고백했다. 그녀는 원작의 진수를 살리는 데에 주력한 나머지 상업 영화의 특성에 신경을 쓰지 못했노라고 회고했다. 전문 비평가의 반응은 호의적이었지만, 영화제 성과는 미미했다. 오스카에서는 의상 부문 후보로 올랐고 유색인종 권리증진협회(NAACP)가 수여하는 이미지상을 수상했을 뿐이었다. 1991년 오스카 5개 부문 수상작, 「양들의 침묵(*The Silence of the Lambs*)」의 드미 감독이 카메오로 출연한 것 정도가 가십거리가 될 수 있을까.

---

* Toni Morrison, "Black Matters" in *Playing in the Dark : Whiteness and Literary Imagination*, Harvard University Press, 1992, pp.1–28(Preface xi).

「강간」

· 에이드리언 리치 ·

미국에는 시인이 없다. 미국인의 일상이 그처럼 비루한 까닭이 바로 여기에 있다. 한마디로 말해서 미국인의 일상은 반(反)시적(anti-poetic)이다.

19세기 프랑스의 정치학자 토크빌의 명저, 『미국의 민주주의』의 구절이다. 미국인은 물질적인 부와 애국심의 광신자일 뿐 문화적인 소양은 절벽이라는 혹평이었다. 유럽 귀족 청년 사상가의 눈에는 그렇게 비쳤을지도 모른다.

그러나 미국인의 생각은 다르다.

미국 자체가 거대한 시이다.*

미국 최초의 대중민주주의 시인으로 불리는 휘트먼의 『풀잎』의 서문의 구절이다.

---

* "The American of all nations at any tie upon the earth have probably the poetical nature. The United States themselves are essentially the greatest poem."

소설이 대중의 품속을 파고든 후에도 한참 동안 시는 상류 사회의 전유물이었다. 상류 사회에는 천재적인 영감의 소유자로 고도로 정교한 언어의 조탁을 수련한 사람만이 시인이 될 수 있다는 믿음이 퍼져 있었다. 심지어는 신이 떠난 자리를 시인이 이어받았다는 신화도 살아 있었다. 이런 입장에 서면 휘트먼의 수사는 옹색하게 들릴 수밖에 없다. 식민지 모국인 영국의 제도와 단절을 선언한 신생 국가의 건설 과정은 어떤 관점에서 보아도 고고한 시의 세계는 아니었다.

그로부터 1세기 반 후에 휘트먼의 수사를 해제한 미국 시 선집이 출간되었다. 2002년, 9-11 테러 직후에 한 루마니아 이민자 여성이 역대 미국의 대표시 125편을 선정하여 단행본으로 묶었다. 다양한 시적 사연을 품어 안고 다문화, 다인종 사회로 발전해온 미국 사회를 고려한 작품 선정이다. 주한 미대사관 문정관은 이 책을 사무실에 비치해두고 만나는 지미파(知美派) 한국인들에게 선물로 건넸다. 책 안쪽 날갯죽지에 독수리가 활짝 비상하는 미합중국 문장이 찍혀 있다.

토크빌이나 휘트먼의 시대에 시는 함부로 쓰는 것이 아니었다. 형식과 기법은 물론 주제와 용어에도 정도와 금도가 있었다. 그러나 시대가 변했다. 1972년 여류 시인, 에이드리언 리치(Adrienne C. Rich, 1929-2012)가 금기를 깼다. 그녀는 '강간'이라는 반(反)시어를 당당히 시 제목으로 내걸었다. 리치의 시 「강간(Rape)」(1972)은 그야말로 시대에 던진 도전장이었다. 1970년대 초 미국 사회에 거세게 몰아친 여성운동의 성과이기도 하다.

경관이 하나 있다. 그는 강간 예비범이고 가장이다.

그는 당신의 이웃이고 당신 오빠의 죽마고우이다.

제 딴에는 나름대로 이상을 가지고 있다.

모든 남성들은 강간범이 될 수 있다. 경관으로 상징되는 세속적인 권위와 물리력을 가진 사내는 힘의 철학으로 산다. 남성이 자신의 존재와 힘을 과시하는 수단은 타인을 지배하는 일이다. 그리하여 남성에게는 강간도 힘의 지배를 관철하기 위한 수단인 것이다.

그가 장화를 신고 은빛 배지를 달고

말을 타고 권총에 손을 뻗을 때에

그는 이미 당신에게는 타인이다.

개인적으로는 따뜻한 친구이자 더없이 정겨운 이웃 아저씨인 남성도 일단 가부장제의 일원이 되고 나면 즉시 지배자로 탈바꿈한다. 그리고는 피지배자인 여성 위에 군림하고자 한다.

당신은 그를 잘 모르지만 그를 알아두어야만 한다.

그는 당신을 죽일 수 있는 기계를 가지고 있기에.

그와 그의 애마가 쓰레기더미를

야전 사령관마냥 헤집고 다니고

싸늘한 입술 사이로 삐져나온 그의 이상은

대기에 얼어붙은 구름이 되고

남성은 모든 사회 조직을 장악하고 있다. 여성의 권익은 여성 자신의
독자적인 힘에 의해서가 아니라 오직 남성의 양보와 관용에 의해서만
보장받을 수 있다.

그래서 시간이 되면 당신은 그에게 달려가야만 한다.
치한의 체액이 아직도 당신의 허벅지에 끈적거리고
당신의 분노가 미친 듯이 소용돌이칠 때에
당신은 그에게 자백해야만 한다.
강간당한 죄가 있노라고.

그의 새파란 눈이, 낯익은 가족의 푸른 눈이
윤을 내며 가늘어지고,
미주알고주알 타자로 기록하며
당신의 구석구석을 알려고 하지.
당신의 흥분된 목소리에 극도로 즐거워하며.

당신은 그가 누군지 알아채지 못하지만
그는 당신이 누군지 샅샅이 안다고 생각하지.
그는 당신이 겪은 최악의 상황을 기계로 찍어
파일을 만들어두지.

당신이 얼마나 은밀한 욕망을 품어왔는지, 그는 알고 있지,

아니 안다고 생각하지.

당신이 남몰래 무엇을 갈망했는지, 그는 알고 있지 ,

아니 안다고 생각하지.

그는 당신을 체포할 수 있는 기계를 다루고 있지.

경찰서의 이글거리는 전등불 아래

경찰서의 이글거리는 전등불 아래

당신이 진술한 사내의 인상착의가 고해신부의 모습과 같다면

당신은 진술을 번복하고 이 모든 것들이 거짓말이었다고 말하고

집으로 돌아가겠는가?

남성이 지배하는 사회는 강간당한 여성을 감싸주고 약탈당한 권리를 보상해주기는커녕 오히려 그녀를 벌한다. '강간당한 죄'가 있노라고. 얼마 전까지만 해도 우리나라에서 유부녀 강간범을 '가정 파괴범'으로 불렀다. 강간당한 사실만으로 가정 파괴로 이어진다고 추정했던 것이다. 강간범의 처벌에 관한 법리와 적용 관행도 여성에게 지극히 불리하게 되어 있었다.

리치에 앞서 '강간'을 번듯이 작품 제목으로 내건 남성 화가가 있었다. 벨기에의 초현실주의 화가, 르네 마그리트(Rene F. G. Magritte, 1898-1967)의 「강간(*Le Viol*)」(1935)은 강제로라도 여자와 섹스하고 싶어하는 남자의

속마음을 그린 작품이라는 평이 따른다. "이 작품은 남자의 성적 판타지를 표현하고 있다. 풍성한 머리카락으로 둘러싸여 있는 여자 얼굴의 이목구비는 여자의 몸으로 채워져……."* "여성의 얼굴에서 눈은 가슴으로, 코는 배꼽, 입은 사타구니로 표현했다. 시선과 목소리는 제거되고 개인의 정체성도 지워진 채, '머리 없는 성적 대상'으로서의 몸뚱이, 여성의 몸은 처벌받는 몸이며, 남성의 욕망을 받아주는 소유의 대상으로 나눠 갖는 공공재이다."**

법이 금지하고 처벌하는 범죄 중에서 강간은 가장 원시성이 농후한 범죄이다. 가난 때문에 저지르는 범죄도 아니고 사상 때문에 범하는 죄도 아니다. 오직 성욕이라는 원시적 지배 본능의 이기적 충족을 위해서 여성의 인격과 육체를 유린하는 행위이다. 강간이 횡행하는 사회는 폭력이 일상을 지배하는 원시 사회이다. 제아무리 국민소득 얼마를 자랑해보았자 그것은 가식의 문화지표일 뿐이다.

1990년대 한국 사회에서도 강간이라는 단어가 주는 충격을 다소나마 완화하려는 듯이 '성폭력' 또는 '가정 파괴'라는 법에도 없는 용어를 만들기도 했다. 강간을 정면으로 이야기하는 것 자체가 비도덕적이거나 잔혹하다는 생각이었을 것이다. 그러나 언제부터인가 법률 용어 '강간'은 성폭력과 함께 일상어로 정착되었다.

* 박희숙, "[박희숙의 명화읽기]남자는 섹스, 여자는 돈이 최고", 「이코노믹 리뷰」, 2010. 12. 21. https://blog.daum.net/imabentrot/18349189
** 이라영, "[야! 한국사회]진압당하는 목소리", 「한겨레신문」, 2016. 5. 26. https://www.hani.co.kr/arti/opinion/column/745478.html

『진짜 강간(*Real Rape*)』(1988)이라는 제목의 책에서 하버드 법대의 수전 에스트리치(Susan Estrich, 1952-) 교수는 실제로 강간당한 자신의 경험을 고백하면서 지배자 남성의 윤리인 강간의 법리를 조목조목 비판했다. 보다 앞선 수전 브라운밀러(Susan Brownmiller, 1935-)의 저술의 머리말에 담긴 절규는 많은 사람들의 가슴에서 피가 끓게 만들었다.

모든 남성들이 끊임없이 우리를 강간한다. 몸으로, 눈으로, 그리고 뻔뻔스러운 그들의 도덕률로.

(『우리의 의지에 반하여[*Against Our Will*]』, 1975)

리치는 강성 페미니즘 대신 '레즈비언 연속체(lesbian continuum)'라는 용어를 만들었다. 여성의 삶을 충만하게 만드는 연대와 창의성이 이 연속체의 핵심 요소이다. 그녀의 첫 시집, 『세상의 변화(*A Change of World*)』(1951)를 당대의 거인 오든이 상찬하면서 그녀는 시문학계의 주목을 얻었다. 영국 계관시인 오든은 동성애자임이 알려져 옥스퍼드 대학교에서 미국의 하버드 대학교로 주 무대를 옮긴 인물이다. 리치는 자신의 가치관과 상충되는 각종 문학상을 거부한 것으로 유명하다. 그녀는 유대인 의사 아버지와 백인 음악가 어머니가 조화를 이룬 가정에서 지적 훈련을 받았고, 래드클리프 대학교를 졸업한 후에 유럽 유학의 특전을 누렸다. 하버드 대학교 경제학 교수인 남편과의 사이에서 아들 셋을 두었으나, 1976년에 갈라서고 자메이카 출신의 소설가 미셸 클리프(Michelle C. Cliff, 1946-2016)의 레즈비언 파트너로 죽을 때까지 해로했다. 후반의 그녀에게 레즈비언은 개인적인 문제인 동시에 정치적인 소신이었다.

그녀는 베트남 전쟁에 반대하여 납세를 거부하고 반전운동, 민권운동, 여성운동의 선봉에 섰다. 1976년의 저술 『더 이상 어머니는 없다(*Of Woman Born*)』는 가부장 문화에 내재한 여성에 대한 억압과 차별을 체계적으로 분석하여 고발한 수작이다. 리치 자신은 페미니즘보다는 '여성의 해방(women's liberation)'이라는 용어를 선호한다. 이 용어가 전통적 가치관의 여성들과 후세대의 저항을 덜 받을 것이라고 생각했기 때문이라고 한다. 우선은 가부장적 시각을 바꾸어 성평등을 쟁취하는 데에 주력해야 한다는 것이 그녀의 주장의 요지였다. 어쨌든 억압받는 여성과 레즈비언의 목소리를 시적 담론의 전면에 부각한 리치의 공로는 혁혁하다.

세월이 달라졌다. 지난 20여 년 동안 우리 사회도 엄청나게 변했다. 여성의 삶을 옥죄던 호주제가 폐지되는 등 가족법의 전면 개정이 이루어졌다. 적어도 법적으로는 양성평등이 이루어진 셈이다. 한 걸음 더 나아가 여성이 원하지 않은 성적 농담은 발언자의 선의와 무관하게 '성희롱'으로 규정된다. 성차별을 보다 효과적으로 해소하기 위해서 독립적인 정부 부처로 여성부도 설립되었다. 2001년에 제정된 '국가인권위원회법'은 성희롱을 여성에 대한 차별로 규정했다. 부부 사이라도 아내가 원치 않는 남편의 일방적인 성행위는 강간죄가 될 수 있다는 판결도 나왔다. 이제 여성부를 폐지하자는 주장이 제기되었다. 그것도 2022년 3월에 실시될 대통령 선거에 나선 유력한 정당의 한 후보의 입에서 나온 말이다. 이 땅에 진정한 성평등이 달성되었다는 뜻일까?

『소설 알렉산드리아』

·이병주·

나림(那林) 이병주는 20세기 후반 대한민국의 소설가이다. 한국 문학사에 명멸했던 무수한 별들 중에서 단 하나만을 고르라면 이병주를 택할 수밖에 없다. '한국 근대문예비평'이라는 전인미답의 지적 영역을 개척한 김윤식(1936-2018)은 자신이 이병주에 집착한 이유를 이렇게 들었다. 그의 작품을 합치면 곧바로 대한민국 국민의 삶의 총체가 된다. 혁명가, 애국지사, 정치가, 장군, 언론인, 지식인, 대학생, 기업인, 살롱 여주인, 막걸리집 작부, 사기꾼……. 신분의 높낮이를 가리지 않고 누구나 작품의 주역으로 삼았고 그들의 사연을 사랑과 사상, 그리고 인간성과 운명의 이름으로 포용했다. 당대의 인물뿐만 아니라, 역사의 행간에 묻혀버린 선인들의 삶도 녹여 담았다. 거의 모든 대한민국 작가들의 글을 읽고 정성 들여 평을 쓴 김윤식이 생의 마지막 순간에 붙들고 있던 작가는 다름 아닌 이병주였다.

이데올로기 분단국가의 사상범

'법과 문학'의 결합이라는 관점에서 보아도 이병주는 한국 문학사에 거의 독보적인 존재이다. 2015년, 황석영(1943-)은 '한국 명단편' 101편을 골라 10권의 선집으로 묶어 냈다. 그는 식민지 시대부터 한국 문학사에 뚜렷한 족적을 남긴 101명의 작가를 고르고 각 작가를 대표하는 단편 소설을 한 편씩 골랐다. 이병주의 몫으로 그는 「겨울밤」(1974)을 골랐다. 이 작품에서 작가는 자유민주주의와 공산주의의 대결을 유명한 『소설 알렉산드리아』(1965)의 저자인 자신과 거물급 공산주의자 노정필과의 대결로 구도를 잡았다. 그만큼 『소설 알렉산드리아』는 작가의 데뷔작으로 자전적 소설이자 이병주 문학의 원형이다.

자유민주주의 헌법은 사상의 자유를 보장한다. 그러나 이데올로기로 분단된 국가에서 사상은 제도법과의 충돌을 야기한다. 작품의 화자인 나, 프린스 김의 형은 사상범으로 서대문 형무소에서 10년 형기를 복역 중이다. 분단된 남과 북이 하나로 통일되어야 한다는 신문 논설을 썼다가 사상규제법의 제재를 받은 것이다.

> 내게 필요한 것은 잡스러워도 인간의 체취가 무럭무럭 풍기는 사상, 찐득찐득 실밥에 녹아 붙는 엿가락 신경의 가닥 가닥에 점착하는 그런 사상이다. ……타고 남은 재가 다시 기름이 된다는 사상엔 구원이 있다.[*]

사상범은 확신범이라야만 빛이 난다. 자신의 사상에 대한 확고한 믿음, 그것이 사상범의 기본 요건이자 매력이다. 그러나 형은 그렇지 못하

---

[*] 이병주, 『소설 알렉산드리아』, 한길사, 2006, pp.8-9.

다. 애당초 그의 사상은 현상에 대한 저항과 대안의 사상이 아니었다. 그가 중립, 평화통일을 주장한 것은 정부의 반공 정책을 부정해서가 아니었다. 비록 그가 편협한 반공 국시론에 대해 정서적 반감을 가졌을지라도 지식인으로서 비판권을 행사했을 뿐, 자유민주주의와 대립되는 이데올로기를 신봉하고 주장한 것은 아니었다.

형은 "유폐된 황제"를 자처하면서 자신을 감옥에 가둔 사상을 "이카로스의 날개를 달고 하늘을 향하는 사상"으로 규정한다. 지식인의 자조이자 자기 비하의 극치이다.

한편 화자인 동생의 눈에 비친 형의 사상은 불행의 사상이다. 그러나 동생은 형을 확신범으로 믿고 싶다. 지식인을 미화하고 경외하는 '무식한' 사람들의 의식이다.

> 형의 불행은 사상을 가진 자의 불행이다. 형은 만인이 불행할 때 나 혼자만 행복할 수 없다고 한다. 나는 그런 말을 거짓이라고 생각한다. ……나는 형이 고의로 그런 거짓말을 했다고 생각하지 않는다. 형이 지니고 있는 사상이 거짓말을 시킨 것이라고 생각했다.[*]

같은 감방에 있는 다른 사상범 K에 대해서도 형은 자조적인 평가를 내린다. "K 자신은 죄가 없다고 주장한다. 있다면 그것은 이 나라를 스칸디나비아 반도의 여러 나라와 같은 나라로 만들어보겠노라고 응분의

---

[*] 이병주, 앞의 책, p.20.

노력을 한 죄"뿐이라며 이러한 행위는 자유민주주의의 헌법질서 내에서의 행위로, 법의 제재 대신에 오히려 보호를 받아야 할 행위라고까지 주장한다. 교과서상의 법리대로라면 K의 말이 옳다. 그러나 현실의 법은 그렇지 않다. 형의 말대로 이러한 행위는 '대죄' 감인 것이다. 그러나 유죄를 수긍하는 형의 논리는 지극히 퇴폐적이고 자기 파괴적이다.

> (이러한 이야기는) 따지고 보면 이 나라를 유라시아 대륙에서 떼어다가 하와이나 타히티 부근으로 옮기자는 말과 꼭 같은 것이 아닌가. 안될 일을 하라고 덤비면 귀찮은 일, 귀찮은 일을 하는 사람에겐 당연한 제지가 있어야 될 일이 아닌가.[*]

이러한 자조적인 체념의 본질은 제도법에 대한 강한 풍자이다. 전반 구절은 반공법과 국가보안법을 견강부회로 적용하려는 공안 검사의 논리이고, 후반 구절은 무력한 지식인의 자조이다. 이러한 이야기는 단순한 허구가 아니다. 일찌감치 박원순(1955-2020)의 야심적인 3부작 『국가보안법 연구』(1992)에 상세히 적혀 있다. 어떤 행위가 국가보안법의 처벌 대상이 되었던가. 막걸리 한 잔에 막연히 세상을 한탄하면서 "김일성보다 못한 정치인들"을 들먹인 시골 농부의 한숨도 사상 범죄였다. 그런가 하면 시골 처녀와 도회지 처녀를 사이에 두고 사랑의 삼각관계를 벌이다가 흙과 시골 처녀를 택한 청년의 사연을 담은 라디오 드라마도 무산

---

[*]   이병주, 앞의 책, p.64.

계급의 최종 승리를 고취한 것이라며 국가보안법이 적용되던 시절이었다. 이런 몽매의 시절에 정부의 통일 정책에 대한 비판이나 냉소적인 표현은 독재 정권의 충실한 하수인인 공안 검사의 눈에는 훌륭한 먹잇감이 되었다. 1948년 탄생한 이래로 자유민주주의를 표방하는 대한민국의 헌법에는 사상의 자유가 명시되어 있지 않다. 단지 '양심의 자유' 속에 사상의 자유도 포함되어 있다고 옹색하게나마 해석하고 있다. 일제 식민지 시대 이래로 '사상'이라는 단어 속에는 사회주의와 피의 냄새가 배어 있기 때문이었을지도 모른다. 사상의 자유를 들먹이는 사람은 그 자체로 '사상이 불순한 사람'이라는 낙인이 찍혀 국가보안법의 사슬에 묶이고는 했다.

『소설 알렉산드리아』로 선보인 이병주의 사상 소설은 「쥘부채」(1969), 「겨울밤」, 「그 테러리스트를 위한 만사」(1983) 등과 같은 단편과 『관부연락선』(1968-1970), 『예낭 풍물지』(1972), 『지리산』(1972-1978) 등속의 장편으로 이어진다. 이 모두가 휴전선을 가운데에 두고 남과 북, 서울과 평양에서 벌어지는 참혹한 '두 도시 이야기'이다. "나에게 조국은 없다. 산하가 있을 뿐이다." 『소설 알렉산드리아』에서 형의 입에서 터져나온 이 말은 작가 이병주 자신이 즐겨 쓰던 수사였다. 이민족에게 빼앗겼다가 되찾은, 본시 하나였던 조국 산하에 2개의 나라가 들어선 비극을 당위로 받아들일 수 없었을 것이다. 이는 이들에게는 지극히 당연한 신념이었지만, 서울과 평양, 그 어느 곳에서도 받아들여지지 않는 중대한 사상 범죄가 된다.

이 작품의 주인공은 감옥 속의 형이다. 동생에게 보낸 10여 통의 편지가 알렉산드리아에서 전개되는 사건의 실마리를 제공한다. 작품 속의 사라와 안드레드의 범죄도 강한 사상성을 띤다. 이들의 행위는 국가 폭력에 대한 저항과 응징이라는 점에서 사상 범죄의 부류에 속한다. 비록 직접적인 이데올로기의 대립은 없지만, 히틀러 나치 정권이 자행한 만행을 응징한다는 점에서 이들의 살인은 일반적인 형사 범죄와는 근본적으로 성격이 다르다.

작가는 대안적 사상을 제시하지 아니한다. 작품 속의 형은 반공 통일이라는 국시에 어긋나는 중립 통일론을 주창한 이유로 옥살이를 하고 있지만, 어떤 형식과 내용의 대안 정부가 보다 나은 미래 통일 사회의 모습일지 단서를 주지 않는다. 그러나 이것은 이병주에게만 특유한 현상이 아니고, 1960년대의 모든 '분단 소설'들에서 공통된 현상이다. 최인훈(1934-2018)의 「광장」(1960)이나 장용학(1921-1999)의 『원형의 전설』(1962)에서도 마찬가지로 적극적인 탈출구는 제시되지 않는다. "이 이야기는 세계가 자유와 평등, 두 진영으로 나뉘어 싸우던 시절의 이야기입니다"로 시작하는 『원형의 전설』에서는 한반도로 들어온 세계사의 두 조류, 자유와 평등은 상호 투쟁에서 어느 쪽도 완전한 승리를 얻지 못한다. "고양이 한 마리 죽일 필요가 없는" 자유와 평등의 대립은 민족과 계급의 대립으로 변형되나, 대립이 필요 없는 "무수한 원의 고향"만이 있는 방안을 제시되지 않는다. 『광장』도 남도 북도 아닌 제3세계로 향하는 이명준이 선택한 허무한 자살로 종결되고 만다. 이명준의 자살은 결코 선택이 아니라 실패한 도피에 불과하다.

이렇게 본다면 결국 대안 제시의 실패는 이병주 개인의 무성의 때문이 아니라 거대한 역사의 소용돌이 속에서 창조적 의욕을 상실해버린 지식인의 전형을 그리는 한 불가피한 결말이다. 지식인에게 사상적 대안의 제시가 원초적으로 불가능한 일일지도 모른다. 지식인에게는 특정한 관제 사상을 지지하느냐 거부하느냐의 선택권만 주어졌을 뿐, 그 관제 사상을 수정, 변용하여 발전적으로 제시할 자유는 주어지지 않는다. 이것 아니면 저것이라는 흑백 논리가 지배하는 사상의 전장(戰場)에는 비판적인 지식인이 자신의 기호에 맞는 생각을 공개적으로 사고팔 '사상의 시장'이 없다. 흑 또는 백, 둘 중 하나만을 선택할 수밖에 없는 지식인은 회색의 군상이다. 세상을 객관적으로 바라보는 지식인은 설 땅이 없다. 맹목적 굴종도 전면적 저항도 할 수 없는 이들에게는 비판적 관조가 최선의 미덕일 뿐이다. 그마저도 현실 도피라는 비난을 감수해야 한다. 그러나 이병주가 표방한 회색의 객관성은 이데올로기의 대립에서 배태되어 군사 문화, 종교적 편협성, 지역감정 등 강력한 독소의 침윤으로 마비된 우리의 균형 감각을 되살리는 차선의 치료 약은 될 수 있을 것이다.

『소설 알렉산드리아』에서 이병주는 사상적 격동기에 지식인이 겪어야 하는 특유한 정서를 부각하기 위해서 엄청난 공을 들인다. 그는 자신의 생각을 행동으로 표현하는 것을 극도로 자제한다. 다음은 당대의 한 지식인의 상찬이다.

"자상하고도 예민한 상황 판단력을 가졌으면서도 낭만적 시(詩)의 세계로 몸을 사리는 이병주는 최인훈에게서 자주 보는 매몰찬 이지(理智)

가 아니라 매우 폭넓은 온화한 교양주의자이다."*

교양주의자는 개인의 내면적 완성에 치중하고, 따라서 행동보다는 관조를 선호한다. 이병주의 작품에는 소설의 전통적인 서술 기법을 파괴할 정도로 과도한 지적 정보가 들어 있다. 니체, 도스토옙스키 그리고 사마천의 『사기』는 이병주가 완벽에 가까울 정도로 통달했던 대표적인 고전이었다.

한국의 감옥 안에서 허무한 사상의 소유자로 황제를 자처하는 지식인인 형을 동생은 자신의 황제로 숭앙한다. 동생이 알렉산드리아에서 머무르는 삼류 호텔의 이름은 나폴레옹이다. 무력한 지식인을 유폐된 황제(나폴레옹)와 등치시키는 고집은 작가 이병주의 고질병에 가깝다. 『망명의 늪』(1976)에서도 사업에 실패하여 처자식마저 죽어버리고 술집 작부의 기둥서방으로 잠적하여 사는 "자살할 자격마저도 상실한" 무력한 지식인인 주인공 화자는 황제의 장엄한 아침과 "별들과 더불어 있는 장엄"에 의식의 도피처를 구한다. "해묵은 「아리랑」(대중) 잡지의 부풀어 오른 모습에서 동서고금의 영락한 사상을 모조리 조립하고 나폴레옹과 더불어 무지개를 좇던 시절 자신의 뇌리에 새겨진 시(詩)를 발견한다." 이병주가 내세우는 지식인은 '시인적 특권 의식'의 희생자이기도 하다.

『소설 알렉산드리아』에서 스페인 출신 무희, 사라 안젤이 춤추는 호텔의 이름은 안드로메다이다. 이병주의 지적 유희에 그리스 신화가 동원되는 것은 지극히 자연스러운 일이다. 바다귀신에게 쫓기다가 페르세

---

* 이보영, "역사적 상황과 윤리 : 이병주론(上)", 「현대문학」, 1977. 2. p.322.

우스에게 구출되어 그의 아내가 된 안드로메다의 전설이 작품에 삽입된 것이다. 사라 안젤은 스스로 복수의 여신 에리니에스가 되어 관능의 춤으로 사내들의 돈주머니를 털어 히틀러가 폭격한 자신의 고향, 게르니카와 똑같은 규모의 독일 도시를 폭격하는 것이 인생의 목표이다. 그녀는 안드로메다 호텔에서 구원을 받는다. 그녀는 여기서 한스 셀러라는 또다른 복수의 화신을 만난다. 한스는 나치 독일의 비밀 경찰에게 어린 동생을 잃었다. 유대인 친구를 숨겨준 혐의 때문이었다. 둘은 살인의 공범이 된다.

전설의 안드로메다 바위는 이스라엘의 수도, 텔아비브 남쪽 해안에 있다. '이교도'들의 박해와 변덕에 떠밀려 수천 년 동안 세계를 표류하던 유대인이 옛 땅에 새로운 나라를 세운다는 꿈에 부풀어 귀국선의 닻을 처음 내린 바로 그곳, 야포 앞바다에 바위가 동그마니 자세를 가다듬고 있다. 『신약성서』에 등장하는 무두장이 시몬의 집에서 비스듬히 내려다보이는 안드로메다 바위를 이병주가 실제로 알고 있었는지는 모른다. 그러나 유대인, 복수, 구원, 남녀의 사랑, 이 모든 것들을 안드로메다라는 이름과 연관 짓는 작업은 이병주에게 과히 낯선 일로 보이지 않는다. 그뿐이 아니다. 어찌 안드로메다 별을 연상하지 않으랴. 사슬로 결박당한 처연한 모습으로 여린 빛을 통해서 구조 요청의 애원을 연신 흘리는 처녀별 안드로메다를. 이 또한 이병주의 서정적인 낭만의 우주 속에 자리하고 있었다. 안드로메다의 연상은 여기에 그치지 않는다. 일본어를 모국어로 익혀야 했던 그 세대 청년 지식인들에게 안드로메다는 친근한 식물의 이름이기도 했다. '다이쇼(大正) 데모크라시'의 물결에 실려 유입된 유럽 낭만주의 문학에서 풀과 별은 뺄 수 없는 자연의 소재였다. 반짝이는 넓은 잎사귀들 사이로 하얀 꽃을 피우는 식물은 처녀별과 구원의 사랑의 이미지와 연결된다. 너무나 익숙한 교차 비유이자 상징이다. 소설의 도입부를 보자. "고요한 천상의 성좌와 알렉산드리아라는 이름의 요란한 지상의 성좌 사이에서 이제 겨우 나는 나를 되찾은 느낌이다."

또한 사라의 미모를 묘사하는 구절을 보자.

"머리는 동양적 검은 머리, 긴 속눈썹에 가려진 향목(香木) 수풀로 덮인 신비로운 호수……."

이렇듯 현란한 관념의 교양 지식을 동원하는 것은 작가 이병주의 특기이자 특권이다. 그것은 지극히 일차원적인 언어의 제도에 의해서 승패가 판가름 나는 사상의 전장에 결코 깊이 몸을 담을 수 없는 회색의 지식인에게 의식과 감정의 망명지를 제공해주는 수단이기도 하다. 비록 그것이 때때로 관능의 숲을 향한 소모적이고 은밀하고 일시적인 나들이에 그치고 말지라도.

'법과 문학'의 선구자, 이병주

이병주는 법에 대한 성찰이 깊은 작가다. 한국 문학에도 관념적 의미의 법, 이를테면 법이념이나 법적 정의에 대해서 관심을 보인 작가가 더러 있다. 그러나 대체로 이들에게 공통된 아쉬움은 법과 법 제도에 대한 본질적 성찰에 앞서 갖추어야 할 현실의 법에 대한 객관적 지식과 이를 배우려는 노력이 부족하다는 것이다. 사실화의 기법을 배우지 않고서는 제대로 된 추상화를 그릴 수 없는 것이 법의 세계이다. 사상 소설에서 대의(大義)를 논하려면, 현실의 법 제도에서 사상범의 재판에 적용되는 법리를 먼저 설파하지 않으면 안 된다. 한국 문학의 수많은 작가들 중에서 이병주만큼 관념의 법과 더불어 현실에서 작동하는 법의 메커니즘에 정통한 작가는 없었다.

이병주가 이 작품의 지리적 무대로 설정한 알렉산드리아는 법의 관점에서 중요한 의미를 지닌다. 그것은 법 제도가 갖추어야 할 기본적 속성인 중립적, 객관적 시각을 담보하기 위한 의도적인 설정이다. 이 소설에서 알렉산드리아는 지리적 객관화와 동시에 의식의 역사적 객관화의 수단이 되고 있다. 알렉산드리아는 일종의 중립 구간이다. 알렉산드리아 법원은 가해자와 피해자가 모두 타국인인 범죄 사건을 재판한다. 따라서 법원이 이 사건에 재판 관할권을 행사할 절실한 이유가 없다. 물론 자국 영토 내에서 발생한 살인 사건이기 때문에 소위 형법의 '속지주의 원칙'에 따라서 재판권을 행사할 수도 있다. 그러나 이러한 원칙은 범죄의 궁극적 피해자를 개인을 넘어 국가와 사회로 의제(擬制)하는 형사 절차에서는 재량의 여지가 많다. 다시 말하자면, 타국인 사이에 일어난 범죄에 대해서 공적 처벌권을 행사하지 않더라도 자국민이나 자국의 주권 또는 근본적인 법질서가 손상을 입는 것은 아니다. 이런 관점에서 볼 때, 알렉산드리아 법원은 공권력의 행사자이기보다는 운동 경기의 공정한 심판과 유사한 입장에 서 있다.

그러나 히틀러의 만행에 대한 역사적 응징이라는 관점에서는 역사적으로 세계시민주의의 성격을 구비한 알렉산드리아는 적절한 심판장이다. 이슬람 문명, 헤브라이 문명, 그리고 헬레니즘을 종합, 흡수하여 오늘날 유럽 문명의 요람이 된 알렉산드리아가 오늘의 병든 유럽을 단죄하는 것이다.

형의 옥중 편지에도 이러한 역사적 객관성에 대한 갈구가 담겨 있다. "알렉산드리아에 갈 수 있다면 이렇게 안전한 궁전을 버리고 황제의 지위를 내려놓아도 좋다."

기록자로서의 소설가

법률 소설가로서의 이병주의 특징은 기록을 중시하는 습관에도 잘 나타나 있다. 『관부연락선』과 『지리산』을 위시한 수많은 작품들에서 보여준 성실한 기록자의 자세는 첫 작품에서도 엿보인다. 이 작품에서는 핵심 플롯의 전개와 결말이 모두 기록된 문서를 바탕으로 이루어진다. 형이 보낸 10여 통의 옥중서신에 의해서 알렉산드리아 사건의 이념적인 바탕이 마련되고, 공소장, 변론서, 신문 사설, 탄원서, 판결문을 통해서 사상 재판과 소설이 함께 종료된다.

1974년 언론인 남재희(1934-)와의 대담에서 밝힌 대로 기록을 중시하는 이병주의 습관은 세상을 객관적으로 바라보기 위한 훈련이며 이러한 자세는 신문사 경력에서 생겼다. 이병주가 꿰뚫다시피 정통했던 러시아의 대문호, 도스토옙스키도 같은 취지의 이야기를 했다. 법정 기록은 제도적 객관성의 표현이다. "법정 기록이야 말로 생의 긴장에 충만한 것이며, 예술이 손대기를 회피하거나 기껏해야 피상적으로 스쳐 넘기기 쉬운 인간 영혼의 암실을 비춰 주는 빛줄기가 담겨 있다"라고 그는 말했다. 『백경』의 작가, 멜빌의 중편 소설, 「베니토 세레노」도 판결문을 통해서 종결되는 것도 이병주가 익히 알고 있었다.

도스토옙스키와 마찬가지로 이병주도 체험의 작가이다. 일제 강점기의 3-1 독립운동 직후에 태어나서 짧은 기간 동안 엄청난 폭과 깊이의 체험을 할 수 있었기 때문에 작가로서는 축복받은 세대였다. 또한 그는 개인적으로도 고관대작에서 깡패, 시정잡배, 술집 작부에 이르기까지 각계각층의 '친구'를 가졌던 통 큰 사람이었다. 특히 사상범으로 자신이 겪었던 옥중 체험이 법 제도의 본질에 대한 성찰에 깊이와 폭을 더해주었음은 물론이다. 그는 이렇듯 남다른 체험을 대부분 동년배 지식인들이 그랬듯이 "못 믿을 세월 속에 날려 보내"는 대신 촘촘히 적고 가다듬었다. 대한민국의 성숙과 함께 언어와 생활, 양쪽에서 스스로 소외되어 '무국적자'가 되어버린 일본어 세대, 반도 지식인의 전형적인 모습과는 달리 그는 균형 감각과 관조를 미덕으로 삼아 새로운 세대의 회색의 군상을 이끌었던 것이다.

이병주가 즐겨 인용하는 고전에는 체사레 베카리아(Cesare B. Becarria, 1738-1794)의 『범죄와 형벌(Dei Delitti e Delle Pene)』(1764)이 들어 있다. 이 명저는 사형폐지론의 원조로, 절대적인 인간성과 상대적인 법 제도 사이의 갈등 문제를 깊이 파고들었다. 이런 관점에서도 이병주는 철저한 사형폐지론자였던 위고와 도스토옙스키의 반열에 설 수 있다. 『소설 알렉산드리아』에서 이병주는 작중 인물의 입을 빌려서 사형은 "이론의 문제"가 아니라 "신념의 문제"라고 한다. 모든 사형은 원시적 보복심의 제도적 승인인 동시에 "잔인하고도 비정상적인 형벌"이다. 그중에서도 사상범의 사형은 자유민주주의의 본질과 관련하여 특수한 문제를 내포하고 있다. 사상은 옳고 그름의 문제가 아니라 신념과 선택의 문제이다. 제도의 박해를 받은 사상은 그 시대에 제도화되지 못한 소수의 가치관이다. 자유민주주의의 사상적 기초가 된 밀의 『자유론(On Liberty)』(1859)에 예리하게 지적되어 있듯이, 한 시대의 소수 의견이 후세에 다수의 승인을 얻어 제도로 구현되는 것을 우리는 역사의 발전으로 부른다. 사상범을 사형에 처하는 것은 비인도성의 문제는 차치하고서라도 이러한 역사의 발전 가능성을 원천적으로 봉쇄하는 반(反)역사적 행위이다. 사형의 전면적 폐지에 앞서 사상범에 대한 사형만이라도 폐지해야 한다는 것이 작가 이병주의 주장일 것이다.

법에 대한 이병주의 관심은 제도법의 운용을 담당하는 인적 자원에 대한 관심으로도 나타난다. 이병주만큼 법학 교육, 법대생, 사법고시 등에 대하여 피상적인 관찰을 넘어선 애정 어린 충고를 건네준 작가도 드물다. "잃어버린 청춘의 노래"로 부제를 단 단편, 「거년(去年)의 곡(曲)」(1981)에서 이병주는 반공 이데올로기를 무기로 군사 정권이 정의를 유린하던 시절에 법학을 공부하는 학생들의 갈등을 그린다. 작가는 법학도의 유형으로 세 가지 상을 제시한다. 재학 중 사법고시에 합격한 철두철미한 현실주의자이자 법률만능주의자(현실재), 마르크스의 어록에 따라서 법을 계급 지배의 수단으로 규정하고 이러한 법을 부정해야만 사회의 발전이 이루어진다고 주장하는 설익은 '운동권' 이상주의자(이상형), 그리고 이 둘 사이에 사상과 애정의 갈등을 일으키는 우수한 여학생(진옥희)이 그들이다. 그러나 작가는 이들 셋 모두가 법의 본질에 대해서는 성찰이 부족하다고 품위 있게 꾸짖는다. 이러한 제자들을 교육한 법학 교수와 정권의 시녀가 된 담당 검사에게도 따끔한 충고를 건넨다. 작중에 동원된 '부작위에 의한 살인'의 법리는 선택의 이데올로기가 아니라 명백한 불의를 관조라는 미명 아래에서 방관하는 '지식 상인'을 고발하기 위한 장치였다.

『소설 알렉산드리아』에서도 이러한 법학도에게 건네는 충고가 담겨 있다. 비록 그 충고는 오직 입신출세의 목적으로 사법고시에 목을 매는 법학도에 대한 풍자라는, 한국 문학에서 진부하리만큼 전형적인 수법에 불과하지만.

나는 우리 부모가 일찍 돌아가신 것을 다행으로 안다. 만약 오래 살아 계셨더라면 부모들은 나의 형에 대해 커다란 실망을 맛보았을 것이기 때문이다. 형의 학문은 부모가 기대하는 입신과 출세와는 너무나 거리가 먼 방향으로 가고 있었다. 판사나 검사 또는 어떤 관리가 될 수 있는 그런 학문이 아니었다. 의사나 교사나 기술자가 되는 그런 학문도 아니었다. 내가 보기에는 아무런 뚜렷한 방향도 없는 책 읽기 같았다. 세속적인 눈으로 보면 스스로의 묘혈을 파는 학문……말하자면 자학의 수단으로밖에 볼 수 없는 학문인 것 같았다.*

사라와 한스의 재판에 동원된 각종 법률 문서에 담긴 작가의 법 지식

---

* 이병주, 앞의 책, pp.18-19.

은 전문가 수준이다. 제2차 세계대전 후에 열린 뉘른베르크 전범재판에서 연합군 측 수석검사, 로버트 잭슨(Robert H. Jackson, 1892-1954)이 창출한 '인도에 반하는 죄(crime against humanity)'의 법리가 교묘하게 차용되는가 하면, 레지스탕스의 활동에 관련된 프랑스 법도 재현되어 있다.

한반도에서 사상이라는 이름의 도깨비가 저지른 죄악을 단죄하는 역사적 과업을 후세 독자의 임무로 남겨둔 채 이병주의 첫 소설은 종결된다. 알렉산드리아 법원은 한스와 사라가 자진 출국하는 조건으로 둘을 석방한다. 범행 당시에는 단순한 공범에 불과했던 둘은 수사와 재판을 받으면서 연인으로 발전한다. 둘은 새로운 보금자리인 태평양의 작은 섬으로 떠난다. 그들은 원하던 역사의 판결을 얻었기 때문에 홀가분한 마음으로 미래를 설계하며 떠날 수 있다. 그러나 동생은 선뜻 그들과 동행할 수 없다. "감옥에 있는 형을 알렉산드리아에서 기다려야 하기 때문이다." 즉 의식의 객관화, 역사의 객관화, 이해관계의 중립이 확보된 알렉산드리아 법원이 한반도에서 사상의 이름으로 자행된 만행을 응징하는 역사의 심판을 내리기를 기다려야 하기 때문이다.*

---

* 이 글은 이병주가 작고한 이듬해인 1993년 「계간 소설과 사상」 가을호의 특집, "가장 감동적인 한국소설"에 "다시 읽고 싶은 명작—이병주의 소설 알렉산드리아"라는 제목으로 기고한 글을 첨삭한 것이다.

참고 문헌

「**노동과 나날**」

Ferdinand Tönnies, *Gemeinschaft Und Gesellschaft*, 1887, Leipzig : Fues.

이춘식, 『춘추전국시대의 법치사상과 세(勢), 술(術)』, 2002, 아카넷.

『**데카메론**』

안경환, 『법, 영화를 캐스팅하다』, 2007, 효형출판, pp.203–210; pp.253–259.

『**천로역정**』

John Bunyan, *Grace Abounding to the Chief of Sinners*, 1666, George Larkin.

한국사회이론학회, 한국인문사회과학회, 『다시 읽는 막스 베버』, 2015, 문예출
　　판사, pp.3–6.

정수일, 『실크로드학』, 2001, 창비.

김한수, "천로역정 靈性 따라 묵상하며 걷는 길", 2016. 9. 9, 조선일보.
　　https://www.chosun.com/site/data/html_dir/2016/09/09/2016090900123.html

『**유토피아**』

김성식, 『루터』, 2017, 한울.

토머스 모어, 전경자 역, 『유토피아』, 2012, 열린책들, "에라스무스가 울리히 폰
　　후텐에게", pp.222–239; "역자 해설을 대신하여_토머스 모어와 역자의 대담",
　　pp.241–266.

「베니스의 상인」

안경환, 『법, 셰익스피어를 입다』, 2012, 서울대학교출판문화원.

_____, 『에세이, 셰익스피어를 만나다』, 2018, 홍익출판사.

_____, 『문화, 셰익스피어를 말하다』, 2020, 지식의날개.

「픽윅 클럽 여행기」, 「위대한 유산」, 「황폐한 집」, 「두 도시 이야기」

찰스 디킨스, 안경환 역, 『두 도시 이야기』, 2015, 홍익출판사, pp.4–28.

「반지와 책」

Donald Thomas, *Robert Browning : A Life within Life*, 1982, Widenfeld & Nicolson.

「얼간이 윌슨」

안경환, 「마크 트웨인의 법」, 『사법행정』, 1989. 12, 한국사법행정학회.

_____, 「저작권법의 선구자 마크 트웨인」, 『사법행정』, 1989. 10, 한국사법행정학회.

Mark Twain, "Unburlesquable Things", 1870.

_____, "A New Crime" in *Sketches, New and Old*, 1875, Oxford University Press.

_____, *Following the Equator*, 1897, American Publishing Company.

「악령」, 「죄와 벌」, 「카라마조프 가의 형제들」

김윤식, 『내가 읽고 만난 일본』, 2012, 그린비, pp.41–50.

_____, 『지상의 빵과 천상의 빵』, 1995, 솔, p.73; "환각이 빚은 삶의 순간", pp.95–108.

『소송』, 『유형지에서』, 『성』

Ted Hughes, "Kafka" in *The Hawk in the Rain : Poems*, 1957, Farber and Farber.

안경환, "프란츠 카프카의 법 (1)", 「저스티스」 25권 2호, 1992. 12, 한국법학원,
  pp.7-19.

_____, "프란츠 카프카의 법 (2)", 「저스티스」 26권 1호, 1993. 7, 한국법학원,
  pp.38-47.

『소리와 분노』

안경환, 「법, 영화를 캐스팅하다」, 2007, 효형출판, pp.50-59; pp.53-59; pp.93-
  106.

로런스 프리드먼, 안경환 역, 「미국법의 역사」, 2006, 청림출판.

Gene Phillips, *Fiction, Film, and Faulkner : The Art of Adaptation*, 1988,
  University of Tennessee Press.

박희영, "대하(大河) 미시시피의 정세 : 포크너", 「월간중앙」 39호, 1971. 6, pp.315-
  321.

『동물농장』

조지 오웰, 안경환 역, 「동물농장」, 2013, 홍익출판사.

Stanley Kunitz, *Twentieth Century Authors : A Biographical Dictionary of
  Modern Literature*, 1942, H. W. Wilson Co.

사스키아 사센, 박슬라 역, 「축출 자본주의」, 2016, 글항아리.

존 리드, 정영목 역, 「자본주의 동물농장 : 스노볼의 귀환」, 2015, 천년의상상.

나오미 클라인, 이순희 역, 「이것이 모든 것을 바꾼다」 2016, 열린책들.

_____, 김소희 역, 「자본주의는 어떻게 재난을 먹고 괴물이 되는가」,
  2021, 모비딕북스.

심혜리, "[책과 삶]경제가 살아났다는 건, 누군가의 삶이 사라졌다는 것", 2016.

5. 27, 경향신문.

　　https://m.khan.co.kr/culture/book/article/201605272109005#c2

_____, "[책과 삶]자본주의 바꿔야 기후문제가 풀린다", 2016. 6. 17, 경향신문.

　　https://m.khan.co.kr/culture/book/article/201606172008005#c2b

안창현, "[책&생각]이제는 '기후 행동'이다", 2016. 6. 16, 한겨레신문.

　　https://www.hani.co.kr/arti/culture/book/748524.html

안경환, "오늘 '변화의 땅' 미얀마에 절실한 것? 최선은 YS, 차선은 라모스",

　　2016. 1. 12, 신동아.

　　https://shindonga.donga.com/3/all/13/520135/1

「바틀비」, 「베니토 세레노」, 「수병, 빌리 버드」

허먼 멜빌, 안경환 역, 『바틀비/베니토 세레노/수병, 빌리 버드』, 2015, 홍익출판사.

Hugh G. M'Culloch, *McCulloch's Commercial Dictionary*, 1871, Longmans, Green
　　& Co.

William Blackstone, *Commentaries on the Laws of England*, 1765, Clarendon
　　Press.

Henry de Bracton, "De balera vero sufficit, si rex habeat caput, et regina caudam" in
　　De Legibus et Consuetudinibus Angliae, 1275/1299.

Hayford Hayward ed, *The Somers Mutiny Affair*, 1959, Prentice-Hall.

안경환, 『이카루스의 날개로 태양을 향해 날다』, 2001, 효형출판, pp.176-183.

『드라큘라』

김성곤, 안경환, 『폭력과 정의』, 2019, 비채.

「200세 인간」 | 『제5도살장』

김용대, 『데이터과학자의 사고법』, 2021, 김영사, p.363.

안경환, 『윌리엄 더글라스 평전』, 2016, 라이프맵.

『빌러비드』

Hannah Arendt, "What Is Freedom" in *Between Past and Future : Six Exercises in Political Thought*, 1961, Meridan Press.

토니 모리슨, 최인자 역, 『빌러비드』, 2014, 문학동네, pp.352-353; pp.455-464.

「강간」

Carmela Ciuraru ed, *Poems for America*, 2002, Scribner.

에이드리언 리치, 김인성 역, 『더이상 어머니는 없다』, 2018, 평민사.

『소설 알렉산드리아』

황석영, 『황석영의 한국 명단편 101』, 2015, 문학동네.